MARION DEMME-ZECH

Mörderisches aus dem Saarland

TATORT: SAAR Die Saarländer an sich sind nett, aber zugegeben auch ein bisschen eigen. Sie sollen gutmütig und äußerst friedlich sein. Es sei denn natürlich, man übertreibt es – dann kann der Saarländer auch anders. So wie die schüchterne Regine, die im Internet als »Coconut28« endlich lernt, ihrem selbstsüchtigen Ehemann die Stirn zu bieten, oder die Seniorin Anneliese Stutz, die nur einen einfachen Schirm braucht, um ihre Erzfeindin Doro in die Schranken zu weisen. Auch Dackel Günther steckt in vielen Fällen seine freche Schnauze mitten ins Geschehen. Ob nun Großmuttertrick, Geiselnahme, ein abgetrennter Kopf in einem Stormtrooperhelm oder Sprengstoffroboter Dieter – im Saarland scheint alles möglich. Sogar einen Serientäter mit Namen Mister Surprise gibt es hier, und der sorgt dafür, dass das Geocachen in dieser wunderschönen Region zu einem wahrhaft verblüffenden Abenteuer wird. All die bitterbös-amüsanten Geschichten führen an besonders spektakuläre und sehenswerte Orte im Saarland wie den Peterberg, die Burg Dagstuhl oder sogar tief hinein in die Schlossberghöhlen Homburg.

Die Saarländerin Marion Demme-Zech studierte Erziehungswissenschaft, Soziologie und ein bisschen Bauingenieurwesen. Als Autorin startete sie mit pädagogischen Autorenbeiträgen für diverse Verlage, einige Jahre später entdeckte sie ihre kriminelle Ader. Zuerst mit einer Reihe von Kurzgeschichten in verschiedenen Anthologien, 2020 erschien schließlich ihr erster Kriminalroman. Wenn Sie nicht gerade Morde »anzettelt«, widmet sie ihre kreative Zeit auch gerne ungewöhnlichen Reiseführern und Gesellschaftsspielen über ihre Heimat.

MARION DEMME-ZECH

Mörderisches aus dem Saarland

Krimis

GMEINER

MIX
Papier aus verantwortungsvollen Quellen
FSC® C083411

Besuchen Sie uns im Internet:
www.gmeiner-verlag.de

Im Ehnried 5, 88605 Meßkirch
Telefon 07575/2095-0
info@gmeiner-verlag.de

2. Auflage 2022

Lektorat: Katja Ernst
Herstellung: Mirjam Hecht
Umschlaggestaltung: U.O.R.G. Lutz Eberle, Stuttgart
unter Verwendung eines Fotos von: © rphfoto / stock.adobe.com
Druck: CPI books GmbH, Leck
Printed in Germany
ISBN 978-3-8392-2845-6

Aber hier, wie überhaupt,
kommt es anders, als man glaubt.

Wilhelm Busch

DIESMAL GEHEN SIE DIE SACHE ANDERS AN!

»Sich das alles still und ohne Gegenwehr gefallen zu lassen, das ist falsch. Das wissen Sie auch. Stehen Sie zu Ihren Empfindungen und seien Sie offen mit Ihren Gefühlen gegenüber anderen. Es soll sich doch etwas ändern, oder nicht?«

Regine nickt.

»In dem Fall sehen Sie diese Angelegenheit doch schlichtweg als Training, Frau Baumgarten. Das ist jetzt der Ernstfall, an dem sich durchspielen lässt, was wir die ganze Zeit geübt haben. Beweisen Sie sich selbst, dass Sie es besser können: Diesmal gehen Sie die Sache anders an!«, legt Frau Tietze-Meiermann ihrer Patientin nah, nachdem diese ihr von ihrem Verdacht berichtet hat.

Regine rückt die Tasche auf ihren Oberschenkeln zurecht und zupft an den schwarzen Henkeln. Sie nickt ein weiteres Mal, zugegeben recht verhalten.

»Wunderbar, da sind wir uns einig! Bieten Sie Ihrem Mann die Stirn, zeigen Sie Gefühle und werden Sie wütend.«

Der letzte Satz jagt Regine eine Riesenangst ein. In ihren Ohren rauscht es, doch sie bewegt trotzdem zustimmend den Kopf, während Frau Tietze-Meiermann fortfährt und ihr eine völlig neue Idee unterbreitet: »Wissen Sie was? Ich schlage vor: Das wird diesmal Ihre Hausaufgabe für die nächsten 14 Tage. Wehren Sie sich, wie, ist mir gleich. Von mir aus werden Sie fuchsteufelswild. Fluchen, schimpfen, brüllen – alles ist erlaubt. Lassen Sie der angestauten Wut ihren freien Lauf. Hauptsache …« Jetzt streckt die Therapeutin ihren Zeigefinger in die Höhe, und Regine verfolgt ihn mit großen Augen und schmalen Lippen. »Hauptsache, Sie wehren sich. Sagen Sie sich: ›Mit mir nicht mehr!‹«

Regines Hals ist trocken. Als sie die Tasche auf ihren Knien noch ein wenig enger zu sich heranzieht und zu einem scheuen »Ja, aber« ansetzt, schiebt Frau Tietze-Meiermann mit einem strengen Blick ihre Augenbrauen in die Höhe.

Regine gibt auf und haucht ein tonloses: »Einverstanden.«

»Sehr gut, Frau Baumgarten. So gefallen Sie mir. Wir sind einer Meinung.« Das Gesicht der Therapeutin entspannt sich, und sie steht demonstrativ auf. Es ist Zeit, die 50 Minuten sind abgelaufen, folgert Regine und macht sich zum Gehen bereit.

»Sie werden sehen, sich zur Wehr zu setzen stärkt Ihr Selbstvertrauen«, verspricht die Therapeutin und reicht ihr zum Abschied die Hand. »Zeigen Sie, wann Ihre Grenze erreicht ist. Das wird Ihrer Ehe guttun.«

Regine nickt ein allerletztes Mal.

Als sie ein paar Sekunden später draußen vor der Praxistür steht und ihren Regenschirm aufspannt, stellt sie in Gedanken fest, dass sie heute beim Termin noch seltener als sonst zu Wort gekommen ist.

Auch wenn sie das Gefühl hat, ihre Sicht auf die Sachlage sei nicht unbedingt gefragt gewesen, muss sie sich gleichwohl eingestehen, dass Frau Tietze-Meiermann in allem, was sie gesagt hat, richtig liegt. Sebastian macht tatsächlich nur das, was er will. Schon von Beginn ihrer Ehe an ist es so gewesen, und immer hat sie seine Eskapaden ohne Widerworte hingenommen.

Als Regine den Weg zu ihrem Auto nimmt, achtet sie darauf, in keine der zahlreichen Pfützen zu treten. Sebastian würde toben, wenn die Fußmatte später matschig von ihren Schuhen wäre, denkt sie und steigt in den Wagen. Die Scheibenwischer wirbeln wild von einer Seite zur anderen und die Lüftung des Autos rauscht, während Regine mit einem Schwamm über die von innen beschlagenen Scheiben wischt.

Mit einem Seufzen atmet sie aus. Allein der Gedanke, Sebastian in irgendeiner Weise Einhalt bieten zu müssen, reicht völlig aus, um ihren Puls schneller schlagen zu lassen. Alles wird gut, sagt sie sich und versucht der Angelegenheit nicht zu viel Aufmerksamkeit zu schenken, wie es ihr die Therapeutin geraten hat. Einfach immer nur weiteratmen, dann verschwindet die Angst wie von selbst. Sie legt den Rückwärtsgang ein und setzt zurück. Gleichgültig wie, verspricht sich Regine, dieses Mal wird sie sich wehren.

»Kennen Sie schon die Fürstin von Reinheim?«, steht auf dem Flyer zu den Führungen, die alle 14 Tage im Europäischen Kulturpark Bliesbruck-Reinheim stattfinden. Nur vom Hörensagen, beantwortet Regine diese Frage im Stillen. Sie hat tatsächlich große Lust, »die Fürstin« in natura kennenzulernen, und die Führung am kommenden Samstag wäre die perfekte Gelegenheit, denn die übernahm Svenja Lorentz. Exakt die Dame, nach der Regine Ausschau hält.

»Regine Spangenberger! Eine Person«, sagt sie zu dem Herrn an der Museumskasse, bei dem sie sich für die Führung anmeldet. Er trägt ihren Namen in die Liste ein. Dass sie dem Angestellten ihren Mädchennamen genannt hat, bereitet Regine Unwohlsein, aber die kleine Lüge muss sein, wenn ihr Plan aufgehen soll.

»Acht Euro macht das. Mit Karte?«, erkundigt sich der Herr an der Kasse.

»Nein!«, antwortet Regine lauter, als sie eigentlich will. »Bar, bitte. Ich zahle bar.« Sie öffnet ihr Portemonnaie und legt ihm einen Zehn-Euro-Schein auf den Tresen. »Stimmt so.«

»Danke sehr. Am Samstag um 10 Uhr am Torhaus geht es los«, informiert sie der Museumsmitarbeiter und reicht ihr haufenweise Informationsmaterial. Bei seinem letzten Satz, auf den sie gern verzichtet hätte, werden Regines Lippen schmal. »Freuen Sie sich auf den Tag. Die Svenja Lorentz, das ist unsere Beste. Sie macht die Führung immer erstklassig!« Seine Augen strahlen bei diesen Worten.

»Danke«, sagt Regine, steckt die Unterlagen in ihre Handtasche und geht. Dem Anschein nach macht Svenja so einiges super, ergänzt sie den letzten Satz des Museumsmitarbeiters in Gedanken. Zugegeben, sie kann den Tag der Führung kaum mehr erwarten. Nicht, weil sie sich so sehr darauf freuen würde, sondern um das Unvermeidliche möglichst schnell hinter sich zu bringen. Aber sie muss wohl oder übel geduldig sein, zumal vorher noch einige Dinge zu regeln sind.

Verständlicherweise erzählt Regine Sebastian in den folgenden Tagen nichts von dem Termin. Das fällt ihr leicht. Gemeinhin redet ihr Mann nur selten mit ihr, und wenn es doch zu einem Wortwechsel kommt, so trägt er ihr höchstens eine Reihe von Erledigungen auf. Ansonsten schweigen sich die beiden weitgehend an, denn von Regines, wie er es nennt, »steinzeitlichen Ansichten« will Sebastian in aller Regel nichts wissen oder hören. Wenn sie es in der Vergangenheit trotzdem einmal versucht hat, hat es meist eine Menge Ärger gegeben, sodass Regine mit der Zeit jeglichen Vorstoß aufgegeben hat. Hauptsächlich Magnus zuliebe hat sie die Fassade einer intakten Familie über all die Jahre aufrechterhalten, was zuweilen nicht leicht war. Nachdem das Intermezzo mit Monique, der dunkelhaarigen Austauschstudentin aus Lyon, im Frühjahr ein plötzliches Ende gefunden hatte, war ihr Mann wieder zu Hause eingezogen. Realistisch betrachtet hat sich damit allerdings nur wenig geändert.

Erst freute sich Regine, als Sebastian von einem Tag auf den anderen mit den beiden Koffern – denselben, mit denen er zwei Monate zuvor gegangen war – vor der Tür stand. Seine Rückkehr machte ihr Hoffnung: Die ganze Familie wieder unter einem Dach vereint, so wie früher. Vielleicht, sagte sie sich, vielleicht bereute er es, sie verlassen zu haben, und hatte den Vorsatz, sich zu ändern und mehr auf sie und ihre Wünsche einzugehen. Statt ihm also Vorwürfe zu machen, wie es wohl die meisten Frauen an ihrer Stelle getan hätten, half sie ihm ohne viele Worte beim Auspacken der Koffer. Sogar einige der Hemden bügelte sie an jenem Abend frisch auf. Entweder hatte Monique wenig Ahnung vom Bügeln, sagte sich Regine dabei, oder sie hatte Sebastian gezwungen, die leidige Angelegenheit selbst zu übernehmen – derart zerknitterte Ärmel waren Regine jedenfalls noch nie unter die Augen gekommen.

Ihre Hoffnungen hinsichtlich Sebastians Rückkehr bewahrheiteten sich nicht. Erfreulich war es zu keiner Zeit mit ihrem Mann gewesen, richtig höllisch wurde es allerdings für Regine, als sie vor einigen Wochen nicht umhinkam festzustellen, dass Sebastian erneut begann, sich seltsam zu verhalten. Ein weiteres Mal spulte er das komplette Programm ab, das er bei all seinen Affären kaum variierte: Geheimniskrämereien, unausweichliche Termine nach Feierabend und ständige Telefonate im Bad. Das alles zusammen war derart eindeutig, dass es fast beleidigend von ihrem Mann war, anzunehmen, sie und Magnus würden nichts davon mitbekommen.

Abermals handelte es sich um ein Techtelmechtel mit einem Mädchen, das, über den Daumen gepeilt, halb so alt wie Sebastian war. Einmal, nach einem Termin bei Tietze-Meiermann, wagte Regine einen Vorstoß, als sie ihm im Schlafzimmer die Kleidung für den kommenden Tag herauslegte. Sie sprach Sebastian unverblümt auf ihren Verdacht an. »Hast du eine Affäre?«, fragte sie geradeheraus.

Die Gesichtsfarbe ihres Mannes änderte sich von einem Moment auf den nächsten. »Was geht dich das an?«

»Das geht mich natürlich etwas an als deine Frau«, hielt Regine mit einer großen Portion Mut dagegen.

»Ach, du und deine spießigen Ansichten. Sei einfach mal ein wenig toleranter«, forderte Sebastian und blieb ihr die Antwort schuldig.

»Ich bin tolerant«, antwortete sie.

Dieser Einwand brachte das Fass zum Überlaufen. Ihr Mann rastete völlig aus. »Regine, ich bin kein kleines Kind mehr«, brüllte er los und riss die gesamten Hemden, Anzüge und Hosen aus dem Kleiderschrank, um sie ihr vor die Füße zu werfen. »Mach du deine Arbeit und misch dich nie wieder in mein Leben ein.«

Das Geschrei ließ Magnus hellhörig werden, der gleich darauf in der Tür erschien und fragte, ob alles in Ordnung sei.

»Nichts ist in Ordnung«, donnerte Sebastian ohne Rücksicht weiter. »Deine Mutter und ihre verstaubte Auffassung vom Leben machen mich wahnsinnig! Das erträgt kein Mensch!« Daraufhin stellte er sich mit erhobenem Zeigefinger vor Regine und sagte etwas, das sie umgehend den Vorstoß bereuen ließ. »Weißt du was? Ich ziehe wieder aus! Du bist krank – maßlos eifersüchtig. Mit dir kann es niemand aushalten und deswegen nehme ich den Kleinen auch mit! Das kann man keinem Kind zumuten.«

Regine entschuldigte sich augenblicklich. Sie sagte, das alles sei völlig unüberlegt und dreist von ihr gewesen. Ein großer Fehler. Fast bettelte sie ihn an. Sebastian verließ an dem Abend das Haus, kam erst spät zurück und schwieg sich die nächsten Tage aus. Aber immerhin, er blieb und damit auch Magnus. Kein Sterbenswörtchen kam Regine in den Monaten danach mehr zum Thema Affäre über die Lippen, sogar als die Tatsachen kaum noch zu übersehen waren.

Zumindest eine Sache musste sie Sebastian zugutehalten, er traf sich immer heimlich mit den Mädchen. Regine bekam sie nie zu Gesicht, Magnus schon gar nicht, und ihr Mann war blauäugig genug, anzunehmen, dass damit die Angelegenheit für alle geklärt wäre.

Womöglich wäre es noch lange so weitergegangen, hätte Frau Tietze-Meiermann Regine nicht das Ultimatum gesetzt. 14 Tage. Sie hat Frau Tietze-Meiermann ihr Wort gegeben, sich in dieser Zeit zur Wehr zu setzen und etwas zu unternehmen. Aber wenn es schon sein musste, dann bitte auf ihre Weise, sagte Regine sich.

Bei allem Ärger hat sie wenigstens in einer Hinsicht riesengroßes Glück, denkt Regine, als sie von Bliesbruck-Reinheim zurückkehrt: Sie hat Magnus, und der ist seinem Vater nicht im Mindesten ähnlich. Er ist ein netter, hilfsbereiter Junge, mittlerweile zwölf und was technische Fragen angeht ein raffinierter Bursche.

Es ist nicht schwer, ihn zu überreden, dass er ihr im Umgang mit den modernen Medien ein wenig unter die

Arme greift. Regine und er handeln ein einfaches Tauschgeschäft aus: eine Gefälligkeit gegen die andere. Magnus führt Regine in die Welt des Internets ein, zeigt ihr, wie man Textnachrichten am Handy verfasst, welche Emoticons angesagt sind und was »lol« zu bedeuten hat. Für ihn natürlich ein Kinderspiel. Im Gegenzug steht Regine ihrem Sohn bei seinen Problemen zur Seite. Sie wird seinem Vater nicht verraten, dass Magnus die von Sebastian angestrebte Laufbahn als Pianist weit früher als erwartet beenden würde. Der Anruf beim Klavierlehrer macht Regine zugegeben sogar Spaß. Ebenso wie Magnus, der neben ihr steht. Er hält sich den Bauch vor Lachen, während sie Herrn Schwarz ihr Angebot erläutert.

»Guten Tag Herr Schwarz«, plappert Regine direkt los. »Ich hätte Ihnen einen Vorschlag zu machen. Ich würde Ihnen anbieten, den Unterricht sozusagen im Sinne des guten Zwecks weiterzubezahlen, und Sie hingegen müssten zukünftig gar nichts mehr tun. Was halten Sie davon, Herr Schwarz?«

»Sie wollen keine Musikstunden mehr und mich trotzdem dafür bezahlen?«, erkundigt er sich skeptisch. So ganz kann er das wohl nicht glauben.

»Korrekt!«, erwidert sie und zwinkert Magnus zu.

»Nun gut«, sagt Herr Schwarz stutzig, aber auch mit etwas Freude in der Stimme. »Wenn Sie das unbedingt wollen, dann komme ich Ihrem Wunsch natürlich nach.«

Weder Regine noch ihr Sohn sind verwundert, dass Herr Schwarz, dessen Terminkalender immer randvoll ist, dem Vorschlag zustimmt. Insbesondere da Magnus nie geübt hat und sein Klavierspiel ein hartes Los für die Ohren des Musiklehrers war.

Die neue Reglung berücksichtigt die Wünsche aller Beteiligten. Sogar Sebastian bleibt das gute Gefühl erhalten, dem

Sohn eine künstlerische Förderung zukommen zu lassen. Denn die Gebühren werden weiterhin jeden Monat abgebucht, und da ihr Mann wegen seiner unzähligen Verpflichtungen nie vor sechs, sieben oder noch später abends zu Hause ist, wird ihm nicht groß auffallen, dass der Unterricht ausgesetzt ist.

Ab da nutzt Magnus die neugewonnene Freizeit, um sich verstärkt seinen Internetbekanntschaften zu widmen, mit denen er sich nach eigener Aussage im Netz trifft, um »sich gegenseitig zu metzeln«. Eine Äußerung, die Regine verstörend findet, jedoch beruhigt sie sich damit, dass Jungs sich zu allen Zeiten gerauft haben, und im Internet könne er sich wenigstens nicht verletzen. Außerdem pflege ihr Sohn auf diese Weise soziale Kontakte, was für eine eher introvertierte Persönlichkeit wie ihren Magnus wohl nur von Vorteil sei.

Bevor er sich am Nachmittag zu einem Battle trifft, findet er stets die Zeit, Regine ein paar der Möglichkeiten und Tricks, deren Kenntnis für einen Zwölfjährigen anscheinend völlige Normalität ist, an Handy und Tablet beizubringen.

Der Einstieg ist zugegeben holprig, doch Regine zeigt sich lernwillig und neugierig zugleich. Schon nach der ersten Lehrstunde reagiert Sebastians Handy auch auf ihren Fingerabdruck. Sogar sein zweites Smartphone, das er immer heimlich mit sich führt. Es wird zu einem kleinen Ritual von Regine, diese während der Morgendusche ihres Mannes zu inspizieren, was keiner besonderen Vorsichtsmaßnahme bedarf, denn Sebastian überlässt alles, was mit Wäsche oder generell mit dem Thema Haushalt zu tun hat, schon seit Jahren Regine.

Das allein reicht natürlich nicht, um den vollen Überblick über die Aktivitäten ihres Mannes zu haben. Hilfreich bei der Informationsbeschaffung sind außerdem die

Einzelverbindungsnachweise von beiden Smartphones, die Regine nun jeden Morgen per E-Mail zugesandt werden.

Am Tag darauf erklärt ihr Magnus, was es mit der GPS-Ortung auf sich hat. Erst einmal sinkt ihre Stimmung ins Bodenlose, als sie sieht, dass Sebastian Svenja in die teuersten Restaurants der Stadt ausführt. Vorgestern hat er ihr noch eine Predigt gehalten, wie unverschämt freigiebig sie mit seinem Geld umgehe. Lässt man das jedoch außen vor, muss Regine zugeben, dass so eine Ortung eine fabelhafte Erfindung ist. Auf diese Weise bleibt ihr fast nichts mehr verborgen, und da sie sich sicher ist, dass die teuren Eskapaden ihres Mannes bald ein Ende haben werden, schluckt sie ihren Verdruss über die Abendessen hinunter.

Was mittlerweile technisch alles machbar ist, kann Regine kaum fassen. Sie fühlt sich weit besser ausgerüstet als Sean Connery in seinem letzten James Bond. Über jeden von Sebastians Schritten weiß sie nach den paar Tagen »Weiterbildung« bei ihrem Sohn bestens Bescheid. Was kann sich eine besorgte Ehefrau mehr wünschen?

Dass Regine sich ein Profil unter dem Namen »Coconut28« auf einer Datingseite anlegt, ist zweifellos der beste ihrer Schachzüge. Spielend leicht fällt es ihr, mit Sebastian, der sich dort gerne herumtreibt, in Kontakt zu treten. Auf diese Weise lernt sie eine ganz neue Seite ihres Ehemanns kennen. Endlich redet er wieder mit ihr. Er ist charmant, so wie früher, bevor sie ihn geheiratet hat. Aus der Ferne betrachtet ist Sebastian ein sympathischer Typ, muss Regine sich eingestehen, und deswegen kann sie dieser Svenja auch keinen wirklichen Vorwurf machen. Sie hat sich möglicherweise, ebenso wie Regine damals, vom Ersteindruck täuschen lassen.

Aber darüber sollte sie sich nicht den Kopf zerbrechen, ihr blieb nicht mehr viel Zeit bis Samstag. Alles muss perfekt vorbereitet sein – und das macht Sebastian ihr leicht. Es dauert keine zwei Tage, dann werden ihre Online-Gespräche – Chats nennt es Magnus – pikant. Manchmal, wenn Regine Sebastians Antworten liest, erwischt sie sich dabei, wie sie sich verlegen umblickt. Sollte jemals ans Tageslicht kommen, was sie hier treibt, wird er ihr das nie verzeihen. Andererseits, erwägt Regine, wie soll er je Wind davon bekommen? Es sind nur noch ein paar Tage bis zum Wochenende, und ihr Mann hat ihr weit mehr geliefert, als sie für ihre Pläne braucht.

Völlig analog ist Regine wieder an dem lang herbeigesehnten Tag unterwegs und wartet auf die Ankunft der Fürstin. Ihr Sohn ist zu Hause. LAN-Party mit Freunden, hat er zu ihr gesagt, und solange keine Mädchen im Spiel sind, ist ihr alles recht. Ihr Mann ist schon in aller Früh zu einem Ausgrabungstermin aufgebrochen. Zum Glück auf der französischen Seite des Archäologieparks. Prinzipiell nicht weit entfernt, aber mit Sicherheit ist er dort so beschäftigt, dass sie nicht auf ihn treffen wird. Sie geht davon aus, dass er diesmal, was den Termin betrifft, die Wahrheit gesagt hat, denn am heutigen Tag ist es Regine selbst, die ein Date mit Svenja hat. Mit der Svenja, die zugleich das hübscheste Lächeln der Welt und obendrein den schönsten Po haben muss, wenn man Sebastians abgeschmackten WhatsApp-Nachrichten Glauben schenken möchte.

Sie erkennt die Liebschaft ihres Mannes auf den ersten Blick.

»Ich bin sehr erfreut, Sie als keltische Fürstin hier auf unserem historischen Gelände begrüßen zu dürfen. Heute entführe ich Sie in eine andere, längst vergangene Welt.« Mit diesen Worten eröffnet die junge Frau die Führung und Regine nickt zufrieden. In eine andersartige Welt entführen, das ist ein prima Hinweis, entscheidet sie. Sie greift in ihre Tasche, wo alles für den Ernstfall vorbereitet ist. Es geht los. Die erste Nachricht ist unterwegs.

Bis zu deren Eintreffen bleibt Regine Zeit, die Brünette von Kopf bis Fuß zu mustern. Sie trägt ein Gewand, das aus einer weißen und einer dunkelgrauen Stoffbahn besteht und mit Fibeln an den Schultern befestigt ist. Der üppige Halsreif, die vielen Ringe und klimpernden Armreifen sind alle golden, und die langen Haare hat sie zu einer kunstvollen Hochsteckfrisur geflochten. Als sie das Areal überqueren, auf dem in antiken Zeiten die herrschaftliche gallo-römische Villa stand, registriert Regine mit ein bisschen Neid, dass Svenjas Figur tadellos ist, soweit es sich bei dem Gewand beurteilen lässt, und auch ihr Lächeln ist zugegeben bezaubernd. Einzig ihre piepsige, fast noch kindliche Stimme erscheint Regine gewöhnungsbedürftig. Aber Sebastian unterhält sich ohnehin eher ungern.

Sie fragt sich, ob die Nachricht schon bei Svenja eingegangen ist. Das junge Ding wirkt hochkonzentriert. Sie erzählt von den ersten Funden auf dem Gelände. Seit 1987 arbeite man daran, die Überreste der römischen Villa zu rekonstruieren.

»Die hier entdeckten Artefakte sind ersten Ranges«, führt sie aus. »Davon können Sie sich gleich selbst überzeugen. Wenn Sie mir nun bitte in die Taverne folgen. Im Obergeschoss sind Funde aus der römischen Siedlungszeit ausgestellt.«

Svenja öffnet die Pforte zum keltischen Gasthaus, und die Gruppe marschiert nach oben. Regine geht als Letzte direkt neben der Fürstin die Treppe empor. Da passiert es. Sieh an, denkt sie, als die junge Führerin die vielen Stofflagen hochschlägt, um ihr Handy herauszunehmen. Unter dem Gewand wird kurz eine enge Jeans sichtbar. Nicht sehr fürstlich, urteilt Regine in Gedanken. Zweifelsohne ist Beweisstück Numero eins eingetroffen. Um Svenjas Mund zuckt es. Sie scheint verwirrt. Coconut28 ist ihr nicht bekannt, das ist unübersehbar.

Vermutlich bräuchte Svenja in diesem Moment, in dem sich die Gäste um sie sammeln und sie erwartungsvoll anblicken, eigentlich etwas Zeit für sich. Um sich kurz zu regenerieren und die Information sacken zu lassen. Doch das Leben ist kein Schlaraffenland, sagt selbst Sebastian immer zu Magnus, wenn dessen Noten nicht seinen Vorstellungen entsprechen und er mehr Leistung und Zielstrebigkeit einfordert. Es besteht die Möglichkeit, dass sich Svenja in diesem Augenblick seine klugen Worte zu Herzen nimmt. Was auch immer es ist, sie verhält sich erstaunlich professionell und findet ihre Fassung schnell wieder. Perfekt einstudiert erzählt sie von dem ehemaligen Landsitz. »Die Funde, aber auch die Ausmaße der Anlage sprechen dafür, dass die römische Familie, die in dieser Villa lebte, zu einer der reichsten der Region gehörte.« Inhaltlich ist Svenjas Vortrag vorbildhaft, nur ihrer Stimme mangelt es an Enthusiasmus. Wenn Regine sich nicht täuscht, klingt die Fürstin trotz aller Selbstbeherrschung ein wenig weinerlich. Den meisten der neugierigen Senioren fehlt, um das festzustellen, vermutlich das Feingefühl. Sie bombardieren Svenja mit allerlei Fragen, die diese eine nach der anderen geduldig beantwortet. Fast empfindet Regine so etwas wie Hochachtung vor ihrer Konkurrentin.

Trotz des Anflugs von Sympathie entscheidet Regine, dass es der falsche Tag für Mitgefühl ist, denn viel zu oft schon hatte sie sich in den vergangenen Jahren wankelmütig gezeigt. Nun gilt es für sie, den Plan bis ins letzte Detail auszuführen. Ohne Rücksichtnahme. Zur nächsten Therapiestunde würde sie nicht ergebnislos erscheinen. Das nachsichtige Lächeln der Tietze-Meiermann, das stets Bände sprach, wenn Regine von ihren Misserfolgen berichtete, kann sie nicht noch einmal ertragen. Heute ist es Zeit für einen echten Wandel!

Und genau genommen will auch Sebastian, dass sich etwas ändert. Warum sonst mäkelte er ständig an ihr herum? Wie sagt er immer? »Verdammt noch mal, Regine, du bist so festgefahren in allem, was du machst! Sei doch einfach einmal locker und ein bisschen toleranter!«

Derzeit gilt es herauszufinden, wo die Toleranzobergrenze Svenjas anzusiedeln ist. Zeit für Phase zwei, entscheidet Regine. Was kann falsch daran sein, mehr über seinen Traumprinzen oder in diesem Fall wohl eher Fürsten zu erfahren?

Die Gruppe geht die Stufen wieder hinunter. Draußen begeben sich alle auf den Weg zum Hügelgrab der Fürstin, da holt Svenja zum zweiten Mal ihr Smartphone unter dem Gewand hervor. Die neue Nachricht nimmt sie offenkundig nicht ganz so nervenstark wie die erste auf. Für ein paar Sekunden bleibt sie regungslos stehen und starrt auf das Display ihres Handys.

»Geht es Ihnen gut?«, erkundigt sich Regine mitfühlend.

»Ja, alles okay«, antwortet Svenja. Sie klingt abwesend oder vielleicht auch schockiert, Regine ist sich nicht sicher.

Die Reaktion kann sie bestens verstehen. Wenn Coconut28 mit Sebastian chattet, wird sie selbst am Monitor nicht selten schamrot. Was es für eine Vielzahl an Möglichkeiten gibt, ist Regine bisher nicht bekannt gewesen. Mit den modernen Technologien lernt man eben täglich dazu, sagt sie sich, und einem jungen Ding wie Svenja müsse der Umgang mit Neuem doch weitaus leichter fallen als ihr.

Im Moment allerdings sieht es nicht danach aus. Regine ist zwar keine Psychologin, trotzdem kommt ihr die Theorie in den Sinn, dass Svenja vermutlich so überrascht ist, weil Sebastian im Alltag immer stocksteif auftritt. Auch wenn sich manche der verwegenen Vorschläge, die ihr Ehemann Coconut28 unterbreitet, verführerisch anhören, das muss Regine gestehen, ist es kaum vorstellbar, dass es Sebastian ist, der solche ungewöhnlichen Offerten macht.

Offenbar ist diese spezielle Seite ihres Ehemannes für Svenja ebenfalls eine Überraschung. Ob sie sich mit seinen Ideen anfreunden kann, ist derzeit schwer einzuschätzen. Bewundernswert ist in jedem Fall die Selbstbeherrschung der Geliebten ihres Mannes, findet Regine. Dass der Unternehmer Johann Schiel in den 50ern beim Sand- und Kiesabbau einen menschlichen Schädel sowie einen Ring fand und spätere Funde dazu führten, dass man eine Grabkammer entdeckte, wie Svenja gerade berichtet, ist Regine völlig neu. Schon komisch, wenn man überlegt, dass ihr Mann seit vielen Jahren an diesem Ort tätig ist. Sie ist begeistert, ebenso wie die Kinder, die Svenja sofort fragen, ob sie bei den Ausgrabungen mithelfen dürfen.

Bevor es weitergeht, werden vor den rekonstruierten Hügeln eine Menge Fotos gemacht. Sogar Regine schießt ein paar zur Erinnerung, immer mit sich im Vordergrund. Selfie heißt das und laut Magnus machen das heute alle. Jeder der Anwesenden möchte auch eins mit der netten Führerin an seiner Seite. Regine reiht sich ein, denn Svenja wird ihr immer sympathischer.

Ihr bedauernswerter Zustand ist allerdings mittlerweile selbst den Senioren aufgefallen.

»Sie sind ein bisschen blass um die Nase, Fräulein Fürstin«, sagt ein älterer Herr und die anderen kichern. Das ist nicht nett, aber woher sollen die Gäste auch wissen, wie hundsmiserabel es Svenja geht, denkt Regine. Vor wenigen Minuten hat sie schließlich erfahren, dass die Liebe ihres Lebens eine gewaltige Anhäufung von Enttäuschungen ist.

»Gehen wir jetzt zum Fürstinnengrab?«, fragt die junge Frau nach der Fotoaktion reichlich strapaziert. »Ich habe es eilig, mir ist etwas Unerwartetes dazwischengekommen.«

Die Kinder jammern enttäuscht, einige klettern gerade auf die Hügel und laufen so schnell sie nur können wieder herab. Das scheint Spaß zu machen. Doch die Führerin ist nicht zum Einlenken zu bewegen. Sie will die Tour hinter sich bringen, das ist unübersehbar, und so steigert sie das Spaziertempo hin zu Marschgeschwindigkeit. Mit einem Schlag ist vom Gejammer nichts mehr zu hören.

»Und hier ist nun die begehbare Grabkammer«, verweist uns Svenja kurz darauf auf den wichtigsten Ausstellungsort im Archäologiepark. Wir stehen in der Vorhalle. »Gleich werden Sie den meisterhaft verzierten Goldschmuck und die kostbaren Beigaben wie die außergewöhnlich filigran verzierte Bronzekanne bewundern können, die man als Grabbeigabe vorfand. Das Grab stammt aus der Zeit um 370 vor Christi«, erläutert sie. »Folgen Sie mir bitte zu diesem absoluten Highlight und damit auch dem Abschluss unserer Führung.«

Highlight und Abschluss? Regine wird hellhörig. Da gibt die Führerin ihr quasi die Stichworte vor. Coconut28 meldet sich ein allerletztes Mal. Das Beste hat sie sich, wie es sich gehört, bis zum Ende aufgehoben. Die Nachricht trifft ein. Als Svenja sie liest, reißt sie entsetzt die Augen auf. So viel Emotion bekommt man nur selten zu Gesicht.

»Ähm, nun … es tut mir leid. Ein absoluter Notfall«, informiert Svenja mit hochrotem Kopf die Gruppe, die sich erwartungsvoll im Innern der Grabkammer um die Führerin versammelt hat. »Entschuldigung, aber ich muss abbrechen. Ein Ausnahmefall.«

»Aber Sie wollten uns doch noch den Flyer mit den Mitmachaktionen …«, beklagt sich eine der Mütter. Svenja hört ihr nicht zu. Stocksauer zerrt sie sich im Gehen das Gewand über den Kopf. Dabei löst sich ihre hübsche Flechtfrisur. Ein Jammer, findet Regine.

Wie all die anderen, die jetzt ratlos herumstehen, hätte sie gern noch ein bisschen mehr über die Fürstin erfahren. Sie musste jemand Besonderes gewesen sein, wenn man wegen ihr einen solchen Aufwand betrieb. Vielleicht gab es einen Mann, der sie nach ihrem Tod so sehr vermisste, dass er der Fürstin den riesigen Grabhügel bauen ließ. Wie beim Taj Mahal, wo dem Großmogul für seine verstorbene Ehefrau nichts gut genug war. Die edlen Grabbeigaben sprechen allemal für eine gefühlvolle und letztlich auch traurige Liebesgeschichte. Regine mag solche Romanzen mit einer Portion Tragik. Zumindest dann, wenn sie ihr Familienglück nicht stören.

Wieder an der Kasse, fordert sie die Hälfte des gezahlten Eintrittsgeldes zurück. Eine lückenhafte Führung habe sie schließlich nicht gebucht. Danach fährt sie nach Hause. Der Morgen ist äußerst spannend gewesen und sie tippt darauf, dass der Nachmittag ebenfalls Aufregendes bereithalten wird.

Als es gegen vier bei Regine läutet und sie die Tür öffnet, ist sie nicht überrascht, die beiden Polizisten zu sehen.

»Frau Baumgarten, entschuldigen Sie, wir haben schlechte

Nachrichten«, eröffnet ihr die hübsche Beamtin mit der runden silbernen Brille. Einer Familie unerfreuliche Botschaften zu überbringen, fällt der jungen Frau augenscheinlich nicht leicht.

»Schlechte Nachrichten?«, wiederholt Regine. Das ist eher unwahrscheinlich, sagt sie sich.

»Es geht genau genommen um Ihren Mann …«, fährt der Kollege neben ihr fort, der offenbar schon länger im Dienst ist und mit solchen Situationen umzugehen gelernt hat.

»Ja?« Regine ist für jede Art von Nachricht offen. Sie hat sich in Toleranz geübt, jahrelang.

»Herr Doktor Sebastian Baumgarten, das ist doch Ihr Mann?«

»Ja, richtig!« Ungeduldig schaut Regine zwischen den beiden Beamten hin und her, sie machen es verteufelt spannend.

»Nun, es gab heute einen Unfall an der Ausgrabungsstelle in Reinheim.«

Regine kostet es enorme Mühe, ihre Emotionen im Zaum zu halten. Jetzt bloß nicht grinsen, ermahnt sie sich, denn dies ist der richtige Moment für die erschrockene Miene, die sie seit Tagen vor dem Spiegel geübt hat.

»Wir wissen noch nicht genau, wie und warum Ihr Mann …«, stammelt die Polizistin und hält betroffen inne.

»Es war wohl ein unglücklicher Zufall«, ergänzt der Kollege.

»Ein unglücklicher Zufall? Was ist denn passiert? Ist Sebastian im Krankenhaus?« Regine erschrickt. Alles, nur das nicht, hofft sie inständig. Diese Svenja wird doch wohl keine halben Sachen machen? Jemand Wehleidigeres als Sebastian, wenn er auch nur einen Schnupfen hat, kann man sich kaum vorstellen.

Regine hat Glück. Das Polizistenpärchen schüttelt fast synchron den Kopf.

»Nein, er ist nicht im Krankenhaus«, sagt die Beamtin mit schwerer Stimme. »Jemand hat ihn beim Rückwärtsfahren irgendwie, wohl aus Versehen, mit dem Bagger angefahren. Oder eher überfahren. Vor Schreck hat die Mitarbeiterin ihn sogar …« Sie stockt und wirft dem Kollegen einen Blick zu, der vermutlich bedeuten soll, dass er wieder an der Reihe ist.

Der Beamte seufzt. »Nun, die Mitarbeiterin hat ihn, nachdem sie fast über ihn hinweg war und er bereits am Boden lag, mit der Baggerschaufel am Kopf erwischt. Das war großes Pech.« Er macht eine Pause und beäugt Regine kritisch, anscheinend um abzuschätzen, ob sie noch mehr vertragen kann.

Sie nickt ihm zu. Er soll fortfahren, verdammt noch mal, sie hat nicht den ganzen Tag Zeit!

»Eine ziemlich verrückte Geschichte«, fasst ihr Gegenüber die Geschehnisse zusammen. Ihm ist vermutlich bewusst, dass es nichts bringt, ewig um den heißen Brei herumzureden. So hart es ist, die Ehefrau muss die Wahrheit erfahren – so lernt man das sicher in der Polizeischule, mutmaßt Regine. Und ja, jetzt geht er endlich in die Vollen: »Der Rettungswagen traf in kürzester Zeit vor Ort ein. Aber man konnte nichts mehr für Herrn Baumgarten, also für Ihren Mann, tun. Er ist noch vor Ort …« Jetzt schluckt der Beamte auch.

Regine kommt ihm zur Hilfe: »… verstorben?«

Ihr Herz macht einen Riesensprung, während sie das sagt. Äußerlich bleibt sie angemessen freudlos.

»Ja, es tut uns leid, Ihnen so eine schlechte Nachricht überbringen zu müssen.«

Schade, sagt sich Regine. Offenbar nimmt dieses Ereignis die beiden ziemlich mit. Das trübt ein wenig ihre gute Stimmung.

Was nun auf Regine als Witwe zukommt, ist – das versteht sich von selbst – nicht angenehm. Sie muss Magnus über die neuen familiären Gegebenheiten informieren, nach der LAN-Party logischerweise, die zu dieser Zeit noch in vollem Gange ist. Es wird ein gewaltiger Einschnitt werden für einen Jungen, der seinen Vater so gut wie nie zu Gesicht bekam, einen Vater, der ihm fast alles, was Spaß macht, verbat.

Eine harte Zeit steht ihnen beiden bevor. Sie bleiben allein mit dem Haus, mit all dem Ersparten und dem Geld aus der Lebensversicherung zurück. Jeder würde Rücksicht nehmen und womöglich auch verstehen, dass sich eine Familie nach einem solchen Schicksalsschlag Ruhe und Abstand gönnen muss.

Wobei sie natürlich trotz all der Trauer nicht vergessen sollten, gleich Montag den Vertrag bei der Musikschule zu kündigen, überlegt Regine, während sie ihren Ehering vom Finger zieht und auf dem Kaminsims ablegt. Die Klavierstunden sind in dieser veränderten Situation schließlich sinnlos verschwendetes Geld.

Es wäre vermutlich wichtig, sich abzulenken in der kommenden Zeit, sagt sich Regine und sieht sich in der Wohnung um. Sie muss aufpassen, in kein dunkles Loch zu fallen, so wie viele, die in Trauer sind.

Ihre Therapeutin sei sicher auch der Meinung, sie brauche eine Art Ventil, um auf andere Gedanken zu kommen und die Alltagsprobleme zu vergessen. »Wandel ist gut. Trauen Sie sich, Frau Baumgarten! Wagen Sie sich an neue

Dinge heran.« Daran appelliert Tietze-Meiermann genau genommen bei fast jeder Gelegenheit, und eine Psychologin wird es doch wohl am besten wissen. Gerade weil es Sebastians Idee gewesen ist, dass Regine wegen ihres aufbrausenden Gemüts eine Therapie beginnen sollte.

Also, schlussfolgert sie und geht die Treppe hinauf in Richtung Büro, warum soll sie nicht sofort mit dem neuen Leben beginnen? Magnus ist beschäftigt und die nächsten Tage werden ohnehin schwer genug.

Sie setzt sich an Sebastians Schreibtisch und schaltet den Computer ein. Die Datingseite, auf der sie sich die letzten Wochen häufiger aufgehalten hat, ist auf dem Rechner unter »Favoriten« gespeichert. Praktisch, sagt sich Regine.

Sie tippt ihren Nickname ein. Coconut28.

Am Wochenende ist in dem Chatportal enorm viel los, und es dauert keine fünf Sekunden, bis sich die erste Abwechslung bietet.

»Auch alleine?«, fragt MisterLoverLover.

Regine schreibt: »Mutterseelenalleine und entsetzlich einsam!«

Als frische Witwe, findet Regine, ist die Behauptung doch kein bisschen übertrieben. Sie befindet sich in einem beklagenswerten Zustand, und vielleicht kann dieser Loverlover ihr echten Trost bieten. Er könnte jemand werden, der ihr über diese schwere Zeit hinweghilft. Mag sein, dass sie mit ihm, zur Erinnerung an ihren Sebastian, ein paar von dessen ungewöhnlichen Ideen in die Tat umsetzt. Ganz klar würde es sie Überwindung kosten, doch wer, wenn nicht Regine, hatte gelernt, offen und tolerant zu sein.

WIR HABEN ES UNS NICHT AUSGESUCHT

Manche ergänzen sich perfekt, so wie Tim und Struppi oder Flipper und sein Freund Sandy, andere wiederum stoßen sich ab wie die Pole zweier Magneten. Sie sind so harmonisch wie Feuer und Wasser oder – um es noch eindrücklicher zu beschreiben – wie die Kombination von Fleischkäse und Tofuwurst. Da passt rein gar nichts, und es liegen ganze Welten, wenn nicht sogar Sonnensysteme, dazwischen. Genau diese Rahmenbedingungen treffen auf Wolfgang und mich zu. Ich kann den Kerl nicht ausstehen, und ihm geht es allem Anschein nach mit mir kein bisschen anders.

Ungeachtet dessen haben mich Siggi und Hanne dieser Situation ausgeliefert, aus reinem Egoismus. Während sie die Sechstageradtour auf dem Saar-Radweg antreten, ihr Aufbruch ist noch keine drei Stunden her, soll ich die Zeit bei Gabriele in ihrem Haus in Besseringen verbringen. Ein pures Lockangebot, einzig um mich gefügig zu machen, und ich bin eiskalt auf die Nummer hereingefallen. So wie die armen Omas beim Enkeltrick.

Ein paar Tage bei Gabriele, das klang in meinen Ohren wie ein Wellnessurlaub. Hannes beste Freundin liebt mich abgöttisch, und genau wie ich pflegt sie mit Hingabe ihre romantische Ader. Immer nennt sie mich »Güntherlein« und überdies schaut sie nicht nur für ihr Leben gerne Liebesfilme, sie liest auch unglaublich viel. Allesamt Romanzen. Während ich also an diesem ersten Morgen der Fremdunterbringung zu ihren Füßen liege und von der südenglischen Küste träume, lausche ich Gabrieles zarter Stimme und meine Nase verrät mir, der Tag wird noch besser. Schließlich köchelt der Schmorbraten seelenruhig in der Küche. Gabriele ist kulinarisch eine Virtuosin, was man von Herrchen und Frauchen leider nicht behaupten kann. Nur deshalb gönne ich Siggi und Hanne die Woche Urlaub von Herzen. Sollen sie sich ruhig in ihren freien Tagen abstrampeln, ich habe hier mein ganz eigenes kleines Paradies.

Zumindest hat es zu Beginn diesen Anschein. Viel zu schnell muss ich erkennen, dass es sich lediglich um halbherzige Zusicherungen gehandelt hat, die der Realität schon am ersten Tag nicht standhalten. Gerade eben haben Siggi und Hanne den Drahtesel bestiegen und sind damit für mich unerreichbar, da klingelt bei Gabriele das Telefon.

»Och ne, oder? Das ist die Nummer vom Gartenbistro, da muss ich leider ran«, höre ich neben mir. Meine Vorleserin klappt »Mitten hinein in den Sturm der echten Liebe« zu und legt das Buch zurück auf den Wohnzimmertisch. Verstört schaue ich auf: Was ist denn das? Genau jetzt, wo es spannend wird. Ich will unbedingt wissen, ob der französische Winzersohn Didier der bezaubernden, aber etwas naiven Gutsbesitzerin Rose trotz Verlobung mit einer gutdotierten Bauunternehmertochter einen Antrag macht. Oder ob er sich von den gemeinen Intrigen seiner Mutter täuschen lässt. Sie arbeiten mit perfiden Methoden dort in Südengland.

Ungnädig spähe ich von der Kuschelecke auf der Ledercouch hinaus in die doch oft so ungerechte Welt. Gabriele hat mir ein federweiches Lager bereitet, damit ich nicht wegen des kalten Leders friere, und mein festes Vorhaben ist es, diese perfekten Umstände maximal zum Essen zu verlassen und höchstens einmal, um einen Bach zu machen. Obwohl mir gerade eben der Gedanke im Kopf herumgeschwirrt ist, dass es Gabriele sicher eine Freude bereiten würde, mich direkt vor Ort zu füttern. Sie liebt es, andere zu bemuttern, und ich tue alles dafür, dass es ihr gut geht.

Doch all diese wundervollen Pläne stehen mit einem Mal auf der Kippe.

»Aber diese Woche sollte ich eigentlich frei haben. Das war doch …« Kurze Pause. Mein Teilzeit-Frauchen legt die Stirn in Falten. Von der anderen Seite hört man erneut hektisches Gemurmel. Keine Ahnung, was die Kollegen vom »Garten der Sinne« von meiner Gabriele wollen. Was immer es ist, sie ist fest gebucht für die kommenden Tage, sage ich mir. Die Gartenanlage oben auf der Ell wird auch mal eine Woche ohne Gabriele zurechtkommen müssen. Da gibt es kein Wenn und Aber und Diskutieren! Versprochen ist versprochen.

Gabriele allerdings ist, was die Bedürfnisse anderer angeht, viel zu gutherzig, und so sagt sie doch wahrhaft den Satz, der das Kartenhaus schon halb zum Einstürzen bringt: »Ich komme!«

Na super!

Kurz darauf beendet sie das Telefonat und setzt mich schonungslos über ihr Vorhaben in Kenntnis: »Güntherlein, kleine Programmänderung. Was hältst du davon, wenn du Hendrik für ein paar Stündchen besuchst? Vielleicht hat er Zeit. Gegen sechs bin ich wieder da.«

Ich überlege. Zugegeben, die Idee ist noch recht okay. Hendrik, Gabrieles Sohn, der in Saarbrücken in einer Studenten-WG wohnt, ist ein cooler Typ. Es ist zwar nicht ganz das, was mir versprochen wurde, doch wir könnten mit dem alten 3er, den Gabrieles Sohn meinem Herrchen Siggi abgeschwatzt hat, auf Tour gehen.

Na gut, denke ich mir, wenn jemand flexibel ist, dann wohl

ich. Gabriele zuliebe akzeptiere ich das Angebot, erwarte jedoch für das selbstlose Einlenken später die doppelte Portion Schmorbraten. Von dieser Idee getragen, erhebe ich mich gut gelaunt aus dem Kuschelnest und signalisiere mit aufgeregter Rute meine Bereitschaft, den Deal einzugehen.

»Na, mal schauen, ob er überhaupt Zeit hat.« Gabriele lächelt mir zu, während sie seine Nummer eingibt.

Auf der anderen Seite der Leitung meldet sich jemand mit: »Jep.«

»Hendrik, hab ich dich geweckt?«

Ich rücke dichter an Gabriele heran, um mitzuhören. Hendrik klingt verschlafen. Aber kein Problem: Soll er erst mal eine Tasse starken Kaffee trinken, und wenn wir später bei all der Frischluft im Cabrio durch die Gegend touren, wird er schon richtig munter werden.

»Ähm, hab bis eben gedöst«, nuschelt mein potenzieller Aufpasser. Er hört sich nicht gut an, Gabriele muss die Nummer mit der Vertretung wohl oder übel canceln. Der Stimme nach zu urteilen, hat ihr Sohn eine beachtliche Menge Restalkohol im Blut.

»Ist Leonie da?«

»Öh, ne. Ich glaube … Moment, warte, sie ist gerade auf der Toilette …« Hendrik redet im Flüsterton. »Ich glaube, sie heißt Svenja.«

»Svenja? Kenne ich nicht.«

»Na, ich auch erst seit gestern Abend. Ist ein bisschen älter als ich, aber ganz lustig. Sie hatte ziemlichen Liebeskummer und na ja …« Hendrik ist weit ehrlicher, als es für seine Mutter nötig wäre.

Gabriele sieht mich an und schüttelt den Kopf. Ganz eindeutig: Ihr Sohn ist für heute keine Lösung. Da sind wir beide einer Meinung.

»Nun, da will ich nicht länger stören. Ich melde mich später. Bis dann«, beendet sie das Gespräch und legt auf.

Na gut, denke ich mir. Wir haben es versucht, aber da ist leider kein Ersatz in Sicht. Demzufolge muss Gabriele wohl die Geschichte mit dem Garten der Sinne abblasen. Doch meine Aufpasserin ist da anderer Ansicht. Statt das Telefon zur Absage zu nutzen, verfügt sie: »Ach, weißt du was? Ich rufe einfach mal den Wolfgang an. Er hat heute frei und wollte am Mittag sowieso zu uns kommen. Ist doch prima! Vielleicht kann er einspringen.«

Äh ne, der Wolfgang, schießt es mir durch den Kopf. Dass Gabriele unbelehrbar ist und ihrem Exmann eine zweite Chance gibt, ist für mich nicht zu verstehen. Wo die Liebe hinfällt, kann man da nur sagen. Oder vielleicht eher: Liebe macht blind. Im Falle von Gabriele so blind wie ein Maulwurf.

Was das angeht, muss jeder selbst entscheiden. Da bin ich tolerant, solange mir dieser überkorrekte Hilfssheriff, der Hanne und Siggi immerzu predigt, mich mit einem der furchtbar engen Halsbänder an die Kette zu legen, von der Pelle bleibt. Mich dem zu überlassen, grenzt an Fahrlässigkeit.

Tag und Nacht prahlt er, wie wahnsinnig toll ihre Polizeihundestaffel im Saarland sei und was da für pfiffige Strebertypen dabei wären. Durch die Blume will er Siggi und Hanne damit natürlich etwas anderes sagen: Das sind alles keine verwöhnten Vierbeiner wie euer Günther. Wenn der selbstgefällige Freund und Helfer so daherredet, hört er sich an wie diese Opas, die stundenlang vom Krieg erzählen. Dass heute bei einem Hund andere Werte zählen, checkt er nicht.

Auf die Nummer mit Oberschlauberger Forsberg, dem

Spaßkiller schlechthin, hat mich niemand vorbereitet und den Wolfgang wiederum auch nicht. Gabriele überfährt ihn am Telefon einfach mit ihrer Frage. Als sich Herr Neunmalklug von der Idee ebenfalls nicht sehr begeistert zeigt, sagt sie sofort: »Früher wolltest du immer einen Hund.«

»Ja, einen Hund, aber Günther …« Er bringt den Satz nicht zu Ende. Einzig und allein, weil er es sich nicht mit Gabriele verscherzen möchte. Statt hart zu bleiben und mir den Nachmittag zu retten, lässt er sich erweichen: »Nun gut, wenn du Hilfe brauchst, springe ich natürlich ein!«, balzt er durchs Telefon. »Für dich, mein Schatz, mache ich alles. Sogar auf den verzogenen Fiffi aufpassen.«

Verzogenen Fiffi! Ich vergrabe mich in meine Kuschelhöhle, und ich schwöre, bis 18 Uhr – denn dann ist Feierabend an der Kasse der Gartenanlage – nicht herauszukommen. Das gehörte nicht mit zur Abmachung. Mir hat vorab niemand mitgeteilt, dass Herr Oberlehrer Dauergast in meinem Feriendomizil sein wird.

»Hast du gehört? Der Wolfgang kommt. Das wird ein Spaß«, droht mir Gabriele in bester Laune an, nachdem sie aufgelegt hat. »Ich mache schnell noch den Schmorbraten fertig, und dann habt ihr zwei das Haus für euch alleine.«

Beim Wort Schmorbraten hebe ich kurz den Kopf. Immerhin gibt es noch den Braten zum Trost, sage ich mir. Immerhin!

Es dauert keine Viertelstunde, da ist der Gute-Laune-Killer vor Ort und setzt sich prompt an die gedeckte Tafel.

»Oh, schau an. Da habe ich ja richtig Glück gehabt, als Hundedompteur engagiert worden zu sein.« Mit lüsternen Augen fixiert er den Schmorbraten auf dem Tisch, genau wie ich. Die Rotweinsoße kitzelt in meiner Nase. Gabriele hat das kulinarische Kunstwerk mit ganzen gedünsteten Möhren und Kohlrabi-Stiften drapiert, über die sie einen Klecks zerlassene Butter gegeben hat. Was für ein Anblick – was das angeht, sind Wolfgang und ich uns zu 100 Prozent einig.

»Die Möhrchen mit etwas Grün sehen toll aus«, stellt er fest und Gabriele lächelt. »Und erst die Spätzle«, schleimt er sich weiter ein. »Sag nur, das sind …«

»Kastanienspätzle!«, vollendet meine Gabriele seinen Satz und gibt dem Superkommissar dazu auch noch einen Kuss auf die Wange. Bäh! Ich schaue lieber weg und sinne über die Aufteilung nach: Gemüse und Spätzle für den Herrn, der Braten für mich, entscheide ich großzügig und mache mit einem Wimmern auf mich aufmerksam – anders geht es heute anscheinend nicht.

»Gibst du Günther bitte auch gleich ein Stück? Sein Napf steht in der Küche.«

»Du willst dem Hund doch nicht etwa vom Tisch geben?«, brummt Wolfgang.

»Hanne meinte, das wäre kein …«

»Dass die beiden den Hund restlos verziehen, ist mir klar«, wirft der Besserwisser ein.

Da ist er eingeladen in unserem Haus und lässt die Gastgeberin nicht mal ausreden, denke ich empört. Gabriele schluckt ebenfalls und springt heldenhaft für mich in die Bresche. Die Gutherzige. »Die eine Woche kann doch wohl kaum schaden«, hält sie dagegen. »Güntherlein soll sich schließlich wohl bei uns fühlen.«

»Güntherlein«, murmelt Wolfgang in einem Tonfall, der Bände spricht. Mir wird ganz komisch und ich lasse die Ohren hängen.

Ein weiteres Mal versucht Gabriele zu vermitteln. »Ach, Wolfgang. Gibt dir einen Ruck, unser Güntherlein ist so ein süßer Kerl. Machst du das bitte? Versprochen?« Sie sieht Wolfgang mit großen Augen an und dem Blick kann niemand widerstehen – schon gar nicht der Hilfssheriff vor uns.

»Hm, also gut«, lenkt er ein und sein Mund verzieht sich zu einem Grinsen. Es ist ein eiskaltes, frostiges Lächeln, das mir Angst macht.

Gabriele offensichtlich nicht. »Super, du bist ein Riesenschatz«, lobt die Gutgläubige den Widerling, der sie noch zur Tür begleitet. Dort folgt wieder Knutscherei, und schon fällt die Tür ins Schloss. Ich schlucke. Jetzt bin ich mit dem Bluthund allein.

»So, Güntherlein«, tönt es bissig aus dem Flur. Wolfgang kehrt zurück, um erneut am Tisch Platz zu nehmen. Provozierend setzt er sich mir gegenüber, nimmt sich eine Scheibe vom Schmorbraten und legt ihn auf seinen Teller. Er überlegt kurz und platziert dann ein zweites Stück darauf.

»Jetzt kommt die Zeit der Neuorientierung«, kündigt er an und greift zur Sauciere. »Es weht ein anderer Wind, verstehst du, was ich meine, Güntherlein?«

Nein, ich verstehe gerade rein gar nichts. Der Geruch und der Anblick des Essens auf Wolfgangs Teller nehmen meine Sinne vollends in Anspruch. Er will mir doch hoffentlich nicht noch mehr von meinem Anteil rauben, befürchte ich. Da langt das Monster wieder zu.

Ein, zwei, drei, nein, sogar vier Schöpflöffel ergießen sich über den mittlerweile in Soße ertrunkenen Braten. Die Maronenspätzle häufelt Wolfgang von allen Seiten dazu, um zuletzt drei Möhrchen obenauf zu stapeln. Der Teller ist so brechend voll, dass ein einziges Reiskorn vermutlich eine mittelschwere Lawine auslösen würde.

Nervös tripple ich von einem Pfötchen auf das andere. Huhu! Ist da nicht noch etwas? Ein Versprechen? Für einen Paragrafenreiter wie den Forsberg muss so was doch eine Bedeutung haben?

»Ah, du wolltest auch was?«, reagiert Wolfgang endlich. Wie gesagt, ich mag den Kerl nicht, aber ich schätze, was sein Wort betrifft, ist er zuverlässig. Voller Vorfreude schlecke ich mir mit der Zunge über meine Schnauze. Hunger, das ist das Gefühl, das in dieser Sekunde vorherrscht. Wolfgang nimmt den Salatteller, den Gabriele für ihn bereitgestellt hat, und platziert darauf das winzig kleine Endstück vom Schmorbraten. Einen Daumen oder höchstens anderthalb breit.

»Versprochen ist versprochen«, sagt Wolfgang in einer derart gehässigen Weise, dass ich ihn am liebsten ins Hosenbein beißen würde. Aber bei einem Polizisten spare ich mir das besser, die wissen sich zu wehren.

»Das kleine Güntherlein kommt dann mal mit«, fordert er in einem zuckersüßen Ton und steht auf. Von der gedeckten Tafel greift er sich im Vorbeigehen noch ein paar Kohlrabistifte und zwei, drei Möhrchen. Was soll denn das, frage ich mich. Will er mich etwa zum Veganer umerziehen? Davon kann ich krank werden.

»Vitamine können nie schaden«, behauptet mein Aufpasser, trabt in die Küche und macht sich auf einem Schneidebrett an sein ungeheuerliches Werk. Mit einem großen Fleischmesser hackt er alles, was er zuvor aufgetürmt hat, lieblos in hässliche Fetzen – das Drama schiebt er mit der Klinke vom Brett direkt in meinen Plastikfressnapf. Den, den Siggi und Hanne nur pro forma eingepackt haben, denn für gewöhnlich speise ich von feinster Keramik. Ich blicke geknickt auf das Ergebnis im Napf, fiepe und sehe Wolfgang erwartungsvoll an. Das traurige Etwas da soll ich doch nicht ernsthaft meinem Körper zuführen? Das kann nicht sein Ernst sein: Erst mal ist das viel zu spärlich und zweitens absolut unter meiner Würde.

»Ist das nicht gut genug für den kleinen Feinschmecker?«, stellt Wolfgang nun endlich die richtige Frage.

Korrekt, denke ich, der Junge hat es erkannt.

Doch gar nichts checkt er. Wolfgang packt das Trockenfutter aus der Ecke, das Gabriele sicherheitshalber besorgt hat, falls es mir nicht schmecken sollte, was eigentlich bis eben außer Frage stand. Er reißt die Packung auf und schüttet eine Ladung davon in den Napf. Mir wird fast übel bei dem Anblick.

»Besser so?«, fragt der Soziopath gehässig.

Ich drehe meinen Kopf weg – schon lange hat mich niemand mehr so beleidigt. Bevor ich den Fraß anrühre, sterbe ich lieber.

»Ist dem Herrn Günther wohl nicht exquisit genug«, säuselt Wolfgang. »Na, da kann ich helfen.«

Er greift in Gabrieles Kräutertopfecke und pflückt ein Stück Petersilie heraus, das er zwischen die Trockenfutterkringel steckt. Die Freude, die ihm all das bereitet, ist unübersehbar. Mit einem fiesen Lächeln fügt er hinzu: »Lass es dir schmecken, Güntherlein.«

Ich hasse ihn. Abgrundtief. Weit mehr, als je ein Hund einen Menschen gehasst hat. Doch auch das kümmert den Tierfeind wenig. Als wäre nichts geschehen, macht er auf dem Absatz kehrt und lässt mich mit dem Elend an Hundefraß allein.

Aus dem Wohnzimmer höre ich ihn schmatzen und das, während ich in der Küche quasi am Verhungern bin. Das interessiert Wolfgang nicht die Bohne, anscheinend hat er sich sogar den Fernseher angemacht. Irgendetwas Brutales, das passt zu ihm. Laute Schüsse fallen und ich wünsche mir, die wären echt.

Eine gute halbe Stunde tripple ich in der Küche auf und ab. Bei Hanne und Siggi zieht das immer. Irgendwann traben sie mit einem schlechten Gewissen an, und spätestens da ist eine dicke Scheibe Lyoner fällig. Doch Wolfgang ist immun gegen jede Form von Mitgefühl – ein Herz aus Vulkangestein. Er gibt nicht nach und ich schon fünfmal nicht. Keinesfalls! Die Pampe im Napf rühre ich nicht an, selbst wenn mein Magen bereits ein wahres Konzert veranstaltet.

Keine Ahnung, wie lange ich in der Küche schon vor mich hin geschmort habe – ganz ohne Schmorbraten –, als die Unglücksbotschaft eintrifft. Die Titelmusik vom Tatort, der Klingelton des Hilfssheriffs, mischt sich in die Dauerschießerei im Wohnzimmer und bereitet der Essenstragödie urplötzlich ein Ende. Wie schnell werden solcherlei Querelen nebensächlich – wenn ein echtes Unglück passiert.

»Hallo, Hase. Ist bei dir alles klar?«, höre ich. Im gleichen Moment schweigt der Fernseher.

Heimlich, still und leise tapse ich in den Flur. Das will ich haarklein mitbekommen. Bombensicher macht Gabriele Wolfgang wegen der Schmorbratenaktion in dieser Sekunde die Hölle heiß, überlege ich.

»Was sagst du? Ein Kerl mit Sturmmaske … schließt die Türen! Sofort! Und bringt euch in Sicherheit. Weiß die Polizei Bescheid? Gabriele, hallo … Hase, hörst du mich?« Wolfgangs Miene verdüstert sich. Als er noch einmal versucht, Gabriele an den Apparat zu bekommen, meldet sich niemand. »Gar nicht gut«, murmelt er und tippt erneut auf seinem Handy herum. »Herbert, hier ist Wolfgang. Schick bitte mal zwei Streifenwagen hoch zur Ell zum Garten der Sinne. Da scheint sich ein vermummter Typ herumzutreiben. So schnell wie es geht, bitte!«

Mir wird heiß. Irgendetwas stimmt bei Gabriele nicht. Das macht mir Angst. Was, wenn ihr etwas passiert? Das wäre eine Katastrophe. Wo soll ich dann die Woche über unterkommen?

»Super. Danke! Ich bin auch gleich da«, sagt Wolfgang in meine Gedanken hinein und springt auf. Der Teller mit dem Schmorbraten steht halb verzehrt vor ihm. Was für eine Verschwendung!

Obwohl …, denke ich. Mit ein bisschen Glück bin ich den Knaben bald los. Was soll ich als Dackel dort schon ausrichten können? Ich halte hier die Stellung, und er kann den großen Retter spielen und am besten Gabriele gleich danach mit nach Hause bringen. Doof nur, dass jetzt der Fernseher aus ist.

»Los, auf, Günther!«

Der Schlachtplan von Wolfgang sieht offensichtlich anders aus: Ich soll mit. Warum gerade ich? Sonst heißt es doch immer, ich sei ein verhätscheltes, kleines Schoßhündchen. Sind in einer solchen Angelegenheit die Helden von der Hundepolizeistaffel nicht weit eher gefragt?

Doch Herr Hauptkommissar kennt keine Gnade. Ein paar Augenblicke später stehen wir vor seinem Kombi.

»Rein mit dir!«, sagt Wolfgang mit einer Stimme, die keinerlei Widerspruch zulässt. Der Kerl bugsiert mich in den Kofferraum und dort muss ich hinter den hochgezogenen Gittern verharren wie ein Strafgefangener. Voller Angst und halb verhungert, so fährt er mich in einem Affenzahn in die Kampfzone, dabei bin ich Pazifist.

Von Besseringen aus brauchen wir länger als Wolfgangs Kollegen. Als wir oben am Parkplatz des Gartens der Sinne vorfahren, sichern Beamte das Gelände ab.

»Mensch, was ist denn hier los?«, höre ich Wolfgang zu sich selbst sagen.

Sogar ein Krankenwagen mit Blaulicht steht parat. Das komplette Programm. Die Atmosphäre ist noch finsterer als bei einer Folge vom Saar-Tatort, und da kann ich schon kaum hinsehen.

Wolfgang steigt aus und ich bete, dass er mich hier hinten vergisst. Doch Pustekuchen, auch dieser Wunsch erfüllt sich nicht. Herr Kommissar öffnet mir mit der Instruktion »Du bleibst bei Fuß« den Kofferraum. Bedauerlicherweise, denn im Auto hätte ich mich weitaus sicherer gefühlt als dort draußen, wo es nur so von aufgeregten Sicherheitskräften wimmelt.

Wolfgang zückt seinen Dienstausweis und zeigt ihn einem Kollegen, der nervös an einem Polizeiwagen mit dem Funkgerät hantiert und vermutlich auf weitere Anweisungen wartet.

»Forsberg, Kripo Saarbrücken, was ist passiert?«, erkundigt Wolfgang sich.

»Fiedler. Es gab eine Bombendrohung.«

»Was?« Wolfgang schüttelt ungläubig den Kopf. »Das ist bestimmt ein Dummejungenstreich. Kommt doch ständig …«

»Diesmal eher nicht«, fällt ihm der Kollege ins Wort. »Der Bombenleger hat sich mit einer Reihe von Geiseln im Bistro verschanzt, und so wie er sich eben angehört hat, ist es ihm todernst.« Nervös knabbert der Beamte auf seinen Lippen herum und blickt auf das Bistrogebäude, das circa 150 Meter von uns entfernt liegt.

»Geiseln?« Wolfgang wird blass. »Wissen Sie, wer sich dort drinnen aufhält?«

»In jedem Fall der Attentäter, ein paar der Angestellten vermutlich und eine Handvoll Gäste. Wir schätzen etwa zehn bis zwölf Personen.« Der Polizist wirkt überfordert. »So was hatten wir noch nie hier. Die Saarbrücker schicken das SEK. Bis dahin müssen wir die Stellung halten.«

»Hat der Geiselnehmer sonst noch was gesagt?«

Der Beamte strafft die Schultern, als er weiterredet: »Ja, hat er. Das ist ein Psychopath, wenn Sie mich fragen. Als wir am Eingang eintrafen, sahen wir den Kerl hinter der Scheibe. Komplett in Schwarz, er wirkte vollkommen irre. Er hatte einen Fernzünder in der Hand und drohte uns, die Bombe zu zünden, falls wir auch nur einen Schritt näher kommen. ›Zwei Millionen!‹, brüllte er. ›Und keinen Cent weniger.‹ Er will einen Wagen. ›Sonst geht hier innerhalb von Sekunden alles in die Luft‹, das waren seine Worte. Wir haben nur eine Stunde, um Geld und Auto zu besorgen.«

»Zwei Millionen? In einer Stunde?«, wiederholt Wolfgang und schüttelt fassungslos den Kopf. Er denkt wohl das Gleiche wie ich, die Forderung wird man in der Kürze der Zeit nicht erfüllen können.

Dieser Fiedler nickt. »Wahnsinn«, sagt er mit gepresster Stimme. »Eigentlich hatte ich heute frei und bin nur für einen kranken Kollegen eingesprungen.«

Das riecht verdammt nach Ärger, resümiere ich für mich. Ein Blick in Wolfgangs Gesicht verrät mir, dass wir uns immerhin in dem Punkt einig sind. Vermutlich sind seine Gedanken in diesem Moment bei Gabriele, wie meine auch. Dem zarten Seelchen, das dort drinnen gerade ein Martyrium durchmacht.

»Überlegen Sie sich genau, wie Sie in der Angelegenheit vorgehen. Ein falscher Schritt und Sie können Ihre Uniform an den Nagel hängen«, droht Wolfgang an und geht zurück zum Wagen.

Sekündchen, denke ich. Mister Superkommissar plant doch wohl nicht, sich aus dem Staub zu machen. Will er seine Frau etwa ohne Gegenwehr dem Irren überlassen?

»Ab mit dir ins Auto«, befiehlt Wolfgang, nachdem er den Kofferraum wieder geöffnet hat. Er streckt seine Arme nach mir aus.

Vergiss es, denke ich und tripple ein paar Schritte zurück. Glatte Befehlsverweigerung, und das aus gutem Grund. Zwar mache ich vor Angst fast unter mich, trotzdem steht eins fest: Gabriele lasse ich nicht im Stich. So feige wie Wolfgang bin ich nicht.

Doch vielleicht täusche ich mich auch in ihm. Zumindest kommen mir bei seinem nächsten Satz Zweifel, ob ich wirklich immer gerecht zu ihm gewesen bin. »Günther, bitte! Ich kann dich jetzt ehrlich nicht gebrauchen. Abzuwarten, bis das SEK einläuft, ist Wahnsinn. Bis dahin könnte es zu spät sein.«

Wolfgang hat recht. Aber – und das entscheide ich innerhalb weniger Sekunden – zu zweit einzugreifen, ist weit besser als allein. Statt also artig einzusteigen, helfe ich dem Herrn Kommissar lieber auf die Sprünge und starte einen Run in weitem Bogen um die Polizeisperre. Das dort vorne ist nicht der einzige Eingang, zumindest nicht, wenn man ein Dackel ist und schon unzählige Besuche mit Hanne bei ihrer Freundin Gabriele miterlebt hat. Es gibt da eine Stelle im Zaun, hinter dem Gartentheater, ideal für ein schlankes Persönchen wie mich. Für Wolfgang, den Doppel-Schmorbraten-Vertilger, könnte es eng werden. Er muss vermutlich nach einer Alternative Ausschau halten. Aber niemand hat behauptet, dass die Sache leicht wird. Mein Plan ist in jedem Fall tausendmal besser, als einfach nur abzuwarten.

Bis Wolfgang erfasst, was ich vorhabe, dauert es eine Weile. »Du Spatzenhirn an Köter machst nichts als Ärger«, beschimpft er mich mit dem wenigen Atem, der ihm noch bleibt, denn nach dem üppigen Mittagessen kostet es ihn Mühe, hinter mir herzuspurten. An fiesen Ideen fehlt es ihm trotzdem nicht. »Du kriegst eine Panzerkette als Halsband, wenn ich dich erwische. Glaub mir das, du Töle!«

Ganz schön boshafte Drohungen für einen Teamkollegen, sage ich mir, während ich unbeirrt weiterjage. Gerade ist nicht der richtige Zeitpunkt, um überempfindlich zu sein. Wenn der kaltherzige Herr Superkommissar erst erkennt, was ich aushecke, wird er bereuen, mir all diese Unverschämtheiten um meine Dackelohren geschleudert zu haben.

Gleich sind wir da. Dort hinten ist das Loch im Zaun. Manchmal erweist es sich als vorteilhaft, derart klein zu sein. Wolfgang müht sich über die Abzäunung und zugegeben stellt er sich dabei nicht so schwerfällig wie erwartet an. Es dauert keine 20 Sekunden, da steht er neben mir.

Nach wie vor der Meinung, er sei der Leiter dieser Ausnahmeeinheit. »Okay, das war nicht dumm, Günther. Wir versuchen es miteinander«, sagt er im Befehlston. »Aber keine Alleingänge mehr, sonst gibt es zukünftig nur noch Möhrchen.« Wolfgang hat eine seltsame Art, seine Kollegen zu motivieren, stelle ich fest, aber auch das schlucke ich Gabriele zuliebe runter.

Gemeinsam setzen wir mit einem Sprung über den Wasserlauf und schleichen in Richtung Farbgärten. Vorbei geht es am Irrgarten, der kleinen Weiheranlage und dem Hühnergehege. An den Hainbuchenhecken suchen wir immer wieder von Neuem Deckung. Hier, wo sich sonst eine Menge Touristen herumtreiben, ist es heute, an diesem verfluchten Sonntag, gespenstisch still. Nicht mal die Grillen zirpen.

Das Bistro kommt in Sichtweite. Wir nähern uns über den Kinderspielplatz. Überall um den Wasserplatz verstreut liegen Schippen und Förmchen, nun heißt es, vorsichtig zu sein, denn wir dürfen nirgendwo drauftreten. Jedes noch so zarte Geräusch löst vielleicht eine Katastrophe aus.

»Ihr rührt euch keinen Millimeter!«, hören wir beim Näherkommen. Das Geschrei stammt offenkundig vom Geiselnehmer. Die Worte »vollkommen irre«, die der Polizist auf dem Parkplatz als Umschreibung genutzt hatte, treffen ins Schwarze. Der Ton ist beängstigend. Dort in dem kleinen Gebäude agiert kein abgebrühter Krimineller, der einen festen Plan verfolgt, sagt uns das. Leider haben wir es wohl mit einem kopflosen Wahnsinnigen zu tun, und das macht die Angelegenheit keineswegs leichter.

»Wenn nicht in den nächsten Minuten etwas geschieht, wird es wohl einen von euch Hübschen den Kopf kosten«, droht der Psycho an. Ich vernehme unterdrücktes Weinen von mehreren Personen. Die Tür zum Außenbereich steht etwa einen Meter weit offen, allem Anschein nach rechnet der Geisteskranke nicht damit, dass man von hinten angreifen könnte, oder er hat diese Option schlichtweg übersehen. Zum ersten Mal erhasche ich einen Blick auf den Mann in Schwarz. Er hat alle Geiseln in eine Ecke gedrängt und geht mit einem Zünder in seiner Hand auf und ab. Auf dem Tresen liegt ein langes Küchenmesser, das greift er sich nun. »Wen sollen wir nehmen?«, fragt er, und es klingt, als würde ihm dieser letzte Satz besondere Freude bereiten.

Das Schluchzen wird lauter. Durch die Scheibe erkenne ich, dass die Menschen am Boden sich noch näher zusammenkauern.

»Kein Freiwilliger?« Der Mann genießt es offenbar, die Geiseln zu quälen. »In dem Fall muss ich mich wohl selbst entscheiden. Ich schätze, ein Kind wäre die beste Wahl. Das macht Eindruck! Oder was meint ihr?« Mit diesen Worten streckt er die Hand aus und weist auf einen Jungen von schätzungsweise acht oder neun Jahren.

»Nein, nehmen Sie lieber mich«, unterbricht eine weiche Stimme den Geiselnehmer.

Ich wende den Kopf zu Wolfgang. Seine Kiefermuskeln sind angespannt, die Dienstwaffe hält er fest in der rechten Hand. Auch er hat sofort erkannt, wer da spricht. »Verdammt, Gabriele, was machst du nur?«, murmelt er und flüstert daraufhin an mich gewandt: »Du rührst dich nicht von der Stelle! Und keinen Mucks!«

Nun gut, wenn der Chef das anordnet, dann werde ich brav ausharren und auf weitere Befehle warten, denke ich. Wolfgang ist der Profi, und dieser Kerl dort drinnen ist mir ganz und gar nicht geheuer. Ich verharre brav in geduckter Stellung hinter einem der großen Steine, die man auf dem Spielplatz als Sitzgelegenheit aufgestellt hat, während Wolfgang sich auf den Weg macht.

»Na so was. Eine Freiwillige. Aufstehen!« Im Innern geht das erschütternde Schauspiel weiter. Jemand richtet sich auf und jetzt bin ich mir ganz sicher, dass es Gabriele ist. Zögernd tritt sie mit erhobenen Händen auf den Mann in Schwarz zu. Bestimmt ist das alles nur ein Bluff, um das Geld zu erpressen, rede ich mir ein. In Wahrheit würde er Gabriele nie und nimmer verletzen.

Doch was danach geschieht, lässt mich umgehend an dieser Annahme zweifeln. Der Mann schiebt den Auslöser in seine Jackentasche, reißt Gabriele am Arm und dreht sie dabei mit dem Rücken zu sich. Das Küchenmesser hält er ihr gefährlich dicht an den Hals. Wenn sie sich nur einen Millimeter bewegt, hat sie einen tiefen Schnitt in der Kehle. So positioniert nimmt der Geiselnehmer den Fernzünder wieder in die linke Hand. Der Typ ist äußerst kaltblütig, weit erbarmungsloser als die Kriminellen, die man aus dem Fernsehen kennt. Mich fröstelt es, dabei ist heute ein warmer Spätsommertag.

»Einer von euch ruft jetzt die Bullen an«, brüllt der Typ und tritt mit dem Fuß gegen etwas am Boden. Ich erkenne es nicht genau, tippe aber auf ein Telefon.

»Anrufen, sofort!«

In diesem Moment taucht Gabrieles Kollegin Adelheid in meinem Blickfeld auf. Beherzt hebt sie das Gerät auf.

»Alles okay! Ich übernehme das«, erklärt sie und tippt eine kurze Nummer ein. Couragiert redet sie weiter: »Wir machen alles, was Sie sagen, Ehrenwort! Wir wollen keinen Ärger.«

»Ich mag Ärger.« Die Stimme des Geiselnehmers klingt bedrohlich ehrlich.

Wolfgang erreicht auf dem Boden robbend den Terrassenbereich des Bistros. Die große Glasfront macht es fast unmöglich, in Deckung zu bleiben und nicht gesehen zu werden. Bisher hat Wolfgang womöglich einfach nur Glück gehabt, dass der Mann in Schwarz viel zu abgelenkt ist, um ihn zu bemerken. Doch das kann sich jede Sekunde ändern.

Außerdem, frage ich mich, wie will er dem Kerl zuvorkommen? Das Messer sitzt derart dicht an Gabrieles Hals, selbst wenn Wolfgang überaus beherzt eingreifen würde: Es kann ihren Tod bedeuten.

Das alles ist wie ein schlechter Traum. Ein ungeheuer mieser, den man nicht einmal seinem schlimmsten Feind wünscht, wohlbemerkt. Wolfgang wird die Sache im Alleingang nie im Leben zu einem guten Abschluss bringen, das liegt auf der Hand. Nur ich kann das Schicksal noch wenden, sage ich mir und fasse einen kühnen Entschluss. Ich muss den Kerl auf andere Gedanken bringen, ihn irritieren und damit von der Gruppe fortlocken. Das ist die einzige Möglichkeit, um meinem Partner die Chance für einen Zugriff zu geben.

Ich schieße los. Während ich eben noch bemüht war, möglichst leise zu sein, belle ich jetzt aus voller Kehle. Der Geiselnehmer braucht ein paar Millisekunden, um zu verstehen, was vor sich geht. Wer rechnet schon in einer solchen Situation mit einem wild gewordenen Dackel? Ich fixiere mein Ziel: den Fernzünder, den der Bursche achtlos in der herabhängenden Hand hält. Als ich an Wolfgang vorbeispurte, blitzen seine Augen mich wütend an. Hoffentlich weiß er, was zu tun ist, denke ich noch, als ich geradewegs auf den Irren zustürme, zu einem beherzten Sprung ansetze und den Überraschungsmoment nutze, um ihm mit meiner Schnauze den Fernzünder aus der Hand zu reißen.

»Ei, du Mistvieh«, schreit der Psycho.

Tatsächlich scheint er sich schlecht auf mehrere Dinge gleichzeitig konzentrieren zu können. Glücklicherweise, denn um mich zu schnappen, lässt er schlagartig von Gabriele ab. Er stürmt mir hinterher. Alles ist gut, rede ich mir ein und laufe weiter. Mein Plan geht auf, denn der Kerl folgt mir in Richtung Kassenbereich. Dort, wo die ganzen Mitbringsel und Postkartenständer stehen. Da bin ich Winzling klar im Vorteil.

Doch der Kerl ist rabiat. Mit Wucht schleudert er die Ständer zu Boden und kommt geradewegs auf mich zu. Die

Postkarten flattern durch den Raum. Jetzt ist der richtige Augenblick, um einzugreifen, mein lieber Freund Wolfgang, denke ich und schaue mich nach Hilfe um. Am besten ziemlich bald, überlege ich panisch, denn der fiese Typ hat mich bereits in die Enge getrieben. Mit dem langen Messer rückt er mir immer näher. Einzig seine Augen sehe ich jetzt noch, und die prophezeien nichts Gutes. Warum nur habe ich unbedingt den Helden spielen müssen und warum kommt mir denn niemand von der berühmten saarländischen Hundestaffel zur Hilfe? Ich schließe die Augen, als ich den Atem des Irren spüre, der in diesen Sekunden die Worte »Hunde-Schmorbraten« murmelt.

Es ist nicht Wolfgang, der beherzt eingreift und sein Leben für mich aufs Spiel setzt. Auch nicht die SEK. Es ist Gabriele. Sie hat sich eine der Kaffeekannen mit der Aufschrift »Das Leben ist zu schön für schlechte Laune« gegriffen. Es ist ein wenig schade um das gute Stück, das beim Aufprall in unzählige Scherben zersplittert. Aber es rettet mich fürs Erste. Das allein allerdings reicht nicht aus, um einen Psychopathen wie diesen Kerl auszuschalten. Er rappelt sich erneut auf, hält das Messer immer noch in seinen Händen. Nun kommt mir Adelheid, nicht weniger verwegen, zu Hilfe und greift nach einem der Keramik-Türschilder. »Herzlich willkommen im Chaos« – das passt fantastisch zum Thema und reicht aus, um den hundsgemeinen Typen endgültig k. o. zu schlagen. Er sinkt neben mir zu Boden. Das Messer weiterhin in seinen Händen. Jetzt erst, am Ende all dieser Aufregung, merke ich, dass ich den Fernzünder noch immer in der Schnauze halte.

»Verdammt«, sagt Wolfgang, der reichlich spät dazutritt, und reißt Gabriele an der Schulter von mir weg. »Günther hat die Bombe aktiviert.«

»Nein, ich glaube eher …« Gabriele holt tief Luft, bevor sie weiterredet: »Ich glaube, aktiviert wird sie erst, wenn Günther den Knopf wieder loslässt. Junge, beweg dich bloß nicht, keinen Millimeter. Sonst sehen wir alle alt aus.«

Dieser Satz setzt mich offen gesagt ein bisschen unter Druck. Ich wage es kaum, zu atmen. Meine Pupillen wandern hinunter zu dem schwarzen Kasten. Gabriele liegt richtig, ich habe mit meinen Zähnen den Knopf heruntergedrückt. Bislang unabsichtlich, doch nun gilt es, alles daran zu setzen, ihn weiterhin in dieser Position zu halten. An irgendeiner Stelle in diesem Gebäude liegt eine Bombe versteckt, und es braucht nur eine winzige Bewegung von mir, damit das Ding uns alle in die Luft jagt.

»Raus mit euch!«, brüllt Wolfgang und hebt die Hände zur Seite, während er rückwärtsgeht. Die verschüchterten Leute, die in den vorderen Teil des Bistros gedrängt sind, nachdem der Geiselnehmer außer Gefecht gesetzt wurde, weichen nun nochmals zurück. Manche machen direkt und automatisch das Richtige und flüchten zur Ausgangstür hinaus. Andere reagieren in ihrer Bestürzung erst, als Gabriele und Adelheid sie zum Gehen auffordern. Zurück bleiben die beiden Frauen, Wolfgang und ich sowie der Geiselnehmer, der allmählich aus seiner Ohnmacht erwacht.

»Ihr müsst ihn übernehmen«, sagt Wolfgang und reicht Gabriele die Dienstwaffe. »Schafft den Burschen raus. Und lasst ihn keine Sekunde aus den Augen!«

Gabriele nimmt mit fahrigen Fingern die Waffe entgegen und richtet sie sofort auf den Verbrecher. Sie zwingt sich, Ruhe zu bewahren, das ist ihr deutlich anzusehen. Mit dem Kopf weist sie zu dem Mann in Schwarz, der noch benommen wirkt. Adelheid versteht und greift dem verletzten Geiselnehmer unter die Arme.

»Aufstehen, du Dreckskerl! Sonst kannst du hier mit deiner eigenen Bombe in die Luft gehen«, herrscht Gabriele ihn an, und der Kriminelle richtet sich mit Adelheids Hilfe widerwillig auf. »Vorwärts!« Sie weist mit der Waffe in Richtung Ausgangstür. Die drei setzen sich in Bewegung.

»Passt auf euch auf«, flüstert Gabriele mit erstickter Stimme, als ihr Blick für einen kurzen Moment von den Vorausgehenden ablässt und zu Wolfgang und mir wandert. »Macht bloß keinen Quatsch, ihr zwei.«

»Keine Angst: Wir sind ein Superteam – Günther und ich. Wie Tim und Struppi oder Flipper und Sandy. Da gibt es immer ein Happy End.« Als der Kommissar das sagt, lächelt Gabriele für einen kurzen Moment, gleichwohl merke ich ihr an, dass ihr nicht nach Lachen zumute ist. »Bis gleich. Wir sehen uns in ein paar Minuten, versprochen?«

»Versprochen«, entgegnet Wolfgang.

Und dann sind die drei auf und davon.

Wolfgang wartet. Unendlich lange, wie mir scheint. Er will vermutlich sichergehen, dass die soeben aus dem Gartenbistro Entkommenen die Polizeisperre erreicht haben.

»So, jetzt zu uns, Junge«, flüstert er schließlich und streckt die Hände nach mir aus.

Sei bloß vorsichtig, denke ich. Jeder noch so kleine Muskel meines Körpers ist angespannt. Wir dürfen beide keine falsche Bewegung machen, das ist uns auch ohne Worte klar. Wolfgang nimmt mich in seine mächtigen Hände, hebt mich hoch, langsam und sehr vorsichtig, wie ein neugeborenes Baby. Ich zittere. Ruhig Blut, spreche ich mir selbst Mut zu. Einfach gelassen bleiben, der Mann vor mir ist ein Profi, er weiß genau, was er tut. Wolfgangs Nervenkostüm ist auf solche Umstände geeicht und Situation wie diese erlebt er tagtäglich.

»So was habe ich noch nie gemacht«, sagt Wolfgang in der nächsten Sekunde. »Aber keine Bange. Das kriegen wir hin, Günther. Wir werden hier heil rauskommen, wir beide, das verspreche ich dir. Und zu Hause gibt es ein Riesenstück Schmorbraten.«

Das hört sich ausgezeichnet an. Auf dieses Bild konzentriere ich mich: Wir drei, einträchtig in Gabrieles Wohnzimmer, und auf dem schönen Keramikteller mit den blauen Blumen ein großes Stück Braten. Der Gedanke trägt mich durch die heikle Situation. Wolfgang hält mich fest in seinen Händen, als wären sie aus Marmor gemeißelt. Zielstrebig und konzentriert steuert er auf die Ausgangstür zu und lehnt sich vorsichtig dagegen.

»Alter Schwede, die klemmt«, wettert er. Ohne freie Hand versucht er es mit dem Gewicht seines Körpers. Bloß keine Erschütterung, das denken wir wohl beide, aber es braucht andererseits auch ein wenig Druck, damit die schwergängige Eingangstür sich endlich bewegt.

»Achtung!« Die Stimme kommt von draußen. Jemand öffnet die Tür. Wolfgang macht überrascht einen Schritt zur Seite.

»Bist du von allen guten Geistern …?«, braust er auf, als er Gabriele sieht. Statt den anderen zu folgen, ist sie zurückgekehrt.

»Jetzt kommt schon.«

Wolfgang schüttelt den Kopf. »Bring du dich zuerst in Sicherheit.«

»Ich bleibe bei euch«, entgegnet Gabriele. Man hört, wie ernst ihr das ist.

Statt weiter zu diskutieren, nimmt Wolfgang bedächtig die Türschwelle. Auch wenn wir wohl alle am liebsten rennen würden, bleibt er ruhig und besonnen. In Wolfgangs festen Armen zu liegen, fühlt sich an wie schweben, ich mache das Einzige, was ich in dieser Situation tun kann: Den Kiefer so entschieden zusammenpressen, als hinge mein Leben davon ab – und letztlich ist das auch der Fall.

Nun geht es über den kleinen Kiesweg hinauf in Richtung Parkplatz, der mittlerweile eher einem Versammlungsplatz ähnelt. Wir sehen die Menge an Polizisten und Neugierigen, die sich hinter dem Absperrband versammelt haben. Alle Blicke richten sich auf uns. Manche halten ihre Handys in die Höhe, um die Szene für die Nachwelt festzuhalten.

»Gleich ist es geschafft!«, verspricht mir Wolfgang. Er riecht nach Schweiß. Es dauert gefühlte Stunden, bis wir endlich die Absperrung und damit die sichere Linie erreichen.

»Absetzen«, fordert einer der Männer in dunkler Montur, mit Helm, Schutzanzug und allem Drum und Dran. Mittlerweile ist also das SEK eingetroffen. Das ist gut, sage ich mir. Der Knabe, der anscheinend das Kommando über die Truppe hat, weist auf eine Stelle am Boden, wo eine Decke ausgebreitet ist.

»Genau hier. Und seien sie vorsichtig!«

Wolfgang setzt mich wie befohlen behutsam ab, in seinen Augen sehe ich Erleichterung. Bald ist alles in trockenen Tüchern, beruhige ich mich.

»Alle zurücktreten. Ich brauche Platz und völlige Ruhe«, fordert der Kommandierende daraufhin. »Los! Vorher werde ich den Zünder nicht aus diesem Tier entfernen.«

Diesem Tier? Was denkt der sich, empöre ich mich. Aber ich bleibe gefasst. Wir sind so weit gekommen, den unmöglichen Kerl werde ich schon noch ertragen, auch wenn mittlerweile die Kraft im Kiefer nachlässt und meine Lippen gefährlich zittern.

Es raunt in den Zuschauerreihen, als der Mann mit dem Oberkommando sein Visier herunterschiebt und nach dem Auslöser in meiner Schnauze greift. Er zählt laut von drei herunter: »Drei, zwei …«

Ich kneife die Augen zusammen. Der Gedanke, das könnte nicht nur ein Auslöser, sondern die Bombe selbst sein, drängt sich mir auf und macht das Stillhalten nicht leichter.

Der Mann vor mir ist endlich so weit.

»Eins!«, brüllt der Befehlshabende und ich spüre eine Millisekunde später, dass sich der viereckige Kasten aus meinem Mund schiebt. Der schwarze Knopf wird ab jetzt von der Hand des Kommandierenden gehalten und es scheint, als würde die Welt den Atem anhalten. Alles verharrt, während wie in Zeitlupe ein in einen hellbraunen Schutzanzug gehüllter Mann auf uns zukommt. Er trägt einen Helm mit riesigem Visier, fast könnte man meinen, es handle sich um einen Astronauten. Quälend langsam schiebt er eine Schraubklemme über den Fernzünder und dreht die Stellschraube fest. Hoffentlich weiß der Knabe, was er macht.

»Das müsste halten«, verkündet er schließlich.

»Hm«, stellt der Oberkommandant fest und begutachtet den Fernzünder von Nahem.

Einige seiner Kollegen, ebenso in voller Montur, in Schutzwesten und mit Sturmgewehren ausgerüstet, treten neben ihn und nehmen das Gerät ebenfalls in Augenschein.

»Komisches Teil. Nie gesehen«, sagt einer der SEKler und ein anderer: »Das muss was ganz Aktuelles sein. Vom Online-Schwarzmarkt, garantiert. Die Betreiber lassen sich ja ständig was Neues einfallen.«

»Ähm, ich will jetzt nichts Falsches behaupten, Herr Dannhäuser«, mischt sich ein dritter Beamter in das

Gespräch ein. »Aber so einen Drücker habe ich auch. Der liegt in meinem Auto, um das Garagentor zu aktivieren.«

»Hä? Ein Garagenöffner? Nie im Leben!« Der Boss dreht das schwarze Rechteck in seinen Händen.

»Aber da steht es doch«, beharrt der Kollege auf seiner Vermutung und weist auf den silbernen Aufkleber auf der Rückseite des Kastens. »›Bummler – Technik, die Türen öffnet‹«, liest er laut vor.

Dannhäuser verzieht den Mund. Dem Augenschein nach weiß er selbst nicht so recht, was er von all dem halten soll: »Ob man damit eine Bombe …?«

Die Kollegen zucken die Schultern.

»Gehen wir auf Nummer sicher und stürmen das Gebäude. Wir müssen mit allem rechnen«, entscheidet der Chef. Das ganze Team sammelt sich hinter ihm. Eine Horde von etwa zwölf schwerbewaffneten Vermummten rückt vor auf dem Weg, den Wolfgang, Gabriele und ich gerade bewältigt haben. Wir anderen verharren gefesselt auf der sicheren Seite des Absperrbandes. Der Polizist vom Beginn nimmt das Funkgerät wieder zur Hand, so bekommen wir hautnah mit, was drinnen geschieht.

»Vorraum gesichert«, knistert es aus dem schwarzen Kasten. »Drei Mann nehmen sich die Küche vor. Zwei folgen mir in die Damentoilette, der Rest geht zu den Herren.«

Wieder ist es die Stimme von dem Chef in Schwarz, diesem Dannhäuser, der mir den Garagenöffner aus dem Mund genommen hat.

»Die Küche ist gesichert!«, ruft im Hintergrund jemand.

»Herrentoilette ebenfalls negativ!«, meldet der zweite Trupp zurück.

Draußen atmet man bereits auf. Das alles spricht dafür, dass es gar keine Bombe gibt. Ein Täuschungsmanöver mit einem Garagenöffner – hier im Saarland ist das womöglich das Kriminellste, was man erwarten kann.

Aber dann hört man Türen knallen und einen Aufschrei. »Gottverflucht. Leute, hier ist was! Auf dem Klo.«

»Alle sofort zurück. Da steht ein Schuhkarton auf der Toilettenschüssel. Niemand öffnet das Ding!«, erklingt eine andere Stimme. So, wie es sich anhört, wieder die vom Häuptling.

Ein paar Sekunden lang ist nur schweres Atmen zu vernehmen und urplötzlich ein bestürztes: »Mannomann, was ist das denn?« Nach einer kurzen Pause dann die Frage: »Fiedler, ist Hans-Peter vom Entschärfungskommando schon vor Ort?« Noch mal ist es Dannhäuser, der Chef der SEKler.

»Ja, und der Dieter, der ist auch hier.« Nun wird der Polizist neben uns aktiv und winkt einen ebenfalls dunkel gekleideten Kollegen, der sich mit einer Fernsteuerung um den Hals gegen einen dunklen Van lehnt, zu sich. Der Mann nickt und kommt näher, vor sich her schiebt er einen Monitor auf einem Wagen. Hinter ihm taucht plötzlich eine Antenne auf und im weiteren Verlauf ein silberfarbenes Objekt mit einer Reihe von Rohren und Kabeln, angetrieben durch ein Kettenfahrwerk. Aha, sage ich mir, das ist vermutlich der besagte Dieter.

»Na so was, da kommt unser silberner Freund endlich zu seinem ersten Einsatz«, dröhnt der etwas fülligere, gemütliche wirkende Beamte und bleibt neben uns stehen. Das überdimensionierte Schaltbrett vor seiner Brust sieht aus, als könnte man damit die Welt beherrschen. Wohin man auch schaut, Knöpfe, Schalter, Drehregler und blinkende Lichter.

»Unser Dieter hat sechs Kameras«, informiert Hans-Peter den Polizeikollegen, den Dannhäuser eben Fiedler genannt hat. »Das Blech-Kerlchen sieht weit mehr als wir alle zusammen.«

»Hoffen wir mal, du hast recht«, gibt Fiedler nicht mit dem gleichen Enthusiasmus zurück. Er hebt das Absperrband in die Höhe und lässt den Roboter durch. »Hoffentlich passt dein Dieter überhaupt durch die Toilettentür«, meint der Beamte zweifelnd und blickt zu Wolfgang, der ebenfalls die Stirn runzelt.

Tatsächlich ist das ganze Spektakel, jetzt, da wir aus der Gefahrenzone sind, beinahe wie ein guter Krimi im Fernsehen. Nur ein bisschen echter eben. Gabriele hat mich, nachdem ich demonstrativ an ihrem Hosenbein gezogen habe, auf den Arm genommen. Nun sehe ich weit besser, und gespannt warten wir darauf, was als Nächstes geschieht.

Abermals knarrt es aus dem Funkgerät: »Dieter kommt rein!«

»Dieter betritt die Toilettenräume«, informiert uns ein paar Augenblicke später eine dunkle Frauenstimme. Und kurz darauf hören wir deutlich den Oberkommandanten: »Sobald Dieter in Position gebracht ist, treten wir den Rückzug an. Lassen wir den Roboter den Job erledigen.«

Es dauert keine drei Minuten, bis die gesamte dunkle Truppe hinter der Absperrung steht.

Dieter macht die Arbeit ab da allein, und der »Steuermann« ist sichtlich stolz auf seinen unerschrockenen Helfer. Von allen Seiten sieht man ihm über die Schulter, um einen Blick auf den Monitor zu erhaschen. Selbst die Geräusche auf der Toilette werden von Dieter live nach draußen übertragen.

Es schnurrt, als er den Greifarm ausfährt, um den Karton zu öffnen. Hans-Peter spielt mit seiner Zunge an den Lippen. Ganz einfach scheint die Angelegenheit nicht zu sein. Mit dem Metallarm, an dessen Ende sich drei schwarze Finger befinden, hebt Dieter den Deckel der Kiste an. Doch der rutscht dem Roboter immer wieder aus den Greifern.

»Gleich haben wir dich«, murmelt Hans-Peter und schiebt einige Knöpfe auf seiner Fernsteuerung hin und her. Er soll recht behalten. Nach ein paar Fehlversuchen hat Dieter den Dreh raus. Der Deckel kippt nach hinten über.

»Manipulatorkamera eins.« Hans-Peter gibt sich selbst die Kommandos. Das Bild auf dem Monitor wechselt zur Kamera am Greifarm.

»Ui«, haucht Wolfgang neben mir. Wir alle sehen die langen braunen Röhren, die vielen Kabel sowie die LED-Anzeige – das spricht eine deutliche Sprache: Sprengstoff.

»Okay, okay, wir haben alles im Griff, Dieter.« Hans-Peter, der eben noch die Ruhe selbst war, wirkt nervös. Er drückt erneut auf dem Schaltbrett herum. »Alles ist gut. Bevor wir etwas unternehmen, zoomen wir erst mal ran!« Das Bild wird Stück für Stück größer.

»Jesses«, sagt eine ältere Frau hinter mir und legt ihre Hand vor den Mund.

Ich muss ihr zustimmen. Was sich uns in diesem Augenblick offenbart, sieht beängstigend aus. Bei dem Gedanken daran, dass die Apparatur höchstens 40 bis 50 Meter Luftlinie von uns entfernt steht, wird mir flau.

»Na, dann machen wir uns nun ans Entschärfen. Gar kein Problem.« Der Roboter-Steuermann ist voll in seinem Element, wer weiß, wie lange er schon arbeitslos gewesen ist. Neben uns filmen ein paar Schaulustige den Bildschirm ab.

»Ähm«, sagt da jemand. Es ist der Mann, der eben schon anmerkte, den gleichen Garagenöffner wie der Attentäter zu nutzen. »Wie soll ich euch das sagen …? Ich will nichts

Falsches behaupten, aber es könnte durchaus sein, dass wir zu Hause …«

»Paul, willst du mir jetzt erzählen, dass ihr daheim so eine Bombe herumstehen habt?« Dannhäuser klingt grantig. Allem Anschein nach würde er die heikle Aktion gerne möglichst schnell hinter sich bringen.

»Nun, um ehrlich zu sein: ja. Wenn mich nicht alles täuscht, ist das der Bombenwecker aus dem Internet, den ich meinem Sohn letztes Jahr zum Schulanfang gekauft habe.«

»Das ist nicht dein Ernst, du steckst deinem Sohn eine Bombe in die Schultüte? Wie irre ist das denn?«, mischt sich ein anderer Kollege ein.

Der Boss stöhnt und wendet sich an Hans-Peter. »Kann der Dieter noch etwas dichter ran?« Offenkundig glaubt Dannhäuser nicht an die Version mit dem Wecker, aber er will trotzdem sichergehen.

»Klaro. Dieter kann fast alles. Ich glaube, unten in der Ecke steht was«, sagt Hans-Peter.

Wieder baut sich das Bild auf dem Monitor neu auf. Man sieht die Details immer deutlicher.

»Ja, da genau! Da ist eine Schrift zu sehen«, sagt der Boss und weist mit dem Finger auf eine Stelle am Bildschirm. »Noch mal draufzoomen.«

Die Auflösung der Kamera ist wirklich der Wahnsinn. Dies ist eine Lehrstunde von dem, was technisch mittlerweile alles möglich ist. Allerdings lernen wir auch, wie einfach es ist, eine ganze Stadt in Panik zu versetzen.

»Ein Wecker zum Entschärfen«, steht dort geschrieben und etwas kleiner darunter: »für Menschen mit Bombenschlaf«.

»Schöner Mist«, murmelt Hans-Peter. Man sieht ihm seine Enttäuschung an. Die Handys hinter ihm rücken jedoch zur gleichen Zeit noch etwas näher an den Monitor heran. Den Moment will sich keiner entgehen lassen. Die Filmchen werden später eine Menge Klicks erzielen – das ist garantiert.

»Noch ein Häppchen?«, fragt mich Gabriele und hält mir die Gabel direkt vor die Schnauze.

Ich öffne sie nicht. Ich bin pappsatt. Drei Stück Schmorbraten, das ist selbst in meinem Fall das Limit.

Wolfgang rollt genervt mit den Augen. Er hält »Mitten hinein in den Sturm der echten Liebe« in seinen Händen und unverkennbar ist die romantische Ader des Kommissars in den letzten Jahren ein wenig verkümmert.

»Ach komm, sind doch nur noch vier, fünf Seiten«, bettelt Gabriele und ich fiepe, um etwas Nachdruck zu erzeugen.

»Aber nur, weil ihr zwei es seid«, erwidert Wolfgang, der uns beiden sowieso nichts abschlagen kann, und wenn mich nicht alles täuscht, lächelt er dabei. Nur kurz und nur ganz leicht.

»Also gut, wo waren wir?«

Gabriele nimmt das Buch vom Tisch und klappt die Seite beim Lesezeichen auf. »Da!«

Dann beginnt Wolfgang zu lesen: »Didier sah seine Rose an. Hinter ihr fielen die Felsen steil hinab, die Sonne glitzerte auf den Wellen und das Meer war blauer als blau. Es rauschte und die Möwen krächzten. ›Rose‹, flüsterte Didier. Sie war wunderhübsch. Er nahm ihre Hand in die seine. ›Rose, würdest du mich bitte …?‹« Abrupt bricht Wolfgang ab, gerade an der Stelle, wo es so besonders spannend wird. »Och ne Leute, echt, das könnt ihr mir nicht antun. Wie wäre es denn damit?« Er greift sich dreist die Fernsteuerung. »Wir schauen mal, ob gleich ein Tatort kommt.«

GUT FÜR DEN KREISLAUF

»Na komm schon, die Inge wird dich verwöhnen, und in ein paar Stunden bin ich auch schon wieder da«, sagt Anneliese, als sie mit der Hundedame die Treppen im Mehrfamilienhaus in St. Nikolaus hinaufsteigt und an der Tür von Inge Habsteg läutet.

»Ach, das Blümchen! Da bist du ja«, heißt die Nachbarin die Hündin fröhlich im hellblauen Morgenmantel willkommen, als sie die Tür öffnet. Die Seniorin Anneliese Stutz ist zufrieden: Hier erwartet die Dobermanndame heute ein Verwöhnprogramm. Blümchen wird ihren Spaß haben, denn Inge freut sich schon seit Tagen auf die vierbeinige Gesellschaft.

Nur deshalb steigt Anneliese wenige Minuten später mit einem guten Gefühl in den Reisebus ein, der am Nikolausplatz auf die Damen wartet, genau an der Stelle, wo im Dezember immer das Nikolauspostamt die viele Weihnachtspost der Kinder entgegennimmt. Alles die üblichen Verdächtigen, stellt Anneliese auf den ersten Blick fest, nur der Busfahrer, etwa Mitte 70 mit kleiner ovaler Brille und noch vollem grauem Haar, den kennt sie nicht.

»Guten Morgen, junge Frau«, begrüßt er sie bestens aufgelegt mit einem Augenzwinkern. »Es freut mich, Sie zu einem kleinen Abenteuer entführen zu dürfen.«

Über diesen netten Empfang und die Bezeichnung »junge Frau« ist Anneliese derart überrascht, dass sie nur ein kaum hörbares »Moin« herausbringt und fluchtartig auf ihren mittlerweile nicht mehr ganz so zuverlässigen Beinen weitergeht. Ohne viel zu überlegen, setzt sie sich auf den ersten freien Doppelsitzplatz im Bus. Dass das ein Fehler war, bemerkt sie wenig später.

»Ach, schau an! Die Frau Anneliesel Stutz. Grau in grau, wie immer«, trötet Dorothea, deren unverwechselbare wasserstoffblonde Locken nun zwischen den Kopfpolstern vor ihr auftauchen. Schöner Mist, urteilt Anneliese in Gedanken, sie hat den Platz hinter Doro und Lotte erwischt. Kein Wunder, dass hier frei gewesen ist. Ursel wird nicht begeistert sein, aber warum kommt sie auch immer als Letzte?

In all den Jahren hat sich Anneliese an Doros spitze Bemerkungen gewöhnt. Das Beste ist, ihre Sprüche zu überhören und sich in keine Unterhaltung verwickeln zu lassen – was heute nicht einfach ist, denn Doro hat andere Pläne. Sie hat einiges in Erfahrung gebracht und das Wissen muss raus. »Den Edmund Nussbaum, den haste bestimmt schon entdeckt, Anneliesel?«

Anneliese Stutz nickt, darum bemüht, möglichst wenig Interesse zu zeigen. Das »Anneliesel«, das man Doro nicht abgewöhnt bekommt, war, dank der blonden Grazie, ihr Spitzname in der Grundschule. Keine leichte Zeit, was nahezu vollständig Doros Verdienst gewesen ist.

»Der springt heute für seinen Sohn ein.« Die Giftnudel ist wie immer auf dem neusten Stand und die nächsten Infos plappert sie gleich hinter vorgehaltener Hand weiter aus: »Witwer, seit knapp zwei Jahren, also wird er im Jagdrevier wieder als Freiwild geführt.«

»Also Doro!«, entrüstet sich Lotte, die immer schon neben Dorothea gesessen hat und deren Kopf nun ebenfalls sichtbar wird. Sie kichert. Die Szene ist exakt so wie damals in der Schule, stellt Anneliese erschüttert fest, nur dass alle Beteiligten 60, wenn nicht sogar 70 Jahre älter sind.

Fast ihr ganzes Leben lang hat sie sich schon mit Doro herumgeplagt. Erst in der Grundschule, dann in der Hauptschule und selbst später, als ihr Hans im Vorstand der Feuerwehr gewesen ist und Doros Theo ebenfalls. Sogar beim Kirchenchor ist sie aufgetaucht und hat Anneliese die Freude am Singen verleidet. Als Dorothea sich schließlich vor ein paar Jahren auch noch den Landfrauen angeschlossen hat, war Anneliese schon gar nicht mehr verwundert. Doro ist wie eine lebenslange Prüfung – ein Schicksal, das ihr, aus welchen Gründen auch immer, auferlegt wurde.

Zugegeben, diese leidige Bekanntschaft hat eine einzige gute Seite: Doro ist stets erstklassig im Bilde. Dass der Busfahrer Witwer ist, lässt Anneliese zu ihrer eigenen Überraschung nicht kalt. Das muss sie sich selbst eingestehen.

Die anderen Damen allerdings auch nicht. Im Bus wird an diesem Morgen auffallend viel gekichert, man richtet sich allerorts die Haare und manch eine der Seniorinnen legt mit dem Handspiegel ein wenig Lippenstift nach.

Bei all der Konkurrenz fährt Doro zur Bestform auf. »Apropos Freiwild, Mädels«, tönt sie herüber zu Anneliese. »Eins kann ich euch sagen: Wenn jemand das Tier erlegt, dann ja wohl ich.«

»Doro!«

Lottes mahnende Proteste haben den Hausdrachen noch nie bremsen können, weiß Anneliese. Doro hat es zu keiner Zeit an Selbstvertrauen gefehlt. Vielsagend zieht sie in dieser Sekunde ihre Augenbrauen hoch. Das hell glitzernde Blau auf ihren Oberlidern hätte fraglos ein wenig dezenter ausfallen können, denkt Anneliese, während sie sich gleichzeitig ärgert, heute Morgen bei der Auswahl ihrer Garderobe nicht allzu sorgfältig gewesen zu sein. Sie unterdrückt den Impuls, auf die Bustoilette zu gehen und sich die Haare zu richten. Den Triumph gönnt sie Dorothea nicht.

»Wer ist denn der neue Busfahrer?«, erkundigt sich Ursel, ihre beste Freundin, die wie erwartet als Allerletzte eintrifft und umgehend Platz nimmt.

»Freiwild! Doro will es erschießen«, gibt Anneliese zur Antwort und erntet dafür einen zornigen Blick von vorn.

Ursel konnte sich ihre Bemerkungen gegenüber Doro noch nie verkneifen und fügt kess hinzu: »Na, da pass mal gut auf, dass du nicht wieder voll danebentriffst, meine Liebe.«

»Garantiert nicht!«, antwortet die blonde Jägerin aus dem Warndt bissig und dreht sich demonstrativ beleidigt in Fahrerrichtung um.

Nach der Ankunft von Ursel ist die Mannschaft vollzählig, und Heidrun gibt dem Busfahrer das Zeichen, dass die Fahrt beginnen könne. Während der Bus gemächlich lostuckert, nimmt die erste Vorsitzende die Gelegenheit wahr, die anwesenden Damen zu begrüßen. Sie platziert sich im Gang direkt neben dem neuen Busfahrer.

»Es freut mich, dass ihr es alle gesund und munter zu unserem Ausflug geschafft habt. Ich bin mir sicher, wir werden heute einen wunderschönen Tag zusammen haben. Zur Erinnerung noch einmal kurz der Tagesablauf.« Heidrun kramt einen kleinen Zettel aus ihrer Handtasche. »Zuerst geht es zu den Homburger Schlossberghöhlen, ich habe für uns eine Führung gebucht. Danach ist eine kurze Pause mit Kaffee und Kuchen eingeplant – wer möchte, kann sich bei der Gelegenheit auch die Ruinen der Festung Hohenburg auf dem Schlossberg ansehen. Gegen zwei haben wir einen Termin zur Besichtigung in der Karlsberg Brauerei.«

Heidrun grinst und greift nach dem Korb, der mit einem Tuch abgedeckt neben ihr steht. »Und zur Eingewöhnung, dachte ich mir, kann ein Glas Sekt als Muntermacher sicher nicht schaden.«

Das fängt ja gut an, denkt Anneliese, die seit Weihnachten keinen Tropfen Alkohol mehr angerührt hat – schon gar nicht um halb neun in der Früh.

»Ne, am Morgen, das vertrage ich gar nicht«, sagt Anneliese mit einem Fingerzeig auf ihren Magen, als die Vorsitzende mit Gläsern und Flasche an ihrer Sitzreihe ankommt.

Ursel ziert sich bei Weitem nicht so. »Für mich randvoll«, fordert sie Heidrun auf.

Nun mischt sich Doro wieder ein. Sie hält der Vorsitzenden ihr halbvolles Glas hin und sagt: »Ach Anneliesel, zier dich nicht so. So ein Sektchen in der Frühe ist doch gut für den Kreislauf.«

Lotte ist nicht zu sehen, aber man hört ihr Kichern. Der Sekt zeigt bereits Wirkung, das Gackern ist heller geworden.

»Na, Lieschen, letzte Chance!«, versucht es Heidrun wieder und hält einladend die Flasche in die Höhe. »Willst du nicht doch einen Schluck von der guten Medizin?«

»Klar!«, sagt Ursel, nimmt an Annelieses Stelle das Glas entgegen und gibt der Vorsitzenden mit einem eifrigen Kopfnicken zu verstehen, bloß nicht zu geizig mit dem Prickelzeug zu sein.

»Auf einen lustigen Tag!« Die Freundin reicht Anneliese den Sekt und lacht. »Keine Angst Lieschen, du wirst schon nichts Dummes anstellen.«

Anneliese zuckt mit den Schultern und gönnt sich einen Schluck. Zugegeben, übel schmeckt der Sekt nicht, und ihr Kreislauf machte ihr sowieso die letzten Tage zu schaffen.

»Kann ich noch ein Gläschen haben – wegen meinem niedrigen Blutdruck?«, fragt sie später, als Heidrun im Gang an ihr vorbeiläuft, denn wenn das so gesundheitsförderlich ist, kann ein weiteres heilsames Schlückchen bestimmt nicht schaden.

»Meine Damen, in Kürze werden wir die Schlossberghöhlen Homburg erreichen«, dröhnt die Stimme des Busfahrers durch die Lautsprecher über den Köpfen der Frauen. Während der Fahrt hat Herr Nussbaum Musik aufgelegt. Alles Hits aus alten Zeiten. Sogar eine Polonaise haben sie durch den Bus getanzt, selbst Anneliese, deren Kreislauf nach dem dritten Glas Sekt wie angekündigt deutlich in Schwung kam. Ihre Backen leuchten rosarot, und an ihrer Bluse hat sie wegen der Hitze im Bus ein, zwei Knöpfe gelockert. Das ständige Kichern von Lotte und die Angeberei von Doro vernimmt sie kaum mehr. Die Stimmung ist ausgezeichnet.

Trotzdem kann sich Doro bei der Ankunft in Homburg wieder einmal einen Witz auf Annelieses Kosten nicht verkneifen. »Sie kommen doch bestimmt auch mit zur Führung, Edmund?«, flötet sie, als sie beim Busfahrer aussteigen.

»Na, eigentlich …«

Doro lässt Herrn Nussbaum erst gar nicht ausreden. »Auf so einen Gentleman wie Sie können wir unmöglich verzichten, schließlich haben wir ein paar ältere Frauen mit an Bord, die nicht mehr gut zu Fuß sind. Wie hier unsere graue Anneliesel.« Dabei weist Doro mit einem unschuldigen Lächeln zu Anneliese, die im Gang wartet, und als sie den Blick des Busfahrers auf sich spürt, beschämt zu Boden schaut. Gern würde sie etwas entgegnen, doch Schlagfertigkeit war und ist nicht ihre Stärke.

Ihre alte Klassenkameradin hingegen ist selten sprachlos. »Und außerdem braucht eine Dame wie ich einen geeigneten Begleiter – einen besseren wie Sie kann man sich doch kaum vorstellen.«

»Doro«, erklingt eine helle Stimme von hinten. Lotte versucht, sich aufzurichten. Möglicherweise ist es doch ein Gläschen Sekt zu viel für den Kreislauf gewesen.

Der Busfahrer macht den Eindruck, als überfordere ihn die Situation. »Nun, ich weiß nicht«, murmelt er undeutlich und richtet sein graues Haar am Hinterkopf mit der Hand.

Solche Momente hat Doro schon immer bestens zu nutzen gewusst. »Dann weiß ich es eben für Sie! Oder wollen Sie mir etwa einen Korb geben?« Demonstrativ hält Dorothea Herrn Nussbaum den Arm zum Einhaken entgegen.

Jetzt wandern wieder alle Blicke von Doro zum Busfahrer. Das Kichern und Lachen, das vor ein paar Sekunden noch den Bus durchströmt hat, ist verebbt. Die gebündelte Aufmerksamkeit liegt auf dem Busfahrer, der sich umdrängt von derart vielen Frauen erkennbar unbehaglich fühlt. Bitte, bitte, bitte, gib ihr einen Korb, fleht Anneliese in Gedanken. Nur dieses eine Mal! Dorothea hat eine Abfuhr hier vor aller Augen mehr als jede andere auf der Welt verdient. Aufs Neue hat sie sich auf dreiste Weise in ihrer selbstverliebten Art in den Mittelpunkt gedrängt – und wie schon so oft auf Annelieses Kosten. Das Leben muss doch einmal Gerechtigkeit beweisen! Aber bedauerlicherweise zeigt es sich auch diesmal nicht gnädig.

»Na gut, okay«, stammelt Edmund Nussbaum und zuckt mit den Schultern. Kleinlaut zieht er den Schlüssel aus dem Lenkradschloss und reicht Doro seinen Arm.

Ihre Dreistigkeit siegt erneut. Wie eine Adelige mit ihrer

Gefolgschaft schreitet sie selbstgefällig vor der Gruppe her und genießt die Aufmerksamkeit, die ihr in diesen Sekunden zuteilwird, während Anneliese zerknirscht vor dem Bus auf Ursel wartet.

Die Miene ihrer Freundin drückt unmissverständlich aus, was sie von der Show gerade hält. »Oh leck, was für'n Ballawer!« Ursel hakt sich bei ihr unter. »Von der Wedderhex lassen wir uns doch nicht die Stimmung verderben«, fordert sie und schaut auf den Gegenstand in Annelieses Hand. »Willst du den Schirm wirklich mitnehmen? Bestes Wetter haben sie heute Morgen im Radio gemeldet und außerdem sind wir doch sowieso in der Höhle.«

»Man weiß nie!«, entgegnet Anneliese, die nur höchst selten das Risiko eingeht, das Haus ohne Schirm zu verlassen. »Ich bezahle doch nicht für meine teure Wasserwelle und stelle mich dann einen Tag später in den Regen.«

»Regen bei dem Sonnenschein, das ist wohl mehr als unwahrscheinlich.« Ursel späht ungläubig zum Himmel, an dem nicht eine einzige Wolke zu sehen ist. »Aber wenn du unbedingt willst, nimm den Schirm mit. Ich muss ihn schließlich nicht mit mir herumschleppen.«

Genau wie früher zu Grundschulzeiten, denkt Anneliese. Nie hat Ursel einen Schirm in ihren Ranzen gepackt. Sie hat sich immer darauf verlassen, dass Anneliese für jeden noch so unerwarteten Regenfall gewappnet ist und ist im Fall der Fälle unter ihren Schirm dazugehuscht.

Die Gruppe sammelt sich vor dem Eingang der Höhle und wartet auf den Führer. Dorothea steht dicht neben dem nicht glücklich wirkenden Busfahrer, immer noch bei ihm eingehakt.

»Sekündchen«, sagt Herr Nussbaum, als sich Anneliese und Ursel als Letzte zur Gruppe dazugesellen, und macht

Anstalten, sich aus Doros festem Griff zu winden. »Bin gleich wieder da«, erklärt er.

Doro zieht eine Schnute. Insbesondere, als sie sieht, dass sich der Befreite geradewegs auf die beiden Nachzügler zubewegt.

Ups, denkt Anneliese. Er will doch sicher nicht zu uns.

Aber genau das will er. Tatsächlich kommt er direkt auf sie und Ursel zu. Schnell versteckt Anneliese den Schirm hinter ihrem Rücken. Einen winzigen Spleen, das muss sie zugeben, hat sie schon. Doch davon soll Herr Nussbaum besser mal nichts mitbekommen.

»Ich dachte eben, als du … also, ich meine, als Sie eingestiegen sind, dass wir uns irgendwoher kennen«, sagt er zu Anneliese und blickt sie forschend an.

Sie zuckt mit den Schultern. Nicht dass sie wüsste.

»Bist du nicht die Frau vom Stutzer Hans aus Wiebelskirchen?«

»Ja«, antwortet Anneliese überrascht und fügt hinzu: »Also, ich war es.«

»Oh nein, das tut mir leid«, entschuldigt sich Edmund sofort. »Das wusste ich nicht, dass der Hans …« Der Busfahrer sieht betroffen aus. »Das ist traurig. Er war damals in meiner Klasse. In der Grundschule.«

»Das ist ja ein Zufall«, mischt sich eine helle Stimme in das Gespräch ein. Doro hat sich wie selbstverständlich dazugesellt. »So was, weißt du, Edmund, Anneliesel und ich kennen uns auch schon seit der Grundschule.«

Anneliese verzieht den Mund. Sie befürchtet, dass es gleich eine Wiederholung von dem geben würde, was ihr Doro damals tagtäglich angetan hat.

Und ja, in der Tat bringt die alte Klassenkameradin das Fass, das sowieso schon randvoll ist, mit ihren nun folgenden unverschämten Lügen zum Überlaufen. »Beste Freundinnen, seit vielen Jahren. Irgendwer musste dem Mädchen schließlich auf die Sprünge helfen, sonst wäre da nie etwas draus geworden. Wenn ich es damals nicht eingefädelt hätte, das mit dem Hans und der Hochzeit, wer weiß, dann wäre unser Mauerblümchen ihr Leben lang allein geblieben.«

In Annelieses Ohren rauscht es, sie ist kurz davor, an die Decke zu gehen. Aber eben nur kurz davor, denn genau genommen steht sie einfach nur da. Ohne ein Wort der Gegenwehr. Sie kann nicht fassen, was Dorothea da von sich gibt. Alles eine einzige Lüge. An dem Abend, als sie Hans auf dem Erntedankball kennengelernt hat, mit gerade einmal 19, hat Doro keine Gelegenheit ausgelassen, sich an ihn heranzuwerfen. Sogar einen Schwächeanfall täuschte die Schlange vor, als gar nichts mehr zu helfen schien. Zum Glück ließ sich Hans von all dem Getue nicht beeindrucken. Er brachte Anneliese an diesem Abend nach Hause. So wie er es an jedem Abend, der daraufhin folgte, gemacht hat, bis sie schließlich miteinander verheiratet waren.

»... die Anneliesel war immer schon ein bisschen wunderlich. Sag nur, du hast wieder deinen Schirm dabei?«, trötet Doro in dem Moment, als ein großer, sportlich wirkender Mann mit gelbem Helm und grauer Arbeitsjacke durch die Eingangstür des flachen Gebäudes auf sie zukommt und das miese Schauspiel unterbricht.

»Guten Morgen, ich bin Herr Lohfeld und werde die nächste Stunde mit Ihnen in meiner Höhle verbringen«, scherzt dieser und die Damengruppe kichert. Der Ausdruck in Edmunds Gesicht zeugt davon, wie erleichtert er ist, dass in diesen Sekunden ein zweiter Mann die Aufmerksamkeit auf sich zieht. Insbesondere die von Doro, denn Herr Lohfeld, schätzungsweise Anfang 70, leicht sonnengebräunt, mit angegrautem, gut getrimmtem Vollbart und nicht unattraktiv, trägt keinen Ring an seiner Hand. Der tut mir jetzt schon leid, denkt Anneliese, und tatsächlich dauert es nicht lange, bis Doro die Chance ergreift.

»Einen Mann mit eigener Höhle wollte ich immer schon mal kennenlernen«, tönt es aus ihrem Mund. Kurz danach folgt Lottes »Doro!«, was ihre Freundin noch nie bremsen konnte.

Dorothea ist mit ein wenig Vordrängeln die Erste an der Kasse, an der die Helme ausgeteilt werden. »Finden Sie, der steht mir?«, fragt sie Herrn Lohfeld, während sie das gelbe Ding über ihre Locken zwängt.

Der Führer zuckt mit den Schultern. »Wie Sie damit ausschauen, ist mir ehrlich gesagt recht schnuppe. Hauptsache, Sie sind geschützt. Was allerdings Ihr Schuhwerk angeht, da bin ich mir nicht so sicher, ob das die richtige Wahl ist.«

»Ach was«, zeigt sich Dorothea uneinsichtig. »Ich bin wie die jungen Models. Ohne Absätze kann ich gar nicht richtig gehen.«

Herr Lohfeld schnauft genervt. »Wie Sie meinen. Ich habe Sie gewarnt.«

»Aber charmant finde ich schon, dass Sie so besorgt um mein Wohl sind«, trötet Dorothea und richtet dabei mit den Händen die Locken, die unter dem Helm hervorspitzen.

Ihr Gegenüber spart sich eine Antwort darauf und sagt stattdessen: »Höchste Zeit, wir müssen los.«

Nach und nach setzt sich die Gruppe in Bewegung. Edmund Nussbaum steht immer noch neben Anneliese und wartet. »Eine Sekunde bitte, Frau Stutz«, sagt er, als Anneliese und Ursel an ihm vorbeigehen wollen.

»Ja?«

Ursel zeigt in Richtung der Gruppe. Sie geht schon mal vor, soll das heißen.

»Also, das mit Ihrem Hans tut mir wirklich leid. Er war ein feiner Bursche. Schade, dass wir uns nicht früher kennengelernt haben. Meine Margot hätte Sie bestimmt gemocht.«

»Ja, schade. Hans hat öfter Geschichten von einem Eddie erzählt – das müssen wohl Sie gewesen sein.«

»Ach, das ist schön. Vielleicht hat er damit wirklich mich gemeint.« Der Busfahrer lächelt verlegen und schaut zur Gruppe hinüber. »Wir sollten uns auch schnell einen Helm besorgen. Sonst gehen wir leer aus.«

Anneliese nickt.

»Hier stehen wir nun in den größten Sandsteinhöhlen Europas«, berichtet der Führer, als sich alle um ihn versammelt haben. »Die Höhlen selbst sind ein ehemaliges Bergwerk. Eine von Hand geschaffene unterirdische Welt, die aus unzähligen Gängen und Räumen besteht.« Mit der Taschenlampe leuchtet der Führer zur Decke. »Hier wurde Quarzsand zur Glasherstellung abgebaut. In späteren Zeiten nutzten die Franzosen die Höhlenräume als Waffenlager und erweiterten das Tunnelsystem. Im Zweiten Weltkrieg dienten sie als Schutzraum bei Luftangriffen. Mehr als 1.000 Menschen sollen an diesem Ort ausgeharrt haben.«

Ehrfürchtig schauen sich die Landfrauen um und bewundern die hohen Decken und die Wände mit den beeindruckenden roten und gelben Gesteinsschichten.

Herr Lohfeld führt die Gruppe tiefer in das Höhlensystem und fährt dabei fort: »Insbesondere in den kalten Wintermonaten waren die Menschen in diesen Räumen gut untergebracht, denn es herrscht eine gleichbleibende

Temperatur von rund zehn Grad. Ein Umstand, der meine Arbeit als Führer an heißen Sommertagen zu einem wahren Glücksfall macht«, fügt er mit einem Lächeln hinzu und leuchtet mit seiner Lampe die interessantesten Winkel der Höhle aus. »Folgen Sie mir bitte, nun geht es in den Thronsaal.«

»Gibt es denn da auch eine Höhlenkönigin?«, fragt eine helle Stimme, an die sich ein schockiertes »Doro!« anschließt.

»Ja, tatsächlich gab es die«, stimmt Herr Lohfeld zu, dem deutlich anzumerken ist, dass ihm die Art und Weise, wie sich Dorothea in den Mittelpunkt drängt, nicht behagt. »Allerdings waren das immer, nun ja ... eher jüngere Frauen.«

Er grinst. Doros Miene hingegen verfinstert sich, jedoch nur für einen flüchtigen Augenblick. Ihre Selbstgefälligkeit ist immer schon durch nichts zu erschüttern gewesen, denkt Anneliese. Sie geht vor Edmund her, der sich der Gruppe als Letzter angeschlossen hat.

»Na ja, früher«, plappert Doro abermals los. »Früher zählte eine Frau mit 70 auch schon zum alten Eisen. Die Zeiten haben sich geändert.«

Statt etwas zu erwidern, drückt Herr Lohfeld auf einen Knopf an der Beleuchtungsanlage, der die Decke erstrahlen lässt. Die Damen drehen ihre Köpfe nach oben.

»In den 60ern fanden in diesem großen Saal regelmäßig gut besuchte Höhlenfeste statt«, erklärt der Führer. »Wir befinden uns nun übrigens etwa 47 Meter unter dem Schlossberghotel.«

»Nicht gerade ein beruhigender Gedanke«, flüstert Anneliese Ursel zu, die neben ihr steht und den Kopf in den Nacken legt. Aus dem Augenwinkel sieht sie Herrn

Nussbaum, der nicht wie alle anderen nach oben schaut, sondern sie anlächelt.

»He«, murmelt Ursel. Und dann noch leiser, hinter vorgehaltener Hand: »Lieschen, ich glaube, du hast einen Verehrer.«

»Ach was! Doch nicht ich alte Schachtel«, erwidert Anneliese und macht eine abwinkende Handbewegung.

Ihre Freundin grinst breit. »Oh doch! Genau du alte Schachtel scheinst dem Freiwild den Kopf verdreht zu haben.«

»Psst«, warnt Anneliese, die vorsichtig hinter Ursels grauem Pagenschnitt vorbeispäht, um sicherzugehen, dass Edmund nichts von den wilden Behauptungen mitbekommen hat. Sie würde schätzen: nein. Er lächelte einfach nur weiter vor sich hin. So wie eben auch schon.

Sein Lächeln friert allerdings innerhalb einer Millisekunde ein, als Doro sich, ohne zu fragen, bei ihm unterhakt. Nachdem Herrn Lohfelds deutliches Desinteresse sogar für sie unverkennbar geworden ist, nimmt sie wieder die Fährte des Busfahrers auf.

»Mit meinen feinen Schuhen ist es ohne männlichen Beistand hier drinnen viel zu tückisch«, begründet Doro ihr Verhalten, und Herr Nussbaum ist vermutlich viel zu gutmütig, dem etwas entgegenzusetzen. Hilflos wirft er Anneliese einen letzten Blick zu, bevor Doro ihn zum Gehen drängt: »Auf geht's, jetzt schauen wir uns den Regierungsbunker an. Für uns zwei VIPs ist das doch genau das Richtige.«

Darauf folgt einer dieser Sätze, die Dorothea sich einfach nicht sparen kann: »Ob allerdings Anneliesel und Ursel da hineindürfen, das wage ich zu bezweifeln.«

»Alte Giftnudel«, rutscht es Ursel heraus, und die blonden Locken, die beim Drehen des Kopfes hin und her schwingen, bestätigen, dass Doro es vernommen hat.

Richtig so, denkt Anneliese. Doros Dreistigkeit bringt Annelieses wenige, wohlverborgene dunkle Gefühle zum Vorschein. Fast wünscht sie sich, Doro würde etwas zustoßen. Etwas Schreckliches. Beinahe ihr ganzes Leben lang hat sie all die Sticheleien und Unverschämtheiten still ertragen. Wer könnte ihr da verübeln, dass es ihr am liebsten wäre, Dorothea würde für immer und ewig verschwinden?

Als die Gruppe die Stahltreppe zu einer der höheren Ebenen emporgeht, insgesamt sollen es laut Herrn Lohfeld ganze zwölf sein, erscheint Anneliese mit einem Mal das Ende der lebenslangen Last zum Greifen nah. Doros hochhackige Pumps leuchten ihr in kräftigem Bordeauxrot auf den Stufen entgegen. Niemand wäre über einen Sturz verwundert. Der mitgeführte Schirm, über den Doro eben noch spöttische Witze gerissen hat, wäre das perfekte Werkzeug. Ein winziger Stoß mit dessen Spitze, sagt sich Anneliese, im richtigen Winkel und im passenden Moment zwischen Doros Beine könnte echte Wunder bewirken. Die Querulantin Doro würde vermutlich nicht sterben, wäre aber für diesen Tag und vielleicht sogar für die nächsten Wochen kaltgestellt – das würde Anneliese völlig reichen. Schuldig bräuchte sie sich nicht zu fühlen, denn wer solche Absätze bei einem Ausflug in einer Höhle trägt, lebt mordsgefährlich.

Es wäre quasi Notwehr, redet Anneliese sich die Sache schön. Bei all dem, was ihr die dumme Pute über die Jahre zugefügt und zugemutet hat, ist das kein Vergehen. Viel eher eine Nivellierung, ein Ausgleich auf dem Unrechtskonto. Die Dunkelheit in der Höhle wäre ihr Verbündeter, niemand würde etwas bemerken.

Anneliese holt den Regenschirm, den sie seit dem peinlichen Kommentar unter ihrem Mantel versteckt gehalten hat, mit Bedacht hervor. Ursel ist abgelenkt, sie geht versetzt hinter ihr und blickt ehrfürchtig zur Höhlendecke.

Jetzt oder nie, denkt Anneliese, als Doro erneut den linken Fuß hebt und auf der nächsten Stufe absetzen möchte. Das ist der richtige Augenblick! Sie muss sofort zur Seite springen, Ursel befindet sich außerhalb der Fluglinie. Gottlob sind sie die Letzten auf der Treppe.

Der Moment ist weit kürzer als eine Sekunde, aber es ist genau der richtige. In Annelieses Vorstellung stürzt Doro bereits die Treppe hinunter. Mit lautem Gepolter. Ursel hält sich gerade noch zeitig am Geländer fest, und Herr Nussbaum blickt halb erleichtert, halb schockiert, während Anneliese sich ein Grinsen verkneifen muss. So könnte es ablaufen, hätte Anneliese den Mut, die Idee in die Tat umzusetzen. Doch im letzten Augenblick gewinnen die Gewissensbisse die Oberhand. Und kurz darauf ist es bereits zu spät, Doros Lackschuhe betreten den leicht sandigen, aber sturzfesten Höhlenboden. In diesem Augenblick wendet sich die Giftnudel um und bemerkt Anneliese, die ratlos den Schirm in ihrer Hand ansieht.

»Anneliesel und ihr geliebter Schirm«, spottet Doro. »Glaubst du, es gibt hier drin gleich einen Schauer?« Den spitzen Worten folgt ein gehässiges Lachen, das aufgesetzt wirkt. Trotzdem zieht es die Aufmerksamkeit der ganzen Damenschar auf sich.

Auch Edmund sieht sie bedröppelt an. Jeder andere hätte in dieser Sekunde vermutlich von Anneliese abgelassen, denn es ist unübersehbar, wie peinlich ihr die Sache ist. Aber Doro nicht, sie legt sogar eine Schippe drauf: »Unsere Anneliesel wird von Tag zu Tag wunderlicher – wer weiß, ob da noch alles rund läuft.« Nach dieser Bemerkung blickt Doro erwartungsvoll in Edmund Nussbaums Gesicht.

Wenn Anneliese sich nicht täuscht, sie ist sich nicht ganz sicher, zwingt sich der Busfahrer, vielleicht nur aus Gefälligkeit oder Verlegenheit, ein kleines, verlorenes Grinsen ab. Am liebsten würde Anneliese im Erdboden versinken.

»Mensch, Doro! Am besten hältst du einfach mal den Rand!«, springt endlich Ursel ihrer Freundin bei und stellt sich demonstrativ mit in die Hüften gestemmten Armen vor Doro.

»Ach ja, Spaß haben die zwei angegrauten Ömchen schon als Kinder nicht verstanden«, klärt die falsche Schlange Edmund auf und dreht sich pikiert um. Selbstredend ohne den Busfahrer aus ihrem festen Griff zu entlassen.

Das Schauspiel hat vorerst ein Ende. Herr Lohfeld ergreift das Wort und die Gruppe konzentriert sich wieder auf die Führung. Er berichtet Näheres zum Regierungsbunker, den sie durch einen langen Gang erreichen. »Diese Bunkeranlage, in der wir uns gerade befinden, wurde zwischen 1952 und 1955 unter dem einstigen saarländischen Ministerpräsidenten Johannes Hoffmann – bekannt als Joho – errichtet. Die Arbeiten fanden damals unter strengster Geheimhaltung statt.« Gegenwärtig sehen sich alle ehrfürchtig um. Die Gruppe steht in einem imposanten, aus Ziegelsteinen gemauerten Raum.

»Um die Bauaktivitäten möglichst unauffällig vonstattengehen zu lassen, errichtete man zur gleichen Zeit das über uns liegende Schlossberghotel. Nachdem Joho 1955 zurückgetreten und das Saarland am 1. Januar 1957 als Bundesland Deutschland eingegliedert worden war, fanden die Arbeiten ihr Ende – der Bunker wurde weder fertiggestellt noch jemals genutzt.«

Der Weg führt die Gruppe durch weitere eindrucksvolle Höhlenräume, bis sie schließlich am Ausgang ankommt.

»Gleich oben am Bus, unterhalb der Schlossbergruine, habe ich einen Imbiss für uns vorbereitet: Kaffee, Kuchen und Klappschmierchen«, kündigt Heidrun an, nachdem sie sich im Namen aller bei Herrn Lohfeld für die erstklassige Führung und die Engelsgeduld bei all den Fragen und Anmerkungen bedankt hat. Dass hiermit vermutlich die vielen Kommentare Doros gemeint waren, die auch die anderen Landfrauen allmählich die Nerven verlieren ließen, registriert Doro nicht.

»Meinen Frankfurter Kranz musst du einfach probieren, Edmund«, plappert sie, während sie Heidrun wie einer Bediensteten am Kassenhäuschen den Helm in die Hände drückt. »Nimm dir bloß kein Stück von der Donauwelle, die ist von Anneliesel.« Doro ist nicht zu bremsen und jedermann bekommt ihre Stänkerei mit. »Wenn du wüsstest, wie es da zu Hause aussieht, seit der Hans tot ist. Wo man hinsieht Hundehaare. Wer da reingeht, muss gut achtgeben, dass er nicht todsterbenskrank herauskommt.«

In Anneliese brodelt es. Aber wie schon ihr Leben lang reicht all die Wut nicht aus, um Doro endlich die Meinung zu sagen. »Diese dumme Pute«, grummelt sie nur leise, und da spürt sie ihn. Diesen zarten Tropfen auf ihrer Stirn – und es werden mehr. Es dauert ein paar Augenblicke, dann zeigen sich auch auf den Pflastersteinen am Boden erste dunkelgraue Punkte.

»Komisch, eben war es noch wolkenlos«, sagt Heidrun und schaut zum Himmel. In der Ferne grummelt es. »Mädels, wir sollten uns beeilen.«

»Den darf ich mir doch bestimmt mal ausleihen«, behauptet eine helle, wohlbekannte Stimme neben Anneliese, und bevor sie sich versieht, ist er auch schon weg – ihr Schirm.

»Du willst doch bestimmt nicht, dass sich unser lieber Herr Busfahrer einen Schnupfen einfängt.«

»He, warte …«, versucht Anneliese, Doro zu bremsen. Aber sie ist schon auf und davon.

So jedenfalls passiert es, dass die ganze Frauentruppe an diesem Mittag trotz bester Wettervorhersage durch einen Sturzregen läuft. Die Wasserwelle von Anneliese wird geflutet und sie ist bis auf die Unterhosen nass, als sie später im Bus sitzt. Selbst das ist die Sache wert gewesen, sagt sie sich, und auch Ursel neben ihr sieht zwar ein wenig mitgenommen, aber nicht unbedingt unzufrieden aus.

Bis der Krankenwagen eintraf, vergingen keine zehn Minuten. Die Gruppe entschied sich gemeinschaftlich, aufgrund des unerfreulichen Zwischenfalls mit Doro, den Termin bei der Brauerei ins Wasser fallen zu lassen.

»Das werden wir noch dieses Jahr nachholen«, verspricht Heidrun gerade den Frauen. Jede versteht das. Nach dem Ereignis von eben wäre alles andere völlig unpassend.

Keine der Anwesenden hätte wohl vermutet, dass ein harmloser Schirm ein solches Unglück herbeiführen kann. Dass der Blitz ausgerechnet in die Stockspitze von Annelieses Schirm eingeschlagen ist, war reines Pech. Dass ihn Doro in diesem Moment in der Hand hielt, könnte ein Nivellierungsversuch des Schicksals gewesen sein – wer weiß das schon.

Die Damen im Bus sind immer noch aufgewühlt, insbesondere Ursel. »Das hätte dich treffen können, und was dann gewesen wäre, darüber will ich gar nicht nachdenken.«

Das will Anneliese auch nicht. Gegenwärtig ist sie sich nicht so recht sicher, ob sie sich über die eben erlebten

Ereignisse eher freuen soll oder doch vielmehr betroffen sein müsste.

Als Heidrun im Gang an ihr vorbeiläuft, sagt sie: »Du Heide, ich hätte da eine Bitte. Hast du vielleicht noch ein Gläschen Sekt? Durch das Hin und Her eben habe ich es mit dem Kreislauf.«

Heidrun überlegt. Wahrscheinlich ist sie sich nicht sicher, ob es nach diesem Vorkommnis angebracht ist, eine Flasche Sekt zu entkorken.

»Na ja, wenn es wegen dem Kreislauf ist, kann ich wohl kaum Nein sagen«, entscheidet die Vorsitzende schließlich. Und Ursel fügt ein bisschen kleinlaut hinzu: »Nicht, dass ihr das jetzt falsch versteht, Mädels, aber mit meinem Kreislauf sieht es auch übel aus. Am besten ist wohl, Heide, du bringst gleich die ganze Flasche.«

RÜSSELALARM MIT HELMUT

»Hab's gleich.« Haarnadel-Theo spitzt den Mund und schiebt das feine schwarze Stück Draht behutsam ins Schloss. Jeder Handgriff sitzt. Nun folgt eine kleine Biegung nach rechts – mit wohldosiertem Druck selbstredend, denn das Drahtende soll sich in gewünschter Weise verformen.

»Ja, gut so«, säuselt Haarnadel-Theo hochkonzentriert. Das ist sein liebster Part. An so einer Tür zeigt sich wahre Professionalität, zum Knacken braucht es gar nicht viel. Ein bisschen Beharrlichkeit und Fingerspitzengefühl – das weiß Theo aus jahrelanger Erfahrung. Das Handwerk hat er von der Pike auf gelernt, damals bei Schraubenzieher-Kurt. Zugegeben kein besonders freundlicher, aber dafür ein überaus gewissenhafter Lehrmeister. Vorschläge wie solche, die ihm sein Begleiter gerade macht, hätte sich Theo in jenen Jahren nie zu äußern getraut.

»Hab keine Lust mehr auf Abgammeln«, drängelt ein dunkel gekleideter Mann, der, der Stimme nach zu urteilen, um viele Jahre jünger ist als der vor dem großen Gebäude Kniende. »Ich mach das jetzt! Ein Tritt gegen das Teil, dann hat sich die Sache, du Panzerknacker!«

Theo spart sich die Antwort. Von einem Amateur lässt er sich nicht reinreden. Wie beschämend wäre es, wenn im Bericht über diese Operation in der Saarbrücker Zeitung später zu lesen stände, das sei das Werk von Anfängern gewesen. Oder schlimmer noch von randalierenden Jugendlichen, die sich nur einen Spaß erlaubt hätten.

Selbst im Einbruchsbusiness gibt es Spielregeln, insbesondere bei einem Job in der Heimatregion, sagt sich Theo und lässt sich nicht beirren. Während er die Arbeit zu Ende bringt, sinnt er über die vielen Veränderungen in der Szene in den letzten Jahren nach. El Ralfie, da konnte man ihm vielleicht gar keinen Vorwurf machen, stammt aus einer Generation, für die das Adjektiv »beschämend« nicht mehr existiert. Aus der Perspektive seines Kompagnons macht es vermutlich kaum einen Unterschied, ob die Polizei nach dem Bruch ein Schlachtfeld vorfindet oder ob man durch die wenigen Spuren, die man hinterlässt, Könnerschaft beweist. So etwas wie Berufsehre kennen die Jüngeren gar nicht mehr.

Alles ignorante Trottel. El Ralfie spottet, seit sie losgegangen sind, selbstgefällig ohne Unterlass und gibt nur Mist von sich. Dabei hat er bisher noch nicht einen einzigen Handschlag getan. Wenn man davon absieht, dass er die Kästen mit sich schleppt.

Nicht einmal jetzt, als die Tür aufspringt, kann er sich seine Sprüche verkneifen. »Na läuft doch bei dir, Alter! Dachte schon, mein Rentenantrag wäre eingelaufen, bevor das Ding auf ist.«

Theo antwortet nicht. Was soll man zu so viel Dummheit auch sagen, geht ihm durch den Kopf. Er steht aus der Hocke auf und drückt die Klinke nach unten. Dabei schwört er sich, nächstes Mal besser darauf zu achten, mit wem er zu einem Bruch loszieht. Derart einfache Aufträge erledigt er am besten allein, da hat er wenigstens seine Ruhe. Dass es fast nur noch Dilettanten in seinem Umfeld gibt, für die einzig der Schotter zählt, macht ihm schon seit einiger Zeit zu schaffen. Aber egal, die Tür ist offen und damit das erste Problem aus der Welt.

Völlig unbedarft, als würde er seinen Nachmittagseinkauf in einem Supermarkt erledigen, marschiert El Ralfie als Erster in den Vorraum. »Holy shit, müffelt das!«, beschwert er sich sofort.

»Maske«, zischt Theo, der draußen noch seine Glückshaarnadel zurechtbiegt und an den Kragen seines schwarzen Rollis steckt. »Wie begriffsstutzig kann man eigentlich sein?«, grummelt er, ohne dass es El Ralfie überhaupt mitbekommt.

»Was haste gesagt?«, tönt es aus dem Vorraum nach draußen in einer Lautstärke, als wären sie auf einem entspannten Sonntagsausflug.

»Ich sagte eben im Auto noch, dass man uns filmen könnte. Mensch, zieh dir endlich die Maske an.«

»Aso!« Der Depp nimmt die Maske aus seiner Jackentasche und schiebt sie über sein Gesicht. »Alder Vadder! Wie das muchtelt.«

»Der Geruch ist von den Fledermäusen. Nicht angenehm, aber auch nicht gefährlich«, bemerkt Theo und leuchtet mit der Taschenlampe den Vorraum aus. »Schaut gut aus! Alles unauffällig.«

Vor ein paar Tagen war Theo schon vor Ort gewesen, um die örtlichen Gegebenheiten in Ruhe in Augenschein zu nehmen.

»Eine gute Vorbereitung ist schon der halbe Job«, hatte ihm Schraubenzieher-Kurt während seiner Lehrzeit eingetrichtert. Dass er mit diesem Ratschlag richtiglag, beweist die Tatsache, dass er als sein ehemaliger Lehrling all die Berufsjahre nicht einmal aufgeflogen ist. »Polizeilich völlig jungfräulich«, erzählt Theo gerne, wenn er mit den anderen aus dem Gewerbe am Abend auf ein Bier beim Mariechen in Saarbrücken zusammensitzt. Dort hat er vor ein paar Wochen El Ralfie kennengelernt.

»Was ist das?«, raunt dieser neben ihm. Über ihnen hört auch Theo Rascheln von Stroh und schrilles Bellen. »Bullshit! Jetzt sind wir dran«, schießt es aus El Ralfie heraus, bevor Theo etwas erwidern kann. Er lässt die beiden Kästen mit lautem Poltern fallen. Kopflos greift er nach der Schreckschusspistole, die er sich am Auto, als sie ausstiegen und die Sachen zusammensuchten, in den Hosenbund geschoben hat. Ohne wohl genau zu wissen, wohin, richtet er die Pistole in die Dunkelheit.

»Ruhig Blut, Genosse. Steck das Ding weg«, beschwichtigt Theo und legt ihm die Hand auf die Schulter. »Mach mal halblang. Das alles ist ganz normal. Wir wissen doch beide, dass wir nicht allein sind.«

»Oki. Klar, weiß ich doch! War nur eine kleine Übung, um fit zu bleiben«, behauptet El Ralfie und lässt die Pistole sinken. Er dreht seinen Kopf ein paarmal ruckartig zu beiden Seiten und atmet laut durch. »Immer locker durch die Hose atmen«, redet er jetzt wieder im Angeberton. »Eigentlich bin ich echt smooth, weißt du doch! Mich bringt so schnell nichts aus der Ruhe – ich bin bloß ein bisschen schreckhaft.«

»Ah ja. In unserem Beruf nicht unbedingt von Vorteil«, bemerkt Theo und verkneift es sich, die Augen zu verdrehen. Mit dem Kollegen während der Arbeit zu streiten, das wäre gefährlich, das weiß er. Derzeit ist es wichtig, die Sache wie geplant zu Ende zu bringen.

El Ralfie schiebt die Waffe zurück in den Hosenbund. Haarnadel-Theo geht ein paar Schritte und steuert auf die rote Tür zu seiner Rechten zu. »Da ist es! Hoffen wir mal, die ist nicht abgesperrt.«

Sie haben Glück. Als Theo die Klinke der schweren Stahltür herunterdrückt, gibt sie nach und öffnet sich mit einem dunklen Ton. Erneut drängelt sich El Ralfie an dem

Kumpan vorbei und übernimmt die Führung. Haarnadel-Theo ist das mehr als recht. So muss er nicht an der vordersten Front stehen. Aus Erfahrung weiß er, dass es die ganz vorne zuerst trifft – und Theo könnte problemlos damit leben, wenn dies sein Komplize wäre.

»Alter Verwalter, da drin ist es hell. Da iss wer!« Wieder fallen die Kästen zu Boden und wieder schnappt sich El Ralfie seine Pistole. »In Deckung!«

»Kein Mensch ist da, Ralfie«, entgegnet Theo seelenruhig. »Ein bisschen Vorbereitung und du wüsstest, dass es an diesem Ort nachts immer hell ist, damit sie alle schlafen.«

»Wie jetzt? Das raff ich nicht.« El Ralfie schüttelt verwirrt den Kopf. »Wenn man schläft, muss es doch dunkel sein.«

»Ja, bei dir vielleicht! Aber nicht bei denen da drin. Die schlafen nur, wenn es hell ist.«

»Aha. Das ist ja der Wahnsinn in Tüten!«

So langsam dämmert es Theo, warum sein Partner von den meisten anderen im Mariechen El Raffnix genannt wird. Natürlich nur in seiner Abwesenheit.

Theo spart sich weitere Erklärungen, das ist ihm zu dumm und die Zeit drängt. Die Helligkeit dürfte seiner Einschätzung nach für sie von Vorteil sein. Während er sonst bei einem Bruch durchgehend die Taschenlampe halten muss, haben sie heute beide Hände frei. Und die werden sie, bei dem, was nun folgt, brauchen.

Theo schaltet die Taschenlampe aus und steckt sie in die kleine Seitentasche seines dunklen Rucksacks. Alles hat bei ihm seinen Platz. »Hast du die Liste? Nicht dass wir die Falschen mitnehmen«, erkundigt er sich im Flüsterton.

»Klar, alles edelst vorbereitet. Bin doch kein blutiger Anfänger.«

Ein Profi aber auch nicht, denkt Theo. Diese Einschätzung behält er lieber für sich, schließlich hat El Ralfie schwache Nerven. »Zeig mal her!«

Sein Komplize kramt einen mehrfach zusammengefalteten Zettel aus der Hosentasche. »Da!«

Theo liest sich die handgeschriebene Liste durch. »In Ordnung. Aber Helmut schreibt man mit t.«

»Echt? Krass! Nicht mit d?«

»Nee«, äußert Theo, während er mit dem Finger über die Liste fährt und abzählt. »Eins, zwei, … fünf! Fünf sind es insgesamt. Das kann so schwer nicht sein!«

»Nö, sag ich doch! Das geht locker-flockig über den kleinen Dienstweg. Für gute Kohle. Wenn wir abliefern, gibt es die Asche bar auf die Kralle. Der Schnösel zahlt das aus der Portokasse. Der wohnt am Rand von Saint-Paul-de-Vence.« El Ralfie hebt vielsagend die Augenbrauen.

»Kenn ich nicht«, gibt Theo zu und geht dabei auf eine der abtrennenden Scheiben zu.

»Echt jetzt? Mach keine Dinger! Da hat doch Roger Moore gelebt. James Bond persönlich. Ganz feine Gegend. Wenn die Schätzchen ausgehändigt sind, fahren wir ohne Umwege an die Côte d'Azur und dann geht's ab wie Schnitzel. Wir hauen den Zaster auf den Putz.«

Theo stellt sich auf die Zehenspitzen. Im Moment ist keins »der Schätzchen«, wie sein Partner sie nennt, zu sehen. »Erst mal Auftrag erledigen und dann schauen wir weiter«, antwortet Haarnadel-Theo. Jetzt sind sie zunächst einmal in Saarbrücken – mitten im Zoo und mitten in der Nacht. Selbst wenn die Bestellung morgen oder übermorgen ausgeliefert wäre, ein großes Bedürfnis, mit dem Aufschneider El Ralfie am Strand zu spazieren, verspürt Theo nicht. Sein derzeitiger Plan ist es – und solche Überlegungen kann ihm nach der Show heute Abend niemand verübeln –, den unfähigen Partner später an einer Autobahnraststätte zu vergessen. Bestenfalls ohne seinen Anteil. Jetzt braucht er ihn allerdings noch. »Fangen wir mit Helmut an. Hast du den Strick dabei?«, fragt Theo.

»Logo.«

»Prima. Na, dann gib ihn mir. Das übernehm ich und du Ralfie, steig mal da drüber!« Theo weist auf das etwa hüfthohe Geländer. »Da, in den Kisten oder hinter der Tür müsste Helmut mit seinen Frauen zu finden sein.«

»Ist aber nicht gefährlich – oder?«

»I wo. Ich halte so lange die Stellung.« Theo nimmt den Rucksack vom Rücken und kramt in dessen Innentaschen. Den Spezialartikel, den er sucht, hat er gleich doppelt verpackt. »Da, ich hab was dabei. Das macht die Sache leichter. Ich knacke das Schloss zum Gatter neben der Eingangstür und du lockst ihn dorthin.«

»Na schön, alles senkrecht, aber beeil dich!«, stimmt El Ralfie dem Plan zu und nimmt das Kistchen entgegen. Er steht bereits mit beiden Beinen auf der anderen Seite der Absperrung. »Was ist da drin?« Ohne die Antwort abzuwarten, schüttet er sich eine Handvoll des Inhalts in die offene Hand.

»Schimmelkäferlarven«, informiert Theo. »Lebend. Habe ich heute Mittag in einer Zoohandlung besorgt.

Angewidert lässt El Ralfie das wabbelnde Etwas in seiner Hand zu Boden fallen.

»He, sei vorsichtig. Die waren teuer und du brauchst sie noch.«

»Theo?« Sein Komplize setzt ein flehendes Gesicht auf. »Vielleicht übernimmst doch lieber du?«

»Nix da. Ich muss das Schloss aufbrechen. Sei nicht so eine Memme und mach dich endlich an die Arbeit!«

Während also Theo mit seiner Haarnadel ans Werk geht, durchforstet der Komplize zögerlich erst die Höhle und danach die beiden Schlafkisten.

»Ich glaub, ich hab was«, ruft er nach einer Weile. »Bin mir nur nicht sicher, ob das eins oder zwei sind.«

»Dann zähl die Füße.«

»... fünf, sechs, sieben«, erledigt der junge Einbrecher, was ihm aufgetragen wurde. »Würde mal sagen, es sind zwei. Oder so ähnlich. Woran erkenn ich den Helmut?«

»Weiß der Geier.« Haarnadel-Theo zuckt mit den Achseln. »Wird wohl der Größte sein, schätze ich.«

Diese Antwort hilft El Ralfie nicht weiter. Er blickt auf eine Menge Füße, Krallen und dunkelrosa behaartes Fleisch. Ratlos steht er vor der Kiste. »Und die kann man einfach so wachmachen? Nicht, dass die volles Mett zubeißen, oder so?«

»Wenn ich Biologie studiert hätte, würde ich wahrscheinlich nicht gerade mit dir hier herumhängen und den Nachtzoo plündern.« Theo klingt gereizt. »Mensch, Junge. Die Tiere sind handzahm. Als ich mir das angesehen habe, ist eine Wärterin zum Saubermachen durch den Käfig. Ganz ohne dass die Ferkel sie zerfleischt hätten. Ich verspreche dir, du wirst es überleben. Jetzt mach endlich! Und versuch es endlich mal mit den Larven.«

»Ähm ja«, entgegnet El Ralfie, dessen Fassade als draufgängerischer Gangster immer mehr bröckelt.

Über so viel Dilettantismus kann Theo nur den Kopf schütteln. Als er sich mit dem Möchtegern-Ganoven vergangene Woche in der Stammkneipe wegen des Bruchs abgesprochen hat, hat El Ralfie versichert: »Der Coup ist ein Klacks und ein astreines Ding. Ist rubbeldikatz erledigt. Null Risiko und umso mehr Profit.« Bereits an diesem

Abend war das mulmige Gefühl das erste Mal da gewesen – hätte er mal darauf gehört. Bisher war es sein Credo, nicht mit Anfängern zu arbeiten. Aber Ralf Elster, wie der Bursche eigentlich heißt, hat ihm mehrfach versichert, schon einige große »Schläge taktiert« zu haben, wie er es nannte. Da sich Theos Geldreserven allmählich dem Ende zuneigten, stimmte er zu guter Letzt zu. Dass er dabei auf einen Sprücheklopfer hereingefallen ist, ist kaum mehr zu übersehen.

»Vermutlich«, setzt El Ralfie erneut tranig an, »vermutlich hätte ich gleich, als wir das Ding geplant haben, erzählen sollen, dass ich früher einmal von einem Kaninchen gebissen wurde. Üble Wunde. Das hat volle Kalotte geblutet und wir mussten zum Arzt. Und seitdem krieg ich den Flattermann, wenn ich ein …«

»Schnauze! Sonst kannst du gleich noch mal zum Arzt.«

»Ja, ja, komm mal wieder vom Gas!« Jetzt klingt El Ralfie beleidigt.

Zumindest zeigt Theos Antwort Wirkung. Mit dem rechten Zeigefinger tippt der Gangsterverschnitt auf das rosige Etwas vor sich. Es bewegt sich. Schnell hebt Ralfie den Deckel vom Karton und schüttet sich beherzt einen Schwung des wimmelnden Innenlebens auf die Hand.

»Leckerli«, sagt er angeekelt und hält dem in dieser Sekunde emporkommenden Erdferkelkopf seine offene Handfläche hin.

Eine unglaublich lange Zunge taucht auf und windet sich geschickt um die ausgestreckten Finger des Amateurgangsters. El Ralfie ist anzusehen, wie viel Überwindung es ihn kostet, sie nicht sofort zurückzuziehen. »Fein«, behauptet er mit schwacher Stimme und schüttet noch mal eine Ladung Lebendfutter nach.

Das Erdferkel schält sich aus seiner Kiste und nun wird

auch der Rest der Truppe wach. El Ralfie tritt einen Schritt zurück. »Allez hopp! Wir kommen«, verkündet er. »Können wir zwei gebrauchen?«

»Nö, nur den Helmut, sonst gibt es Nachwuchs. Die beiden anderen sind Damen.«

»Alles paletti! Mach zackig. Wir laufen gleich ein.«

Die Erdferkel zeigen sich jetzt, da sie wach sind, als äußerst betriebsam. Mit ihren langen Rüsseln starten sie erste Versuche, sich selbst aus der Plastikdose zu bedienen.

»Pfui. Rüssel weg«, mahnt El Ralfie. »Ich glaube, der hier rechts, das ist der Helmut! Jede Wette. Der sieht irgendwie männlich aus. Mach die Tür auf!«

Theo, der seinen Teil des Jobs längst erledigt hat, steht am Gatter in den Startlöchern. Den Strick hält er zur Leine geknüpft in seiner Hand.

Der Erste am Durchgang ist El Ralfie. Danach folgt vermutlich Helmut, wer kann sich da schon sicher sein, und dann Magic oder Tanu. Ob eine der Damen aus dem Gehege türmt, ist für die beiden Einbrecher völlig nebensächlich – wichtig ist einzig, dass sie Helmut zu greifen bekommen.

Theos Vorhaben geht auf. Sie nutzen den Überraschungseffekt und überrumpeln das Erdferkelmännchen. Kaum setzt es einen Fuß in Richtung Freiheit, ist es schon wieder festgesetzt. Die Schlinge legt sich wie geplant um seinen Hals.

»Läuft doch wie am Schnürchen«, freut sich El Ralfie und selbst Theo wirkt kurz zufrieden.

Nun zeigt sich allerdings, dass ein Erdferkel kein Schäferhund ist, das haben sie bei ihrer Planung nicht bedacht. Die Bereitschaft, sich an der Leine führen zu lassen, scheint bei Erdferkeln nicht außerordentlich ausgeprägt zu sein. Vielmehr ist es so, dass das Erdferkel seinen Führer dirigieren möchte – und zwar quer durch den Nachtzoo. Dass die Tiere an einem einzigen Tag bis zu 15 Kilometer marschieren, hat Theo bei seinen Vorbereitungen für diesen Coup gelesen, aber woher hätte er wissen sollen, dass Erdferkel dabei kaum eine Pause einlegen? Außer vielleicht zum Schlafen, doch diese Phase haben die Tiere gerade hinter sich gebracht.

»Nimm du mal«, fordert Haarnadel-Theo, nachdem er die zweite Runde um das Gehege in der Raummitte, das die Braunborsten-Gürteltiere beherbergt, gedreht hat.

El Ralfie hebt blockend die Hände vor seine Brust. »Ähm, das ist keine gute Idee, denn du machst das astrein. Halte durch! Ich hole die zwei Gürteltiere. Dann ist das erledigt.«

»Aber flott, Junge.«

»Gürteltiere sind eher kleinformatig, oder?«, erkundigt sich El Ralfie und bückt sich, um durch das Glasfenster zu schauen. Die beiden Tiere sind nirgendwo zu sehen.

»Vielleicht ein bisschen größer als ein Dackel oder so«, sagt Haarnadel-Theo atemlos. »Außerdem, das erkennt man doch an der Größe des Geheges, dass es sich um kleinere Tiere handelt.«

»Turi und Cashi«, liest Ralfie von einem Schild an der Scheibe vor. »Die sind bestimmt putzig – bei den Namen.«

»Putzig oder nicht, mach voran!«

El Ralfie nickt erneut und steigt über die gläserne Einfassung in der Raummitte. Ratlos steht er auf dem trockenen, staubigen Sandboden mit den zahlreichen Löchern, direkt neben einem kleinen Wasserbecken, das allerdings nicht gefüllt ist. Dahinter erstreckt sich eine Art Röhrensystem und auf dem Boden liegen hier und da angeknabberte Äste sowie ein paar Stücke der schwarzen Käfigeinfassung – aber nirgendwo sind die Tiere zu sehen.

»Scheinen einen gesegneten Appetit zu haben, diese

Braunbürstenledertierchen«, stellt El Ralfie fest und schon wieder hat er diesen nervigen Jammerton in seiner Stimme.

Mit einem Mal ist ein Knarzen zu hören, das sich in das rhythmische Getrampel der Erdferkel mischt.

»Können nicht weit sein«, sagt Theos Komplize und macht sich auf die Suche nach der Herkunft des Geräuschs. Mit spitzen Fingern hebt er die hölzernen Behausungen am Rand des Geheges an. »Na, ihr Süßen, wo seid ihr denn?«

Haarnadel-Theo verdreht die Augen. »Nennst du das Tempo?«

»Ich glaube, da ist eins drin«, plappert El Ralfie in einem säuselnden Ton, der wohl beruhigend auf die Tiere oder auf ihn wirken soll. Er schiebt seine Hand in eine der offenen Röhren, die halb in der Erde vergraben sind.

Gott sei Dank, denkt Theo. So wie sich das Knarzen anhört, müssen die Tiere irgendwo dort drinnen hocken. Hoffentlich hat die Angelegenheit damit bald ein Ende, denn langsam kommt er aus der Puste.

Aber nichts.

»Verdammt kompliziert«, bemerkt El Ralfie. Um tiefer in das Rohr greifen zu können, legt er sich auf den Boden und streckt den Arm vollständig hinein. »Ha, ich fühle was. Ein bisschen haarig sind die.«

»Haarig oder borstig, wie der Name schon sagt«, urteilt Theo. »Los, pack zu, bevor die wieder weg sind.«

Ausnahmsweise scheint El Ralfie zu tun, was man ihm aufträgt. »Yes. Ich hab das Vieh am Wickel«, ruft er. »Keine Angst, das mache ich mit links und 40 Fieber! Die schnapp ich mir!«

Und ja, tatsächlich schnappt jemand zu. Allerdings nicht El Ralfie, sondern Cashi, die offensichtlich nicht ganz so putzig wie erwartet ist.

»Shit! So ein Mistvieh.« Statt festzuhalten, zieht El Ralfie panikartig seinen Arm aus der Röhre. Er prophezeit das Schlimmste. »Oh ne, ich glaube, mein Finger ist ab. Ich spüre ihn nicht mehr. Theo, du musst mir helfen!«

Beim Anblick des um einige Millimeter oder vielleicht sogar eher einen knappen Zentimeter verkürzten Mittelfingers versagt der Kreislauf von El Ralfie. Als Theo seinen Komplizen auf dem staubigen Boden liegen sieht, neben ihm die beiden Gürteltiere, die aus ihren Verstecken gekrochen sind und den ohnmächtigen Kumpanen eifrig beschnuppern, lässt er den Strick los. Es ist nicht schwer zu erraten, was die Viecher planen. Wenn er nicht eingreift, wird El Ralfie in den nächsten Sekunden von den Tieren zur Knabberware erklärt. Soll Helmut doch einfach ohne ihn im Kreis laufen, sagt Theo sich. Er muss handeln – zwar ist Ralfie ein Idiot, aber das kann er trotzdem nicht zulassen.

Im Nachhinein erweist es sich als kluger Schachzug, dass sich Ralfie als »lebendes Häppchen« zur Verfügung gestellt hat. Das lockte die Tiere aus ihrem Versteck und machte sie unvorsichtig. Cashi, die sich, geködert durch den Duft des frischen Blutes, am Finger des Komplizen zu schaffen macht, ist schnell gefasst. Ohne viel Trara hält Theo sie am Panzer fest, nimmt sie auf und steckt sie in die für die Gürteltiere mitgeführte Transportkiste. Turi jedoch türmt, als er die zweite, recht lebendig wirkende Person im Gehege ausmacht, auf seinen kurzen Beinen umgehend in Richtung Röhrensystem. Wenn er da drin ist, wird's schwer, erkennt Theo und legt einen Zahn zu. Das kleine Schwänzchen schaut nur noch ein Stück heraus, als Haarnadel-Theo ihn in letzter Sekunde zu greifen bekommt.

Turi quietscht beleidigt.

»Hab dich, du Monster!«, zischt er. Das Tier wehrt sich mit allem, was es hat, und Theo trägt einige blutige Kratzer am Unterarm davon. Doch das hält ihn nicht auf. Schließlich ist er kein Dilettant wie El Ralfie. Auch das zweite Gürteltier landet somit in der Transportkiste, die ursprünglich mal für Katzen gedacht war. Schnell macht Theo die Klappe zu und schiebt den Riegel vor.

»Geht doch!« Er nickt zufrieden und wirft durch das Gitter einen prüfenden Blick in den Innenraum. Kaum hat sich Turi vom ersten Schreck erholt, fängt er an, mit seinen Zähnen die Gitterstäbe zu bearbeiten.

»Pfui! Mistvieh, benimm dich«, fordert Theo. Die frisch Eingefangenen beeindruckt das nicht. Cashi gesellt sich zur Unterstützung dazu. Es knirscht und knattert in der Transportkiste, was Theo in dem Entschluss bestärkt, die Aktion vor Ort so schnell wie möglich zu Ende zu bringen.

Dabei muss allerdings auch El Ralfie mitspielen, denn allein kann Theo die Tiere nicht abtransportieren. Leider!

»Ralfie«, ruft Theo. Der dunkle Körper im Gehege zuckt kurz. Mehr passiert nicht. Theo geht zu seinem Komplizen und haut ihm mit der flachen Hand auf die Wangen. Nicht ganz so fest, wie er es gerne täte. »El Ralfie, mach schon, wir müssen so langsam.«

El Ralfie kommt langsam zu sich und öffnet die Augen. »Alles im Lack«, murmelt er geistesabwesend. »Bin gleich parat.« Er braucht anscheinend ein bisschen, um zu realisieren, wo er sich gerade befindet. Er richtet sich benommen auf und schaut sich um. Dummerweise fällt dabei sein Blick auf den malträtierten Finger. »Ich seh meinen Knochen«, stellt er fest und fast hat Theo den Eindruck, als kündige sich eine weitere Auszeit an.

»Ne, ne, bleib schön hier bei mir, Junge«, fordert er. Als

der Kerl die Augen seltsam verdreht, patscht sein Kumpan ihm mit der Hand erneut ins Gesicht. Ein bisschen fester als eben, da es die Situation erfordert. »Das haben wir gleich wieder«, kündigt er an und greift in seinen Rucksack. Auch für einen solchen Fall ist Theo bestens ausgerüstet. Er zaubert eine Mullbinde hervor, die er seit Jahren ungebraucht in seiner Ausrüstung mit sich führt, und wickelt diese mehrfach um den Finger des Komplizen. Während er deren Ende feststeckt, schimmert das Rot des Blutes bereits durch die oberste Lage. »Sieht prima aus«, lügt Theo. »Ist ein kleiner Kratzer, mehr nicht.«

»Egal wie, wir müssen die Biege machen. Wir kapitulieren«, jammert El Ralfie wie ein Baby.

»Bist du irre? Noch zwei winzige Mäuschen und die Sache ist unter Dach und Fach. Da willst du das Handtuch werfen?«

»Aber die übernimmst du«, fordert Ralfie. Wenn Theo nicht alles täuscht, stehen dem Superkriminellen bei diesen Worten Tränen in den Augen. »Das hier ist voll der Nervenkrimi. So langsam glaube ich, die Viecher sind alle wahnsinnig.«

Theo richtet sich auf. Von seinem Kumpanen ist keine Hilfe zu erwarten. Was für eine Pleite, sagt er sich, während Helmut eine weitere Runde um das Gehege der Braunborsten-Gürteltiere dreht. Der Bruch ist ein einziges Fiasko, aber die Sache musste trotzdem zu Ende gebracht werden. Theo hat in all den Jahren niemals gekniffen. Das würde auch heute nicht passieren, schon gar nicht jetzt, wo sie sich das Allereinfachste für den Schluss aufgehoben haben.

Theo hebt den alten Kaninchenkäfig vom Boden auf, den El Ralfie von zu Hause mitgebracht hat. »Meinst du, die Stäbe stehen eng genug beieinander für Mäuse?«, fragt er und besieht das Gitter kritisch.

»Klaro. Ist ein Kleintierkäfig und eine Maus ist klein.«

Was für eine Logik, denkt sich Theo, antwortet aber nicht. Sie haben ohnehin keine Alternative.

Für die Scheibe des Terrariums sucht er aus dem Rucksack ein Spezialwerkzeug heraus. Der alte Glasschneider mit Diamantschneide war seit Langem nicht mehr in Gebrauch. Früher war es eines seiner Lieblingsgeräte. Doch seitdem sich die Leute den Luxus gönnen, ihre Häuser mit Dreifachverglasung auszustatten, gibt es für das gute Stück meist keine Verwendung mehr. Gleich dreimal ansetzen, dafür hat nicht einmal Theo mit seinem Anspruch, möglichst kleine Schäden anzurichten, noch den Nerv, und so sind die Kunden eben selbst schuld, wenn er zu massiveren Mitteln greift.

Hier im Zoo in Saarbrücken allerdings sind die Arbeitsumstände, zumindest was die Glasscheiben angeht, erfreulich. Einfachglas, ohne viele Extras und dünnwandig, urteilt Haarnadel-Theo. Er stellt den Radius am Gerät ein und setzt den Gummisauger in Brusthöhe an. Es knirscht klirrend hell, als er mit gleichmäßigem Druck mit der Schneide über das Glas fährt. Diesen Moment liebt er am meisten. Das Lösen der Scheibe hingegen erinnert ihn immer an das Öffnen einer Sektflasche. Ein unbehaglicher Augenblick, in dem es darum geht, nicht zu wenig, aber auch nicht zu viel Druck auszuüben.

Trotz fehlender Übung erledigt Theo diesen Arbeitsschritt tadellos. Wer nicht weiß, dass sich dort in der Scheibe ein Loch befindet, wird es womöglich gar nicht bemerken, stellt er zufrieden fest und löst den Glaskreis vom Gummisauger. Bevor er weiterarbeitet, steckt er den Glasschneider zurück an den richtigen Platz in seinem Rucksack. Wie oft schon wurden Kollegen wegen vergessener Werkzeuge überführt, geht ihm durch den Kopf. Auch wenn man es bei einem Einbruch für gewöhnlich eilig hat, muss man organisiert vorgehen – eine Sache die Theo, der Ordnung über alles schätzt, immer leicht fiel. Auch wenn seine Therapeutin letzte Woche anmerkte, dass sein Ordnungszwang ein wenig zu weit ginge – ja, fast bedenkliche Züge annehmen würde. Aber vielleicht übertrieb sie auch einfach nur ein wenig, die Tietze-Meiermann. Weit bedenklicher als seinen Ordnungszwang findet Theo die Gesellschaft von Helmut, der weiterhin unbeirrt seine sinnfreien Runden dreht, und die der beiden Braunborsten-Gürteltiere, die mit Gebiss und Krallen lautstark ihr Gefängnis bearbeiten. Wie soll man da in Ruhe arbeiten? Eine Tierbestellung wird er nie im Leben wieder entgegennehmen, verspricht er sich selbst.

Über den Kurzohrrüsselspringer hat Theo sich vorab im Internet informiert. Die Tiere sind ungefährlich.

Auf der Liste des Auftraggebers stand: ein Pärchen Kurzohrrüsselspringer. Man kann sich viel wünschen, entscheidet Haarnadel-Theo in dieser Sekunde. Woher sollte er wissen, welches die Weibchen oder Männchen sind? Der reiche Kerl würde einfach die ersten beiden bekommen, die ihm zwischen die Finger geraten. Bis er merken würde, dass Nachwuchs ausblieb, wären er und El Ralfie längst mit seinem Geld über alle Berge.

Aber selbst ein einziges Exemplar zu fangen, scheint ein Ding der Unmöglichkeit zu sein.

»Ralfie, ich brauch Unterstützung. Die Viecher sind so fix, dass man mit den Augen kaum folgen kann«, fordert Theo nach einigen missglückten Versuchen. »Wir brauchen etwas zum Anlocken. Hast du das Kistchen aus dem Baumarkt noch?«

»Das mit den Schimmelkäfern? Ist das wichtig?«, hakt El Ralfie nach. Er blickt sich suchend um.

»Wenn es nicht wichtig wäre, würde ich dann fragen?«

Wie blöd kann man eigentlich sein, fragt sich Theo. Das ist ja schlimmer als im Kindergarten. El Ralfie muss man jede Kleinigkeit vorkauen.

»Wie es aussieht, ist Helmut einige Male drübergewalzt.«

»Ist mir schnuppe. Bring es trotzdem.«

Auf wackeligen Beinen steigt Ralfie über das Geländer des Geheges der Braunborsten-Gürteltiere. Mit spitzen Fingern greift er nach den Überresten der Plastikdose auf dem Boden.

»Sieht übel aus«, urteilt er und versucht, die verbogenen Seiten wieder geradezubiegen.

»Sind noch Larven drin?«

»Hm.« El Ralfie kneift die Augen zusammen und blickt in die zerknautschte Verpackung. »Zwei, drei vielleicht.«

»Das reicht! Bring mir das Ding.«

El Ralfie schlappt los. Es dauert eine gefühlte Ewigkeit, bis er endlich neben Theo steht.

»Gib schon her!« Theo nimmt den traurigen Rest des Kistchens entgegen, stellt die zerknautschten Wände wieder auf und platziert das Rechteck in der Mitte des Terrariums. Die aufgeschreckten Mäuse verschanzen sich derweil unter den Steinplatten.

»Was machst du denn da?«, will der Einfaltspinsel El Ralfie wissen.

»Lebendfalle. Quasi.«

»Aha, und das funzt?«

»Hast du eine bessere Idee? Und jetzt halt den Schnabel, du erschreckst die Tiere.«

Die beiden harren reglos vor der Scheibe aus. Gut drei, vier Minuten lang tut sich nichts. Dann huscht ein Schatten heran, und kurz darauf herrscht wieder absolute Stille.

»Ist da was drin?«, fragt Ralfie.

Theo schiebt die Unterlippe vor. »Schwer zu sagen.« Er hat nicht viel erkennen können. Irgendetwas ist dort im Terrarium passiert. Das ist sicher! Aber keine Ahnung, was. »Einer muss nachschauen«, beschließt er.

»Du.«

»Na super, du Feigling. Du hast noch kein einziges Tier gefangen.«

»Dafür habe ich einen Finger verloren, ich bin voll der Held«, erinnert El Ralfie selbstgefällig, und als er seine Hand demonstrativ in die Höhe hebt, sieht Theo, dass sich die oberste Schicht der Binde zwischenzeitlich komplett eingefärbt hat. Er verliert verdammt viel Blut, stellt Theo in Gedanken fest. Gottlob schaut El Ralfie nicht hin.

Sie dürfen keine Zeit mehr verlieren. »Na gut. Aber du hältst den Kaninchenkäfig bereit«, ordnet Theo an.

»Ist gebongt.«

Haarnadel-Theo führt vorsichtig seine Hand in das Terrarium. Er bemüht sich, flach zu atmen und kein Geräusch zu erzeugen. Mit einem beherzten Griff packt er zu und klappt im gleichen Moment den Deckel des Kästchens zu. Es raschelt. Er hat was!

»Achtung«, kündigt er an. »Wir packen einfach den ganzen Behälter hinein. Alles andere ist viel zu riskant, so flink, wie die Viecher sind.« Ohne groß zu überlegen, steckt Theo das Kästchen durch die Öffnung des Kaninchenstalls, lässt es zu Boden plumpsen und zieht sofort die Hand zurück. »Jetzt«, ruft er, und El Ralfie knallt das Gitter zu und schiebt den Verschluss vor.

»Drin is' er!«, sagt er und setzt ein »Hoffentlich« hinterher.

»Du weißt doch gar nicht, ob es ein Er ist«, gibt Theo zu bedenken.

»Mir egal – Hauptsache, es ist was drin.«

Den Standpunkt teilt Theo. Wenn sie überhaupt einen dieser Rüsselspringer gefangen haben, ist er schon hochzufrieden.

Gespannt schauen beide in den Käfig. Die Kiste bewegt sich, der Deckel klappt ein paar Millimeter auf und gleich wieder zu, und kurz darauf zeigt sich etwas. Ein kleiner runder Rüssel kommt zum Vorschein.

»Chapeau!« Theo ist heilfroh. Endlich hat mal etwas geklappt. »Jetzt brauchen wir nur noch einen zweiten.«

»Nö, braucht's nicht.« Sein Kumpan weist mit seiner unverletzten Hand in Richtung Kistchen. Gerade zwängen sich zwei weitere Kurzohrrüsselspringer aus dem Behältnis. »Ist sogar einer zu viel.«

»Auch egal. Da wird sich wohl kaum jemand beschweren, wenn er mehr bekommt.«

»Kann ich mir auch nicht vorstellen.«

»Also dann los«, hetzt Theo. Sie sind schon viel zu lange an diesem Ort. »Ich nehme Helmut und du die Käfige.«

»Klar! Ich fünf und du nur einen – so haben wir aber nicht gewettet.«

»Dann nimm du den Helmut!«

El Ralfie verzieht das Gesicht zu einem schiefen Grinsen. »Gerne. Ich bin mir sicher, mittlerweile hat er sich müde gelaufen.«

Oder auch nicht, freut sich Theo wenig später. Er hat nun seinerseits ein Lächeln auf den Lippen, als Helmut auf dem abfallenden Weg in Richtung Ausgang noch einen Zahn zulegt.

El Ralfies Füße wirbeln bei dem Versuch, mit dem Erdferkel Schritt zu halten. »Können wir vielleicht mal tauschen?«, ruft er in die Dunkelheit hinein. Haarnadel-Theo spart sich eine Antwort. Er überlegt, wie sie das Zoogelände am besten mit Helmut verlassen können. Ihn über den Zaun, den sie eben überstiegen haben, zu hieven, ist nicht praktikabel.

»Ich glaube, du musst zwei, drei Runden um den Flamingoteich drehen, damit ich Zeit habe, für Helmut ein Loch im Zaun freizuschneiden. Das dauert nur ein Minütchen.«

»Kann ich auch machen«, schlägt El Ralfie vor. Doch wie es aussieht, ist das Erdferkelmännchen mit seinem Begleiter durchaus zufrieden. Helmut biegt bereits in Richtung Raubtiergehege ab. So viel Auslauf hat er bestimmt lange nicht mehr gehabt, freut sich Theo für das Tier und macht sich an die Arbeit. Während Helmut seine Runde dreht, bereitet er den Fluchtweg vor. Und es funktioniert: Das Erdferkel walzt wie gewünscht über den eingeschnittenen und nach unten gebogenen Zaun. Gleich haben wir es geschafft, stellt Theo erleichtert fest. Der Kombi steht auf einem Seitenstreifen vor dem Eingang des Zoos bereit. Jetzt kann nichts mehr schiefgehen.

Und tatsächlich befinden sich kurze Zeit später alle im Auto. Entgegen dem ursprünglichen Plan ist der Kofferraum für Helmut allein reserviert, da zu befürchten ist, dass er in seinem Bewegungsdrang die Käfige niederwalzt. Den Rest der Tiere haben Theo und Ralfie auf dem Rücksitz platziert.

»Na ja, so haben wir wenigstens die Kleinen gut im Blick. Da können sie nichts anstellen«, hat El Ralfie gesagt und das Gitter zum Kofferraum hochgeschoben. »Ab in den Süden und in das schöne Leben«, prophezeit er und lässt den Wagen an. Es geht direkt in Richtung Autobahn und jetzt, da alles erledigt ist, kehrt El Ralfie zur alten Angebermasche zurück. »War eigentlich genau genommen ein Klacks. Ein astreiner Coup.«

Theo spart sich eine Antwort. Ehrlich gesagt hat er selten so einen talentfreien und schusseligen Einbrecher wie Ralfie erlebt und ein *astreiner Coup*, das sieht ein bisschen anders aus.

Doch was bringt es, im Nachhinein zu streiten, denkt Theo. Die Sache ist unter Dach und Fach, und nun gilt es nur noch, sich den Amateur an seiner Seite bei der erstbesten Gelegenheit vom Hals zu schaffen. Wenn El Ralfie so weiterblutet, überlegt Theo, wird das ein Leichtes.

Mitten in der Nacht ist die Stadtautobahn gespenstisch leer. Während die Umgebung draußen wie ausgestorben erscheint, geht es im Innern des Kombis geschäftig zu.

»Werden die nicht mal müde?«, will El Ralfie wissen. »Das ist die Kutsche von meiner Mutter, wenn da was kaputtgeht, dann gibt es Trouble mit meiner Mum. Das ist schlimmer als Knast, glaub mir.«

»Ach, i wo. Da geht nix kaputt. Die sind alle erstklassig verpackt.« Vom Beifahrersitz aus dreht Theo den Kopf nach hinten. Zugegeben, überall knirscht, kratzt und knarzt es, und aus dem Kofferraum ertönt ein gleichmäßiges Stampfen, aber die Tiere sind alle dort, wo sie hingehören, redet sich Theo ein, und der Gedanke ist beruhigend.

Als sie in der Ferne die bunt beleuchtete Silhouette der Völklinger Hütte sehen, atmet er erleichtert auf. Nur noch ein paar Kilometer, schon wären sie über der Grenze. »Wenn wir in Frankreich sind, kann ich dich gern ablösen«, bietet er seinem Komplizen an.

El Ralfie, der einen ziemlich erledigten Eindruck macht, freut sich über den Vorschlag. »Keine üble Idee. Ich habe das Gefühl, ich seh nicht mehr richtig.«

»Wie meinst du das?«

»Na, eben dachte ich, da läuft was über das Armaturenbrett.«

»Humbug«, sagt Theo.

Beide schweigen.

Mit einem Mal brüllt El Ralfie los: »Da! Da ist es schon wieder. Ich schwör.«

»Bleib ruhig und konzentriere dich aufs Fahren. Da ist nichts, Junge!«

El Ralfie wirkt nicht überzeugt. »Doch, wenn ich es dir sage. Und außerdem …« Er hält inne. »Hörst du das?«

Haarnadel-Theo spitzt die Ohren. »Ich kann nix hören. Alles prima! Guck auf die Straße und fahr einfach, verdammt noch mal!«

Doch El Ralfie ist im Panikmodus und daran können Theos beschwichtigende Worte nichts ändern. »Das ist es ja. Es ist still geworden. Dieser Abend ist wie Topfschlagen im Minenfeld. Da stimmt was ganz und gar nicht!« Seine Hände am Lenkrad zittern.

»Jetzt behalte die Nerven. Die Viecher sind eben eingepennt. Mehr nicht.« Wirklich überzeugt ist Theo davon selbst nicht. Er dreht sich nochmals um, und diesmal entdeckt er kein einziges der Tiere in den Käfigen. Sein Herz klopft schneller, als er die ramponierte Öffnung des Kaninchenkäfigs sieht und die vielen grauen Plastikbrösel, die sich über die Rückbank verteilen.

»Alles prima«, lügt er und wendet den Kopf nach vorne. El Ralfies Nerven liegen blank. Eine ehrliche Rückmeldung würde er vermutlich nicht so gut verkraften, und leider sitzt der Junge am Steuer. »Wie wäre es, vielleicht machen wir bei der nächstbesten Gelegenheit kurz Halt und legen eine kleine Rast ein?«, schlägt Theo vor. Er versucht, so ruhig wie möglich zu sprechen. So wie die Leute auf diesen Meditations-CDs.

Gerade befinden sie sich auf Höhe der Völklinger Hütte. Hier gibt es keinen Seitenstreifen. Ralfie muss nur noch ein bisschen durchhalten, mehr nicht, denkt Theo.

»Fummelst du an meinem Bein?«

»Ne.«

»Und an meinem Fuß, das bist du auch nicht?«

»Ralfie, bleib cool. Halt einfach das Steuer fest – egal, was passiert. Versprichst du mir das?«

Versprechen kann El Ralfie nichts mehr. Auch der Wunsch, das Lenkrad nicht aus der Hand zu lassen, ist leider unerfüllbar. Der brennende Schmerz beim Biss in die rechte Achillessehne kommt El Ralfie bekannt vor, denn der junge Einbrecher hat bereits erste Erfahrungen mit Braunborsten-Gürteltieren und ihrer Gefräßigkeit gesammelt.

Zwar würde El Ralfies Mutter das Auto nicht in einem erstklassigen Zustand zurückerhalten. Aber lange könnte sie ihrem Sohn das eh nicht nachtragen. Der Wagen prallt mit gut 100 Sachen gegen die Mittelleitplanke. Haarnadel-Theo greift beherzt ins Steuer und lenkt in die entgegengesetzte Richtung, genau in dem Moment, als sich der Kopf des Erdferkels neugierig durch die Mittelkonsole hindurchstreckt.

Wie durch ein Wunder überlebt Haarnadel-Theo den Aufprall gegen die Brückenbrüstung in immer noch mörderischem Tempo. Unglücklich ist nur der Umstand, dass sich ausgerechnet seine Glückshaarnadel am Rollkragen in seinen Hals bohrt und dabei die Schlagader trifft.

Theo bleibt ruhig. Für einen Notfall führt er immer etwas bei sich. In dem Versuch, sich möglichst wenig zu bewegen, kramt er nach dem Rucksack im Fußraum. Dort ist alles, was er braucht, beruhigt er sich selbst. Das reicht, bis die Rettungskräfte auftauchen. Vorsichtig schiebt er den Reißverschluss eines Außenfachs auf. Da drin muss sie sein, da war sie immer. Er sucht mit den Händen nach der richtigen Stelle. Eine Sekunde, alles hat im Rucksack seinen Platz, da muss sie sein, redet er sich Mut zu. Aber dort ist nichts!

Dann fällt es ihm wieder ein: Die einzige Mullbinde, die er seit Jahren für einen Notfall mit sich führt, klebt an El Ralfies Mittelfinger. An dem Finger dieses Obertrottels, der ihm all das eingebrockt hat.

Theo liegt da und wartet, und das macht ihn nervös. Um ihn herum ist Chaos. Rein gar nichts ist da, wo es hingehört. Auch nicht die Nadel, die in seinem Hals steckt. Es brennt fürchterlich. Das treibt ihn in den Wahnsinn. Das ist falsch! Alles muss seine Ordnung haben.

»Warum hat der Irre nur die Nadel rausgezogen?«, fragt einer der Sanitäter später, als sie den jungen Toten und den etwas älteren Beifahrer, der in seinem eigenen Blut liegt, aus dem Wagen bergen. »Ob er das überlebt? Das könnte knapp werden.«

Der Beamte neben ihm schüttelt den Kopf. »Wahnsinn! Das lernt man doch in jeder Arztserie, dass man spitze Gegenstände, die im Körper stecken, an Ort und Stelle belässt, bis Hilfe kommt.«

Doch bei dem Kerl im Auto sitzt die blutige Haarnadel, die exakt zum Loch am Hals passt, am schwarzen Rollkragen.

»So wie es aussieht, hat er sich die Nadel selbst aus der Wunde gezogen und dann an den Kragen gesteckt. Völlig irre. Ab da ist es quasi ungebremst aus ihm herauspulsiert«, sagt Fiedler von der Polizeistreife. Sein Blick wandert zu den lädierten Käfigen auf dem Rücksitz. Alle leer. »Was haben die Typen bloß vorgehabt? Ich muss Meldung machen, falls jemand seine Katze oder sein Kaninchen vermisst. Was immer in den Käfigen war, es muss irgendwo in der Nähe herumstreunen.«

An den geplünderten Nachtzoo denkt zu dieser Zeit noch niemand.

Am kommenden Morgen betritt der Museumswärter Werner Langenscheidt als Erster das Gelände der Völklinger Hütte und öffnet die Türen für die Gäste. Ohne jede Frage ist er ein wenig verwundert über die komischen Schleifspuren am Boden. So recht kann er sich die Sache nicht erklären. Wahrscheinlich sind nachts wieder Jugendliche in das Gelände eingedrungen und haben gefeiert, vermutet er.

Als ein paar Stunden später ein Kind mit seiner Oma zu ihm kommt und felsenfest behauptet, ein Erdferkel im Paradies gesehen zu haben, macht sich Langenscheidt auf den Weg in den besagten Garten. An die Erdferkel-Geschichte glaubt er natürlich nicht, trotzdem kontrolliert er das Areal. Vermutlich war es eine Biberratte, folgert er für sich und durchkämmt das ehemalige Hüttengelände um die ehemalige Kokerei, wo heute das Paradies, ein außergewöhnlicher Landschaftsgarten zwischen den Überresten der alten Stahlkonstruktionen und Maschinen, zu finden ist.

Auf diesen seltsam verrückten Fund ist Langenscheidt nicht gefasst: Ein Erdferkel, zwei Braunborsten-Gürteltiere und eine Reihe von Mäusen, die mit ihren Rüsseln recht exotisch anmuten, liegen zusammengekuschelt und friedlich im alten Schornstein, wo heute eine Kunstinstallation zu finden ist. Wie die Tiere dorthin gefunden haben, ist für den Wärter ein Rätsel. Aber eins scheint sicher: Die letzte Nacht muss für sie alle anstrengend gewesen sein, denn kein einziges Tier öffnet auch nur ein Auge, als die erstaunten Zoomitarbeiter ein gute Stunde später eintreffen, um sie zurück in den Nachtzoo zu bringen.

ICH HABE DA EIN GANZ MIESES GEFÜHL!

»Ich bin Luke Skywalker. Ich bin hier, um Sie zu retten.«

Svenja kichert. »Ne, das ist nicht dein Ernst, oder? So willst du wirklich losziehen?«

»Nur so – oder du musst auf meine heldenhafte Präsenz verzichten, Prinzessin Svenja Organa«, warnt Hendrik, als er auf dem Beifahrersitz Platz nimmt und seinen grünen Helm zurechtrückt, der beim Einsteigen gegen den Rahmen der Tür gedonnert ist.

»Sind das die Kleider, die Luke auf Endor trägt? Dort, wo die Ewoks zu Hause sind?«, fragt Svenja amüsiert. »Hast du das etwa selbst gemacht?«

»Klar! Das Kostüm habe ich genäht und am Helm habe ich gut zwei Wochen gebastelt. Der ist aus einem alten Stück Maschendrahtzaun, Glasfasermatten, Kunstharz und ein bisschen Acrylfarbe von meiner Mutter. Da hat man Ehrgeiz, das soll alles originalgetreu wirken.«

»Ich bin beeindruckt, ehrlich! Und wahrscheinlich extrem overdressed, schätze ich mal.« Svenja schaut an sich herab. Tailliertes graues Sakko, eine karierte Bundfaltenhose in derselben Farbe und piekfeine schwarze Absatzschuhe.

»Nun, du könntest auffallen, Frau Doktor Reinhardt! Oder als Miss Moneypenny durchgehen.«

»Ich bin noch nie aufgefallen oder aus der Reihe getanzt. Und wegen meines Doktortitels musst du mich nicht schon wieder aufziehen!«

»Ich ziehe dich nicht auf. Ich finde es toll, was du erreicht hast. Ein bisschen von deinem Ehrgeiz bräuchte ich für mein Maschinenbaustudium«, versichert Hendrik und fügt mit einem Augenzwinkern hinzu: »Ich verspreche dir, diesmal wirst du auffallen!«

»Wow! Was für ein Riesenevent – und das hier im kleinen Saarland.« Die beiden stehen an einer der oberen Gabionenmauern und werfen einen Blick auf das ehemalige Grubenareal, das bis zu seiner Schließung im Jahr 1997 eines der größten Bergwerke im Saarland war. »Wahnsinn, die Anlage.«

»Habe ich dir doch gesagt: Wir Saarländer lassen so eine alte Industrieleiche nicht einfach vergammeln, sondern nutzen sie für einen echten Event, die FaRK. Der Wassergarten Reden ist einzigartig und dagegen kommt dein Berlin nicht an. Du hast uns Saarländer klar unterschätzt. Und mich sowieso.« Nachdem Hendrik das gesagt hat, wirbelt er das Lichtschwert in seinen Händen herum.

Svenja schüttelt lachend den Kopf. Es ist schon erstaunlich, denkt sie. Auf dem Areal vor ihnen tummeln sich Zombies, Steampunks und Cosplayer, als sei es das Normalste auf der Welt. Und das ist es wohl auch auf dem Fantasie- und Rollenspielkonvent. Sogar ein Alpaka mit einem aufgesetzten Einhorn ist zu sehen.

»Okay, ich habe euch Saarländer tatsächlich verkannt. Das liegt womöglich daran, dass ich, seitdem ich hier bin, noch auf keinen so verrückten Typen wie dich getroffen bin.« Als sie weiterredet, senkt sie ihren Blick und wird ernster. »Eigentlich habe ich in den zwei Jahren, die ich im Saarland lebe, nicht viel mehr als die Ausgrabungsstelle in Reinheim gesehen, manchmal die Uni … und vor allen Dingen eine Menge Bücher.«

»Da hat es dir eindeutig an Schurken wie mir gefehlt«, sagt Hendrik. »Kommen Sie, Hochwohldurchlauchtigste.« Er greift übermütig nach Svenjas Hand und zieht sie hinter sich her, den Abstieg zum Wassergarten hinab.

Nein, da liegt Hendrik falsch. An Schurken hat es ihr, seit sie die Promotionsstelle angenommen hat, eindeutig nicht gemangelt, überlegt Svenja bitter, während sie sich von dem jungen Skywalker durch die Menge führen lässt. Sebastian hat sie immer »meine kleine Keltenfürstin« genannt und ihr versprochen, dass er nur sie liebt. Viel zu spät hat sie erkannt, mit welchem miesen Kerl sie ihre Zeit verschwendete. Dabei hat Sebastian auf den ersten Blick einen weit vernünftigeren Eindruck gemacht als Hendrik, der gerade mit seinem leuchtend grünen Lichtschwert in der Hand über das Gelände zieht und einen Riesenspaß zu haben scheint. Eigentlich ist Hendrik so gar nicht ihr Typ und wäre sie am Samstag nach dem Unfall von Sebastian nicht in derart schlechter Stimmung gewesen, dann hätte sie ihn garantiert abblitzen lassen. So allerdings hat sie nach der Semester-Opening-Party und einigen Cocktails die Einladung angenommen, noch auf einen Kaffee in seine Studenten-WG mitzukommen. Das alles sollte ein einmaliger Zwischenfall bleiben. Ein nettes Versehen sozusagen, darüber waren sie beide sich am Sonntagmorgen einig. Sie selbst hat derzeit mehr als genug Probleme und Hendrik ist niemand für eine feste Beziehung. Ganz offen bekundete er beim Frühstück am Sonntag: »Weißte, mit Festlegen habe ich es ehrlich gesagt nicht so. Ich bin eher der …« Er stockte und suchte nach den richtigen Worten. »Eher der freiheitsliebende Typ. Verstehst du?«

Also war keiner von ihnen verletzt. Zumal Hendrik, wie gesagt, ganz und gar nicht Svenjas Männertyp entspricht.

Ohne große Worte oder Versprechungen gingen sie im Guten auseinander, überzeugt, sich nie wiederzusehen, denn Hendrik ist nach eigener Aussage eher selten tagsüber auf dem Unigelände zu finden.

Dann allerdings traf bei Svenja, für sie völlig unerwartet, nach fünf Tagen eine Nachricht per WhatsApp ein.

He, Svenja ☺, kennst du die FaRK? Wir könnten doch zusammen hin? Einfach so als Freunde. LG Hendrik

Svenja hat Ja gesagt, einzig um sich ein bisschen abzulenken. Hendrik kann ihr nicht gefährlich werden, obwohl er zugegeben im Luke-Look irgendwie niedlich ausschaut.

»Wo ist eigentlich dieser Mosesgang, von dem du mir erzählt hast?«, fragt sie.

Gerade läuft eine Gruppe Endzeitler an ihnen vorbei, sie mustern Svenja skeptisch. In ihrer feinen Aufmachung fällt sie offensichtlich weit mehr auf als Hendrik als Skywalker. Womöglich rätseln sie aber auch nur, welcher außergewöhnlichen Spezies die Dame zuzuordnen sei.

»Er ist gleich hier drüben«, antwortet Hendrik und lenkt Svenja mit der Hand, die er in der letzten viertel Stunde nicht einmal losgelassen hat, durch die Menschenmassen. »Dort vorne! Das wird dir gefallen! Und danach gehen wir zu meinen Kumpels. Die müssen dich kennenlernen.«

»Nicht übel«, gesteht Svenja mit großen Augen ein, als sie am Zugang des Beckens stehen. Von beiden Seiten strömt es wasserfallartig in den bizarren Gang. Feiner, warmer Nebel hängt in der Luft, das Wasser schimmert grünlich und wirkt ein wenig gespenstig. Sie gehen los.

Einen Schritt nach dem anderen über in Grün und Kupfer schimmernde Steinplatten, deren Ränder immer wieder von Neuem überflutet werden.

»Pass auf, es kann rutschig sein«, warnt Hendrik, der zwar vorneweg geht, sie aber nicht aus dem Blick lässt. »Nicht, dass ich dich retten muss.«

»In der Montur gehört das doch quasi zur Kür dazu«, albert Svenja. Bereits nach den ersten Schritten erkennt sie, dass ihr Begleiter nicht übertrieben hat – auf den nassen Steinen ist es verdammt rutschig. »Bloß nicht loslassen«, erinnert sie Hendrik und greift seine Hand fester. Nachdem sie gemeinsam einige Steinplatten überwunden haben, deutet Svenja mit dem Finger auf etwas Weißes in der grünbraunen Brühe. »Guck mal, da schwimmt irgendwas.«

»Oh. Sekunde mal!«, fordert Hendrik und gibt Svenjas Hand kurz frei. Er fischt ein eckiges Stück Plastik aus dem Wasser. »Komisch, scheint eine Armschiene von einer Rüstung zu sein. Wie es aussieht vielleicht sogar von einem Stormtrooper. Das nehmen wir lieber mal mit. Könnte einem meiner Kumpels gehören.«

»Du hast Freunde, die in ihre Einzelteile zerfallen? Die muss ich kennenlernen.«

»Ja, aber erst mal müssen wir durch diese Wasserhölle, Hochwohlgeborene.« Hendrik steckt sein Lichtschwert in den Halter im Gürtel und reicht Svenja die freie Hand.

Als sie fast am Ende des Ganges sind, werden sie abermals fündig.

»Nicht zu fassen, da treibt schon wieder etwas!«, wundert sich Hendrik und angelt im Wasser nach einem schwarzen Bruchstück. Er betrachtet das gummiartige Objekt in seinen Händen und stellt mit einem Stirnrunzeln fest: »Das ist ein Teil der Halskrause von einer Stormtrooper-Rüstung, würde ich sagen. Schon seltsam. Das verliert man doch nicht einfach so, oder?«

Svenja zuckt mit den Schultern, was so viel heißen soll wie: Sie kenne sich damit nicht besonders gut aus. Für gewöhnlich arbeitet sie bei ihren Ausgrabungen mit weit älteren Fragmenten und Scherben und Star Wars hat sie sich zuletzt als Kind im Kino angeschaut.

»Nun gut. Dafür gibt es bestimmt eine einfache Erklärung«, behauptet Hendrik. »In jedem Fall sollten wir gleich zu meinen Freunden gehen. Das könnte von meinem Kumpel Carsten sein.«

»Machen wir!«, erwidert Svenja und ist kurz darauf erleichtert, mit ihren hochhackigen Schuhen den Mosesgang wohlbehalten überwunden zu haben.

»He, Jungs«, begrüßt Hendrik seine Freunde, als sie an einem schwarzen Zelt eintreffen.

»Ah, Luke. Ganz unerwartet in Damenbegleitung«, empfängt sie eine überraschend weibliche Stimme mit saarländischem Akzent unter dem Helm von Boba Fett.

Neben Svenja baut sich ein zotteliger Fellberg auf. Chewbacca, wenn sie nicht alles täuscht. »Hi, ich bin der Kai!«, verkündet der Wookiee.

»Svenja«, antwortet die junge Archäologin und schiebt ihre winzig erscheinende Hand in die hingehaltene Fellpranke. »Ich hätte nicht erwartet, dass du wirklich so groß bist.«

»2,30 Meter. Wie das Original eben.«

»Wo ist eigentlich Carsten?«, fragt Hendrik dazwischen und hält die beiden Fundstücke in seiner Hand in die Höhe. »Er hat vermutlich etwas verloren.«

»Wo hast du die denn her?« Chewie wirkt überrascht.

»Aus dem Mosesgang. Schwamm im Wasser.«

»Das kann nicht von Carsten sein. Er wollte nur kurz aufs Klo. Ist vielleicht zehn Minuten her«, erwidert diesmal der Kopfgeldjäger Boba Fett. »Er hat gleich Dienst am Stand und löst mich ab.«

»Und was macht der dann hier?« Hendrik zeigt auf einen weißen Helm, der zwischen einer Sammlung verschiedenster Rüstungsteile, Waffen und Raumschiffmodelle aus den unterschiedlichen Episoden liegt.

»Hm, gute Frage«, entgegnet Chewie. »Verstehe ich auch nicht.«

»Ist das eigentlich original?«, mischt sich Svenja mit angewidertem Blick in das Gespräch ein und deutet auf die Tischdecke. »Gehört das Blut zum Programm dazu?«

Nun schauen auch Hendrik, Boba Fett und Chewbacca genauer hin.

»Ähhhm«, stammelt der weibliche Boba Fett, der hinter dem Tisch steht. Die sich unterhalb des Helms ansammelnde rote Brühe macht in Sekundenschnelle die lockere Atmosphäre zunichte, die bis eben zwischen den Freunden herrschte. Der Kopfgeldjäger streckt die Hand aus. Vorsichtig, als könnte jede Sekunde etwas zuschnappen. Er nimmt den Helm auf. »Hab nicht die leiseste Ahnung, wo das herkommt«, raunt er und atmet tief aus, als müsste er erst Mut fassen. Dann dreht er ihn um. »Das ist bestimmt nur …« Die Stimme verebbt. Kein Wunder, denn die Frau unter der Rüstung hat völlig unvorbereitet in die an sich gar nicht mal so ungewöhnliche Füllung des weißen Helmes geblickt. »Oh mein Gott«, raunt sie.

Hendriks Kopf braucht offensichtlich ein wenig Zeit, um den sich ihm bietenden Anblick einzuordnen. Er starrt fassungslos auf das seltsam fleischige Innenleben, das sich nun allen in seiner Bestialität offenbart. Svenja hat sich längst voller Abscheu abgewendet und versucht, ihre Übelkeit in Schach zu halten. Zwei Leichen in einer Woche – das ist ein bisschen viel für die junge Frau. Das mit Sebastian ist ein unglücklicher Zwischenfall nach einem Streit gewesen. Sie hätte den Bagger, für den sie vor Monaten lediglich eine kurze Einweisung erhalten hat, nicht in ihrer ersten Wut starten sollen. Es war einfach irgendwie doof gelaufen an der Ausgrabungsstelle. Aber das hier sieht überhaupt nicht nach einem Unfall aus. Das kann nur Mord sein. »Der Kopf ist doch hoffentlich nicht von eurem Carsten, oder?«, will Svenja wissen.

»Ehrlich gesagt, bin ich mir da nicht sicher«, gesteht Chewie und schiebt sich die Fellmaske vom Kopf. Unter dem Fell kommt ein leichenblasses Gesicht mit schwarz geschminkten Augenlidern zum Vorschein. »Aber ich habe ein ganz mieses Gefühl.«

*

»Haben Sie dafür gesorgt, dass niemand das Gelände verlässt?«, erkundigt sich Wolfgang Forsberg bei einem der Sicherheitskräfte, die den Bereich um den Stand von Imperial Order großräumig absperren und dabei einige Schaulustige zur Seite drängen.

»Wir geben unser Bestes, aber das Areal ist riesengroß.«

Wolfgang nickt dem Mann zu und nimmt den Weg zum Fundort des Helmes. Hendriks Anruf ist noch keine 20 Minuten her.

»He, Dad!«, begrüßt ihn sein Sohn. Er wirkt niedergeschlagen, wie er da neben seinen Freunden ausharrt.

»Hallo, wie siehst du denn aus?«

Hendrik schaut an sich herab. »Ich muss zugeben, seit wir den Kopf, der womöglich einmal zu Carsten gehört hat, im Helm gefunden haben, finde ich den Aufzug nicht weniger unpassend als du.«

»Immer mit der Ruhe, wenn ich das richtig verstanden habe, muss es ja nicht Carsten sein. Jetzt geht es erst einmal darum, festzustellen, was passiert ist, und ihr bleibt bis auf Weiteres hier«, erwiderte Wolfgang. »Aber seid bitte so gut und haltet ein bisschen Abstand. Ich werde euch später alle in Ruhe befragen.«

Hendrik nickt betreten, während sein Vater für einen kurzen Moment die gutaussehende Frau neben ihm mustert.

»Leonie?«, tippt Wolfgang. Sie trifft in Kleiderfragen weit mehr den Ton, den Wolfgang für seinen Sohn bevorzugen würde.

»Nein, Svenja«, antwortet die Begleitung von Hendrik.

»Ach so, Verzeihung! Ich dachte nur, ich hätte Sie schon irgendwann mal getroffen.« Wolfgang schaut entschuldigend zu seinem Sohn, der ihm einen strengen Blick zuwirft. Der Hauptkommissar überlegt, wo ihm diese Frau begegnet sein könnte. Doch die Zeit drängt und reicht nicht aus, um sich zu erinnern, dass ihm Svenja vor einer Woche kurz am Unfallort bei diesem furchtbaren Drama mit dem toten Archäologen begegnet ist.

Seine Kollegin Toni kommt auf ihn zu. »Wolfgang. Gut, dass du da bist! Das musst du dir ansehen. Ein einziger Wahnsinn«, kündigt sie an.

Auf dem Gelände um den Stand der Imperial Order hat die Spurensicherung bereits ihre Arbeit aufgenommen. Ein Trupp von fünf Mann sucht den Bereich nach Spuren ab. Viele der Festivalbesucher wollen, als die Nachricht über den grausigen Fund die Runde macht, gleich den Heimweg antreten. Sie warten nun an den von der Polizei gesicherten Ausgängen, andere wiederum drängen sich an das

Absperrband. Mit in Richtung Himmel gestreckten Händen versuchen einige Trekkies, mit dem Handy Bilder von dem Helm zu machen, der immer noch auf dem Tisch liegt. Gerade nimmt ihn Wolfgang mit seiner Kollegin Toni in Augenschein.

»Enthauptet, könnte man sagen.« Tonis Gesichtsausdruck lässt erkennen, dass selbst sie als Kommissarin einem solchen Anblick eher selten ausgesetzt ist.

»Mensch, Antonia, wer stellt so eine Sauerei an?«, erwidert Wolfgang und lehnt sich angewidert nach vorne, um die Details genauer zu betrachten. »Sind wir uns hundertprozentig sicher, dass es sich um Carsten handelt? Vom Gesicht kann ich, solange der Kopf noch in dem rundum geschlossenen Helm steckt, nichts erkennen.«

Antonia Kuppertz verneint. Sie ist blasser als sonst. Ganz klar, ein glatt abgetrenntes Körperteil reicht aus, um selbst bei Hartgesottenen Unbehagen auszulösen. Welches Szenario die Füllung des weißen Helmes bieten wird, möchte höchstwahrscheinlich niemand der Anwesenden erfahren.

Trotzdem, sagt sich Wolfgang, daran führt kein Weg vorbei. Sie müssen wissen, wer der Tote ist. Erst dann macht es Sinn, mit den weiteren Ermittlungen zu starten.

»Chris, könntest du wegen der Identifizierung hier vor Ort mithelfen?«, richtet sich der Kommissar an den Leiter der Spurensicherung und weist auf das bisher von allen so gut wie möglich gemiedene Objekt.

»Wolfgang, das ist eigentlich nicht mein Job. Die Arbeit sollten wir dem Gerichtsmediziner überlassen.«

»An sich schon, aber falls der Täter noch vor Ort ist, ist es wichtig, möglichst schnell zu wissen, um wen es sich handelt. Ewig können wir die Leute an den Ausgängen nicht hinhalten.«

Chris nickt. Er scheint zu verstehen, auch wenn zweifellos nicht die optimalen Bedingungen für eine derartige Untersuchung herrschen. »Okay, mein Vorschlag: Du besorgst mir einen Kaffee, tiefschwarz und ohne alles, und ihr stellt in der Zwischenzeit das Gestell mit der blickdichten Abtrennung auf. Bei all den Gaffern sind wir wenigstens das dem Toten schuldig. Wer immer er oder sie ist.«

Es dauert ein paar Minuten, bis alles vorbereitet ist. Hinter der grünen Folie, die für das, was nun geschehen soll, verdammt unspektakulär anmutet, reihen sich Chris, Toni, Wolfgang und der Tatortfotograf auf.

*

Auf der anderen Seite der Absperrung ist es trotz der riesigen Schar an Menschen totenstill. Hendrik steht neben Svenja, der seit dem Fund kaum mehr ein Wort über die Lippen gekommen ist. Er nimmt ihre Hand.

»Lass es bloß nicht Carsten sein«, murmelt er. »Lass es bloß nicht Carsten sein.« Fast, als wäre es ein Mantra.

Svenja greift seine Hand fester und schaut ihn an. »Nur die Ruhe, vielleicht wird doch noch alles gut«, versucht sie zu beschwichtigen, aber Hendrik hört ihrer Stimme an, wie wenig sie selbst daran glaubt.

Alle Augen richteten sich auf die Köpfe der vier Menschen hinter der Folie. Auch wenn sie nicht genau sehen können, was dort geschieht, so hat vermutlich jeder der Umherstehenden eine ungefähre Vorstellung davon – und die ist nicht behaglich.

»Bitte nicht Carsten!«, sagt Hendrik noch einmal. Er kennt Carsten seit der Grundschule. Warum sollte sich jemand an ihm vergreifen? Es gibt keinen harmloseren

Typen als ihn. Im Frühjahr und Herbst sammelt er immer mit dem NABU die Kröten vom Seitenstreifen auf – und jetzt das.

Man kann problemlos in den Gesichtern der nun Handelnden lesen und so ist es nicht schwer, den Moment auszumachen, in dem der Schädel angehoben wird. Antonias Augen nehmen ihre maximale Größe an, Chris schüttelt einfach nur den Kopf und Wolfgang hält sich entsetzt die Hand vor den Mund. Er sieht auf und sucht in der Menge nach Hendrik. Dann sagt er etwas und weist in Richtung seines Sohnes. Toni nickt. Wolfgang kommt direkt auf die Star-Wars-Truppe zu.

»Habe ich schon gesagt, dass ich ein ganz mieses Gefühl habe?«, fragt Chewbacca in die Runde.

Keiner antwortet ihm. Alle sind viel zu gespannt auf das, was ihnen Wolfgang zu sagen hat. Realistisch betrachtet kann es sich nur um Carsten handeln, geht Hendrik durch den Kopf – auch wenn er den Gedanken nicht wahrhaben will.

»Was ist denn hier für ein Auflauf? Man wollte mich gar nicht durchlassen«, fragt plötzlich jemand hinter ihnen.

»Ne, oder?«, stammelt Hendrik, der von einer Sekunde auf die andere neue Hoffnung schöpft. Als er sich umdreht, sieht er eine glänzend weiße Rüstung: eindeutig ein Stormtrooper.

»Zieh sofort den Helm aus, Junge!«, fordert Boba Fett.

»Mannomann, heute habt ihr aber einen Ton drauf«, beschwert sich der Hinzugekommene. Trotzdem macht die Person, was ihr aufgetragen wurde. Sie schiebt den Helm vom Kopf, und der darauf folgende freudige Aufschrei passt so gar nicht zu der dunklen Atmosphäre, die über dem Festivalgelände liegt.

»Mensch, Carsten, wegen dir kriegen wir eines Tages noch einen Schaltkreiskollaps«, sagt Hendrik heilfroh und umarmt seinen Freund stürmisch.

Nachdem sich die Aufregung ein wenig gelegt hat und Carsten über die aktuellen Ergebnisse aufgeklärt wurde, kommt er selbst wieder zu Wort: »Da kauft man sich bloß eine Cola und wird bei seiner Rückkehr so stürmisch empfangen. Das sollte ich vielleicht öfter machen.«

»Lieber nicht«, sagt Wolfgang und nickt Toni zu, die hinzugetreten ist. Die Erleichterung steht ihm ins Gesicht geschrieben. Trotzdem kommt er gleich zur Sache. »Auch wenn das erst einmal eine unfassbar erfreuliche Nachricht ist, dass es dir gut geht, Carsten, ist nicht die Zeit, um aufzuatmen. Wir haben ein Mordopfer, und es ist sehr wahrscheinlich, dass sich der Täter weiterhin auf dem Gelände befindet.« Wolfgang hält kurz inne. »Ich habe die Person im Helm noch nie gesehen. Allerdings kenne ich nicht alle von eurer Truppe. Gibt es noch andere in der Aufmachung?«

»Bei uns bin ich der Einzige. Aber auf dem Festivalgelände habe ich viele Stormtrooper gesehen.«

»Und die kennst du?«, erkundigt sich Toni.

»Manche. Klar!« Carsten zögert. Vermutlich ahnt er, worauf die Kommissarin hinauswill.

»Wärst du bereit, dir den Kopf ganz kurz anzusehen? Wir brauchen jemanden, der den Toten identifiziert.«

Aus Carstens Gesicht weicht sämtliche Farbe. »Muss das sein?«

»Du muss natürlich nicht. Aber es würde uns sehr helfen«, erwidert diesmal Wolfgang.

Noch bevor Carsten antworten kann, taucht plötzlich der Festivalleiter auf. Er ist außer sich. »Nicht zu fassen!

Irgendwer hat die Kasse aus dem Büro gestohlen. Das kann echt nicht sein!«

»Aber nicht die gesamte Summe, oder, Benni? Da kam gestern doch schon ein Haufen zusammen«, will Chewbacca sofort wissen.

»Alles ist weg. Ich hatte die Hauptkasse im Büro weggesperrt.« Dieser Benni wirkt verzweifelt. »Wer macht denn so was, wenn man genau weiß, dass das Geld für einen guten Zweck ist?«

»Vielleicht der gleiche Mensch, der keine Skrupel hatte, einen Stormtrooper zu köpfen und seinen Helm danach seelenruhig am Stand aufzustellen«, mischt sich Toni ein. »Können wir uns Ihr Büro kurz ansehen?«

Der Festivalleiter nickt. »Klar. Ich bin mit allem einverstanden, was uns hilft, den Fall aufzuklären und wieder an das Geld zu kommen. Seit Monaten arbeiten wir auf diesen Event hin. Wenn das Geld weg ist, war die ganze Mühe umsonst. Und die Unterstützung für die Projekte können wir auch nicht leisten. Was für ein Mist!«

*

Toni und Wolfgang Forsberg sowie ein Trupp von Polizisten folgen dem aufgebrachten Festivalleiter, der sich ihnen als Benjamin Kiehn vorstellt, in sein Büro. Vielleicht hängen die beiden Vorfälle zusammen und bestenfalls würden sie dort eine Erklärung für die Taten finden – oder zumindest eine Spur, hofft Wolfgang, während sie das Industriegelände überqueren und die Hallen betreten.

Im Büro des Festivalleiters finden die Beamten alles so vor, wie es dieser Kiehn beschrieben hat. Der offene Safe ist auf den ersten Blick auszumachen.

Wolfgang geht auf den Schreibtisch zu, der in der anderen Ecke des Raumes gegenüber dem Geldschrank steht. Eine Menge Papiere stapeln sich dort, ansonsten wirkt alles sehr aufgeräumt.

Erst beim Näherkommen macht er eine Klinge aus, die seitlich unter dem Tisch hervorspitzt.

»Was ist denn das?«, murmelt er und geht auf den Gegenstand zu. Sein Schuh bleibt am Boden haften. Es ist ein Gefühl, als wäre er in Kaugummi getreten. Wolfgang hebt den Fuß an.

»Heute bleibt uns aber nichts erspart«, raunt Toni.

Die zähflüssige rote Masse an Wolfgangs Sohle macht nicht den Eindruck, Kaugummi zu sein. »Kann vielleicht jemand Chris rufen?«, stöhnt Wolfgang und zieht sich vorsichtig den Schuh aus. »Was für eine Sauerei.«

Der Festivalleiter kommt ein paar Schritte näher und kann nun auch einen Blick auf die blutige Szenerie hinter seinem Schreibtisch werfen. »Oh, Mann! Das ist nicht echt, oder?«, fragt Kiehn, als er das viele Blut bemerkt.

»Schätze doch!«

Der Festivalleiter dreht sich sofort weg und stützt sich an seinem Schreibtisch ab. »Ich habe offensichtlich nur den offenen Geldschrank gesehen und alles andere ausgeblendet.«

»Immerhin haben wir nun eine Erklärung dafür, wie und wo es zu dem abgetrennten Kopf kam«, sagt Wolfgang. Am Boden neben dem Safe liegt ein Langschwert und an der Klinge klebt getrocknetes Blut, ebenso wie ringsum am Fußboden. Daneben liegen einige achtlos auf den Boden geworfene blaue Säcke. In den Plastiktüten hat der Täter vermutlich den Kopf und den Rest transportiert.

Während die Beamten auf Chris warten, läuft der Festivalleiter wie eine eingesperrte Raubkatze im Gang vor dem Büro auf und ab. »Ich kann es Ihnen gleich sagen, das Schwert gehört zwar mir – das hing seit Jahren als Deko an der Wand –, aber das da hinten in der Ecke, das war ich nicht!« Er hält kurz inne und schüttelt fassungslos den Kopf. »Zu einem solchen Gemetzel wäre ich nicht fähig.«

Die hinzugerufene Spurensicherung macht sich sogleich ans Werk. »Ihr habt recht mit eurer Vermutung. Das Opfer wurde mit großer Sicherheit an diesem Ort zerstückelt«, teilt Chris Toni und Wolfgang wenig später nüchtern mit. »Vermutlich hat der Täter den Kopf und auch den Rest des Körpers in Einzelteilen wegtransportiert, sonst hätte man Schleifspuren finden müssen«, sagt Toni. »Die Leichenteile hat er auf dem ganzen Gelände verstreut. Wir haben im Mosesgang noch mehr gefunden. Ich kann euch sagen, ich habe schon viel gesehen, doch das heute ist selten bestialisch.«

»Dann war es jemand, der dem Dieb ins Gehege kam«, folgert Wolfgang. »Oder wenn es ein Racheakt war, und danach sieht es fast aus, vielleicht sogar ein direkter Komplize. Schwer zu sagen. Eins ist klar: Wer einen Toten dermaßen zerstückelt, muss eine Stinkwut haben. So etwas plant kein Mensch von vornherein auf solch einer großen Veranstaltung, das wäre unlogisch. Das war vermutlich das Ergebnis einer Kurzschlusshandlung.«

»Wäre möglich, aber das sind Spekulationen«, gibt Toni zu bedenken. »Das Einzige, wovon wir derzeit relativ sicher ausgehen können, ist, dass der Täter sich noch auf dem Festivalgelände aufhält. Das ist einerseits gut, andererseits auch verdammt beängstigend, wenn man sich anschaut, was er hier angerichtet hat. Ich will gar nicht wissen, wie viele tausend Menschen sich auf dem Areal aufhalten. Und mittendrin der Täter. Wir müssen schnell handeln.«

Wolfgang nickt. Er ist der gleichen Meinung. »Aber wonach halten wir Ausschau?«

»Wenn sie zu zweit waren und einer der beiden war einer von diesen Star-Wars-Typen, ein …« Toni sucht nach dem richtigen Wort.

»Stormtrooper! Sie meinen einen Stormtrooper«, präzisiert Herr Kiehn, der Festivalleiter. Er steht am Eingang zum Büro und hat ihnen halb den Rücken zugewandt. Vermutlich, um nicht weiter auf das Schlachtfeld schauen zu müssen. Er schnappt nach Luft. »Was für ein kompletter Mist ist das nur? Ein Toter und die gesamten Einnahmen sind wahrscheinlich für immer weg. Wir sind ein friedliches Festival.« Ihm stehen Tränen in den Augen. »Das ist eine Veranstaltung für jedermann. Jung und Alt, auch für Familien. Die ganzen Jahre gab es nicht eine einzige Schlägerei, und jetzt das.«

»Beruhigen Sie sich bitte, das bringt nichts«, redet ihm Toni gut zu.

Wolfgang pflichtet ihr bei: »Ich würde Sie bitten, sich vom Roten Kreuz durchchecken zu lassen, und wir regeln das hier, das verspreche ich Ihnen. Zumindest das Geld muss noch nicht verloren sein.« Er gibt einem der zwei Beamten, die vor dem Büroraum den Tatort absperren, ein Zeichen. Der Polizist versteht sofort und nickt Wolfgang zu. Er geleitet den offensichtlich traumatisierten Festivalleiter vom Ort des Verbrechens weg.

Nun können die beiden Kriminalbeamten offen reden. »Das mit dem Stormtrooper könnte eine Spur sein, was denkst du?«, fragt Wolfgang seine Kollegin. Sie scheint sofort zu verstehen, wie er das meint.

»Herr Fiedler«, sagt sie zum Kollegen von der Polizei, der sie begleitet hat, »könnten Sie bitte alle Personen in diesen weißen Star-Wars-Uniformen auf dem Platz ausfindig machen und zu uns bringen? Ich weiß noch nicht wie, aber vielleicht hilft uns das weiter.«

»Klar. Wird erledigt«, erwidert Fiedler und macht sich an die Arbeit. »Achtung an alle«, spricht er in sein Funkgerät, das mit einem Krächzen antwortet. »Wir suchen Personen in weißen Uniformen. Stormtrooper. Bitte jeden von ihnen vorerst in Gewahrsam nehmen und vor das schwarze Zelt am Tatort bringen. Kontrolliert bitte auch die Toilettenanlagen und Zelte.«

Es dauert rund 20 Minuten, bis Fiedler Toni meldet, dass seine Mitarbeiter das gesamte Gelände abgesucht haben. Insgesamt 25 Stormtrooper stehen jetzt neben dem Zelt der Star-Warsler in einem Halbkreis vor ihnen.

»So, und wie finden wir nun den Richtigen?« Toni legt den Kopf schräg. »Da sieht einer wie der andere aus.«

Wolfgang runzelt die Stirn. Damit hat seine Kollegin recht, zumal selbst die Theorie, dass es sich bei dem Täter um einen der Weißuniformierten handelt, noch nicht bewiesen ist. »Es bleibt uns nichts anderes übrig, als jeden einzeln zu verhören. Das kann ein langer Tag werden.«

»Und die Besucher?«, will Fiedler wissen. »Dürfen sie endlich das Gelände verlassen? Da sind einige Familien mit Kleinkindern, die verlieren so allmählich ...«

Wolfgang schüttelt den Kopf. »Nein, tut mir leid. Dürfen sie nicht. Bitten Sie die Leute noch um ein wenig Geduld.«

Fiedler bläst die Backen auf. »Ich kann es versuchen. Aber ich kann Ihnen prophezeien, wenn sich nicht bald etwas tut, reißt demnächst den Ersten der Geduldsfaden.«

»Wir machen, was wir können«, mischt sich Toni ins Gespräch ein und weist auf einen der Stormtrooper. »Fangen wir mit dem Ersten dort vorne an. Vielleicht können wir sie einzeln im Zelt verhören?«

Bevor Wolfgang antworten kann, mischt sich Hendrik unvermittelt in das Geschehen ein. »Paps, könntest du mal bitte kommen?« Wolfgangs Sohn, der immer noch mit seinen Freunden ein wenig abseits wartet, winkt seinen Vater zu sich. Über den Fund im Büro konnte ihn Wolfgang nur in aller Kürze in Kenntnis setzen. Für alles andere war bisher noch keine Zeit.

»Jetzt ist wirklich ganz schlecht« antwortet er.

Aber Hendrik lässt nicht locker. Er winkt und gibt ihm Zeichen. »Nur einen Moment, bitte, Paps.«

»Sind sofort wieder da«, raunt Wolfgang Fiedler zu. »Hendrik, ich hoffe für dich, dass es wichtig ist«, zischt er, als er mit Toni auf die Imperial-Order-Gruppe zutritt.

»Kai, unserem Chewbacca, ist etwas aufgefallen«, erklärt Hendrik aufgeregt im Flüsterton.

»Und das kann nicht warten?«

»Ne. Eher nicht.«

»Wir sind uns nicht ganz einig, ob es was zu bedeuten hat, das mit dem Blut, denn schließlich kommt es auch im Film vor«, gibt Kai zu bedenken.

»Blut? Wie meint ihr das?« Wolfgang versteht nicht ganz. Aber die Star-Warsler sind zu sehr mit Fachsimpeln beschäftigt, um auf diese Frage einzugehen.

»Stimmt. Eigentlich könnte es auch einfach nur verflixt authentisch sein.« Boba Fett wiegt den Kopf hin und her.

»Na, ich weiß nicht. Bisher habe ich es eher selten an einem Stormtrooper gesehen«, diskutiert Carsten mit. »Natürlich kennt man das, aber normalerweise rennt niemand so herum. Und außerdem ist es nicht am Helm, sondern unten am Bein – das passt nicht so ganz zum Original.«

»Stimmt.« Hendrik reibt sich mit der Hand übers Kinn.

»Bevor ihr in die Details abdriftet. Könnte mir bitte mal jemand erklären, worüber ihr überhaupt redet?« Wolfgang wird allmählich ungeduldig.

»Na, vom Blut auf dem Helm aus Teil sieben. Stormtrooper FN-2187. Finn spielt eine der wichtigsten Rollen bei ›The Force Awakens‹. Finde ich zumindest. Kai ist da ja eher anderer Meinung«, erwidert Carsten.

Wolfgang schaut immer noch verwirrt. »Force Awakens?«

»Ja, Teil sieben. ›Erwachen der Macht‹«, versucht Boba Fett, die genauen Umstände zu erklären, was Wolfgang nicht wirklich weiterhilft.

»Kaum zu glauben, wie wenig Ahnung dein Dad von der Materie hat«, flüstert Carsten Hendrik zu. Jedoch nicht leise genug, Wolfgang kann es deutlich hören. Er ignoriert die Bemerkung, denn er hat es eilig. Für die seltsame Star-Wars-Manie seines Sohnes hat ihm immer das Verständnis gefehlt, jetzt bereut er allerdings, nicht mehr Interesse gezeigt zu haben. »Okay, okay, wenn ich das richtig verstehe, hatte dieser Finn Blut an seiner Rüstung. Ist das korrekt?«

Alle nicken.

»Aber was hat das verdammt noch mal mit dem Mord zu tun?«, drängelt Wolfgang. Ihnen läuft die Zeit davon.

»Nun, das ist doch ganz einfach«, mischt sich Svenja ein. »Ist Ihnen nicht aufgefallen, dass der Stormtrooper Nummer vier von links unterhalb der Wade auf dem linken Bein den Abdruck zweier Finger hat? Blutrot.« Sie zeigt in die Richtung. »Ob das Absicht ist und zum Cosplay dazugehört oder ob es ungewollt ist und womöglich mit dem Mord zusammenhängt, darüber sind sich die Profis hier nicht einig.«

»Nein, das ist mir noch nicht aufgefallen«, sagt der Kommissar fast mechanisch, ohne den Blick von dem besagten Mann in der weißen Rüstung zu lösen. Er winkt dem Polizisten zu. »Fiedler, bringen Sie bitte zuerst die Numero vier?«

Fiedler kann nicht mehr erledigen, was ihm aufgetragen wurde. Nummer vier ist, was die Reaktionszeit angeht, weitaus schneller. Da hinter ihm jeder Fluchtweg abgeschnitten ist, stürmt er geradewegs nach vorn und reißt dabei etwas aus seinem Rucksack. Es ist rund und glänzt.

»Och ne. Ein Thermaldetonator!« Carsten versteht anscheinend sofort. Er raunt Hendrik, der neben ihm steht, zu: »Das ist fast besser als Kino, allerdings wäre ich nur sehr ungern in echt einer von diesen Stormtroopern – die fallen ja immer reihenweise.«

»Wenn ihr mich nicht gehen lasst, fliegt hier alles in die Luft«, warnt Nummer vier. »Macht Platz. Dann passiert niemandem etwas.«

»Okay, okay«, versucht Wolfgang nach einem kurzen Seitenblick zu Toni zu beschwichtigen. Ihm ist bewusst, wie viele Menschen um sie herumstehen. Familien mit Kindern, Jugendliche und auch Ältere, die sich nur einen schönen Nachmittag machen wollten. Jeder Versuch, dem Typen vor ihnen Einhalt zu gebieten, ist ein enormes Risiko. Auch wenn es vielleicht nur ein Spielzeug ist, was er in der Hand hält, und keine echte Bombe.

»Wir lassen Sie gehen – aber bleiben Sie ruhig.«

»Miese Story«, murmelt Carsten hinter Wolfgang und Toni. »Ganz miese Story, wenn der miese Typ ungeschoren davonkommt.«

»Immer noch besser, als wenn der Böse auf seinem Weg ins Unheil ein paar der Guten mitnimmt«, gibt Hendrik ebenso verhalten zu bedenken.

»Stimmt auch wieder, als Stormtrooper gehört man zur Befehle ausführenden Gewalt. Ich würde vorschlagen, wir mischen uns nicht ein.«

Die Umstehenden machen den Weg frei. Auch die Mannschaft von Imperial Order und die beiden Kommissare rücken zur Seite, als der Stormtrooper, die Kugel immer noch drohend in der Hand haltend, auf sie zugeht und »Platz da« ruft.

Niemand unternimmt etwas. Alle lassen ihn ohne Gegenwehr ziehen. Oder zumindest fast alle.

»Darf ich mal!«, bittet Svenja, und noch bevor Hendrik versteht, was um ihn herum passiert, hat sie bereits sein Lichtschwert in der rechten Hand.

»Ich mag keine Schurken«, sagt sie und holt aus. Mit einem gezielten Hieb auf den Unterarm schlägt sie dem Flüchtenden die Kugel aus den Fingern. Der Detonator befindet sich für kurze Zeit in der Luft. Ein Raunen geht durch die Menge. Jeder drängt weiter zurück. Svenja hingegen beugt sich nach vorn und hält die freie Hand auf. »Hab ihn«, verkündet sie.

Der Stormtrooper steht ein paar Augenblicke lang wie erstarrt da. Offensichtlich braucht er Zeit, um zu verstehen, was passiert ist. Das ist Fiedlers Chance. Von hinten überwältigt er den nun Unbewaffneten und Carsten greift sich die Tasche, die auf den Boden gefallen ist.

»Ich hab die Kröten«, meldet er.

»Und ich den Dreckskerl«, verkündet Fiedler mit hörbarem Stolz in der Stimme. Er legt dem Stormtrooper die mitgeführten Handschellen an. »Schauen wir mal, ob wir dich Burschen schon kennen …« Mit diesen Worten zieht Fiedler dem Stormtrooper den weißen Helm vom Kopf. Darunter kommt ein blonder Schopf zum Vorschein.

»Oh«, stottert er, als er die demaskierte Person näher betrachtet.

Es ist kein Mann, wie womöglich jeder erwartet hat.

Die Frau mit den kurzen Stoppelhaaren wirft Svenja einen finsteren Blick zu, der zeigt, dass sie an diesem Tag durchaus noch zu einem weiteren Mord fähig wäre. »Du Ratte! Dich krieg ich irgendwann!«, warnt sie.

»In den nächsten Jahrzehnten aber wohl eher nicht«, gibt Fiedler zu bedenken und schiebt die Festgenommene vor sich her in Richtung Einsatzwagen.

Svenja reicht Hendrik das Schwert zurück. »Nicht übel, das gute Stück. Hätte nicht erwartet, dass es so viel aushält.«

»Und ich hätte nicht gedacht, dass du …«, beginnt Hendrik.

»… dass ich keine Schurken mag?«, fällt ihm Svenja forsch ins Wort. »Hatte ich das nicht erwähnt?«

»Vermutlich schon! Ich hätte mir das merken sollen.«

Als sich auf dem Gelände allmählich die Reihen lichten und auch die Spusi sich zur Abfahrt bereit macht, nimmt Wolfgang seinen Sohn kurz zur Seite. »So wie es aussieht, hatten wohl beide gemeinsam den Coup geplant. Sie wollten sich die Festivaleinnahmen unter den Nagel reißen. Wenn man der ersten Aussage der Festgenommenen glauben möchte, wollte der Tote einen größeren Anteil der Beute, weil er sich seiner Meinung nach als Mann mehr verdient habe.« Wolfgang hebt vielsagend die Augenbrauen. »Da sind bei der Dame anscheinend alle Sicherungen durchgebrannt.«

»Wow – da siehste mal, Gleichberechtigung macht nur Ärger.« Hendrik grinst frech.

»Lass den Spruch nicht deine neue Freundin hören«, reagiert Wolfgang mit einem Augenzwinkern. »Und gib dir bloß Mühe, ich glaube, die Dame könnte ich mögen.«

GUTEN FLUG

Phil startet.

»Guten Flug!«, rufe ich ihm hinterher. Zur Antwort erhalte ich eine Wolke Staub. Die Strecke ist gegenwärtig knochentrocken, seit Wochen kein Tropfen Regen.

»Lahmer geht es wohl fast gar nicht mehr, und dann noch null Körperspannung«, platzt es aus mir heraus, als ich meinem Vereinskumpel hinterherschaue. Kaum zu glauben, was in den letzten Jahren aus unserer Truppe geworden ist. Früher ging es keinem schnell genug den Berg hinunter. »Das Rad findet seinen Weg« war unser Motto und heute fallen so Sätze wie »Bin ja auch nicht mehr der Jüngste« oder »Seit meinem Bandscheibenvorfall muss ich echt vorsichtig sein.« Als hätte man lauter Opas vor sich, dabei sind die meisten gerade mal Mitte 30.

»Bei euch ist in letzter Zeit echt die Luft raus«, versuche ich wenigstens Torte zu mehr Einsatz zu motivieren. »Und jetzt muss ich wieder für euch die Kohlen aus dem Feuer holen, wenn das noch was werden soll.« Ich schließe das Visier meines Helms und ziehe den Verschluss am Kinn nach. Sitzt alles bombensicher.

»Ach komm, das macht er doch ganz gut«, sagt Torte, der neben mir steht und sein Smartphone im Blick hat. Jo schickt ihm die Infos vom Zielpunkt regelmäßig nach oben. Wir stehen am Gipfelkreuz. Heute ist die Sicht fantastisch. Der Himmel ist strahlend blau. Das Polygon, die Hostenbacher Alpen und selbst die Silhouette der Völklinger Hütte sind in der Ferne klar auszumachen. Aber die einzigartige Aussicht interessiert mich im Moment weniger.

»Wenn das gut ist, wird meine Oma vielleicht dieses Jahr noch Weltmeister im 400-Meter-Staffellauf. Mit Rollator.« Bei der Vorstellung muss ich loslachen.

Torte allerdings nicht. »Reicht es dir nicht, dass du dem armen Kerl Laura ausgespannt hast?«

»Dass die Braut nicht auf so einen Warmduscher steht, ist wohl kaum meine Schuld«, verteidige ich mich. Keine Ahnung, was der Vorwurf soll. Laura hat mir quasi seit Monaten nachgestellt. Wer würde Nein sagen bei der Figur?

Torte hüllt sich in Schweigen und schaut wieder auf das Display seines Smartphones. Aber nach der Unterstellung kann ich nicht den Mund halten. Ständig wird an mir herumgemäkelt, dabei bin ich als Einziger voll bei der Sache. »Kann ich was dafür, dass die Mädels auf mich stehen? Deshalb muss Phil doch nicht gleich so schwächeln. Dich lässt es anscheinend völlig kalt, wenn wir beim Dirt-Schlacko-Masters am Ende die Schlusslichter sind. Beim Downhill-Cup in St. Wendel brauchen wir mit der Performance gar nicht erst zu starten.«

Torte bleibt stumm wie ein Fisch. Mir auch egal!

Dieser kleine Wettkampf heute an der Halde Viktoria in Püttlingen ist zwar nicht offiziell, aber das macht für einen echten Vollblutsportler doch kaum einen Unterschied. Ich kontrolliere den Sitz meiner Protektoren. Wo bleibt bei den anderen der sportliche Ehrgeiz? Die Ugly-Gangsters aus Trier sind heiß darauf, uns mit ihren Zeiten in Grund und Boden zu stampfen, und von unserer Seite gibt es bisher keinerlei Gegenwehr.

Torte dreht sich zu mir um. »Bist du so weit startklar, Kuppi?«, fragt er und lässt dabei die Stoppuhr auf seinem Handy nicht aus den Augen. »Phil müsste bald unten sein.«

»Ich kann es kaum erwarten«, gebe ich ihm zur Antwort.

»Noch eine Sekunde. Er muss zuerst durchs Ziel. Sicherheitsabstand, du weißt, da ist Jo streng. Auch wenn das Rennen nicht ganz offiziell ist, ein paar Regeln braucht es.«

»Und wie sieht es mit den Zeiten aus?«, will ich wissen.

Dass Torte den Kopf hin und her wiegt, lässt auf »eher bescheiden« schließen. Wie erwartet hat Phil uns die Nummer gehörig vergeigt, und diese Einsicht scheint meinem Gegenüber gerade zu kommen. Aber wie immer zeigt er sich völlig neutral. Er starrt weiter auf das Display und sagt nach einer Weile: »Jetzt, jetzt ist er da! Falls du die Reifen fliegen lässt, haben wir noch eine reelle Chance, wenn ich das richtig sehe.« Er stockt und rechnet offenbar grob im Kopf nach. »Aber da muss ganz schön was kommen«, ergänzt er.

»Passt schon«, kündige ich an. Wäre tatsächlich nicht das erste Mal, dass ich für die Schnarchnasen alles aufs Spiel setze und dabei Kopf und Kragen riskieren muss. »Bereit?«, fragt Torte.

»Klaro, Trailinschbeggdor«, sage ich.

»Eh, Junge. Den Namen hasse ich. Kannst du dir das nicht mal abgewöhnen?«, gibt er zurück. Dabei passt Inspektor wie die Faust aufs Auge. Schließlich kennt Torte alle unsere Halden im Saarland wie seine Westentasche.

»Nö, warum?«, antworte ich ungerührt. Wie kann man nur so kleinlich sein, frage ich mich in Gedanken.

»Übertreibe es nicht!«, erwidert mein Vereinskumpel, und ich bin mir nicht sicher, ob er damit meine Fahrweise oder meine Sprüche meint.

»Ich doch nicht«, gebe ich mit einem Augenzwinkern zurück und mache mich startklar.

Torte tritt zur Seite.

Der Trail ist frei.

Als ich die Kuppe vom Plateau aus überfahre, beginnt der Tracker die Zeit zu stoppen. Gleich zu Beginn ist die Strecke höllisch abschüssig. Ich passiere den engen Weg. Durch die Anfangspassage manövriere ich mittlerweile wie im Schlaf, trotz der Unebenheiten und der tief ausgewaschenen Rinnen mit losem Gestein. Spätestens an diesen Bergen, wie man das Abfallgestein im Bergbau nennt, erkennt man, dass es keine natürlich entstandene Anhöhe ist, auch wenn die Natur mittlerweile fast alles überwuchert hat. Nach etwa 200 bis 300 Metern erreiche ich einen virtuellen Messpunkt. Ich checke aus dem Augenwinkel die Zeit. Nicht übel, stelle ich zufrieden fest. Trotzdem, da geht noch was. Auf einem der flacher werdenden Geländeabschnitte trete ich in die Pedale.

Den Burschen aus Trier wird das Tempo sicher nicht schmecken, aber mein Gott: Wettkampf ist Wettkampf. Dank Helmkamera kann ich mir später zu Hause mit Laura die Höllenfahrt mit dem Beamer auf die große Leinwand projizieren. Und dann, falls für gut befunden, kommt das alles auf YouTube, damit die anderen etwas dazulernen können. Der Gedanke gefällt mir, ich grinse. Allerdings nicht lange.

»Alter …«, murmle ich und gehe sofort in die Eisen.

Zu spät, wie mir scheint. Es ist ein Gefühl, als ob man gegen eine Wand fährt, dabei ist dort vor mir nur ein feiner silberner Draht, ein paar Millimeter dick vielleicht. Trotzdem, er ist felsenfest gespannt und leider, wenn man es aus meiner Perspektive betrachtet, äußerst ungünstig in Halshöhe positioniert.

Als ich wach werde, liege ich am Boden. Das Rad neben mir. Mein Blick wandert zum GPS-Tracker am Lenker, der sich keinen halben Meter weit von meinem Kopf entfernt befindet. Yes, denke ich. Der Hammer! Bestzeit an der zweiten Messstelle. Kurzzeitig hatte ich die Höchstgeschwindigkeit von 47 Stundenkilometern erreicht. Aber die Zeit läuft gnadenlos weiter. Eigentlich müsste ich längst unten angekommen sein. Wenn ich den erwische, der mir das eingebrockt hat, der kann was erleben.

Ich versuche mich aufzurichten. Meine Arme fühlen sich taub an. Überall ist brauner Staub. Auch wenn ich alle Kraft aufwende, die ich habe, schaffe ich es nicht hoch. Die Bäume und die Sträucher rotieren um mich, ja sogar der blaue Himmel. Ich will nach Hilfe schreien. Mein Mund öffnet sich zwar, doch nichts! Keinen einzigen Ton bekomme ich heraus, stattdessen schmecke ich Blut. Aus meinem rechten Bein ragt ein Knochen. Völlig surreal erscheint das, als wäre ich Teil eines Bildes, das Dalí in seinen verrücktesten Zeiten gemalt hat. Warum hilft mir niemand und wo sind bloß die anderen? Bestimmt wird alles wieder gut, ruhig bleiben. Ich bin jung und in bester Verfassung, sage ich mir. Ich drehe den Kopf ein Stück zur Seite, um mehr zu sehen. Dann wird es schwarz vor meinen Augen. Für immer.

*

»Och ne, nicht kurz vor Feierabend«, sagt Wolfgang, als Toni ins Büro kommt und vom Anruf der Kollegen aus Püttlingen erzählt.

»Ein Einsatz auf der Halde Viktoria«, hat sie gesagt.

»Und da kann keine Streife hin?«

»Ist bereits da. Aber uns braucht es trotzdem. Irgendwelche Irren, die meinen, den Wald schützen zu müssen, haben eine Drahtfalle für Mountainbiker gespannt. Diesmal allerdings sind sie zu weit gegangen. So wie es aussieht, ist einer der Fahrer hineingerast und noch an der Unfallstelle seinen Verletzungen erlegen.«

Wolfgang reibt sich den Hinterkopf. »Oh Mann. Das hört sich übel an. Na dann mal los.« Er greift nach seiner Jacke, die neben ihm über dem Bürostuhl hängt. »Günther, du kommst auch mit«, fordert mein Teilzeit-Aufpasser erbarmungslos. Gerade hatte ich es mir auf dem mitgebrachten Kissen bequem gemacht. Als der kleine Zeiger der Uhr in Wolfgangs Büro heute Nachmittag langsam auf die Fünf losgerückt ist, war ich mir sicher, der Stress sei für den heutigen Tag überstanden. Dieser elende Anruf kurz vor Feierabend ist nicht nur für das Opfer ein echter Schicksalsschlag.

»Auf geht's, Güntherlein«, versucht es Wolfgang erneut, als ich keine Anstalten mache aufzustehen. »Danach holen wir uns was Chinesisches zu essen von der Lotusblüte und fahren auf direktem Weg nach Hause«, lockt Herr Kommissar, als er sieht, dass ich einen Motivationsschub benötige.

Ich raffe mich auf. Na gut, denke ich, ich bin dabei. Jedoch nur, wenn wir die Angelegenheit blitzschnell hinter uns bringen und uns danach unverzüglich auf den Feierabend konzentrieren.

Ich habe hier eigentlich sowieso nichts verloren. Mister Oberhauptkommissar Forsberg jedoch sieht das seit dem Vorfall im Garten der Sinne ein wenig anders. Er hat sich das Ziel gesetzt, mich »unter seine Fittiche zu nehmen«, um meine Fähigkeiten aufs Beste zu fördern.

»Ich glaube, unser Günther hat verborgene Talente«, erklärte er meiner eigentlichen Aufpasserin Gabriele heute am frühen Morgen.

Die gute Seele Gabriele ahnte wohl schon, worauf Wolfgang hinauswollte, und versuchte, mich vor dem Schlimmsten zu bewahren: »Klar ist der Günther ein pfiffiger Junge. Aber ist das nicht doch ein bisschen zu viel: Polizeidienst für so einen kleinen Dackel?«

»Ach was, der Günther braucht Förderung und ein bisschen Bewegung tut ihm gut. Tagsüber nehme ich ihn die nächsten Tage mit zur Arbeit, damit du dich ein bisschen erholen kannst von dem Schock am Sonntag.«

Gabriele stimmte zu, und das, obwohl es garantiert keinen Hund gibt, der anspruchsloser ist als ich. Wieso sollte sie da Erholung von mir brauchen?

Nun gut, der Tag auf der Wache ist grundsätzlich gar nicht mal schlecht gewesen. Von allen Seiten wurde ich gekrault, gelobt und hofiert, denn Wolfgang hat es nicht lassen können, von meinen selbstlosen Taten während der vereitelten Geiselnahme zu berichten. Die Kollegen haben mich im Präsidium wie einen Helden gefeiert, nicht zu Unrecht natürlich. Es wurden unzählige Handyfotos von mir gemacht, als wäre ich ein Popstar, und zur Belohnung gab es das ein oder andere Häppchen.

So gesehen war Wolfgangs Vorschlag gar nicht mal so dumm gewesen, einzig die Außeneinsätze hatten sich als ermüdend herausgestellt. Ein ständiges Gehetze, und wenn wir vor Ort angekommen sind, gab es meist eine Menge Trara. Tränen, Geschrei und Gerangel sowie endlose Diskussionen. Dauerhaft Stress und Adrenalinschübe auf höchster Stufe. An ein Mittagsschläfchen war bei dem Trubel nicht zu denken.

Um mich zu entspannen, konzentriere ich während der Fahrt nach Püttlingen zur Halde Viktoria all meine Gedanken auf die Pekingente und Gabrieles »Acht Kostbarkeiten«. Denn davon bekomme ich mit ein bisschen Gewinsel garantiert etwas ab. Auf der Autobahn ist eine Menge los, und so ist es schon Viertel vor sechs, als wir in der Nähe des Absinkweihers in einem Wohngebiet unterhalb der Halde parken und die Fußgängerbrücke überqueren. Vor ein paar Monaten sind Siggi und ich mit Hanne hier vorbeigekommen, als wir auf dem Haldenrundweg unterwegs waren. Fünf Stunden ohne Pause auf einer Strecke mit Gebirgsniveau – zumindest kam mir das so vor. Am Ende habe ich dann auch noch feststellen müssen, dass das nur eine Teiletappe war. Für mich keine schönen Erinnerungen, und wie es aussieht, wird dies heute ebenfalls nicht mein Glückstag.

»Was macht ihr denn hier?«, fragt Toni die Gruppe von Männern in Radfahrerkluft, die schon auf uns wartet.

»Oh«, sagt einer der Typen, der sich Wolfgang als Philipp Schmal vorstellt und Toni kurz darauf zur Begrüßung um den Hals fällt. »Tut mir leid«, murmelt er.

»Was tut dir leid, Phil? Das mit Kuppi ist doch mittlerweile fast Geschichte, die Scheidung läuft und mir geht es super.«

Herr Schmal bläst die Backen auf und schaut vielsagend die anderen Radfahrer an. »Du weißt es noch nicht, oder?«

»Nein«, erwidert Toni verunsichert. »Was weiß ich noch nicht?«

»Dass es Harald war?« Phil sagt es derart schnell, als wolle er es einfach hinter sich bringen.

»Was?« Trotz der Nachfrage ahnt Toni sicher schon, worauf Schmal hinauswill. »Du meinst …?«

»Ja, es ist ganz blöd gelaufen heute«, mischt sich der Fahrer ein, auf dessen Rückenlogo »Jo – der Mann, der niemals bremst« steht. Er legt seine Hand auf Tonis Schulter.

»Wovon redet ihr? Ist Harald etwa gegen den Draht …?« Während sie das sagt, verschränkt sie die Arme im Nacken und schüttelt ungläubig den Kopf.

Die Männer nicken und schauen betroffen zu Boden.

»Als Kuppi nicht unten ankam, haben wir uns gleich auf die Suche gemacht«, erklärt Jo und atmet schwer aus, bevor er fortfährt: »Na ja, und dann haben wir ihn gefunden. Den Anblick werden wir wohl nie vergessen. Ein verfluchter Mist ist das!«

Toni ist viel zu verstört, um derzeit einen klaren Gedanken fassen zu können. Das merkt auch Wolfgang, der ihr das Angebot macht, sie nach Hause bringen zu lassen.

»Nein, auf keinen Fall! Ich kann doch jetzt nicht einfach gehen«, erwidert sie unter Tränen.

»In Ordnung, aber ich kümmere mich um alles«, sagt Wolfgang und nickt diesem Jo zu. »Man passt hier auf dich auf, wir sind gleich wieder da.«

Toni bleibt bei der Gruppe, während wir uns um den Fall kümmern. Ein paar Minuten später, als wir am Tatort eintreffen, verstehe ich, was Jo damit gemeint hat, als er sagte, den Anblick würde er nie vergessen. Jeder hat möglicherweise ein grobes Schema im Kopf, wo sich beim Menschen ungefähr welche Knochen befinden. Der Körper vor uns bringt dieses Bild ins Wanken. Er erinnert eher an ein durcheinandergeratenes Puzzle. Nichts liegt da, wo es hingehört. Schöner Ärger, denke ich mir. Nachdem ich Tonis Exmann zum ersten und vermutlich auch letzten Mal zu Gesicht bekommen habe, ist die Vorfreude auf die Lotusblüte fast schon dahin.

Und dann taucht auch noch Toni hinter uns auf. »He, du solltest doch bei den anderen bleiben. Komm bitte nicht näher, echt, Toni!« Wolfgang baut sich vor ihr auf und versucht, sie vom Näherkommen abzuhalten. Recht hat er, stelle ich in Gedanken fest.

»Ich will ihn nur kurz sehen«, entgegnet sie und Wolfgang gibt notgedrungen die Sicht auf den Schauplatz des Grauens frei.

Dass sie besser Wolfgangs Rat gefolgt wäre, zeigt sich schon nach wenigen Sekunden. Toni wird von einem Moment auf den anderen fast ebenso bleich wie ihr Exmann.

Wolfgang schaltet sofort. Wenn jemand Toni kennt, dann er, und er tut genau das Richtige: Er beschäftigt sie. »Vielleicht kannst du unten am Weiher das Verhör übernehmen? Und schickst mir einen Downhiller hoch, ich sehe mir die Strecke mal genauer an«, schlägt er vor. »Damit würdest du mir sehr weiterhelfen.«

Es wirkt. Toni nickt. Ihr laufen Tränen die Wange herunter. Mit den Handrücken fährt sie sich über das Gesicht. »Klar, mach ich, natürlich. Gar kein Problem«, antwortet sie und macht sich auf den Rückweg nach unten zur Gruppe.

»Ei, ei, ei!«, sagt Chris, der Leiter der Spusi, der soeben eintrifft und sich einen ersten Überblick verschafft. »Sag bloß, das dort vorne ist derjenige, von dem ich denke, dass er es ist …?«

»Genau. Er ist es!«, erwidert Wolfgang und hält seinen Zeigefinger vielsagend vor den Mund.

Chris nickt. Besorgt schaut er Toni hinterher und seufzt.

»Super. Selbst bei seinem Abgang macht dieser Kerl nichts als Ärger«, raunt Chris Wolfgang zu, als Toni außer Hörweite ist.

»Wem sagst du das!«

Während Chris und sein Trupp die Indizien sichern, trifft dieser Jo am Tatort ein.

Mit ihm gemeinsam nehmen Wolfgang und ich den weiteren Aufstieg in Angriff.

»18 bis 22 Prozent Steigung«, schwärmt uns der Downhiller vor, während ich kaum glauben kann, dass überhaupt jemand so wahnsinnig ist, diese steilen Abschnitte mit dem Rad herunterzubrettern.

Wolfgang macht seine Polizeiarbeit und erkundigt sich, ob es im direkten Umfeld bereits einen ähnlichen Anschlag mit Draht gegeben habe und so weiter.

Alles ziemlich langweilig für meine Dackelohren, denn ich weiß längst, wer Harald Kuppertz auf dem Gewissen hat. Nicht mit voller Absicht, schätze ich. Doch um mich und meine Erwägungen kümmert sich niemand. Nachdem ich den ganzen Tag über hofiert wurde, bin ich nun mit einem Male völlig nebensächlich.

Gelangweilt stecke ich die Nase in das ein oder andere Gebüsch und zwischen das trockene Laub. Wald, das ist ein wunderbarer Duft. Mein Spürsinn sagt mir, dass schon eine Menge Vierbeiner an diesem Ort waren. Auch die ein oder andere Hundedame, das rieche ich sofort. Aber dem Aroma kann ich jetzt leider nicht nachgehen. Ich suche nach etwas Speziellem und werde schnell fündig.

Aha, schießt es mir durch den Kopf. Da ist das Gesuchte. Das dunkle Gemurmel von Wolfgang höre ich nur noch leise, als ich den Geruch mit der Nase verfolge. Quer durchs Unterholz. Meine Pfoten kleben. Anscheinend bin ich in einen harzverschmierten Tannenzapfen getreten, aber ich dackle trotzdem weiter. Wir müssen die Sache schnellstmöglich über die Bühne bringen, sonst sind die Tore der Lotusblüte geschlossen und es gibt irgendetwas

Abgeschmacktes aus der Truhe oder schlimmstenfalls Hundefutter.

Mittlerweile befinde ich mich im tiefsten Gestrüpp. Auch das noch! Ich bleibe trotzdem dran, wohl ein bisschen zu enthusiastisch, denn meine feine Nase findet nicht nur den auf der Erde liegenden Draht, sondern stößt gleichen mitten hinein. Erst denke ich, ich hätte mich lediglich geratzt, aber die filigrane Litze, die höchst ungünstig am Drahtende absteht, ist messerscharf. Blut tropft aus meiner Nase. Eine tiefe Schnittwunde – jetzt ist es auch mit mir zu Ende, schlussfolgere ich.

Es dauert eine Ewigkeit, bis Wolfgang mein Jaulen bemerkt und endlich reagiert. Wie viel Blut ich bis dahin verloren habe, ist schwer zu sagen, aber ich überlebe. Gerade so.

»Haben Sie vielleicht irgendwo ein Pflaster? Der Hund ist ein bisschen …« Wolfgang stockt.

»… wehleidig?«, ergänzt Jo und kramt in seiner braunen Hüfttasche, die augenscheinlich seit längerer Zeit eine Reinigung vertragen könnte.

»Ja. Nach dem Wort habe ich gesucht«, antwortet der Verräter Wolfgang. Jo reicht ihm mit der Bemerkung »Mehr hab ich nicht« ein zerfleddertes Etwas entgegen, das nur jemand mit sehr viel Fantasie als Pflaster bezeichnen würde.

Wolfgang stört sich nicht daran und klebt mir das gereichte Stück quer über die Nase.

»Was ist denn hier los?«, erkundigt sich Chris, den offenbar mein Wehklagen zu Hilfe hat eilen lassen. Wenigstens einer mit einem Funken Verständnis, denke ich und sehe Chris dankbar an. Der Mann weiß, was Mitgefühl bedeutet. »Alter Schwede. Der Fifi hat sich nur geratzt. Bei dem Gejaule hätte man denken können, hier liegt der nächste

Tote«, sagt Chris spöttisch und verliert innerhalb einer Sekunde alle Sympathiepunkte. Nein, das stimmt nicht. Er geht sogar ins Minus. Ich drehe mich beleidigt weg.

»Oh, ihr seid fündig geworden«, fährt Chris unbeirrt fort. »Gut, dass ich den Spusi-Koffer gleich mitgebracht habe. Am besten geht ihr alle ein gutes Stück zurück, damit ich meine Arbeit erledigen kann. Hoffentlich habt ihr keine Spuren vernichtet.«

Er werkelt und wir warten, wie von ihm angeordnet, mit etwas Abstand, bis er mit einer Plastiktüte in seinen Händen zu uns kommt. »Tatsächlich, das scheint der gleiche Draht wie unten zu sein. Robustes, verzinktes Metall.« Er hält das Indiz vor Wolfgang in Augenhöhe. »Gute Qualität, da kennt sich jemand aus. Und an den beiden Bäumen, an denen der Draht gespannt war, zeigt sich das gleiche Bild. Es war alles perfekt arrangiert. Jeweils ein Haken in zwei Bäumen. Wer immer das war: Er musste nur noch den Draht einhängen, und die Todesfalle war einsatzbereit.« Chris legt den Kopf schief und schaut zu mir. »Jedenfalls hast du das prima gemacht, Günther. Damit hast du uns eine Menge Zeit gespart. Einen Vollprofi hast du da bei dir, Wolfgang.«

Wolfgang trägt mich immer noch in seinen starken Armen, während Chris, dessen Sympathiewerte nun wieder knapp über null liegen, mich am Bauch krault. Vorsichtig, Junge! Mit Bedacht, denke ich. Mein Zustand ist weiterhin kritisch und mein Magen knurrt mittlerweile gefährlich. Wenn sich nicht bald etwas tut, erliege ich in Kürze dem Hungertod.

»Da ist noch was, Wolfgang. Kommt mal bitte mit.«

»Natürlich«, sagt mein Aufpasser zu Chris und setzt mich, ohne mit der Wimper zu zucken, auf dem Boden ab. Schon mal etwas von Wundbrand gehört, ärgere ich mich über diese Behandlung. Schließlich bin ich frisch verletzt.

Aber Wolfgang ist gnadenlos. »Da, genau da bleibst du!« Er weist mit dem Finger auf den Waldboden. »Platz, Günther!«

Bei den Worten bin ich kurz vorm Platzen, doch ich bin folgsam, da ich seinem strengen Blick ansehe, was sonst die Konsequenz wäre: Wenn ich nicht höre, ist die Lotusblüte komplett gestrichen. Das sind die Methoden des Herrn Kommissars. Ich bin froh, wirklich heilfroh, nicht zur Polizeihundestaffel zu gehören.

Ich gehorche. Zumindest für einen kurzen Moment. Kaum ist Wolfgang mit Chris verschwunden, hebe ich mein Hinterteil wieder an. Bin ich etwa ein einfältiger schlichter Befehlsausführer, frage ich mich beleidigt. Ich bin ein Held, das hat man mir heute oft genug gesagt und – was noch weit wichtiger ist – ich bin verdammt hungrig.

Bevor ich hier abwarte, bis die sogenannten Fachmänner den Fall gelöst haben, mache ich mich lieber wieder selbst auf die Suche. Nicht aus Übereifer, sondern lediglich um die Sache abzukürzen. Der Geruch, den ich am Draht wahrgenommen habe, liegt noch immer in der Luft. Und wie gesagt, ich weiß, wer für die Misere und die leidigen Überstunden verantwortlich ist. Der Junge ist eben die ganze Zeit nervös von einem Fuß auf den anderen getreten, und wären die Spezialisten vor Ort nicht hauptsächlich mit sich selbst beschäftigt, dann wüssten sie es ebenfalls. So allerdings muss ich ihnen zum wiederholten Mal auf die Sprünge helfen.

Mit der malträtierten Nase schnüffle ich das Areal ab. Wäre doch gelacht, wenn der Fall nicht in der nächsten Viertelstunde gelöst wäre. Und ja, tatsächlich, die Ausdünstungen sind überall zu riechen. Ich durchkämme den Boden in einem größeren Umkreis. Erneut geht es ab ins Unterholz. Heute Abend wird ein Bad fällig sein. Die Spur ist vielversprechend. Unter einem Brombeerstrauch, unmittelbar neben einem für meine Nase ebenfalls nicht ganz ungefährlichen Igellager, liegt, was ich suche. Ich schnappe mir das Indiz mit der Schnauze und trabe zurück. Geradewegs zu Wolfgang.

»He, hatte ich dir nicht etwas befohlen?«, mault der Oberkommandant los. Dabei lege ich ihm alles, was er braucht, direkt vor die Füße. »Was hast du denn da?«

Nun hat er das gute Stück ebenfalls entdeckt. Eine Drahtzange mit gelbem Griff. Leicht verschlissen, aber massiv und in Markenqualität, dem Gewicht nach zu urteilen.

»Chris, kommst du mal bitte?«, schaltet nun auch der Herr Kommissar.

Nochmals wird ein Fundstück eingetütet. »Hast du das gelesen?«, fragt Chris und hält das Beweisstück vor Wolfgang in die Höhe.

»Mmh«, erwidert er und richtet sich an Jo, der neben den beiden steht. »Kennen Sie die Firma? Elektrobetrieb ›Franz Schlag‹?«

»Ja«, entgegnet der und ab da nimmt die Geschichte Fahrt auf. Es geht hinab ins Tal. Gutgelaunt dackle ich den beiden hinterher. Lotusblüte, wir kommen, die Sache ist geritzt!

Alle Köpfe drehen sich erwartungsvoll in unsere Richtung, als wir bei der wartenden Gruppe eintreffen.

»Kennt jemand den Elektrobetrieb ›Franz Schlag‹? Wir haben gerade eine Zange gefunden, in der Nähe des Tatorts.«

»Sag mal, Phil?«, stammelt Jo, bevor Wolfgang die Sache in die Hand nehmen kann. Er scheint eine Stinkwut zu haben. »Du arbeitest doch beim ›Schlag‹.« Die Blicke wandern zum Kleinsten der Truppe. »Das warst nicht etwa du? Du und Harald, ihr wart immer die besten …«

»Freunde?«, vollendet Phil mit lauter Stimme den Satz und tritt einige Schritte zurück. Er greift in die Rückentasche seines Trikots. Drohend hält er uns eine Pistole entgegen. »Ein Freund, der seinem besten Kumpel die Freundin ausspannt. Als wäre es ein Wettkampf. Solche Freunde meinst du?«

Toni hält beschwichtigend die offenen Handflächen vor ihre Brust. »Phil, mach keinen Quatsch! Ich wusste nicht, dass du nicht mehr mit Laura zusammen bist. Das tut mir leid. Aber trotzdem solltest du jetzt vernünftig sein.«

»Vernünftig! Du müsstest mir dankbar sein. Dich hat Harald auch wie Dreck behandelt und gnadenlos hintergangen. Mehr als einmal. Auch wenn er es verdient hat, ich wollte ihn nicht töten, ganz ehrlich, Toni, ich wollte dem Angeber bloß einen Denkzettel verpassen.«

»Das weiß ich. Es war keine Absicht, so ein Typ bist du nicht Phil.« Toni macht einen vorsichtigen Schritt auf den Bewaffneten zu. »Mach die Sache nicht noch schlimmer.«

Tonis Vorstoß ist ein Fehler. Statt die Waffe weiter auf die Gruppe zu richten, hält dieser Phil den Lauf der Pistole unvermittelt an seine Schläfe. »Schlimmer! Wie kann ich da noch etwas schlimmer machen? Laura ist weg und Kuppi habe ich auf dem Gewissen – mein Leben ist sowieso vorbei.«

Schöner Ärger, denke ich. Wenn das womöglich gleich in die Binsen geht, direkt vor unseren Augen, hat garantiert niemand mehr Appetit auf chinesisches Essen. Alle stehen ratlos herum, und so wie es aussieht, muss ich zum x-ten Mal ihre Arbeit übernehmen. Phil macht nicht den Eindruck, als hätte er den Schneid, seinen Freitod Wirklichkeit werden zu lassen. Also kürze ich die Sache ab. Die Tour »naives Hündchen« zieht immer.

Kläffend renne ich auf Phil zu, der sich bei meinem Anblick den Pistolenlauf fester in die Schläfe bohrt. Ruhig,

Junge, denke ich. Gleich hast du es hinter dir. Bellend springe ich an seinen Beinen auf und ab.

»Jemand soll die Töle wegnehmen, sonst passiert ein Unglück«, warnt Phil.

Seltsamerweise läuft nicht alles nach Plan. Anstatt dass einer der Profis das Ablenkungsmanöver nutzt, um den Kriminellen zu überwältigen, bleibt die komplette Mannschaft stocksteif stehen. Phil holt mit dem Fuß aus und versetzt mir einen gepfefferten Tritt. Das hätte ich dem schmächtigen Kerl gar nicht zugetraut.

»So nicht mit Günther!«, brüllt plötzlich Wolfgang los und rast mit ungeahnter Schnelligkeit in Richtung Phil. Bevor dieser reagieren kann, streckt ihn Wolfgang mit einem Fausthieb direkt unterm Kinn zu Boden. Mit den Worten »Verdammter Mistkerl« beendet er die Rettungsaktion. Toni legt dem auf der Erde Liegenden Handschellen an, während Wolfgang sich meiner annimmt. Er beugt sich über mich. »Alles in Ordnung, Güntherlein, noch alles dran?«

Ich fiepe kraftlos. Keine Ahnung, woher soll ich das wissen? Ich traue mich nicht, das in irgendeiner Weise nachzuprüfen.

»Schade, dass du im Moment nichts essen darfst«, sagt Wolfgang, als er sich mit einer Schale mit der Aufschrift »Lotusblüte« neben mich setzt. Der Duft von Pekingente steigt mir in die verletzte Nase.

»Oje, ich weiß gar nicht, wie ich das Hanne und Siggi beibringen soll«, fängt Gabriele an und gesellt sich zu uns auf die Couch. »Acht Kostbarkeiten« hat sie in ihrer Schachtel. Das rieche ich sofort.

»Das musst du ihnen doch gar nicht unbedingt erzählen. Doktor Kreideweiß meinte, den Verband kann man bald abnehmen. Dann ist Günther wieder ganz der Alte. Das mit der Schonkost allerdings müssen wir konsequent durchziehen. Einzig und allein die spezielle Flüssignahrung, da darfst du dich diesmal nicht erweichen lassen. Ein Tritt in den Magen, das ist für so einen kleinen Kerl heftiger Tobak.«

Besorgt blickt Gabriele mich an. Sie hat mir ein Bett aus Kissen und einer alten Baumwolldecke gemacht. »Du bist wirklich ein armer Held«, sagt sie und streichelt mir über den Kopf – die einzige Stelle, die Doktor Naseweis nicht mit Verband und Pflaster versehen hat. »Weißt du was, Günther? Zum Trost lese ich dir deinen Glückskeksspruch vor.«

Ich winsle. Das Wenige, was ich noch kann.

»Wenn das Leben dir eine Zitrone reicht, mach dir Pekingente daraus«, verkündet Gabriele laut und strahlt. »Das ist aber eine hübsche Botschaft, Günther!« Sie erhebt sich von der Couch in Richtung Küche. »Den Zettel hänge ich mir gleich an meinen Kühlschrank.«

Wolfgang bleibt sitzen und nickt wohlwollend. »Der ist wirklich toll, was meinst du, Günther? Obwohl das heute mit der Pekingente zugegeben nicht sonderlich gut gelaufen ist.« Er zuckt unschuldig mit den Schultern und steckt seine Gabel in ein knuspriges Stück Entenfleisch.

Ja, richtig toll, denke ich und unterdrücke den Impuls zu knurren. Ein super Spruch. Ich bette meinen Kopf in das Kissen. Wie schön wäre es, wenn dieser Tag – oder am besten gleich die ganze Woche – mit einem Schlag vorbei wäre.

VOLLE FAHRT VORAUS

»Jetzt, da der Vorfall mit ihrem Mann schon einige Monate zurückliegt, sollten Sie wieder unter Menschen gehen und sich mal wieder verabreden«, rät Frau Tietze-Meiermann.

Regine Baumgarten strafft die Schultern. So ein unangenehmer Vorschlag, und das kurz vor Ende ihrer Therapiestunde, ärgert sie sich im Stillen. »Ist das nicht ein wenig verfrüht?«, gibt sie zu bedenken.

Genauer betrachtet hat die junge Witwe in einem fort Verabredungen. Bisher jedoch hat sie es vermieden, Frau Tietze-Meiermann von den vielen Männern zu berichten, mit denen sie sich regelmäßig, nachdem Magnus zu Bett gegangen ist, im Internet trifft. Als Coconut28 lebt sie Fantasien aus, die sie ansonsten gern für sich behält. Somit teilt Regine nicht die Ansicht, dass es ihr an Zwischenmenschlichem fehle.

Wenn sich jedoch die Therapeutin erst einmal an einem Thema festgebissen hat, lässt sie nur ungern davon ab: »Trauer braucht natürlich ihre Zeit. Bei Ihnen habe ich allerdings den Eindruck, dass Sie den Tod Ihres Mannes relativ gut verkraftet haben.« Tietze-Meiermann räuspert sich und macht eine Pause, die es Regine erlaubt, sich zu fragen, ob sie ihr damit sagen will, dass der Tod Sebastians aus therapeutischer Sicht ein großer Fortschritt gewesen sei.

»Trotz der Trauer dürfen Sie nicht vergessen, sich in die Welt hinauszuwagen.«

»Nun, ich könnte mal mit Magnus ins Kino«, schlägt

Regine vor. Wenn es sein müsste, könnte sie ihren Sohn sicher dazu überreden, sie zu begleiten.

»Ich dachte dabei eher an jemanden Außerfamiliären. Eine Freundin von mir aus oder auch einen Mann.«

Regine überlegt, wer dafür infrage käme. Ihr Mann vertrat zu Lebzeiten die Meinung, er reiche als Gesprächspartner vollkommen aus. Sebastians Eifersucht fand Regine zu Beginn ihrer Ehe sogar irgendwie schmeichelhaft. Da sie ohnehin, was zwischenmenschliche Beziehungen angeht, eher schüchtern ist, gab sie jeder seiner Forderungen nach, sodass sie nur sehr flüchtige Bekannte und ein paar lockere Nachbarschaftskontakte, die über ein freundliches »Guten Morgen« am Briefkasten nicht hinausgehen, vorzuweisen hat.

»Da gibt es eigentlich niemanden«, gesteht Regine deshalb ihrer Therapeutin.

»Das lässt sich doch ändern. Seien Sie ein wenig aufgeschlossener, dann wird sich bestimmt bald eine Gelegenheit bieten.«

»Na, ich weiß nicht so recht«, entgegnet Regine. Wieder fühlt sie sich unter Zugzwang, wie so oft in ihren Therapiestunden. Die Tietze-Meiermann setzt sie permanent unter Druck. Dabei hat sie gar nicht das Bedürfnis, sich auf eine neue Beziehung einzulassen. Sebastian hat ihr in alles und jedes hineingeredet. Aus welchem Grund soll sie sich das erneut freiwillig zumuten?

Als könnte die Therapeutin Gedanken lesen, fügt sie hinzu: »Vielleicht liegt Ihre Abwehrhaltung auch an Ihrer Angst, auf andere zuzugehen? Bestimmt würde Ihnen eine Verabredung Freude bereiten, wenn Sie es nur mal ausprobieren.«

Regine denkt nach. Ihre Therapeutin ist von der Idee nicht abzubringen, also antwortet Regine möglichst vage, um dem unangenehmen Thema ohne Zusicherung zu entgehen. »Also gut, ich werde es versuchen.«

»Das wäre doch ein Anfang«, sagt Frau Tietze-Meiermann.

Regine nickt erleichtert. Diesen zusammenfassenden und unverbindlichen Spruch kennt sie schon. Er signalisiert, dass das Ende der Redezeit erreicht und damit die Gefahr so gut wie gebannt ist.

»Wenn sich eine Gelegenheit bietet, dann nehmen Sie diese aber bitte auch wahr.«

»Ganz sicher. Versprochen!« Regine lächelt artig und völlig sorgenfrei. Wie wahrscheinlich ist es, dass sich in naher Zukunft eine solche Chance bietet?

Die Tietze-Meiermann erhebt sich aus dem Ohrensessel und Regine steht ebenfalls auf. Sie hat es heute ausnahmsweise eilig, in 20 Minuten soll sie bei Herrn Kleemann sein. Leider, denn Magnus' Schulnoten erleben seit dem Tod von Sebastian eine enorme Flaute. Nicht unbedingt aufgrund von Trauer, schätzt die Mutter, sondern wohl eher, weil dem Jungen ohne den ehrgeizigen Vater der beständige Leistungsdruck abhandengekommen ist. Da es mit der Versetzung derzeit nicht rosig aussieht, hat der Klassenlehrer zu einem persönlichen Gespräch geladen.

»Wollen Sie auch einen Kaffee oder ein Mineralwasser?«, fragt Kleemann, als er Regine mit einer randvollen Tasse in der Hand in den kleinen Raum neben dem Sekretariat führt, der wahrscheinlich, wenn es nicht der Elternsprechraum geworden wäre, bestenfalls als Besenkammer hätte dienen können.

»Nein, vielen Dank«, entgegnet Regine. Ihr wäre es sehr angenehm, sie würden die Sache schnell hinter sich bringen. Herr Kleemann, der Klassenlehrer ihres Sohnes, trägt einen blauen Trainingsanzug und verströmt einen herben Geruch nach Schweiß. Den nimmt sie noch stärker wahr, als Herr Kleemann sich nicht wie erwartet gegenüber, sondern direkt neben Regine setzt.

»Wie schön, dass Sie da sind«, sagt er zur Begrüßung in einem mit Blick auf Magnus' Noten viel zu feierlichen Ton.

Regine beantwortet dies lediglich mit einem schwachen Lächeln. Ungern würde sie das Gleiche erwidern, denn es wäre gelogen.

»Nun, es geht um Magnus.« Herr Kleemann schlägt einen Ordner mit der Aufschrift »8S1« auf und blättert darin. »Ah ja, da ist er ja! Unser Magnus.« Er sieht auf und mustert Regine für ihren Geschmack viel zu lange.

Sie zwingt sich wieder ein Lächeln ab, was ihr mit Blick auf die Worte »unser Magnus« schwerfällt, denn ihres Wissens nach ist sie alleinerziehend, und soweit sie die Notenlage überblickt, bringt gerade Herr Kleemann mit seinen äußerst strengen Sport- und Französischnoten als einziger Lehrer die Gymnasialkarriere ihres Sohnes ins Wanken. Welcher Sportlehrer erteilt einem Schüler eine Fünf? Magnus ist vielleicht keine Sportskanone, aber eine Fünf? Jetzt mal ehrlich!

All diese Gedanken behält Regine für sich. Wenn sie in ihrer Schulzeit eins gelernt hat, dann, dass Kritik bei einer bestimmten Kategorie von Lehrern – und zu der gehört Kleemann ohne Zweifel – eher Nachteile als Vorteile mit sich bringt.

Statt also mit Beanstandungen an der Form des Unterrichts ins Gespräch einzusteigen oder den Umgangston mit den Schülern zu bemängeln, was nicht unberechtigt gewesen wäre, fragt Regine: »Was denken Sie denn, was man für Magnus tun könnte, damit seine Noten wieder besser werden?«

Die Frage scheint Herr Kleemann zu behagen. Hier ist er als Profi gefordert, und das schmeichelt dem Lehrer offensichtlich.

»Nicht so einfach«, sagt er wichtigtuend und stützt nachdenklich das Kinn in seine Hand. »Nun, zuerst möchte ich Ihnen sagen, mir liegt wirklich sehr, sehr viel an dem Jungen. Und er hat auch Potenzial. Mit einer optimalen Förderung könnte unser Magnus dies sicher entfalten.«

Beim zweiten »unser Magnus« durchfährt Regine ein Schaudern. »Aha«, sagt sie trotzdem, da sie das Gefühl hat, ebenfalls etwas zum Gespräch beitragen zu müssen.

Kleemann macht eine kurze Pause, in der er erneut sein Kinn bearbeitet. Dem Blick der Mutter weicht er aus. »Deshalb möchte ich Ihnen einen Vorschlag unterbreiten, und ich bitte Sie, dass das unter uns bleibt, denn so etwas kann ich natürlich nicht jedem Schüler anbieten …« Erneut hält er inne. Kleemann sucht offenbar nach den richtigen Worten.

Als der Lehrer endlich seinen Vorschlag offenlegt, spürt Regine ein Gefühl von großem Widerwillen, und das, obwohl das Gesagte grundsätzlich verlockend klingt: »Nun, ich würde Ihnen anbieten, dass ich mich intensiver um den Jungen kümmere.«

»Ah, ja.« Mehr fällt Regine dazu nicht ein. Will Kleemann Magnus etwa Nachhilfestunden geben? Mit dem gesparten Geld für die Klavierstunden und der hohen Summe von der Lebensversicherung würden sie sich das leicht leisten können.

Doch die Pläne des Lehrers sehen anders aus. An Geld scheint er eher weniger interessiert: »Natürlich wäre es vorteilhaft und wünschenswert, wenn Sie mit dabei wären. So wie eine Praktikantin. Damit Sie von mir lernen.«

»Praktikantin? Wie meinen Sie das?« Regine ist sich immer noch nicht im Klaren darüber, was der Klassenlehrer ihr anbieten möchte, ahnt aber allmählich, dass sein Vorhaben nicht unbedingt den Empfehlungen des Kultusministeriums entspricht.

»Nun ich würde ein bisschen von meiner Freizeit opfern und Sportliches mit dem Jungen unternehmen. Dabei könnten wir die französische Konversation üben. Quasi nebenbei.« Es zuckt um den Mund des Sportlehrers. In der Rolle des unfehlbaren Pädagogen gefällt er sich offenbar, und jetzt hat es auch bei Regine Klick gemacht. Magnus hat ihr vor ein paar Wochen von der Scheidung des Klassenlehrers berichtet. Statt diese doch sehr persönliche Angelegenheit für sich zu behalten, hat Kleemann in der Französischstunde damit geprahlt, dass es wohl kaum einen Monat dauern dürfe, bis er wieder unter der Haube sei. Unverkennbar hat er Regine als eine mögliche Kandidatin auserkoren.

Ihr tut es mittlerweile leid, am Wahrheitsgehalt von Magnus' Schilderungen gezweifelt zu haben. Sein Klassenlehrer ist ein unangenehmer Mensch, und die Aussage ihres Sohnes »Der Kleemann hat extrem einen an der Waffel« würde sie nun ohne Weiteres unterschreiben.

»Na, was denken Sie?«, fragt er gerade ungeduldig.

Das aufgesetzte Lächeln in Regines Gesicht friert ein.

Na wunderbar, denkt sie. Das hat ihr gerade noch gefehlt, jetzt, da über die Sache mit Sebastian langsam Gras wächst und sie sich an ihre neue Freiheit gewöhnt hat. Das alles grenzt ohne Frage an Erpressung. Doch welche Wahl bleibt ihr, wenn sie möchte, dass Magnus' Schulkarriere nicht den Bach hinuntergeht? Darüber hinaus hat sie Frau Tietze-

Meiermann vor nicht einmal einer halben Stunde versprochen, die erstbeste Gelegenheit zu einer Verabredung zu ergreifen. Dass ihr dies so schnell widerfahren sollte, konnte niemand ahnen – am allerwenigsten Regine selbst.

»Aber sicher«, stimmt sie zögerlich zu und kramt in ihrer Handtasche. Vielleicht ließe sich das alles noch ein bisschen herauszögern. Oder bestenfalls vergessen. Regine gibt sich unschuldig, als sie Kleemann gesteht: »Ach, wie dumm. Ich habe meinen Terminkalender nicht dabei. Wir könnten die Tage telefonieren?«

»Bei Magnus' Noten können wir gar nicht früh genug anfangen. Mein Vorschlag wäre, wir nehmen immer den Sonntag. Die nächsten vier Wochen mal auf jeden Fall. Und falls es nötig sein sollte den Samstag noch dazu.« Er kratzt sich an den spärlichen Haaren, bevor er hinzufügt: »Ich habe sicherheitshalber die nächsten Wochenenden komplett für Sie und Magnus reserviert.« Er lächelt hochzufrieden, was Regine eine Gänsehaut beschert. »Der Junge wird innerhalb weniger Wochen fit wie ein Turnschuh sein und besser Französisch sprechen als ein Muttersprachler. Und das Schöne ist: Wir zwei haben auch unseren Spaß. Oder?« Der Kleemann zwinkert Regine zu und hält dabei demonstrativ seinen Kalender in die Höhe.

Sie schluckt und beginnt zu husten.

»Vielleicht doch ein Glas Wasser?«

Regine schüttelt den Kopf. Das, was sie dort sieht, muss sie erst einmal verdauen. Tatsächlich ist der Name »Regine Baumgarten« für die kommenden beiden Monate an jedem Wochenende farbig unterlegt eingetragen. Mikroskopisch klein steht daneben »Magnus«. Offenbar hat der Kleemann eine andere Alternative von vornherein nie in Betracht gezogen. »Sonntag legen wir los und fahren zum Einstieg zur Sommerrodelbahn an den Peterberg. Ihre Adresse habe ich ja. Um eins? Oder lieber früher?«

Regine zuckt mit den Schultern. Ihre Lieblingsoption »gar nicht« ist leider nicht dabei.

»Ich kann auch gerne zur Mittagessenszeit da sein, wenn Ihnen das lieber ist?« Der Lehrer schaut sie erwartungsvoll an.

Regine gibt sich Mühe, die Verzweiflung weiter wegzulächeln. Mittagessen? Das wird ja immer schlimmer, schießt es ihr durch den Kopf. Für gewöhnlich bestellen sie seit Sebastians Ableben sonntags stets bei O'Sole Mio. Die Zeit, in der sie für einen selbstherrlichen Mann in der Küche stand und kochte, ist vorbei. Dachte Regine zumindest bis eben. Mit Blick auf Magnus' letztes Zeugnis entscheidet sie, leichte Zugeständnisse zu machen, und antwortet tapfer: »Kommen Sie doch gerne schon früher. Sie sind herzlich eingeladen.«

»Excellent, madame! Schmeckt prima«, lobt der Kleemann und spießt mit seiner Gabel das letzte Schnitzel von der Platte in der Tischmitte auf, um sich gleich darauf noch einen mächtigen Schlag Kartoffelpüree auf seinen Teller zu schaufeln. »Eine gute Köchin – une cuisinière formidable –, deine Maman. Das sieht man dir an, Maggi.«

Magnus setzt zu einer Antwort an, wird aber dann vom warnenden Blick Regines ausgebremst. Falls er nicht mitspielt, droht Handyverbot, das hat sie ihm vorab oft genug gesagt und es wirkt. Fügsam isst der Junge weiter. Wie Regine hofft er vermutlich darauf, dass dieser Tag ein schnelles Ende finden wird.

Dem Lehrer scheint es zu schmecken. Prima, denkt Regine, dass das O'Sole Mio auch deutsche Speisen anbietet.

»Tu as beaucoup de chance, großes, großes Glück, Maggi.

So eine hübsche Mutter und dann noch dazu ein solcher Engel in der cuisine.« Kleemann kommt aus dem Schwärmen gar nicht mehr heraus. »Haben Sie vielleicht noch ein Gläschen Rosé für mich? Der rundet das fabelhafte Essen ab.«

Nach zwei Gläsern Wein, mehreren üppigen Portionen vom Mittagstisch und zahlreichen Seitenhieben, die alle auf Magnus Sportlichkeit und sein Übergewicht abzielten, sagt der Lehrer gegen halb zwei: »Oje, ich bin ziemlich fertig. Vielleicht setzen wir uns noch ein bisschen auf die Couch zum Verdauen, bevor wir losfahren.«

»Wenn Sie meinen«, erwidert Regine, obwohl ihr das weitaus zu intim für einen Lehrerbesuch erscheint.

»Maggi, du hilfst deiner Mutter in der Zwischenzeit. Wir leben schließlich nicht mehr in der Steinzeit«, fordert Kleemann seinen Schüler mit erhobenem Zeigefinger auf und erhebt sich schwerfällig vom Stuhl. »Tout de suite.«

Während er im Wohnzimmer auf der Couch Platz nimmt, erledigen die beiden Zurückgebliebenen das Abräumen des Tisches.

»Reste gibt es immerhin keine«, bemerkt Magnus und reicht seiner Mutter die Schüsseln, die der Lehrer allesamt geleert hat.

»Psst, wenn er das hört!«, zischt Regine und drückt genervt auf den Schaltern des vollen Geschirrspülers herum. »Mir egal. Ich hab jetzt schon keinen Bock mehr«, verkündet Magnus, als er lautstark weiteres Geschirr auf der Arbeitsplatte ablädt.

Wenn Regine ehrlich ist, geht es ihr genauso. Wäre dieser Tag bloß schon zu Ende. Laut sagt sie allerdings: »Warte mal ab! Das wird lustig heute.« So, als müsse sie sich selbst Mut zusprechen.

Als die Küchenarbeit erledigt ist und Regine sich auf den Weg in Richtung Wohnzimmer macht, hört sie lautes Reifenquietschen und jubelnde Menschen. Anscheinend fühlt sich der Lehrer bei ihnen schon wie zu Hause, denkt Regine verärgert. Der Geräuschkulisse nach zu urteilen, hat Kleemann sich den Fernseher angemacht und schaut Formel 1. Als Regine dazutritt, sieht sie, dass ihr Gast in seiner Eingewöhnung sogar bereits eine neue Stufe erreicht hat: Er liegt langgestreckt in Magnus Lieblingsdecke gewickelt auf der Couch und schläft seelenruhig.

Na klasse, findet Regine und harrt eine gute Stunde neben dem dösenden und sich beständig herumwälzenden Lehrer aus.

»Bin wohl kurz eingenickt«, behauptet Kleemann, als er endlich aufwacht. »Uiuiui. Ich hab ein bisschen Unterzucker. Ich brauch einen Kaffee und irgendetwas Süßes. Quelque chose de sucré – aber machen Sie sich keine Umstände.«

Also marschiert Regine erneut in die Küche, um dem Lehrer einen Kaffee zuzubereiten sowie einen Teller voller Süßigkeiten, die der Kleemann alle innerhalb kürzester Zeit hinunterschlingt.

»Wissen Sie was, Frau Baumgarten? Es kommt mir gar nicht so vor, als wäre ich das erste Mal hier bei Ihnen zu Hause«, schwärmt er mit vollen Backen. »Das wird ein Spaß in den nächsten Wochen. Danach können Sie sich das Leben, vielleicht gar nicht mehr anders vorstellen.«

Das ist sehr, sehr unwahrscheinlich, denkt Regine und versucht, das Gespräch in eine weniger private Richtung zu lenken: »Vielleicht sollten wir allmählich starten. Es ist schon gegen drei.«

»Oha«, erwidert der Lehrer mit Blick auf seine Sportuhr. »Da haben Sie mich aber lange aufgehalten. Wenn das mal keine Absicht war!«

»Was für ein herrlicher Tag«, behauptet Herr Kleemann, als sie kurze Zeit später in Richtung Nordsaarland steuern. Um genau zu sein nach Braunshausen zum Peterberg. Der Ort schlechthin, wenn man im Saarland Ski fahren oder rodeln wolle, verkündet Kleemann. »Selbst im Sommer kann man auf den Rodelschlitten steigen. Eine der besten Abfahrten in ganz Deutschland haben wir in unserer Heimat. Est-ce que tu peux skier, Maggi?«, richtet der Lehrer eine Frage in Richtung Rücksitz, wo Magnus gerade mit dem Handy Youtube-Kanäle nach neuen Videos durchforstet. Dass Kleemann ihren Sohn wie eine Gewürzsauce anspricht und das anscheinend obendrein noch furchtbar witzig findet, nervt Regine. Kein Wunder, dass dieser Spitzname mittlerweile in der ganzen Klasse zur Gewohnheit geworden ist.

»Äh was?«, erwidert Magnus.

»Ich habe gefragt, ob du Ski fahren kannst.« Kleemann wirft einen vielsagenden Blick zu Regine, der wohl so viel heißen soll wie: Da gibt es einiges zu tun!

»Äh, ne. Non! Nicht so direkt.«

»Bringe ich dir im Winter bei«, droht Kleemann an. »Aus dir machen wir einen echten Vollathleten. Jetzt fangen wir erst mal klein an: avec Sommerrodeln. Das ist fast wie auf einer richtigen Rennrodelbahn. Kennst du doch, von der Winterolympiade?«

Magnus zuckt mit den Schultern. Olympiade läuft im normalen Fernsehen und so was tut er sich selten an, weiß Regine.

»Mais tu fährst nicht auf Eis, sondern auf Rollen. En rouleaux. Mit bis zu 42 Stundenkilometern rasen die Schlitten den Berg hinab. Très, très vite!«

Regine greift die Handtasche auf ihrem Schoß fester. Sie hofft, als Praktikantin ist man eher dem Zuschauen und weniger dem Mitmachen verschrieben. Sie mag weder Höhen noch hohe Geschwindigkeiten.

»Une expérience extraordinaire – ein Wahnsinnserlebnis. Und ich werde Sie natürlich keine Sekunde aus den Augen lassen, Madame«, verspricht der Lehrer, was Regine nicht im Geringsten beruhigt.

»Und das ist wirklich ungefährlich?«, fragt Regine den Lehrer, als sie sich eine halbe Stunde später in die Reihe der Wartenden stellen und sie den Blick in Richtung Berg richtet. Auf einer langen silbernen Bahn werden die einzelnen Schlitten mit einem Liftsystem aus dem Tal nach oben gezogen.

»I wo, das ist nichts anderes als eine lange Rutschbahn. Total unbedenklich, solange es trocken ist. In den Steilkurven wird die Strecke breit wie eine Autobahn. Unmöglich, dass da was passiert.«

»Muss das sein?«, meldet sich Magnus zu Wort. Seine Laune ist auf dem Nullpunkt, das erkennt Regine sofort. Sonntag – und sie zogen mit dem Klassenlehrer um die Häuser! Außerdem hat Kleemann ihm eben an der Kasse mit den Worten »Maggi, ich tue dir damit einen großen Gefallen« sein Handy konfisziert.

Der Lehrer sieht Regine herausfordernd an. »Was sagen Sie als Mutter dazu? Muss das sein?«

»Ähm.« Regine überlegt. Warum hat er denn jetzt den Ball an sie weitergegeben? Wenn es nach ihr gegangen wäre, hätten Magnus und sie den Tag von vornherein auf der

Couch mit einem guten Film und Pizza zugebracht. Genau wie ihr Sohn hält sie es für reine Zeitverschwendung, in einer langen Schlange zu stehen und darauf zu warten, dass man sie den Berg hinaufzieht, um diesen gleich danach wieder hinabzudüsen. Wozu soll das gut sein?

Aber solche Ehrlichkeit kann man wohl nur mit hoffnungsvolleren Sport- und Französischnoten für sich in Anspruch nehmen. In ihrer Lage hieß es, sich dem Lehrer gegenüber einsatzfreudig zu inszenieren. »Nun, Magnus, wenn Herr Kleemann sagt, dass es wichtig ist, muss es wohl so sein.«

Magnus atmet schwer aus. Zum Glück hat die Diskussion in dieser Sekunde ein Ende, denn gerade rückt der erste Schlitten auf der Bahn für einen von ihnen an.

»Schnapp dir das gute Stück, Maggilein«, fordert Herr Kleemann. »Du an der Spitze, deine Maman in unserer Obhut in der Mitte und dann kommt der Profi als Nachhut. Die vielen Schilder, dass man bremsen soll, müsst ihr übrigens nicht so ernst nehmen. Man kann die Rennkiste getrost laufen lassen. Den Berg hinunter findet die immer ihren Weg.«

Regine ist unwohl zumute, als sich der nachfolgende orange Schlitten mit ihr als Ladung den Gipfel hinaufschleppt. Worauf hat sie sich da nur eingelassen? Ab und an dreht sich Magnus, der vor ihr in seinem Rodel hockt, zu ihr um, um vorwurfsvolle Blicke loszuwerden. Nicht sehr fair, findet sie. Schließlich lässt sie die leidige Aktion doch nur wegen ihm über sich ergehen.

Oben auf dem Gipfel angekommen, scheppert der Schlitten blechern, als er sich in einer langgestreckten Kurve zum Abfahrtspunkt bewegt. Das Zugseil löst sich automatisch. Nun geht es abwärts.

Erst ist das Tempo noch beschaulich. Doch als der Berg zunehmend steiler abfällt, nimmt auch das Gefährt Fahrt auf.

»Ach du grüne Neune!« Regine greift die beiden Bremshebel an der Seite ihres Sitzes fester und zieht daran. Der Schlitten wankt hin und her.

»Freie Fahrt für engagierte Lehrer«, hört man jemanden von oben grölen. Das bedeutet, der Kleemann ist gerade an der Abfahrtsstelle angekommen, denkt Regine.

In etwa 20 oder 30 Metern Entfernung macht sie die erste Steilkurve aus und kurz davor steht eines der von Kleemann angekündigten Schilder, die darauf aufmerksam machen, die Geschwindigkeit den Gegebenheiten anzupassen. Das muss Regine niemand zweimal sagen. Trotz des Drosselns hat sie noch enormen Schwung drauf, als plötzlich Magnus' Schlitten in der Kurve vor ihr auftaucht.

»He!« Ihr Schrei vermischt sich mit lautem Scheppern. »Magnus, verdammt. Fahr weiter!«

»Nö, kein Bock mehr. Nicht auf die Bahn und schon dreimal nicht auf den Kleemann. Soll der mir doch eine Fünf geben, mir egal.«

»Mir aber nicht«, wendet Regine ein und schaut ängstlich über ihre Schulter. »Fahr los! Der Kleemann ist hinter uns.«

»Nö!«

»Magnus!«

»Ich fahr nicht weiter!«

Regine ist verzweifelt. Nicht mehr lange, dann würde der Lehrer hier angeschossen kommen, das steht außer Frage. Und so kann ihr niemand verübeln, dass sie zu drastischen Mitteln greift. »Ich sperre dir das Handy *und* das Internet.«

»Machst du nicht!«

»Aber sicher. Und zwar jetzt gleich, wenn du nicht sofort losfährst.« Regine fühlt sich bange und wendet sich noch mal um. Noch könnten sie es schaffen, einen Crash zu vermeiden. »Fahr endlich!«

»Voll ätzend«, stöhnt Magnus, trotzdem lockert er den Griff der Bremse. Zumindest ein wenig.

Hinter ihnen ertönt lautes Quietschen. Mit dem Satz »Seid ihr total irre?« kündigt Kleemann sein Eintreffen an. Der Aufprall auf Regines Rodel ist äußerst unerfreulich. Ihr Kopf prallt mit Wucht nach hinten. Es knirscht.

»Magnus, willst du uns alle umbringen?«, plärrt Kleemann los.

»Alle vielleicht nicht.« Magnus nuschelt das so leise, dass lediglich Regine es hört. Und möglicherweise versteht sie es auch nur, weil ihr in dieser Sekunde ungefähr die gleiche Antwort im Kopf herumspukt.

»Lass die Bremse los und dann Feuer frei. Wird's bald, Pummelchen? Selbst die Fünf ist noch zu gut für dich.«

»Moment mal«, mischt sich Regine ein. In dem Ton lässt sie nicht mit ihrem Sohn reden.

»›Moment mal‹ ist die falsche Ansage! Wenn die Knallcharge von Ihrem Sohnemann nicht bald losfährt, gibt es in wenigen Augenblicken eine Massenkarambolage.« Kleemanns Stimme überschlägt sich beinahe. »Wie kann man nur so doof sein?«

Gott sei Dank lenkt Magnus ein. »Ist ja gut, Alter«, zischt er, löst die Bremsen fast gänzlich und der Schlitten setzt sich in Gang. Sie nehmen Fahrt auf.

»Schneller!«, kommandiert der Sportlehrer, der mit seinem Sommerrodel Regine im Nacken sitzt. Sie hat das Gefühl, er sei so nah, dass ihr sein unangenehm herber Geruch trotz Fahrtwind in die Nase dringt. »Lass endlich den Knüppel los, Maggi, du Trantüte.«

Offenbar hat der Lehrer nun komplett vergessen, dass

Regine mit dabei ist. Der Tonfall schockiert sie, doch statt sich für ihren Sohn einzusetzen und dem Kleemann die Meinung zu geigen, krallt sich Regine krampfhaft an den Griffen der Bremszüge fest. Sie werden immer schneller, und was sich vor ihnen auf der Strecke abspielt, ist für Regine nicht einzusehen. Magnus versperrt ihr die Sicht. Viel zu dicht hintereinander rauschen sie ins Tal und das entspricht so ganz und gar nicht den Vorgaben des Betreibers, die sich Regine im Tal durchgelesen hat.

Nach einer weiteren Steilkurve verkündet der Lehrer: »Jump!«

Regine versteht nicht. Französisch ist das in jedem Fall mal nicht. Und sofern der Lehrer nun zum Englischen übergegangen ist: Wieso sollen sie springen?

»Jump«, ruft Kleemann noch einmal.

Eine Sekunde später, während sich Regine für einen Augenblick schwebend in der Luft befindet, versteht sie, was gemeint war.

»Ach du heiliges Kanonenrohr!«, kräht sie. Dann folgt auch schon der Aufschlag und ihr Schrei verstummt.

»Wir sind viel zu schnell!«, stellt Magnus fest.

»Ach was, Junge. Tob dich mal richtig aus!«, plärrt der Sportlehrer gegen den Fahrtwind. Auf dem Steilstück legen sie weiter an Tempo zu und die nächste Herausforderung lässt nicht lange auf sich warten. »Mit Vollgas in die Kurve hinein und gleich wieder hinaus. Vertraut mir!«

Vertrauen, so ein Humbug, denkt Regine. Sie will niemandem vertrauen. Sie will einfach nur raus aus diesem verdammten Schlitten, der sich soeben senkrecht in der Bahn ausrichtet und dabei gefährlich schwankt.

»Yeah, das ist es, Maggi! Das Gefühl meinte ich.« Der Sportlehrer jubiliert, während Regines Magen rebelliert.

Aber gottlob ist ein Ende der Höllenfahrt in Sicht. Die Talstation rückt immer näher.

»Noch einmal Vollgas auf der Geraden. Los!« Kleemann lässt nicht locker. »Ehrgeiz, Jungchen!«

So kommt es, dass sie unten im Tal alle voll in die Eisen gehen müssen. Ein weiteres Mal poltert der Sportlehrer von hinten gegen Regines Schlitten und erneut knackt und knirscht es unangenehm laut in ihrer Nackenregion.

Kleemann schwingt sich aus dem Gefährt und stürzt direkt auf Magnus zu. »Cool, oder? Jetzt hast du auch Feuer gefangen. Garantiert.« Er blickt seinen Schüler und Schützling erwartungsvoll an.

»Ja, echt prima«, antwortet Magnus gefügig und vermutlich heilfroh, die Nummer unbeschadet hinter sich gebracht zu haben. »Kann ich jetzt mein Handy wiederhaben?«

»Ne! Ich habe eben eine Zehnerkarte gelöst.«

»Also, ich kann, glaube ich, nicht mehr mitfahren.« Regine reibt sich den Nacken. »Halswirbel!«, bekundet sie und verurteilt Magnus damit zu mindestens drei weiteren Abfahrten.

»Mum«, fleht der Junge.

Doch Lehrer Kleemann ist seelenlos. »Wie alt sind wir denn? Quel âge as-tu? Wer wird denn wegen so einer läppischen Abfahrt nach seiner Mama schreien?«

So wartet Regine unten, während sich die beiden anstellen. Der Lehrer legt kumpelhaft den Arm um Magnus.

»Was hältst du von einem neuen Bahnrekord?«, schlägt er Magnus vor. Dem Blick ihres Sohnes nach zu urteilen: nicht viel. Regine beruhigt sich mit dem Gedanken, dass ein Sportlehrer wohl am besten weiß, was gut für einen Jungen in Magnus' Alter ist. Als die zwei etwa zehn Minuten später an der Station im Tal eintreffen, ihr Sohn leichenblass, vertritt Regine die Ansicht nicht mehr ganz so zweifelsfrei.

»Magnus, du siehst ein bisschen … käsig aus.« Sie muss sich zwingen, Ruhe zu bewahren. Dieser Tag ist weit schlimmer als befürchtet.

»Ach was. Das war schon viel besser! Erste Klasse. Unser Maggi macht sich.« Kleemanns Urteil deckt sich nicht mit Regines Eindruck.

»Mum, bitte, nicht noch mal!«, fordert Magnus mit einem verzweifelten Gesichtsausdruck, als der Lehrer ihn mit einer Umarmung, die weit mehr einer Entführung gleichkommt, von seiner Mutter wegzieht.

»Encore une fois – den Spaß gönnen wir uns. Diesmal fahre ich vor und zeige dir, was auf der Bahn alles geht!«

Mit einer Mischung aus schlechtem Gewissen und stetig anwachsender Wut harrt Regine erneut im Tal aus und hält nach Magnus Ausschau. Da tritt einer der Gäste neben sie.

»Sieht verteufelt schnell aus.« Dabei weist der Mann in Richtung mittlere Steilkurve. Sie erspäht etwas Blaues, das in kolossaler Geschwindigkeit den Berg hinabschießt. Das Blau kann vermutlich nur der Trainingsanzug des Sportlehrers sein, folgert sie. »Verdammt flott, Ihr Begleiter«, wiederholt sich der Mann und dreht seine Baseballkappe nach hinten. »Sie müssen ganz schön stolz auf Ihren Mann sein. Ich bin übrigens der Volker. Du, Rudi, komm mal und beeil dich. So was hast du noch nicht gesehen!«

Rudi kommt mit einer Dose Bier in der Hand und das Trara, das sie um Kleemann machen, lässt auch die anderen Wartenden an der Talstation aufmerksam werden.

Der Lehrer ist in diesen Sekunden auf der Geraden angekommen und gibt alles. Mit einem Affenzahn schießt er ins Tal hinab und bremst laut quietschend vor der versammelten Mannschaft ab. Ein Raunen geht durch die Menge.

»Voll krass«, beurteilt Rudi als Erster die Aktion. »Wer kann, der kann.«

Kleemann sieht zu Regine, womöglich in der Erwartung, dass sie ebenso schwärmerisch reagiert. Die Freude macht sie ihm nicht. Rudi und Volker treten an Kleemann heran und Volker klopft ihm mit der Hand lobend auf die Schulter. »So flott kam da noch nie einer runter«, behauptet er.

Der Sportlehrer wirft daraufhin einen erwartungsvollen Blick auf seine Sportuhr mit Trackingfunktion. »Menno, wie blöd!«, ärgert er sich. »In der zweiten Kurve habe ich einmal zu früh gebremst. Es hat nicht ganz gereicht für meinen neuen Bahnrekord.«

»Versuch es doch gleich noch einmal!«, fordert Rudi. »Wäre doch gelacht. Heute sind die Bedingungen optimal. Kein Gegenwind, besser geht's nicht.«

So viel Interesse an seiner Leistung macht Lehrer Kleemann sichtlich stolz. Er diskutiert mit den Männern, wie er die Fahrtechnik verbessern könne und an welchen Kurven Zeit einzusparen sei. Regine harrt währenddessen an der Bahn aus und hält nach Magnus Ausschau, der längst da sein müsste.

»Gute Idee. Ich probiere das aus«, beendet der Lehrer die Fachsimpelei schließlich und ergänzt: »Erst muss ich aber schauen, wo mein Schützling bleibt.«

»Du meinst den kleinen Pummeligen mit den Bremsklötzen an den Füßen?« Rudi lacht fies.

»Ist nicht meiner. Zumindest noch nicht«, klärt Kleemann die Männer auf. »Aber wenn es dann ernst wird, müssen wir ein wenig an seiner Fitness arbeiten.«

»Ich sage es wirklich nicht gern, aber ich schätze, da ist Hopfen und Malz verloren.« Der Baseballkappenmann bekommt sich fast nicht mehr ein. Mit seinem ausgestreckten Arm weist er in Richtung Bahn, wo sich Magnus' Schlitten betulich ins Tal hinabbewegt. Hinter ihm eine Schlange, bestehend aus fünf weiteren Schlitten. »Du, Volker, mach das Radio an! Es gibt bestimmt jeden Augenblick eine neue Staumeldung beim SR.«

Kleemann grölt los, und das Gelächter steckt die anderen Wartenden im Tal an.

Regines Wangen glühen. Sie bemüht sich, die dummen Sprüche zu ignorieren, die immer noch nicht abklingen, als Magnus endlich niedergeschlagen unten ankommt und aus dem Schlitten taumelt.

»Mum, mir ist schwindlig«, sagt der Junge.

»Das ist der Geschwindigkeitsrausch.« Herr Kleemann lässt es sich nicht nehmen, diesen für ihn anscheinend so trefflichen Spruch zum Besten zu geben. Er wird sogleich mit einer Lachsalve von seinen neuen Freunden belohnt.

»Wir besorgen uns mal etwas zu trinken.« Regine reicht es.

»Das lass ich mir nicht zweimal sagen«, reagiert Kleemann sofort und verspricht den Männern nach einer »kurzen wohlverdienten Pause«, den Bahnrekord in Angriff zu nehmen. »Wir gehen den Kleinen wickeln und sind gleich wieder da – für eine neue Teufelsfahrt«, kündigt der Lehrer großspurig an.

»Ei, gudd dann«, erwidert Rudi. »Wir laufen nicht weg.«

»Gnade!«, bettelt Magnus leise, als er feststellt, dass der Lehrer zu ihnen aufrückt.

»Mensch, das ist mal ein Tag vollgepackt mit Erlebnissen, nicht wahr, Maggi?« Kleemann drängt sich zwischen Mutter und Sohn und legt vertrauensvoll den Arm um beide. »Wir werden ein prima Team. Wartet's ab!«

Als sie kurze Zeit später auf der Terrasse des Bistros sitzen und der Sportlehrer, ohne sie zu fragen, für alle Apfelschorle ohne Eiswürfel bestellt hat, ist Regine der Verzweiflung nah. Sie könnte dem Lehrer natürlich sagen, dass sein ganzer Auftritt und der Ton gegenüber ihrem Sohn eine einzige große Unverschämtheit ist. Doch die Notenfrage, die wie ein Damoklesschwert über der Schulkarriere ihres Sohnes hängt, hält sie davon ab, und Herr Kleemann nutzt jede Gelegenheit, sie beständig daran zu erinnern.

»Wenn das so weitergeht, wird das noch etwas mit dir und dem Abi, oder, Junge?«, bemerkt er selbstgefällig und teilt seine Pläne für die kommende Woche mit: »Samstagmorgen geht es nach St. Wendel an den Wendelinushof: Zur Höhentour durchs Ostertal. Die liegt teilweise auf der Mountainbike-Weltcup-Strecke. 32 harte Kilometer und zahlreiche Höhenmeter. Das gibt Kraft in die Beine. Danach bist du ein Mann, Maggi. Und deine Mama wird uns zur Belohnung bestimmt wieder etwas Leckeres kochen.«

Vielleicht besiegelt diese letzte Ankündigung Kleemanns Schicksal – oder es ist die Gesamtheit aller Unverschämtheiten dieses Tages, die dazu führt, dass Regine einen Entschluss fasst.

»Es gibt immer einen Ausweg«, diese Sichtweise auf neue, für Regine unangenehme Situationen hat ihr Frau Tietze-Meiermann mehrfach ans Herz gelegt. »Machen Sie sich das immer bewusst! Sie sind dem Schicksal zu keiner Zeit hilflos ausgeliefert.«

Der Lehrer platzt in ihre Gedanken. »Wenn ihr das mit den Getränken übernehmen könntet, würde ich vor meinem großen Auftritt schnell noch mal für kleine Jungs … Je vais aux toilettes.«

Möglicherweise ist das genau die Art von Ausweg, die Frau Tietze-Meiermann angesprochen hat, überdenkt Regine. »Bien sûr!«, antwortet sie überfreundlich. »Gar kein Problem, wir stehen doch knöcheltief in Ihrer Schuld.«

Sie bezahlt direkt an der Theke und ordert zusätzlich eine große Flasche Mineralwasser, die exakt, als sollte es nicht anders sein, in die Innentasche ihrer Jacke passt. Das reicht aus, hofft sie.

»Bin wieder da!«, verkündet Kleemann kurz darauf und legt den Arm um Regines Hüften.

Obwohl ihr diese Geste missfällt, strahlt Regine den Lehrer an. »Könnte ich vielleicht doch noch einmal mitfahren? Dann nehme ich einfach Magnus' Karte, wenn ihm das recht ist.«

»Wenn du unbedingt willst.« In Magnus' Augen leuchtet so etwas wie Hoffnung auf. »Ich passe so lange auf deine Tasche auf, Mum«, bietet er an. Vermutlich aus purer Berechnung, denn er ahnt wohl, dass sich darin das Handy seiner Mutter versteckt.

»Du bist ein Schatz, un chéri«, antwortet Regine und zwinkert ihrem Sohn vielsagend zu.

»Und ich etwa nicht?«, will Kleemann fast schon beleidigt wissen.

»Doch, bien sûr.« Zuckersüß sagt sie das. Kurz vor Ende möchte Regine keinen Streit mehr provozieren.

Gemeinsam gehen sie zum Einstieg der Sommerrodelbahn. Rudi und Volker, die sich mit neuen Bierdosen bestückt haben, lungern immer noch neben der Rodelbahn herum und freuen sich, als sie Kleemann sehen. »Unser

Champion«, orakelt Rudi, und der Sportlehrer zieht vielsagend die Augenbrauen in die Höhe.

»Jetzt kannste mal von unten sehen, wie man so eine Sache richtig angeht«, kündigt Kleemann Magnus großspurig an. Der ist gerade dabei, Regines Handy in der eigenen Hosentasche verschwinden zu lassen. Folgsam nickt er, obwohl dem Sportlehrer bei seiner Angebertour zuzuschauen vermutlich das Letzte ist, was Magnus in diesen Sekunden plant. Dafür kennt Regine ihren Sohn viel zu gut. Sobald der Lehrer in dem dämlichen orangenen Schlitten sitzt, wird der Junge dem nachgehen, was ihm am meisten am Herzen liegt, und an einem ruhigen Plätzchen all seine Kanäle kontrollieren, sagt sie sich. Und das ist auch gut so, denn von dem, was bald folgt, braucht er nicht allzu viel mitzubekommen.

Endlich geht es los. Die Frau in der Schlange vor ihnen steigt ein, und der nächste Schlitten ist für Regine bestimmt. Jetzt oder nie, spricht sie sich selbst Mut zu.

»Drücken Sie mir nachher die Daumen?«, erkundigt sich Kleemann, als sie einsteigen will.

»Natürlich, ich wünsche Ihnen eine Wahnsinnsfahrt.« Das ist nicht einmal gelogen, und diesmal ist das Lächeln, das Regine dem Lehrer schenkt, sogar echt.

»Wie wäre es mit einem Glückskuss? Den habe ich mir doch mehr als verdient?«

Dreist hält Kleemann ihr seine gespitzten Lippen entgegen. Rudi ruft aus dem Hintergrund: »Na, daran soll es wohl kaum scheitern!«

Es kostet Regine Überwindung, ohne jeden Zweifel, aber sie tut es. Wieder schlägt ihr der herbe Kleemann-Schweißgeruch entgegen, der sicher mittlerweile fester Bestandteil des blauen Trainingsanzugs ist. Sie tröstet sich mit dem

Gedanken, dass dies weniger ein Glückskuss, sondern weit mehr ein Abschiedskuss sein dürfte.

Rudi pfeift durch die Zähne, als sich Regine in den Schlitten flüchtet. »Ein bisschen schüchtern, die Kleine«, bemerkt er in Richtung Sportlehrer.

Kleemann kann sich ein »Das lernt sie noch« nicht verkneifen, was Regine ihr Vorhaben weitaus leichter macht.

Der Lehrer hat sich ein schnelles und für alle trostbringendes Ende ebenso sehr verdient wie ihr Exmann, entscheidet Regine, während sie ein zweites Mal an diesem Tag den Berg hinaufgezogen wird. Sie blickt über die saftig grünen Wiesen. Der Gedanke, dass es an ihr ist, der Gerechtigkeit auf die Sprünge zu helfen, behagt ihr keinesfalls. Das, was nun folgen wird, kostet sie Überwindung. Doch sie beruhigt sich damit, dass dies nicht nur eine große Tat für ihren Sohn Magnus, sondern für alle nachfolgenden Schülergenerationen sei.

Diesmal sputet sich Regine bei der Abfahrt. Sie braucht einen Vorsprung. Also zwingt sie sich, die Bremse nicht anzutasten, als der Schlitten Fahrt aufnimmt und die ersten Steilkurven passiert. Einfach ruhig weiteratmen, spricht sie sich selbst gut zu. Sie muss Ruhe bewahren. Adrenalin fließt ohnehin schon in ausreichender Menge in ihren Adern.

Wieder hört sie Kleemann von oben palavern, als auch er startet. »Freie Fahrt für den Champion!«, schreit er gerade in der Sekunde, in der Regine das Tempo drosselt und den Inhalt der Sprudelflasche hinter sich auf das fast waagerechte Teilstück am Ende der Steilkurve gießt. Es gurgelt und gluckst hell, als das Wasser auf die Bahn trifft. Hier würde er die Bremse komplett lösen, um die Geschwindigkeit konstant hochzuhalten. Das hat er eben Magnus vorgekaut: nach und vor den Kurven voller Speed. Regine kommt also seinem Wunsch nach Beschleunigung nur entgegen.

Mit der freien Hand löst sie den Bremsgriff. Sie muss so schnell wie möglich das Tal erreichen. Wenn das Unglück geschehen wird, hat es klare Vorteile, völlig unbeteiligt zwischen den anderen zu stehen.

Bei der Einfahrt ins Tal hört sie Kleemann erneut grölen. Das Timing stimmt. Wenn Regine nicht alles täuscht, ist er nicht mehr weit von der präparierten Stelle entfernt, und so kommt sie, als sie aussteigt und sich zu den Schaulustigen gesellt, keine Minute zu früh. Um sie herum stehen die Menschen mit offenem Mund da und sind gefesselt von dem Schauspiel, das sich am Hang bietet. Sogar Magnus hat sich wider ihrer Erwartung eingefunden. Allerdings mit dem Handy in der Hand. Er filmt. Toll, denkt sich Regine, der Junge entdeckt seine künstlerische Ader.

Sie wendet sich wieder dem Spektakel am Berg zu: In dieser Sekunde fährt Kleemann in das Anfangsstück der von Regine vorbereiteten Steilkurve. Der sportliche Ehrgeiz und vielleicht auch die Zuschauer unten im Tal lassen ihn bei dieser Abfahrt wohl noch an Verwegenheit zulegen. Schwer zu sagen, wie schnell er ist, aber wenn man Rudis »Oh Mann, oh Mann, oh Mann« als Maßeinheit nimmt, muss es ein enormes Tempo sein, schätzt Regine.

Perfekt, findet sie. Er macht eben keine halben Sachen, der Kleemann. Sie hält die Luft an, als sich der Schlitten auf das für sie wichtigste Teilstück zubewegt. Hoffentlich reicht das Wasser aus.

Es ist unverkennbar, dass der Mann im blauen Trainingsanzug in Schwierigkeiten gerät.

»Oh verdammte …« Rudi, der eben noch über ihren Sohn Witze gerissen hat, ist von einem Moment auf den anderen überhaupt nicht mehr zum Lachen zumute. »Das geht nicht gut!«, raunt er.

Na hoffentlich, denkt Regine und schaut wie gebannt auf den Schlitten, der nach der leichten Modifikation der Bahnbegebenheiten sein Gleichgewicht nicht mehr zu finden scheint.

Kleemann schießt aus der Kurve. Er verliert jegliche Bodenhaftung und begibt sich auf die freie Flugbahn, exakt nach Regines Plan. Man erkennt von unten recht klein einen Mann in Blau, der sich verzweifelt an die Griffe seines Schlittens klammert. Ganz ohne Gegenwehr fügt sich der Lehrer, wie es aussieht, seinem Schicksal nicht. Er lehnt sich weit nach rechts, wohl in der Hoffnung, damit den Wagen zum Einlenken zu bewegen. Doch es ist abzusehen, dass der verzweifelte Versuch, den Kurs des Gefährts zu beeinflussen, nicht ausreichen wird, um wieder in der Spur zu landen. Diese Erkenntnis ruft erste Glücksgefühle in Regine wach.

Kleemann befindet sich zwar weiterhin in freiem Flug, aber sein Gefährt kommt dem Boden näher. Gefährlich nah. Es fehlt höchstens noch ein Meter. Gleich passiert es, freut sich Regine.

Aber was die Zähigkeit des Lehrers angeht, hat sie ihn klar unterschätzt. Mit aller Kraft hebt er sein linkes Bein an und schleudert es gegen den Boden des Schlittens. Ein Schlag durchfährt den Rodel und fast sieht es aus, als würde sich das Gefährt überschlagen. Doch es prallt gegen die Bahn und diese Gegenbewegung lässt den Schlitten wie durch ein Wunder in die Fahrrinne gleiten. Regine kneift die Augen zusammen. Das kann nicht sein! Wie konnte das nur so schiefgehen, fragt sie sich.

Nicht nur, dass ihr Plan nicht aufging, Kleemann hat durch diese Aktion erheblich an Tempo zugelegt. Er steuert auf die Abschlussgerade zu. Regines Hoffnungen lösen sich indessen in Luft auf.

»So ein Teufelskerl!« Rudi und Volker jubeln und laufen auf den Sportlehrer zu, der für ein paar Augenblicke im Schlitten ausharrt. Mit Rudis Hilfe steigt er mit wackeligen Beinen aus.

»Mannomann.« Mehr sagt er nicht. Offenbar hat er selbst nicht damit gerechnet, dass das gut enden würde.

»Hast du die Zeit?«, will Volker wissen.

»Ja. Klar. Wenn mich nicht alles täuscht …« Kleemann schaut auf seine Uhr. »Mensch, ich hab noch mal acht Sekunden gutgemacht. So schnell war ich noch nie. Ein neuer Rekord, das muss ich meinem Schatz sagen.«

In Regines Bauch grummelt es. »Schatz«, das hört sich fürchterlich an. Zumindest für sie. Kleemann wirkt überglücklich und fällt ihr ohne Vorwarnung in die Arme. »Oh Gott, ich habe gedacht, ich sehe dich nie wieder.«

Tatsächlich hat Regine das auch gedacht. Oder vielmehr gehofft.

»Ich war mir sicher, es wäre aus. Ehrenwort, Regine.«

Warum sie sich jetzt plötzlich duzen, versteht Regine nicht. »Herr Kleemann«, fängt sie an, um ihn wieder an die nötige Distanz zu erinnern, die zwischen Eltern und Lehrer wichtig ist.

»Ingo! Sag Ingo zu mir! Nach dem, was wir zusammen erlebt haben, willst du mich doch wohl kaum mehr siezen. Und wenn wir gerade dabei sind, muss ich dir noch etwas gestehen …«

Für Regine war das schon Geständnis genug. Das alles – der Ausflug, der aufgezwungene Kuss und nun noch die Umarmung – übersteigt Regines Bedürfnis nach Intimität um Längen.

Doch die Schrecksekunde hat Ingo Kleemann sentimental werden lassen. Er ist nicht zu bremsen. »Möglicherweise überrumple ich dich mit dem, was ich dir jetzt sage, aber du hast doch selbst gesehen, wie schnell es vorbei sein kann. Das Gefühl, dass da etwas Besonderes zwischen uns ist, das hatte ich gleich am Mittwoch. Und heute bei dir zu Hause, da war ich mir ganz sicher. Es ist, als wäre ich angekommen – wir zwei, nein, wir drei …«, sagt er mit Seitenblick auf Magnus, der wie Regine sein Glück augenscheinlich kaum fassen kann und den Mund nicht mehr zubekommt, »… wir drei gehören zusammen.«

Rudi, der Ingos Worte mit angehört hat, bekommt glasige Augen. »Ist das nicht süß?«, sagt er zu Magnus. Der ignoriert Rudi und starrt auf Regines Handy, das eine Menge Töne von sich gibt. »He, Mum, knapp 30 Klicks bei YouTube nach nicht einmal einer Minute für dieses Wahnsinnsvideo von der Abfahrt. Das Ding geht voll durch die Decke«, freut sich der Junge.

Regine nickt. Immerhin hat ihr Sohn ein wenig Spaß, sie allerdings sollte, was Kleemann angeht, etwas Wichtiges klarstellen. »Ist das alles nicht ein bisschen verfrüht?«, fängt sie zögerlich an. Sie muss an seine Vernunft appellieren.

»Non, wenn es sich richtig anfühlt, gibt es keinen Grund zu zögern. Je ne peux pas attendre. So was wie mit uns, das passiert einem doch höchstens einmal im Leben.«

Mit der Aussage hat der Kleemann sogar mal recht, muss Regine eingestehen. So etwas Verrücktes wie den Tag heute hat sie noch nie erlebt. Was allerdings die Gefühle füreinander angeht, gibt es keine Übereinstimmung. Wie soll man das freundlich ausdrücken, fragt sie sich.

Magnus, der mit der Bemerkung »Müssen mal langsam

nach Hause. Muss Französisch lernen« dazwischenfährt, erspart Regine zu antworten.

»Ja, stimmt. Es ist spät geworden. Morgen ist schließlich Schule«, gibt sie ihm recht. Auffordernd sieht sie zu Kleemann, der dem Vorschlag mit einem Kopfnicken zustimmt. Mit Händeabklatschen verabschiedet er sich von Rudi und Volker.

»Starke Nummer«, sagt Rudi und dann etwas leiser, aber laut genug, dass Regine es nicht überhören kann: »Bleib an der Schnecke dran, Kumpel!«

»Klaro«, erwidert Kleemann und läuft Magnus und Regine hinterher, die bereits in Richtung Auto aufgebrochen sind. »Moment mal! Irgendwas muss ich aber noch essen. Mir knurrt der Magen nach dem Schreck.«

»Nö, Mum! Ich will heim«, jammert Magnus, der wohl wie auch Regine befürchtet, dass dieser schreckliche Tag niemals ein Ende finden wird.

»Und wenn wir was aus dem Bistro mitnehmen? Ich glaube, die haben Rostwurst und Fleischkäseweck«, schlägt Regine dem Lehrer vor.

»Hört sich prima an.«

»Dann macht ihr euch doch auf den Weg zum Wagen. Ich bringe euch beiden was mit.« Dass sie damit zu viel versprochen hat, merkt Regine beim Blick in die Auslage, wo nur noch ein riesiger Schwenkerweck liegt. Alles andere ist um die späte Uhrzeit bereits ausverkauft.

»Bei dem tollen Wetter war heute mächtig was los«, sagt die Bedienung und reicht ihr die Papiertüte mit dem Brötchen. »Guten Appetit!«

Als Regine ein paar Augenblicke später ins Auto steigt, platzt sie in eine heftige Diskussion zwischen ihrem Sohn und dem Sportlehrer. Magnus gibt nicht nach, das kennt sie. »Aber warum bekomme ich nicht wenigstens für die Fahrt mein Handy? Ist doch voll öde. Was soll ich denn die ganze Zeit lang machen?«

»Du kannst dir doch einfach mal die Welt anschauen. Wälder, Wiesen, Berge. Wir wohnen in einer wunderbaren Gegend.«

»Mum!«

»Wie wäre es mit einem Tauschgeschäft – Handy gegen Verpflegung?«, bietet Regine dem Sportlehrer kess an. Der allerdings greift sogleich ohne Tausch nach der Tüte.

»Regine, du bist ein Engel, tu es un ange, wirklich. Aber vollkommen inkonsequent. Man kann von Glück sagen, dass ich ein bisschen Ordnung in die Erziehung von Maggi bringe.« Er schaut sich den Inhalt der Tüte an. »Oih, Schwenker, lecker. »Kaum hat er die Worte ausgesprochen, beißt er schon gierig mit weit aufgerissenem Mund in den Schwenkerweck und lässt mit der freien Hand den Wagen an.

»Was hast du für mich?«, fragt Magnus seine Mutter.

Regine schiebt die Schultern hoch. Die Antwort wird ihrem Sohn nicht gefallen: »War leider der letzte.«

»So eine kleine Diät, das schadet nix, Maggi«, nuschelt Kleemann mit vollem Mund. »Und vielleicht …« Was der Lehrer dem Schützling noch an Ratschlägen mit auf den Weg geben will, erfahren Magnus und Regine nicht mehr.

Natürlich haben beide gewusst, dass es möglich ist, sich an so ziemlich allem zu verschlucken. Aber dass ein vollkommen gesunder und sportlicher Mensch derart plötzlich an einem Schwenkerweck verenden kann, nur weil ein Stück davon unglücklich in die Luftröhre gerät, überstieg bislang ihre Fantasie.

Als Herr Kleemann zu röcheln begann, hätte ihn vermutlich ein beherzter Schlag auf den Rücken vor den Qualen des Erstickungstodes retten können.

»Aber hätte ist immer so ein Wort. Sie haben es nicht besser gewusst, Frau Baumgarten. Machen Sie sich keine Vorwürfe, denn Sie haben alles richtig gemacht«, erklärt später der Arzt Regine, nachdem er aus dem Rettungshubschrauber gestiegen ist und vor Ort feststellen musste, dass für Herrn Kleemann jede Rettung zu spät kommt. »Das war Schicksal und keinesfalls Ihre Schuld.«

Regine nickt.

In diesem Moment deckt man ein Tuch über den in dunklem Blau gekleideten Körper des Sportlehrers. Sie stellt sich die Frage, ob man ihn später möglicherweise im Trainingsanzug beerdigen würde. Das hätte Herrn Kleemann sicher gefallen.

»Mum, ich bräuchte noch mein … du weißt schon«, sagt Magnus, der soeben das Gespräch mit der Mitarbeiterin vom psychologischen Dienst hinter sich gebracht hat.

»Ach, entschuldigen Sie, aber könnte ich vielleicht …?« Regine bricht ab. Ihre Frage käme dem netten Arzt bestimmt sehr pietätlos vor, überlegt sie.

Der Doktor jedoch hat anscheinend für alles Verständnis. »Ja, sagen Sie es ruhig, wenn Sie noch etwas auf dem Herzen haben.«

»Nun, ich weiß, das ist ziemlich unpassend.« Regine verdreht in gespielter Verzweiflung ihre Augen. »Aber das Handy von meinem Sohn, es ist in der Tasche von Ingo. Er wollte es ihm gerade zurückgeben, da fing das an mit dem Husten …« Sie bricht mitten im Satz ab.

»Oje.« Der Arzt hebt vorsichtig die Plane hoch, um die Taschen des Toten abzutasten. »Da haben Sie es! Wenn das Herrn Kleemanns letzter Wille war, bin ich garantiert der

Allerletzte, der dem im Weg stehen möchte. Mein herzliches Beileid, Frau Baumgarten.«

»Danke«, sagt Regine, bemüht, niedergeschlagen zu wirken.

»Am besten, wir tauschen unsere Nummern aus. Falls etwas ist, bin ich jederzeit für Sie da, Frau Baumgarten. Auch nach der Arbeit.« Der Arzt scheint äußerst engagiert zu sein, findet Regine und nickt. Sie notiert ihm ihre Nummer, während Magnus bereits mit seinem Daumenabdruck das eigene Handy zum Leben erweckt.

»Die armen Schüler. Das wird sicher ein Schock für sie sein«, mutmaßt der Mediziner zum Abschied.

Ja, wie recht der Arzt hat, überlegt Regine, als sie am Steuer von Kleemanns Auto den Heimweg antritt: Keine Ahnung, wie ihr armer Sohn das verkraften soll. Die nächste Zeit würde hart werden. Sehr hart – insbesondere mit Blick auf seine Französisch- und Sportnoten.

UND IMMER SCHÖN AUFPASSEN!

»Und immer schön aufpassen!«, sagt die Museumsleiterin zu Marina Kleinschmidt am Ende ihres gemeinsamen Rundgangs. Dabei zieht sie die zu dicken Balken nachgezogenen Augenbrauen spitz nach oben.

Marina signalisiert mit einem Nicken, dass sie alles verstanden hat. Sie passt immer auf. Das muss ihr niemand extra sagen. Vor allem bei einem solchen Job, der so bemerkenswert gut bezahlt wird. Und in der Probezeit sowieso. Weihnachtsgeld stellt ihr die Vandrowski in Aussicht und jede Mehrarbeit, selbst wenn es nur ein paar Minuten seien, solle sie sich notieren. Marina nickt wieder. Sie nickt genau genommen in einem fort, ohne auch nur ein einziges Wort zu entgegnen. Innerlich jedoch platzt sie beinah vor Glückseligkeit. Das hört sich gut an, denkt sie. Um ehrlich zu sein fast zu perfekt für das, was bisher Realität für Marina war.

Bis zu diesem Tag hat die junge Frau gleich in mehreren Kneipen am St. Johanner Markt geputzt. Einzig und allein damit sie über die Runden kommt, und das noch nicht einmal besonders gut. Jeden Morgen hat sie das gleiche Chaos vorgefunden und wäre am liebsten nach den ersten Schritten hinein sofort wieder rückwärts hinausgeflüchtet. In der Altstadt tobt eben das Nachtleben. Dort geht es am Abend über Stunden rein und raus, insbesondere an den Wochenenden. Was für die Betreiber der Lokalitäten und vielleicht sogar für die meisten Gäste ein Glücksfall ist, stellte für Marina einen Knochenjob dar. Nicht selten hatte sie sich schon flau gefühlt, bevor sie die Toiletten betrat, wo sie erfahrungsgemäß das freudloseste Bild vorfand.

Doch mit einem Mal ist all dies Vergangenheit. Mit der neuen Anstellung im Saarlandmuseum Moderne Galerie in Saarbrücken kann Marina sich zukünftig diese Arbeit schenken, und damit allein ist das Glück noch gar nicht aufgebraucht. Welche Vorzüge das Arbeitsverhältnis darüber hinaus mit sich bringt, stellt sie nun in den ersten Tagen ihrer Anstellung fest. Da wird ihr bewusst, dass es im Museum so gut wie nichts zu tun gibt. Staub oder Dreck sind Mangelware, verschmutzte Toiletten der Ausnahmefall. Sogar ohne Marinas Zutun sieht es fast immer und überall wie frisch gewienert aus. Woher soll der Schmutz auch kommen, sagt sie sich. Die feinen Leute, die mit ihren blankgeputzten Schuhen durch die Ausstellungen flanieren, hinterlassen nichts – wirklich nicht das kleinste Krümelchen. In der Regel wischt Marina einzig und allein aus purem Pflichtgefühl über die exklusiven Holzfußböden. Mit beinah trockenem Lappen, wie es ihr die Vandrowski aufgetragen hat.

»Immer schön aufpassen, dass das teure Parkett nicht aufquellt«, hat sie die Museumsleiterin beim Rundgang instruiert. Noch am gleichen Tag unterschrieb Marina den Vertrag.

Zugegeben, manchmal, falls am Abend keinem einzigen Staubkörnchen auf die Spur zu kommen ist und Marina es sehr eilig hat, wegen des Tatorts im Fernsehen nach Hause zu fahren, kehrt sie auch nur mal durch. Äußerst selten, genau genommen so gut wie nie! Keine Sterbensseele merkt etwas davon, denn was Marina in ihrer Arbeitszeit macht, kümmert niemanden. Hauptsache, morgens, wenn aufgesperrt wird, ist alles tadellos – und das ist es, ohne Ausnahme.

Demzufolge erlebt Marina seit nun fast schon fünf Wochen paradiesische Zustände: Sie hat eine erstklassige Anstellung, anständig bezahlt sogar, und überarbeiten muss sie sich auch nicht. Eher im Gegenteil. Besser könnte es in der Tat nicht für sie laufen.

Doch wie fast immer, wenn alles perfekt ist, grätscht etwas dazwischen. Zumindest bei Marina. Sie hat keine Ahnung, weshalb es so weit gekommen ist, denn eigentlich hat der Arbeitstag wie jeder andere begonnen.

Gegen 18 Uhr, wenn die letzten Besucher das Kunstmuseum verlassen und die meisten Mitarbeiter sich auf den nahenden Dienstschluss einstellen, nimmt die Schicht von Marina erst ihren Anfang. Mit ihrem alten Fiat fährt sie in die Theatertiefgarage. Während eine Menge Leute, herausgeputzt und aufgedonnert, als hätten sie einen Exklusivtermin mit dem Bundespräsidenten, in Richtung Staatstheater strömen, wählt sie den direkten Weg zur Modernen Galerie. Im Innern ist der Ablauf für Marina an jedem Abend der gleiche. Die Museumswärter schließen Punkt sechs die Eingangstür ab, und zur selben Zeit nehmen sich die beiden Mitarbeiter an der Museumskasse die Tagesabrechnung vor. Um sicherzugehen, dass alle Besucher die Ausstellungsräume verlassen haben, machen die Wärter einen letzten Kontrollgang. Sie durchqueren die Gänge, öffnen die Toiletten und schauen durch die verschiedenen Kunstabteilungen. Genau zu dieser Zeit betritt Marina für gewöhnlich das Museum durch eine der Seitentüren. Sie zieht sich in ihrer kleinen Kammer um und lädt Lappen, Wischmopp, Eimer und alles, was sie sonst noch braucht, auf ihren Putzwagen. Eine Viertelstunde später macht sich das Personal vom Wachdienst auf den Nachhauseweg. Artig nickt Marina ihnen zu und wünscht einen schönen Feierabend. Bis die Letzten draußen sind, wedelt sie schon mal über die ersten Büsten und Skulpturen. Zwar treffen nicht alle der Kunstwerke ihren Geschmack, doch was den Staub anbelangt, ist Marina mit Herzblut bei der Sache.

»Abstauben. Alles! Jeden Tag. Und schön vorsichtig!«, hat die Vandrowski sie angewiesen und daran hält sich Marina.

Während die junge Putzfrau an diesem Abend munter weiterarbeitet, schaut sie verstohlen dabei zu, wie die beiden Mitarbeiterinnen vom Kassenbereich durch die Nebentür marschieren.

»Tschüss und einen schönen Abend«, wünscht Marina gutgelaunt. Sie kann es kaum erwarten, endlich allein zu sein. Die zwei Damen winken, man hört Schlüsselklimpern und dann wird es still – aber nur für einen Moment.

Marina grinst breit. Geschafft, sagt sie sich. Alle sind weg und nun ist die Moderne Galerie, dieses riesige Gebäude voller Kunstschätze, ganz und gar allein ihr Reich. Sie kann tun und lassen, was sie will, und das Erste, was sie im Moment der großen Freiheit macht, ist, das Radio, das sie auf ihrem Putzwagen unter einigen Lappen versteckt hat, hervorzuholen und auf Discolautstärke zu drehen. Von einer Sekunde auf die andere ist damit für die richtige Arbeitsatmosphäre gesorgt, findet Marina. In ihrer Schürze verbirgt sich eine Schachtel Zigaretten und das dazugehörige Feuerzeug wartet, verhüllt von einem weiteren Putzlappen, auf seinen Einsatz. Sogar einen kleinen Plastikaschenbecher in 70er-Jahre-Orange hat sich Marina von zu Hause mitgebracht. In ausgezeichneter Stimmung steckt sich die Reinigungskraft eine Zigarette an, wackelt mit dem Kopf zum Takt der Musik und schiebt den Putzwagen zur ersten Station. Das bisschen Rauch würde den Kunstwerken schon nichts anhaben, versichert sie sich selbst, während sie munter durchwedelt. In der linken Hand die Zigarette, in der rechten den Mob.

Für das perfekte Raumklima ist laut Vandrowski gesorgt, denkt Marina mit einem Lächeln auf ihren Lippen, denn glaubt man deren Aussage, so gibt es für Kunstwerke nichts Gefährlicheres als frische Luft. »Bloß niemals die Fenster aufreißen!«, hat die Vandrowski bei der Einstellung in einem nadelspitzen Ton angeordnet. Dabei haben sich ihre Augenbrauen zu einem gefährlichen Dreieck gekrümmt. »Die Exponate in unserem Haus sind allesamt von unschätzbarem Wert, da braucht es eine konstante Luftfeuchtigkeit. »Lüften, das ist glatter Mord an der Kunst.«

Was die Vandrowski sagt, ist in diesen Räumen Gesetz, und niemand will sich mit ihr anlegen – am allerwenigsten Marina. Deshalb hält sie sich an die Regeln und ergreift sogar vorbeugende Maßnahmen: Denn indem sie während der Arbeit raucht, verbraucht sie physikalisch betrachtet eine Menge Luft. Ein wahrer Dienst an der Kunst, schlussfolgert Marina selbstzufrieden. Wenn alles erledigt wäre, würde weit weniger von diesem hochtoxischen Gas in den Räumen herumschwirren, man muss ihr quasi dankbar sein. Dass laute Musik schädlich für die Kunst sein könne, hat die Museumsleiterin übrigens nicht erwähnt. Ergo dreht Marina noch mal am Lautstärkeregler und wackelt schwungvoll mit den Hüften, während sie eifrig abstaubt. Spaß bei der Arbeit zu haben hat ihr die Chefin ebenso wenig verboten.

So wischt und wedelt und tanzt sich Marina durch die verschiedenen künstlerischen Sammlungen. Vorbei an Picasso, dem Blauen Pferdchen von Franz Marc und Werken von August Macke. Mit Sicherheit denkt die Vandrowski – und hundertpro auch all die feinen anderen –, sie als Putzfrau habe keinen blassen Schimmer von Kunst, überlegt Marina, während sie den Putzlappen über dem Eimer auswringt. Aber da liegen sie alle miteinander falsch, denn tatsächlich hat Marina viele Jahre an der Hochschule der Bildenden Künste in Saarbrücken studiert. Zugegebenermaßen nicht ganz erfolgreich, doch das lag womöglich weniger an fehlender Begabung als an schlechtem Umgang und dem Umstand, dass sie immer an die falschen Männer geriet, die nichts als Ärger machten.

Damals war sie der Meinung, erwachsen werden, das könne sie auch noch ein bisschen später. Dass man mit Ende 20, sitzengelassen mit einem Kind und ohne Abschluss, in der Arbeitswelt keine sehr gefragte Frau ist, war eine recht späte und ernüchternde Erkenntnis Marinas, und das ließ sie mit einem Mal überaus schnell erwachsen werden.

Wie auch immer, was das Thema Kunst betrifft, macht ihr niemand etwas vor. Sie könnte ohne jegliche Vorbereitung durch all diese Räume führen und hätte dabei eine Menge zu berichten. Jeden Künstler, dessen Lebensgeschichte, die Titel der Werke und deren Entstehungszeit könnte sie benennen und auch über die Epochen gäbe es viel Spannendes zu erzählen – wenn sie jemand danach fragen würde. Aber wer macht das schon bei einer Putzfrau?

Marina kommt gut voran. Zuletzt stehen nur noch die Räume für Sonderausstellungen auf ihrem Putzplan. Auch dort muss selbstverständlich täglich durchgewischt werden. Seit Anfang der Woche, seit die neuen Museumsstücke eingezogen sind, graut es Marina jeden Tag davor, und das, obwohl noch gar nicht alles installiert ist. Die Museumsmitarbeiter arbeiten am Aufbau der einzelnen Exponate, gestern ist sogar der berühmte Künstler selbst eingetroffen. Extra aus den USA ist er angereist. Die Chefin ist um ihn herumgeschwirrt, als sei sie eine Honigbiene und der Urheber der Ausstellung der pure Nektar. Die Balken über ihren Augen haben geflattert und ihre Stimme ist sogar noch ein wenig greller geworden. Während die Vandrowski und der hohe Besuch enthusiastisch von einer Figur zur nächsten spaziert sind, hat die schüchterne Assistentin präzise all die wunderlichen Ideen »des Meisters«, wie die Museumsleiterin ihn nennt, notiert.

»How terrible!« und »Mon dieu!«, hat er immer mal wieder ausgerufen. »Da gibt es noch so much to do.«

Marina hat zu dieser Zeit im Nebenraum geputzt und alles mitgehört: Dass man bei der Präsentation der Werke vieles verbessern könne, hätte auch sie direkt unterschrieben.

»Noch weit echter als das Leben!« heißt die Ausstellung. Wie immer, wenn Marina einen Schritt in den ersten Raum macht, zuckt sie verschüchtert zusammen. Und das, obwohl sie doch mittlerweile wissen müsste, was sie erwartet. Dennoch, das ältere Ehepaar, das gleich zu Beginn am Küchentisch sitzt, ist für Marina ein einziges Horrorszenario. Die Kunstinstallation, die Farben, die Mimik der Figuren und jedes noch so kleine Detail sehen verteufelt echt aus. Der Toast könnte von einem auf den anderen Moment aus dem Toaster hüpfen und niemand würde es wundern. Oder das geköpfte Ei vor dem Mann, das tiefe Orange und der Glanz an der Stelle, an der der Dotter noch ein wenig weich ist – es macht den Eindruck, man könne das Frühstücksei jederzeit auslöffeln. Das Schlimmste aber sind die Augen der Figuren. Marina fühlt sich, als beobachteten sie jeden ihrer Schritte und als könne jeden Augenblick urplötzlich jemand vom Tisch aufstehen und auf sie zukommen – was ein durchaus beunruhigender Gedanke ist, wenn man sich allein in einem derart großen Gebäude befindet.

Marina hat eine Schwäche für Kunst, schon immer, nur diesen überdrehten modernen Ideen kann sie wenig abgewinnen. Was ist daran meisterlich, nichts anderes als alltägliche Szenen, zugegeben recht wirklichkeitsgetreu, nachzustellen? Ist die echte Welt nicht genug?

Aufgrund der Anspannung steckt die Putzfrau sich eine weitere Zigarette an. Auf der ganzen Etage verteilen sich die Figuren aus Pappmaché oder Ton oder sonst was. Manche der Plastiken warten auf den Bus und rauchen, um sich die Zeit zu vertreiben, eine stellt einen rundlichen Touristen mit Kamera und Blümchenboxershorts dar. Eine andere Szene zeigt einen Handwerker, der mit einem schweren Hammer eine Mauer einreißt. Was für ein Irrsinn, sagt sich Marina zum wiederholten Mal und dreht am Lautstärkeregler ihres Radios. Die Musik dröhnt aus den Boxen und hilft ihr dabei zu vergessen, was um sie herum zu sehen ist. Ebenso wie das Tanzen. Sie wird die Angelegenheit jetzt einfach flott hinter sich bringen und gar nicht so genau hinsehen, plant Marina, drückt die Zigarette im Aschenbecher aus und wringt den Putzlappen über dem Eimer aus. Für volle vier Monate ist die Ausstellung angesetzt und vielleicht würde sie sich irgendwann daran gewöhnen, jeden Abend von einem Gruselkabinett empfangen zu werden. Während Marina wischt, nicht zu nass natürlich, singt sie laut das Lied aus dem Radio mit. Die Tatsache, dass Tim Bendzko kurz mal die ganze Welt rettet, um danach schnell nach Hause zu gehen, macht ihr Mut. Sie hat es auch bald geschafft und dann könnte sie ebenfalls den Heimweg antreten.

Die dunkel dröhnende Stimme, die wenige Sekunden später ertönt, ist trotz des Lärms nicht zu überhören. Marina fährt zusammen, als diese selbstgefällig sagt: »Das mit dem Weltretten ist schon mal erledigt. Jetzt habe ich Zeit für dich, meine Süße!«

Erschrocken blickt sie sich um. In ihren Ohren rauscht es. Wenn sie nicht alles täuscht, kam dieser Satz aus dem unbeleuchteten Nebenraum, in dem weitere Figuren stehen. Marina greift den Stil ihres Wischmopps fester. Kampfbereit hält sie ihn sich vor die Brust. Wer immer das ist, die knapp 1,60 Meter große Putzkraft weiß sich zu wehren und ist obendrein auf alles gefasst, auf ziemlich alles – nur nicht auf Klausi.

Er tritt aus dem Schatten heraus durch die Tür. Jetzt kann ihn Marina überdeutlich sehen.

»Ach, Klausi, du bist noch da?«, sagt sie ein bisschen erleichtert, aber nicht allzu sehr.

»Musste kurz noch aufs Klo.« Klausi lächelt dümmlich.

Marina mustert den Museumswärter. Warum ist er nicht schon längst zu Hause? Weshalb hat er sich nicht wie die anderen nach Feierabend auf und davon gemacht, sondern schleicht stattdessen im Gebäude herum?

»Riecht nach Rauch, irgendwie«, unterbricht der Wärter Marinas Gedanken und rümpft demonstrativ die Nase, während er geradewegs auf sie zusteuert.

»Soll ich dir den Nebenausgang aufsperren? Dann kannst du nach Hause fahren«, fragt Marina mit wenig Hoffnung in der Stimme. Vom ersten Tag an hat ihr Klausi nachgestellt und sich mit ihr verabreden wollen. Die fortwährend peinlichen Komplimente sind auch den anderen Mitarbeitern nicht verborgen geblieben. »Vielleicht wartet Bine schon«, fügt Marina hinzu, als der Museumswärter keine Anstalten macht, ihr zu antworten, sondern einfach nur frech grinst.

Seit rund drei Wochen hat Klausi eine Freundin, und diese erfreuliche Nachricht hat in Marina berechtigte Hoffnungen auf mehr Ruhe und Abstand geweckt. »Die Bine habe ich auf einem Partyschiff kennengelernt. Musst du auch mal hin«, hat ihr Klausi brühwarm erzählt, und zwei Tage später hat er Marina informiert: »Die Bine ist gestern bei mir eingezogen. Ich mach eben keine halben Sachen.«

Nach Marinas Liebeslogik hätte das bedeuten müssen, dass Klausi ihr zukünftig nicht mehr nachstellte. Wunderbar, hat sie sich gesagt, damit wäre das leidige Thema vom Tisch. Doch der Satz, den Klausi fast noch im gleichen Atemzug ergänzte, zeigte Marina, wie unterschiedlich die Menschen und ihre Prinzipien sind: »Lustig ist die Bine schon und ein echtes Geschoss, aber mit dir Honigbiene kann sie nicht mithalten. Da brauchst du gar nicht eifersüchtig sein, meine Süße.«

Von Eifersucht konnte kaum die Rede sein, ganz im Gegenteil. Marina hätte dem neuen Paar alles Glück dieser Welt gegönnt. Besser, die Bine würde sich mit dem Kerl abplagen als sie. Doch die Gegenwart zeugt davon, dass die Geschichte mit Klausi noch kein Ende hat. Die Plage steht direkt vor ihr und gerade hebt er die Lappen hoch, die Marina, als sie ihn bemerkt hat, auf den Putzwagen geworfen hat.

»Ah, da haben wir ja schon den Übeltäter«, gibt der Museumswärter gespielt überrascht von sich und weist auf den Aschenbecher sowie die beiden darin befindlichen Zigarettenstummel. »Da war meine Süße aber gar nicht artig.«

Marina verzieht den Mund. Verdammt doof ist das. Von

einer der Kippen steigt ein zarter Faden Qualm in Richtung Decke.

Das schäbig-breit gewordene Lächeln im Gesicht des Wärters jagt ihr eine Gänsehaut ein. Die Situation fühlt sich nicht gut an.

»Jetzt schau doch nicht so, Marinalein. Du brauchst keine Angst zu haben. Als Museumswärter bin ich zwar quasi *verpflichtet*, der Vandrowski von dem Qualm zu berichten. Es ist schließlich mein Job, in diesen Räumen auf alles zu achten. Aber in einem so hübschen Fall mache ich vielleicht eine Ausnahme.« Der erste Teil von Klausis Vorhaben gefällt Marina prinzipiell noch recht gut, der zweite allerdings klingt nach Erpressung. »Wer weiß, vielleicht haben wir zwei bald auch unser ganz eigenes Geheimnis?«

»Klaus …«, setzt die Putzfrau an. Weiter kommt sie nicht. Der Wärter dreht die Lautstärke des Radios auf Anschlag und schiebt den Wagen beiseite.

Tim Bendzko warnt in dieser Sekunde davor, dass man nie genau weiß, was einem passieren kann. Schließlich geschehe unglaublich viel und recht hat er. Marina wäre diese wahnwitzige Situation selbst im Traum nicht eingefallen: Sie steht inmitten dieses Horrorkabinetts, und das größte Grauen kommt in diesen Sekunden in Form von Klausi mit schwingenden Hüften auf sie zu.

Marina, die vielleicht halb so alt ist wie der Kerl vor ihr, überlegt, wie sie aus der Nummer herauskommen kann. Was das Finden einer Alternative angeht, muss sie sich beeilen, denn Klausis rechte Hand hat sich bereits auf einem ihrer Oberschenkel platziert. Sie zuckt zusammen, doch ungeachtet dieser Reaktion wandern die Finger kaltschnäuzig nach oben, während sich die andere Pranke an ihrer Hüfte zu schaffen macht.

»Hab schon verdammt lange darauf gewartet, dir am Abend aushelfen zu können«, flüstert der Wärter in ihr Ohr. Er riecht feuchtkalt.

Die Putzfrau wäre gerne geflüchtet, doch sie ist wie erstarrt. Als Klausi zielstrebig seine Klauen um ihre Pobacken legt, um sie näher an sich heranzuziehen, passiert es. Marina fällt vor Schreck der Wischmopp aus der Hand. Der Stiel wiederum trifft das Radio, das gegen den Putzeimer fällt. Für ein paar Millisekunden lang wankt der blaue Plastikeimer gefährlich hin und her. Anfangs sieht es danach aus, als würde er sich entschließen, stehen zu bleiben, doch dann entscheidet er sich für eine alternative Option: Er senkt sich in Richtung Boden und das Putzmittel, dessen Klappverschluss Marina ungünstigerweise nicht verschlossen hat, poltert geradewegs hinterher. Dabei ist Klausis Bein im Weg, und so ergießt sich die bräunliche Brühe mit den Schaumresten zuerst über die Hose des Wärters und dann auf den teuren Parkettboden.

»Oh nein! Bloß nicht!«, schreit Marina aus. »Der Boden! Die Vandrowski wird mich umbringen!« Auf der Stelle greift sie sich die letzten trockenen Lappen, die nicht vom Wagen aus in Richtung Fußboden gesegelt sind, und saugt damit das an einen See erinnernde, sich über den Holzboden verteilende Wasser auf. Keine leichte Aufgabe, denn zu allem Elend vermischt sich das ausgelaufene Putzmittel mit der Brühe – je mehr Marina wischt, desto mehr schäumt es.

»Verdammt, verdammt, verdammt!«, schimpft die junge Frau, die verzweifelt auf dem Boden kniet und ihr Bestes gibt. Die nassen Lappen wringt sie einen nach dem anderen über dem mittlerweile wieder aufrecht stehenden Putzeimer aus. Schaum sammelt sich an ihren Händen, eine kleine Wolke hat sich in ihren dunklen langen Haaren verfangen.

»Mensch, was für eine Mistbrühe ist das denn?«, wettert Klausi unterdessen und blickt vorwurfsvoll an sich herab. Selbst in seinen Schuhen steht Putzwasser. Er macht keinerlei Anstalten, Marina zu helfen, sondern zieht laut schimpfend davon.

»Verdammt«, flucht die Putzfrau, als sie kurz aufschaut und feststellen muss, dass der Wärter bei jedem seiner Schritte eine Lache hinterlassen hat. Ihren Traumjob wäre sie aller Voraussicht nach bald los.

Trotzdem wischt Marina weiter. Wenn sie schnell genug wäre und gründlich noch dazu, würde das Parkett womöglich keinen Schaden nehmen. Vielleicht, mit ein wenig Glück, hofft sie, bekäme niemand etwas von dem Malheur mit.

Dieser elende Klaus, schimpft Marina in Gedanken, lässt sie einfach stehen. Andererseits, immerhin ist sie ihn auf diese Weise losgeworden. Bei der Miene, die er gezogen hat, dürfte ihm die Lust auf billige Anbaggerei für heute vergangen sein. Falls Marina morgen doch nicht entlassen würde, wird sie zukünftig immer Pfefferspray in ihrer Schürze mit sich führen. So eiskalt überfahren ließe sie sich von Klausi kein zweites Mal.

Die Katastrophe tritt nicht ein – das Parkett bleibt unversehrt. Ein Glück. Marina dreht gut 20 Minuten später den letzten nassen Lappen über dem Putzeimer aus und wirft einen kritischen Blick auf den feucht glänzenden Fußboden. Blessuren im Holz hat sie bisher keine festgestellt. Unter Umständen ist das exquisite Parkett doch weit widerstandsfähiger, als die Vandrowski annimmt, sagt sich Marina erleichtert. Aufgrund des vielen Putzmittels ist der Boden jetzt allerdings schmierig. Daran lässt sich gegenwärtig kaum etwas ändern, denn eine weitere Ladung Putzwasser will Marina dem Holz unter keinen Umständen zumuten. Das wird sich in den kommenden Tagen von selbst geben, denkt Marina, als sie den Eimer zurück in den Putzwagen hievt und sicherstellt, dass er dieses Mal fest in der Verankerung einrastet. Ein- oder zweimal feucht durchwischen, dann ist der Zustand des Parketts wieder der alte.

Die Reinigungskraft schaut auf ihre Armbanduhr. Halb zehn. Menno! Den Tatort kann sie sich für heute Abend abschminken. Die Aktion mit Klausi hat sie eine Menge Zeit und noch weit mehr Nerven gekostet. Immerhin, gewischt ist durch die Überschwemmung quasi schon. Nach dem Durchwedeln wäre für diesen Tag Feierabend.

Als Marina die einzelnen Figuren ansteuert, wird sie das Gefühl nicht los, alle blickten sie entgeistert an. So eine Szene wie die mit dem schmierigen Klausi eben haben sie vermutlich niemals zuvor zu Gesicht bekommen, amüsiert sich die Putzfrau in Gedanken, auch wenn ihr nicht wirklich zum Lachen zumute ist. Die Sorge, der Wärter halte sich vielleicht weiterhin im Gebäude auf, treibt Marina dazu an, sich zu beeilen. Bei dem kleinsten Geräusch zuckt sie zusammen. Fast wünscht sie sich ihre alten Putzstellen zurück, zum allerersten Mal seit sie hier angestellt ist.

Trotz aller Eile bemüht sich Marina, bei den teuren Kunstinstallationen besonderes Fingerspitzengefühl zu zeigen, wie ihr das Frau Vandrowski eingebläut hat. »Nur ganz leicht wedeln, als wären sie ein feiner Wind, und immer schön vorsichtig. Unsere Kunstschätze im Haus sind unersetzbar«, hat die Chefin gesagt.

Marina hat den Moment noch genau vor Augen. Sie nickte immerzu, während sie in Gedanken für sich festhielt, dass die Mode, sich Balken über die Augen zu malen, nicht ihrem Schönheitsideal entsprach. Doch selbst wenn die Museumsleiterin keinerlei Geschmack hat und einen Befehlston an den Tag legt, der an Armyfilme erinnert, Marina macht, was ihr aufgetragen wird. Und das Rauchen während der Arbeit ist ab heute ebenfalls passé.

Gegenwärtig ist Marina bei der Nachbildung eines Bauarbeiters angekommen. Einem Hünen, der mit seinen dicken Oberarmen in einem verfleckten, ursprünglich wohl weißen Muskelshirt eine Mauer abreißt. Da vernimmt sie Schritte. Es besteht kein Zweifel, sie hat etwas gehört.

Bitte nicht der Klausi, bitte nicht, fleht Marina in Gedanken. Das hat sie wirklich nicht verdient! Aber dieser Tag kennt keinerlei Gnade.

»Marina, mein Abendstern. Ich konnte doch nicht gehen, ganz ohne Abschiedskuss und Schlummertrunk. Jetzt, wo meine Sachen trocknen müssen, brauche ich jemanden, der mich warmhält.« Der Museumswärter tritt zum zweiten Mal an diesem Abend durch die Flügeltür aus der Dunkelheit heraus in die Ausstellungsräume. In der einen Hand eine Flasche Sekt, sicher ein Überbleibsel vom Neujahrsumtrunk, und in der anderen zwei Sektgläser. Sein erneuter Auftritt ist noch schauerlicher als der erste, denn Klausi hat die Hose abgelegt sowie auch Schuhe, Socken und das dunkle Sakko. Einzig Boxershorts mit Weihnachtsmuster bekleiden jetzt den unteren Teil seines Körpers. Ein Anblick, auf den Marina gern verzichtet hätte. Ebenso wie auf den des darüberliegenden Rests, denn durch die geöffneten Knöpfe von Klausis Hemd drängen sich die Brusthaare wie trockene Wurzeln nach draußen. Der Wärter ist in lockerer Stimmung, das ist unübersehbar, und das kann nur eins bedeuten: Das Drama hat für Marina noch kein Ende – oder mit ein wenig Glück vielleicht doch!

»Aufpassen!«, ruft sie reflexhaft. Das Parkett glänzt verdächtig. »Mach langsam, Klausi. Es könnte sein, dass es noch rutschig ist.«

Und ja – diese Aussage hätte der Museumswärter als zutreffend bestätigen können, wäre ihm noch Zeit dafür geblieben. Dass er barfuß ist, erweist sich als äußerst ungünstig, mit Schuhen wäre die Angelegenheit vielleicht glimpflich ausgegangen. So allerdings rutscht und fällt der Wärter vergleichsweise unglücklich. Marina ist selbst überrascht. Nie im Leben hätte sie erwartet, dass man auf einer völlig ebenen Fläche derart unbarmherzig zu Fall kommen könne. Aber nun gut, vielleicht hätte der Museumswärter den Sturz abfangen sollen, anstatt die Gläser und den Sekt zu umklammern, als halte er einen kostbaren Schatz in seinen Händen. Vermutlich hat die Vandrowski auch ihm auferlegt, stets über die Unversehrtheit des Parketts zu wachen. Jedenfalls donnert Klausi mit dem Hinterkopf auf den Boden.

Warum im Anschluss an das erste Unglück dem Bauarbeiter aus Pappmaché, Ton oder sonst was auch noch der schwere Hammer aus den Händen fällt und weshalb dieser ausgerechnet auf Klausis Stirn landet, ist mit Physik allein wohl nicht zu erklären. Vielleicht liegt es an der Erschütterung beim Aufprall von Klausis Körper oder einer der Museumshelfer hat bei der Installation der Figuren nicht unbedingt beste Arbeit geleistet oder aber es ist einfach Schicksal oder Gerechtigkeit – wer kann das schon sagen? Eins jedenfalls ist amtlich, es knallt ein zweites Mal dumpf und gleichsam furchterregend. Marina verzieht das Gesicht bei dem Geräusch, das entsteht, als Klausis Stirn dem Hammerkopf in die Quere kommt. Ab da rührt sich nichts mehr.

Ob es der Sturz selbst gewesen ist oder eher das solide Werkzeug, lässt sich im Nachhinein schwer rekonstruieren. Dafür bräuchte es wahrscheinlich einen Gerichtsmediziner wie den Professor Boerne aus Münster, den allerdings hat Marina heute Abend wegen Klausi verpasst. Letztlich ist der genaue Grund auch einerlei, denn was immer der Auslöser gewesen ist, in jedem Fall ist der Film für den Wärter hundertprozentig in diesen Minuten zu Ende gegangen.

»Och, Mist!«, schimpft Marina laut. Das Erste, was sie sieht, nachdem Klausi die Augen für immer geschlossen hat, ist die Macke im Parkett direkt neben der Hand mit der Sektflasche. Verdammt, wenn das Frau Vandrowski entdeckt. Das gibt einen Anpfiff oder sogar eine Abmahnung.

Was den gerade verschiedenen Wärter angeht, fühlt sich Marina nicht verantwortlich. Sie hat keine Schuld an dem Ausgang der Geschichte. Wenn sie ehrlich zu sich ist, was vermutlich die wenigsten Menschen in der Situation wären, muss sie zugeben, dass es ihr mit dieser Lösung des Problems ein bisschen leichter ums Herz ist.

Aber konnte man ihr das verdenken, fragt sich Marina. Für die neue Freundin, die sicher in dieser Sekunde in Sorge in Klausis Wohnung wartet, ist das vorzeitige Ende der gerade erst begonnenen Beziehung zweifellos unerfreulich. Andererseits ist nicht von der Hand zu weisen, dass man ihr auf lange Sicht damit einen Dienst erwiesen hat. Eingebrockt hat Klausi sich das sowieso ganz allein, und wer darf es nun ausbaden? – Sie mal wieder. Denn so kann sie den Boden für den nächsten Tag auf keinen Fall hinterlassen.

Der Wärter liegt, wie gesagt, reglos auf dem Boden und Marina fragt sich, was mit seinen traurigen Resten anzustellen sei. Einfach nur liegen lassen kann sie ihn wohl kaum, da würde sie gleich unter Verdacht geraten. Einen Krankenwagen zu rufen ist nicht mehr der Mühe wert und die Polizei ist auch irgendwie ungünstig, bei dieser vollkommen irrsinnigen Geschichte. Wer weiß, ob die Beamten sie nicht mit einem Male des Mordes beschuldigen würden. Dabei ist doch genau genommen sie das Opfer.

Definitiv ist die Saar die beste Lösung, entscheidet Marina. Ein paar Steine in die Taschen, wie sie es beim Tatort gelernt hat, und die Sache wäre mit einem Rutsch ins tiefe Nass erledigt. Bis zum Ufer sind es vielleicht 200 oder 300 Meter. Marina fasst Klausi an den Füßen und zieht ihn ein Stück über das Parkett. Die Saar wird dem Wärter gefallen. Er hat ihr einmal erzählt, dass er während der Pause gerne am Ufer auf einer der Bänke am Staden sitzt und den Joggerinnen in den kurzen Shorts beim Trainieren zusieht. Dort wird er ab jetzt weit öfter verweilen und kann dabei die Geschehnisse aus einem völlig neuen Blickwinkel betrachten.

Was wie ein guter Plan klingt, erweist sich in der Realität als äußerst haarig. Klausi ist kein Leichtgewicht, Marina hingegen eine zierliche Person, und das zusammen harmoniert beim Abtransport rein gar nicht. Mit großer Anstrengung gelingt es ihr, den toten Körper ein paar Meter weit über das Parkett zu ziehen, dann schwinden ihre Kräfte. Sie lässt, wohl oder übel, die Füße zu Boden sinken.

»Schöner Schlamassel«, stöhnt Marina. Ohne Sackkarre klappt das nicht. Die kann sie sich zwar vom Nachbarn leihen, aber frühestens morgen. Bis dahin brauchte es für Klausi ein sicheres Zwischenlager. Etwas Schlichtes würde ausreichen, denn jetzt, in dem Zustand, ist er relativ genügsam.

Sie sieht sich um. Der Bauarbeiter neben ihr mit dem trainierten Oberkörper, dem sie den Hammer wieder zugesteckt hat, blickt sie kühn an. Die Mimik ist wirklich beeindruckend, überlegt sie – die Realitätsnähe kommt ihr mit einem Mal doch ziemlich meisterhaft vor. Nicht nur der Bauarbeiter, auch all die anderen Plastiken schauen Marina auffordernd an. Sie haben dem Schauspiel beigewohnt und sind damit zu ihren Komplizen geworden.

Warum auch immer ihr das ausgerechnet jetzt einfällt, aber sie erinnert sich an eine Szene an der Kunsthochschule. Damals hat einer der Profs bei der Notenvergabe für eine Abschlussarbeit völlig überraschend gesagt: »Die Marina ist ohne Frage die Faulste von euch allen, aber wenn die wirklich will, steckt sie euch alle in die Tasche.«

Dieser Moment schwirrt ihr mit einem Male wieder im Kopf herum. Vielleicht hätte es damals einfach ein bisschen mehr Beharrlichkeit gebraucht, um das Studium durchzuziehen. An Begabung fehlte es ihr nicht, wie alles nun Nachfolgende beweist, denn die Inspiration kommt wie von selbst über Marina. Der passende Hintergrund für ihre Idee ist schnell gefunden. Klausi mag es gemütlich, das hat er ihr gesagt. Und wo wäre er da besser untergebracht als bei der Kunstinstallation mit dem Pärchen, das es sich auf der Couch vor dem Fernseher mit Erdnussflips gemütlich gemacht hat? Auf dem Sofa mit Blümchenkissen und Retromuster wird Klausi sich wohlfühlen. Sektflasche und Gläser für einen entspannten Fernsehabend hält er sogar schon in der Hand. Hier könnte er im Dienste der Kunst verweilen und über all die Kunstschätze wachen.

Der Gedanke entzückt Marina und sie macht sich ans Werk. Viele Jahre hatte sie das Thema Kunst für sich ad acta gelegt und sich gesagt, dass ihr das kein bisschen fehle. Jetzt aber, kaum, dass sie begonnen hat, wird ihr bewusst, wie sehr sie das Schöpferische vermisst hat, und trotz der fehlenden Übung scheint Marina nichts an Kunstfertigkeit eingebüßt zu haben: Mit zusammengekniffenen Augen schleicht sie wie ein Tiger auf Beutefang um die Wohnzimmerinstallation. Mal schaut sie von der Seite und nutzt dabei die Arme als Richtlatte, um gleich darauf den Kopf zu schütteln und weiterzugehen.

Dann aber bleibt sie stehen. »Ich hab's, Klausi! Genau so könnte es gehen«, murmelt sie, stürmt nach vorne und rückt die beiden Sitzenden auf der Couch ein Stück weit auseinander. »Ideal! Schau mal, da ist ein Platz für dich frei geworden.«

Sie lächelt zufrieden. Sogar noch in dem Augenblick, als sie alle Kraft aufwenden muss, um den Wärter hinüberzuhieven. Es knarzt für einen kurzen, unangenehmen Moment, als Klausi mit dem Dienstausweis am Hemd über den Boden schrammt. Schließlich sitzt er endlich zwischen dem Pärchen, wie es Marina geplant hat. Nur dass er immer wieder nach vorn kippt, das gehört nicht zu ihrem Konzept. Doch auch dafür findet sie eine Lösung. Vorhin hat Marina eine herumstehende Flasche aus der Kaffeeküche des Personals im Sammelbehälter für Glas entsorgt. Diese fischt sie aus der Kiste heraus und schiebt sie unter Klausis Hemd, direkt vor den Bauch. So findet er den nötigen Halt.

Marina geht auf Abstand. Sie legt den Kopf zur Seite und betrachtet die Komposition skeptisch aus verschiedensten Positionen, um kleinste Veränderungen vorzunehmen: Die oberen Knöpfe von Klausis Hemd müssen in jedem Fall geschlossen sein, denn sein Dekolleté ist kein Anblick, den man anderen zumuten sollte, entscheidet sie. Über die nackten Beine drapiert sie eine Decke, die ursprünglich am Rand der Couch gelegen hat.

Nun erweckt die Installation tatsächlich den Eindruck, Klausi gehöre mit zur Familie, ein Bruder oder Onkel, der zu Gast ist bei dem Paar, und es ist nur noch schwer vorstellbar, dass die Komposition je anders gewesen ist. Zu gern wüsste Marina, was der Künstler davon halten würde. Aber die Gelegenheit zu einem Fachgespräch würde sich vermutlich nicht bieten. Eins ist jedenfalls klar: Die Idee mit der Saar wäre pure Verschwendung gewesen. Auch weil das Künstlerische in der Modernen Galerie immer Priorität hat.

Vielleicht kann man sogar, wenn man das will, noch ein bisschen weitergehen, überlegt die Putzkraft, die völlig in ihrem Element ist. Warum nicht, sagt sie sich.

Material gibt es genug vor Ort, weiß Marina und begibt sich zu den Arbeitsschränken, in denen sie neulich eine Kiste mit Acrylfarben für die Kinderkunstsamstage gesehen hat. Und tatsächlich, als sie die mit Farbresten übersäten Schranktüren öffnet, stehen sie dort in Reih und Glied, daneben eine Palette. Wer sollte etwas dagegen haben, dass sie sich die Dinge kurz mal ausleiht?

Marinas Augen leuchten wie schon lange nicht mehr, als sie ein paar Minuten später bedächtig einen Pinsel in einen der Kleckse auf der Palette taucht. Mit präzisen Strichen malt sie die Maserung des zerkratzten Bodens nach. Es dauert zehn Minuten, danach kann niemand mehr den Unterschied zwischen echt und aufgemalt ausmachen. Nicht einmal die Vandrowski, davon ist Marina überzeugt. Trotz des ganzen Ärgers fühlt Marina sich erstaunlich beschwingt.

»Jetzt kommst du an die Reihe, wenn du Lust hast. Was meinst du, Klausi?«, sagt sie mit Blick auf den Wärter. Sie schaltet das Radio ein. Wohlgestimmt wackelt die Putzfrau mit den Hüften, als sie näher tritt. Was Klausi angeht, ist einiges an Verbesserungen denkbar. Den blassen, mittlerweile fast fahlen Teint geht sie mit ein paar kräftigen Tupfern Farbe an, und innerhalb weniger Minuten sieht der Wärter wieder aus wie das blühende Leben.

»Es braucht manchmal bloß ein paar Kniffe«, hat Marinas Kosmetikerin Carola, die wahre Wunder vollbringt, einmal gesagt. Den Satz kann Marina nur bestätigen – vereinzelte kleine Veränderungen machen aus Klausi einen echten Hingucker.

»Trick 17 sind Highlights hier und da. Die bringen jeden zum Strahlen«, war ein weiterer Ratschlag von Carola. Marina tupft ein wenig helle Hautfarbe unter Klausis Augen und sofort wirkt er weit aufgeweckter, als er es jemals zu Lebzeiten war. Das zarte Orangerosé auf den Lippen des ehemaligen Wärters ist das i-Tüpfelchen. Es verpasst ihm einen freundlichen, ja fast heiteren Anstrich, ohne dass er mädchenhaft wirkt, denn das wäre sicher nicht in seinem Sinne.

Marina fragt sich, ob sie die Augenbraue in dunklem Braun nachmalen soll, um sie fülliger wirken zu lassen. Das könnte dem Gesicht einen prägnanten Ausdruck verleihen. Doch dann erinnert sie sich an Frau Vandrowskis Dreiecke und entscheidet sich dagegen. Manchmal ist es eben auch eine Kunst zu erkennen, wann es genug ist.

Marina geht auf Abstand, spitzt die Lippen und betrachtet Klausis neues Antlitz. Ja, das ist es! Perfekt. Zufrieden räumt sie die Malsachen zurück in den Schrank. Dabei gerät ihr ein kleiner Rest Kleister in einem Marmeladenglas in die Hände.

Den braucht gewiss niemand mehr, sagt sich Marina und macht sich noch einmal ans Werk. Einen Fixier-Sprühlack für Pastellkreide hat sie auch in ihre Schürze gesteckt. Mit dem Kleister legt sie Klausis Scheitel zur Seite. Gut sieht das aus, fast ein bisschen verwegen. Den Lack trägt sie, ähnlich wie Haarspray, gleichmäßig und großzügig auf die frisch gestylten Haare auf. Ob das Spray auch beim Menschen konservierende Wirkung entfaltet, fragt sich Marina während des Sprühens und entscheidet kurzerhand, das auszuprobieren. Gleich zwei Schichten vom Sprühlack trägt sie auf, sie will schließlich sichergehen, dass das neue Kunstwerk keinen Schaden nimmt.

»Verteufelt gut siehst du aus, mein lieber Klausi«, sagt Marina mit Blick auf ihr soeben vollendetes Werk, und sie hat nicht unrecht: Äußerlich hat sich der Wärter zweifellos verbessert. Männlicher wirkt er, fast schon attraktiv und um viele Jahre verjüngt. Außerdem sagt er nichts, was in seinem Fall durchaus angenehm ist. Nicht ausgeschlossen, dass Marina – nach der Komplettverwandlung – sogar mit ihm ausgehen würde. Aber die Frage stellt sich nicht mehr.

Marina beeilt sich mit dem Aufräumen. Mittlerweile ist es beinahe Mitternacht. Sie sollte beim Rausgehen nicht vergessen, die Überstunden zu notieren, so wie die Vandrowski das angeordnet hat.

Wenig später schließt Marina die Tür zum Nebenausgang ab. Draußen ist es stockdunkel und einsam. Sie geht schnellen Schrittes an dem grauen Gebäude vorbei in Richtung Theaterparkplatz. Auf dem Heimweg lächelt sie, sie hat heute Abend ohne jede Frage lang Vergessenes wiederentdeckt. Wie viel Energie kreatives Arbeiten einem geben kann, das hat sie fast vergessen. Oder auch verdrängt.

Eventuell hat der Professor damals gar nicht so danebengelegen mit der Einschätzung, was ihre Begabung angeht. Das Studium einfach so sausen zu lassen, war eine verrückte Idee gewesen. Daran lässt sich jetzt womöglich nichts mehr ändern, überlegt Marina weiter. Oder vielleicht doch, wenn sie diesmal ein bisschen beharrlicher an die Sache herangeht.

Wer weiß, sagt sie sich, was alles noch so passieren wird. Schließlich geschieht so unglaublich viel.

DIE SOMMERTOUR MIT FRANZ

»Prima siehst du aus!«

»Findest du?« Christoph schaut ungläubig in den Spiegel im Flur und dreht sich zur Seite. Mit dem neuen dunklen Anzug und der gestreiften Krawatte ist er sich selbst fast fremd. Trotzdem, am ersten Tag ist es wichtig, einen guten Eindruck zu machen, da hat seine Freundin recht.

Kaum zu glauben, in einer knappen Stunde geht es los. Nachdem Christoph Stutz jahrelang als Entwickler für interaktive Spielesoftware in Köln tätig gewesen war – ohne jede Frage ein Traumjob für jemanden, dessen Hobby Onlinegames waren –, würde er nun wieder im Saarland arbeiten und leben. Seine Mutter hat sich unglaublich gefreut, als sie von der Anstellung erfuhr, und Anne-Marie sogar noch mehr.

»IT-Leiter bei der Staatskanzlei, das ist schon was! Und ab jetzt können wir uns jeden Tag sehen«, stellt seine Freundin fröhlich fest und schlingt von hinten ihre Arme um ihn.

»Ja«, sagt Christoph und nickt. Sehr lange sind sie noch nicht zusammen, wenn man die Zeit unberücksichtigt lässt, in der sie sich nur im Chat getroffen haben. Aber schon kurz nachdem sie sich das erste Mal in echt gesehen haben, fing Anne-Marie an, ihm damit in den Ohren zu liegen, dass eine Wochenendbeziehung auf Dauer keine Lösung sei. Nun, da sein WG-Zimmer in Köln gekündigt ist, lebt er wieder in St. Nikolaus. Offiziell zumindest. Also könnte er nun nach Feierabend wie früher mit dem Hund in der

Natur spazieren gehen oder seine Kumpels sehen. Prinzipiell, wie gesagt, denn da gibt es obendrein noch Anne-Marie, die recht konkrete Pläne für die Ausgestaltung seiner Freizeit hat.

»Du kommst aber gleich nach Feierabend? Bitte, ich vermiss dich jetzt schon!«, drängt sie Christoph, der noch mal bejaht. Und das, obwohl er sich genau genommen vorher gerne mit seinem Freund Stefan getroffen hätte, denn der hatte was von einem neuen Geocache geschrieben. Aber was soll's, sagt er sich. Da er wieder im Saarland wohnt, hat er für all das bald mehr als genug Zeit.

Nun galt es allerdings, den ersten Arbeitstag hinter sich zu bringen.

»Das Wichtigste für uns ist der reibungslose Ablauf aller Social-Media-Aktivitäten unseres Ministerpräsidenten. Darauf legt Herr Franz größten Wert. Als Politiker muss man heute auf allen Kanälen präsent sein«, erklärte die Angestellte der Staatskanzlei ihm bei seinem Einstellungsgespräch vor einigen Wochen. Und dann erkundigte sich Frau Maybach-Menke: »Sind Sie in dem Bereich ausreichend versiert?«

Damals sagte er freiweg: »Selbstverständlich!«

Wer Dinosaurier bis auf das kleinste Nasenhaar rendern kann und Fantasiewesen entwickelt, die realer und greifbarer als das echte Leben erscheinen, der wird wohl kaum Probleme damit haben, die ein oder andere Twitter-Nachricht einzustellen, dachte er selbstgewiss. »Machen Sie sich keine Sorgen. Ich werde Ihre Erwartungen erfüllen«, sicherte er im Laufe des Vorstellungsgespräches zu, und keine Woche später wurde ihm am Telefon mitgeteilt, dass die Wahl auf ihn gefallen sei. Er würde der neue Leiter der IT-Abteilung.

Nun, da sein Einsatz unmittelbar bevorsteht, zeigt sich Christoph nicht mehr ganz so forsch. »Hoffentlich schaffe ich das«, murmelt er, als er sich von Anne-Marie mit einer Umarmung verabschiedet.

»Man schafft alles, was man schaffen will«, behauptet seine Freundin.

»Aha, jetzt wieder ganz die Frau Doktor Tietze-Meiermann«, spaßt Christoph und gibt ihr einen Abschiedskuss an der Wohnungstür. »Bis nachher. Drück mir die Daumen.«

Noch vor Arbeitsbeginn, auf dem Weg nach Saarbrücken, kommt er bereits mächtig ins Schwitzen. Der Zeitpuffer, den er für die Fahrt zur Staatskanzlei eingeplant hat, ist schnell aufgebraucht. Mit dem Berufsverkehr am Morgen in der Stadt hat er seit dem Studium nicht mehr zu kämpfen gehabt. Exakt um 8:04 Uhr trifft Christoph Stutz im Büro von Frau Maybach-Menke ein. »Tut mir leid, mächtig Verkehr und dann auch noch …«

»Das wird ab heute zu Ihrem Alltag dazugehören«, unterbricht ihn die Referentin mit einem Augenzwinkern. »Das lernen Sie noch. Oder Sie kommen wie ich mit Zug und Bus – das schont die Nerven.«

»Wäre eine Überlegung wert«, gesteht Christoph ein. »Entschuldigung, kommt nicht wieder vor«, fügt er schnell hinzu.

Frau Maybach-Menke nickt mütterlich nachsichtig. Sie ist schätzungsweise um die 60, ein schmales Persönchen und ein Energiebündel. Wenn Christoph nicht alles täuscht, ist sie die gute Seele hier im Haus. Das ist ihm schon beim Bewerbungsgespräch aufgefallen.

»Falls Sie sonst nichts Schlimmeres anstellen, sei Ihnen die Verspätung verziehen«, sagt die Referentin gutgelaunt und fügt hinzu: »Machen Sie sich keine Sorgen.«

»Danke.« Er ist erleichtert. Alle würden freundlich und zuvorkommend sein – genau das hat ihm seine Freundin am Wochenende, wenn ihn die Angst gepackt hat, prophezeit. »Warum sollte dir jemand Steine in den Weg legen wollen? Du bist ein netter Mensch und deinen Job wirst du super machen«, hat ihm Anne-Marie immer wieder beteuert.

»Nun mal auf in den Kampf«, fordert Frau Maybach-Menke und lacht dazu. »Ich würde vorschlagen, wir verlieren keine Zeit und ich stelle Ihnen Ihren neuen Kollegen vor. Herr Hildebrandt ist sicher schon sehr gespannt. Er wird Ihnen gleich alles zeigen wollen. Der Rainer arbeitet schon seit gut 20 Jahren für die Staatskanzlei. Ein wirklich netter und hilfsbereiter Kollege, da haben Sie riesiges Glück.«

»Aha! Prima.« Mehr fällt Christoph in dieser Sekunde als Antwort nicht ein. Er rückt erneut seine Krawatte zurecht, während ihn Frau Maybach-Menke durch die Gänge des 50er-Jahre-Baus mit den großzügigen Fensterfronten führt. Im Innenhof blüht eine Schar weißer Rhododendren, er hört Wasser plätschern und Insekten schwirren. Im Gebäude selbst wirkt die Atmosphäre hingegen eher kühl und förmlich.

»Da sind wir auch schon!« Die Referentin stoppt vor einer der Türen, die aussieht wie jede andere. Sie klopft an und drückt die Klinke herunter, nachdem ein schwungloses »Herein« erklungen ist.

»Herr Hildebrandt, einen schönen guten Morgen. Darf ich Ihnen Ihren neuen Vorgesetzten, Herrn Stutz, vorstellen?«

»Unbedingt«, sagt der Mann hinter dem Schreibtisch in einem Ton, der nicht weniger kühl wirkt als die Gänge, durch die Christoph gerade geschritten ist. »Willkommen, Herr Stutz.« Und gleich darauf setzt er hinzu: »Ich habe Sie ein bisschen früher erwartet.«

»Äh. Ja, sorry. Der Verkehr und auf der A1 gab es auch noch …«, bemüht sich Christoph, dem neuen Kollegen die genauen Umstände zu erklären. Doch Hildebrandt versucht erst gar nicht, zuzuhören.

»Mir gegenüber brauchen Sie sich nicht zu erklären. Ich habe Ihnen schließlich nichts zu sagen. Sie sind ab jetzt der Chef hier.«

»Ach so. Okay.« Christoph verstummt und Frau Maybach-Menke fällt anscheinend auch gerade nichts Kluges ein. Von dem groß angekündigten »nett und hilfsbereit« ist derzeit wenig zu merken. In Köln hat man ihn damals mit »Cool, ein frischer Nerd in unserer Mitte« begrüßt und ihn am Abend zum Einstandsbier eingeladen. Aber womöglich geht es bei Regierungsangestellten schlichtweg ein wenig förmlicher zu, begründet Christoph diesen Unterschied für sich selbst.

»Wunderbar«, beendet Frau Maybach-Menke schließlich die unangenehme Redepause. »Gewiss brauchen Sie erst mal ein bisschen Zeit für sich, um alles abzusprechen.« Ihr Tonfall ist längst nicht mehr so überschwänglich wie zu Beginn, stellt Christoph fest. »Außerdem stapelt sich die Arbeit auf meinem Tisch. Dann wünsche ich Ihnen alles Gute, Herr Stutz, für Ihren ersten Einsatz. Wir werden uns bestimmt öfter mal begegnen. Übrigens ist Herr Franz heute wieder auf seiner Sommertour im Saarland unterwegs. Da können Sie direkt durchstarten.«

»Prima, ich bin gespannt«, sagt Christoph.

Kurz darauf schließt sich die Tür hinter der Referentin und damit wird es mit einem Schlag still in dem Büroraum.

Wie sich bald herausstellt, spricht Herr Hildebrandt ausschließlich auf Aufforderung und selbst in dem Fall nur äußerst wenig.

»Das ist mein Schreibtisch, schätze ich«, erkundigt sich Christoph und weist zum freien Tisch.

Hildebrandt sieht kurz vom Bildschirm auf und senkt bejahend den Kopf.

»Klasse!« Christoph stellt seine lederne Laptoptasche ab, die ihm Anne-Marie am Samstag geschenkt hat. Er drückt auf den Startknopf des Laptops, der auf dem Schreibtisch für ihn bereitsteht. »Gibt es einen Plan für die Woche? Was alles zu erledigen ist?«

»Nö, keine Ahnung. Ist ja nicht mehr mein Job.« Kollege Hildebrandt macht in keiner Weise den Eindruck, als wolle er irgendeine Information an ihn, den Neuen, weitergeben. Demonstrativ vertieft er sich abermals in seine Arbeit, um etwa 20 Minuten später mit Blick auf die Uhr zu sagen: »Ui, Mensch. Termin beim Chef. Mit der Pünktlichkeit haben Sie es wohl nicht so.«

»Wie Chef?«

»Na, beim Chef.«

Christoph schaut verwirrt.

»Beim Franz natürlich.«

»Was? Um wie viel Uhr denn?«

»Um 9. Hatte ich Ihnen das nicht gesagt?« Hildebrandt grinst unverfroren.

»Nein!« Christoph schaut auf die Zeitanzeige in der Ecke seines Bildschirms. »Das sind nur noch vier Minuten!«

»Ja, richtig.« Der Kollege zieht die Schultern hoch. »Kann jedem Mal passieren, dass er etwas vergisst. Oder?«

Christoph antwortet nicht. Er klappt seinen Laptop zu und steht auf.

Das wird ganz und gar kein glorreicher Start, urteilt er in Gedanken und geht eilig zur Tür hinaus. Gleich darauf, als ihm bewusst wird, dass er keinerlei Ahnung hat, in welchem Raum er seinen Chef treffen soll, kehrt er wieder zurück. Dank der eher umständlichen Erklärung von Hildebrandt ist Christoph schließlich der Letzte, der sich im Büro des Ministerpräsidenten einfindet.

»Entschuldigung«, sagt er zum dritten Mal an diesem Morgen. Dabei hat sein Arbeitstag erst vor rund einer Stunde begonnen.

»Ach, schauen Sie! Da ist er ja! Wie eben angekündigt: Herr Christoph Stutz, unser neuer IT-Leiter«, stellt Herr Blumenthal, der persönliche Referent des Ministerpräsidenten, den Letztankömmling in der Runde vor. »Schön, dass wir Sie jetzt auch bei uns haben. Herr Hildebrandt hat Ihnen sicher schon einen ersten Überblick über Ihre Aufgaben hier verschafft.«

Christoph bejaht. Was bleibt ihm anderes übrig? Soll er als Neuling in der Truppe den Kollegen vor allen in die Pfanne hauen? Das ist weder geschickt noch seine Art.

»Das ist gut«, stellt Herr Blumenthal fest und Ministerpräsident Franz nickt Christoph wohlwollend zu. »Wir haben heute die erste Viertelstunde für Sie reserviert, damit Sie uns von Ihren Plänen und Ihrem Konzept berichten können. Herr Hildebrandt hat uns da einiges angekündigt. Wir sind alle gespannt auf Ihre Ideen!« Herr Blumenthal blickt nach diesen Worten in die Runde und alle Anwesenden am Tisch, einschließlich Herr Franz, stimmen eifrig zu. »Mit Ihnen als im Bereich der Informatik bestens firmem Mitarbeiter können wir sicher unseren Medienauftritt in Zukunft noch ein wenig professioneller und für jüngere Menschen attraktiver gestalten. Das freut uns alle«, ergänzt Herr Blumenthal zu guter Letzt und übergibt das Wort an Christoph, womit sich eine Schar an erwartungsvollen Blicken auf ihn konzentriert.

Verdammt, diese linke Bazille Hildebrandt, denkt Christoph. Nach außen hin gibt er sich jedoch Mühe, gelassen zu wirken. Er räuspert sich und beginnt allgemein und unverfänglich: »In jedem Fall ist da einiges möglich.« Zwar hat man sich im Vorstellungsgespräch darüber ausgetauscht, dass es eine Reihe von Innovationen geben soll, dass Christoph allerdings gleich am ersten Tag mit einem fertigen Konzept aufwartet, hat man nicht besprochen. Darauf ist er nicht vorbereitet. Demnach gilt es zu improvisieren.

»Nun, was ich mir überlegt habe …« Christoph nimmt wahr, dass seine Wangen glühen. Warum hat er bloß den Traumjob in Köln aufgegeben, fragt er sich einen kurzen Moment lang, in dem er die Verzweiflung weglächelt, einfach weiterredet und dabei auf eine kluge Eingebung hofft. »Nun, ein Punkt, den wir im Fokus haben sollten, ist sicher das starke Bedürfnis der Bürger nach Partizipation und Mitbestimmung. In dem Bereich lässt sich einiges umsetzen und verbessern. Insbesondere für Jugendliche und Kinder sollte das Angebot ansprechend und attraktiver sein.«

Die Damen und Herren am Tisch nicken angeregt. Christoph schöpft Hoffnung. »Eine fabelhafte Lösung wäre eine Art Newsroom. Ein Forum für Videos, Live-Gespräche oder auch regionale Reportagen mit hohem Mitwirkungscharakter.«

Die Idee eines Newsrooms hat Christoph vor ein paar Tagen in einer Dokumentation über die Politik in den USA gesehen, was zeigt, dass es sich manchmal lohnt, fernzusehen. Jetzt gilt es, die wenigen Infos, die er noch parat hat, professionell zu präsentieren.

»Einen Saar-Room.« Der Name fällt ihm spontan ein. »Dort könnte man ein zeitgemäßes Politikverständnis pflegen und zudem die derzeitigen Umweltschutzgruppen mit vielen jungen Menschen einbinden. Wünsche und Erfahrungen ließen sich direkt mit dem Ministerpräsidenten diskutieren. Das schafft Bürgernähe.«

Die Gesichter der Zuhörer zeigen ihm, dass seine Ausführungen überzeugen. »Ein bisschen frischer Wind, das gefällt mir«, lobt Ministerpräsident Franz ihn sogar.

»Aber da gibt es natürlich auch noch viele andere Möglichkeiten. In jedem Fall sollten wir die Aktivitäten bei Twitter, Facebook, YouTube und Instagram noch weiter verstärken. Dabei sollten nicht immer nur Probleme, sondern auch erfreuliche Themen im Zentrum stehen, die zeigen, wo und wie es im Land vorangeht. Ein eigener Podcast, der täglich in kurzweiliger Weise vom Alltag des Ministerpräsidenten erzählt und auch die Ecken und Kanten von Herrn Franz zeigt sowie sein Bemühen um den ständigen Austausch mit den Bürgern, das wäre ebenfalls ein wesentliches Arbeitsfeld«, ergänzt Christoph. »Authentizität und Charakterstärke, das ist den Menschen heute wichtiger denn je.«

»Nun, ich bin beeindruckt«, beurteilt der Ministerpräsident die Ausführung des neuen IT-Leiters abschließend. »Da können Sie gleich Ihr Können unter Beweis stellen.«

Christoph, der in dieser Sekunde einfach nur heilfroh ist, halbwegs ungeschoren aus der Nummer herausgekommen zu sein, stimmt mit einem Kopfnicken zu, ohne jedoch genau zu hinterblicken, wozu er gerade Ja gesagt hat.

»Ein guter Gedanke.« Blumenthal zeigt sich ebenfalls begeistert und spinnt die Idee sogar weiter. »Wissen Sie was, Herr Stutz, ich würde vorschlagen, Sie begleiten uns heute einfach. So sind die Infos zeitnah und es kann nichts schiefgehen. Was denken Sie?«

»Selbstverständlich, falls Sie mich brauchen, bin ich natürlich mit dabei.« Christoph gibt sich große Mühe, überzeugt und motiviert zu klingen, auch wenn er zu gerne wüsste, um was es geht. Er tappt im Dunkeln. Niemand hat ihn über die geplanten Aktivitäten informiert.

Als sich die Runde wieder »dem eigentlichen Tagespunkt« zuwendet, wie Herr Blumenthal sagt, und die Worte »Highlights des Tourismus« und »erster Tourtag« fallen, kombiniert der IT-Leiter die wenigen Informationen. Nach und nach dämmert ihm, worauf all dies abzielt: Es geht um die diesjährige Sommertour des Ministerpräsidenten, die Frau Maybach-Menke erwähnt hat.

So kommt es, dass Christoph Stutz, der frischgebackene IT-Leiter der Staatskanzlei, seinen ersten Arbeitstag nicht wie erwartet im Büro zubringt. Statt sich in die neuen Aufgabenfelder hineinzuarbeiten und sich mit dem Kollegen Hildebrandt auszutauschen, wie es für einen Einstieg üblich wäre, tourt er mit einem Trupp von Mitarbeitern in einem Minivan quer durchs Saarland.

Ist doch ein ganz cooler Job, denkt er sich, als sie eine Stunde später die erste Etappe des Tages erreichen. Er ist erleichtert, denn die Kolleginnen und Kollegen, die er während der Anfahrt kennengelernt hat, scheinen sehr nett zu sein. Die Stimmung im Van ist heiter und jeder geht locker und offen mit dem neuen Mitarbeiter um.

Einzig Hildebrandt ist zugegeben kein Glücksgriff, sagt sich Christoph. Als er eben nach der Sitzung mit dem Ministerpräsidenten seine Sachen aus dem gemeinsamen Büro geholt und ihn informiert hat, dass er einen Außentermin habe, hat dieser nur geantwortet: »Ja, ja. Eine

Charmeoffensive beim Chef. Gleich am ersten Tag. Ich versteh schon.«

Vielleicht würde sich das Verhältnis zu Hildebrandt in den kommenden Wochen noch verbessern. Das bleibt zu hoffen, überlegt Christoph und schaut dabei auf das Display seines Laptops. Gottlob ist der Internetausbau im Saarland recht anständig – er hat eine gute Verbindung. Gleich nach der ersten Etappe wird er, vom Van aus, alle Kanäle mit den neusten Nachrichten von der Sommertour versorgen.

»Echt, so schnell?«, hat sich eben Leonie, die für die Fotoaufnahmen verantwortlich ist, gewundert. »Der Hille sagt immer: In der Ruhe liegt die Kraft. Wenn man etwas Anständiges haben wolle, müsse man ihm ein wenig Zeit dafür lassen.«

»Na ja, es kommt auch wirklich immer auf die Umstände und Anforderungen an. Da hat der Kollege Hildebrandt schon recht«, versucht Christoph, die Angelegenheit zu bagatellisieren. Genauer betrachtet ist jedoch nicht von der Hand zu weisen, dass Rainer Hildebrandt, der als Verwaltungsangestellter seine IT-Kenntnisse weitgehend autodidaktisch erworben hat, mit den Erfahrungen eines studierten Informatikers nicht mithalten kann. Diese Erkenntnis möchte Christoph allerdings nicht laut aussprechen – irgendwann wäre er selbst älter und wer weiß, ob er dann mit der Generation, die frisch von der Uni kommt, in der gleichen Liga spielen könne.

Da die Verbindung steht und es für Christoph erst einmal nichts zu erledigen gibt, verlässt er wie seine Kollegen das Auto, um das Geschehen vom Rand aus zu verfolgen.

Eine erwartungsvolle Delegation sowie eine Reihe von Schaulustigen wartet bereits auf den Ministerpräsidenten, der in diesem Moment aus seinem dunklen Wagen steigt und die ersten Menschen begrüßt. Die beiden Männer vom Kamerateam, die eben noch neben Christoph im Minivan gesessen haben, positionieren sich. Sie sind dem Politiker direkt auf den Fersen. Ebenso wie Leonie, die dunkelhaarige Fotografin, die später wohl eine unendliche Reihe von Aufnahmen vorzuweisen haben dürfte, auf denen Franz irgendjemandem die Hand schüttelt. Ausgesprochen beliebt sind anscheinend Bilder, auf denen der Ministerpräsident in Aktion zu sehen ist, dann herrscht immer ein ganz besonderes Blitzlichtgewitter: Franz mit Helm im Lehrstollen, Franz in freier Fahrt auf dem Förderband, Franz bedient eine rustikale Maschine, Franz trinkt einen Schnaps. Alles wird festgehalten. Christoph stellt mit Erstaunen fest, dass ein Ministerpräsident einige wichtige Charaktereigenschaften braucht, die man nicht direkt mit Politik in Verbindung bringen würde: Dazu gehören vorneweg Geduld und Ausdauer, denn dies ist die erste Etappe von insgesamt vier, und Franz hat schon unzählige Hände geschüttelt.

Die Pressereferentin Katharina macht sich unterdessen eifrig Notizen. Sie, das Filmteam und die Fotografin werden Christoph später ihre Daten weiterleiten, damit er wiederum die Ereignisse zeitnah – so als wäre man mitten im Geschehen – auf den verschiedenen Kanälen veröffentlicht.

Christoph gibt es nicht gern zu, aber so wie es aussieht, hat er von allen Beteiligten den bequemsten Job – diese Erkenntnis behält er besser für sich. Schließlich ist es auch ganz nett, sich mal nicht zu stressen und einen Tag im Leben des Ministerpräsidenten hautnah miterleben zu dürfen. Und außerdem, nach dem zwar hochinteressanten, aber immer recht schlauchenden Job in Köln hat er sich ein lockeres Leben als ITler im Staatsdienst mehr als verdient.

Eine halbe Stunde später steigen sie wieder in den Van. Dabei stellt Leonie, die Fotografin, fest: »So, es ist alles im Kasten. Ich suche dir die schönsten Aufnahmen heraus. Kannst du sie noch ein wenig bearbeiten?«

»Klar. Mach ich.« Bildbearbeitung, das ist zwar keine seiner direkten Aufgaben, doch trotzdem keine wirkliche Herausforderung für einen IT-Experten, der jahrelang in der Spieleentwicklung tätig war.

»Sehr schön. Und Käthe schickt dir gleich den Text zu der Etappe. Damit hast du alles zusammen.«

Christoph macht sich sofort an die Arbeit und freut sich, nun seinen Teil des Jobs erledigen zu können. Der Wagen fährt los und die anderen ruhen sich aus oder schütten sich einen Kaffee aus der Thermoskanne ein, denn für sie ist erst einmal Pause. Kaum hat Christoph die Bilddateien erhalten, setzt er alles zusammen, schneidet, verbessert und verleiht dem Ministerpräsidenten mit ein bisschen mehr Kontrast einen glanzvollen Teint. Zwischenzeitlich trifft der Kurztext von Katharina in seinem Postfach ein. Klasse, die Formulierungen, urteilt er, als er die wenigen Zeilen liest. Die Frau versteht ihr Handwerk.

Er allerdings auch. Flink schiebt er die ausgewählten Bilder hin und her und positioniert den Text an der passenden Stelle. Das sieht sehr gut aus, findet er. Christoph betrachtet das Vorschaubild:

Mitten in die Herzkammer des saarländischen Bergbaus – einmalige Einblicke in die Arbeit unter Tage für den Ministerpräsidenten Franz im Erlebnisbergwerk Velsen.

»In Velsen konnte ich selbst hautnah erleben, was es früher hieß, ›einzufahren‹ und in einem Stollen sein Werk zu verrichten. Das Bergwerk Velsen ermöglicht Jung und Alt

interessante Einblicke in die Arbeit und Technik unter Tage, wo viele Generationen von Saarländern für lange Zeit tätig waren, ihren Lebensunterhalt verdienten und ihr Bestes gaben. Darauf darf man stolz sein. Das Erlebnisbergwerk ist ein überaus anschauliches und beeindruckendes touristisches Ziel, das die Zeit des Bergbaus an der Saar in respektvoller Erinnerung behält. Danke an die Mitglieder des Vereins ›Erlebnisbergwerk Velsen e.V.‹ für ihren Einsatz und ihre Gastfreundschaft!«

Super, entscheidet Christoph, dem gibt es nichts mehr hinzuzufügen. Er ist zufrieden. Und so sind sie noch nicht in Losheim, ihrer nächsten Station der Tour, eingetroffen, da drückt er bereits auf den Button »Posten«.

»Ist eingestellt«, verkündet Christoph. Das war sozusagen meine erste Amtshandlung im neuen Job, stellt er stolz in Gedanken fest.

Sofort nehmen einige Kollegen ihre Handys zur Hand.

»Das schaue ich mir gleich mal an.« Käthe tippt mit den Fingern auf ihrem Display herum. »Ich kann nichts finden. Wo hast du es denn veröffentlicht?«

»Facebook, Twitter, Instagram – die üblichen Verdächtigen. Dauert vermutlich ein bisschen, zwischendurch war mal kurz das Netz weg.«

Als der Trupp am Lokschuppen Losheim aussteigt, ist noch immer nichts zu lesen. Vielleicht hat er den saarländischen Internetausbau doch zu früh gelobt, überlegt Christoph und gesellt sich zum Publikum, das sich zur Ankunft des Ministerpräsidenten zusammengefunden hat. Die alten Waggons und Loks interessieren ihn, und derzeit gibt es für ihn nichts zu erledigen. Warum soll er die Zeit bis zu seinem nächsten Einsatz also nicht nutzen?

»Steigst du mit ein?«, fragt ihn Käthe, als die imposante schwarz-rote Dampflok auf den Gleisen vor ihnen bereits auf Betriebstemperatur hochfährt. Die Lok schnaubt, zischt und keucht beeindruckend laut. Ein fast schwarzes Gemisch aus Rauch und Wasserdampf steigt in einer großen Wolke zum Himmel empor.

»Wenn das geht?«

»Klar, wir haben ein Abteil für uns. Da ist Platz genug, und du gehörst doch jetzt zur Mannschaft.« Käthe winkt ihn auffordernd zu sich.

»Dann gerne.« Christoph lächelt. Katharina ist von all den neuen Kollegen die sympathischste, hält er in Gedanken fest, als er die Stufen in den dunkelgrünen, wunderbar alt anmutenden Eisenbahnwagen nimmt. Sie ist zwar einige Jahre jünger als er, aber sie hatten direkt einen guten Draht zueinander.

»Gleich hier vorne«, sagt Käthe und Christoph nimmt auf den Holzsitzen des rustikalen Waggons Platz. »Ich muss erst meinen Job erledigen. Ich bin vorne in der Lok und komm nachher dazu. Halt mir das Plätzchen neben dir frei«, bittet Katharina mit einem besonders hübschen Lächeln und ist auch schon wieder weg.

Christoph stellt später überrascht fest, dass er immer noch ein breites Grinsen im Gesicht hat, als die alte Museumsbahn bereits Fahrt aufnimmt und er das Vibrieren seines Handys bemerkt.

»Ja?«, meldet er sich.

»Ich bin's, Anne-Marie. Du hast doch jetzt bestimmt Mittagspause?«

»Nicht so direkt!« Christoph schaut sich verstohlen um. Niemand soll merken, dass er privat telefoniert.

»Störe ich?«

»Ja, Entschuldigung, es ist gerade sehr schlecht.«

»Aber alle sind nett?«

»Hm. Ja, unbedingt«, antwortet Christoph, den Kollegen Hildebrandt hat er schon fast vergessen.

»Dann bis heute Abend.«

»Bis später.«

Nachdem er aufgelegt hat, spürt er eine Hand auf seiner Schulter. »Herr Stutz?«

»Ja?« Christoph dreht sich um. Es ist Herr Blumenthal. Er macht ein ernstes Gesicht.

»Ist was passiert?«

»Das könnte man so sagen. Haben Sie das geschrieben?« Blumenthal weist auf das Handy in seiner Hand und redet in strengem Ton weiter. »Katharina hat mir versichert, dass sie das nie im Leben in der Weise an Sie weitergeleitet hat. Und was ich auch nicht verstehe: Wieso haben die Haare von Herrn Franz einen Blaustich?«

»Blaustich?« Christoph ist verwirrt und nimmt das von Herrn Blumenthal hingehaltene Smartphone in seine Hände. Ja. Das ist offensichtlich der eben veröffentlichte Instagram-Post – zumindest auf den ersten Blick, denn wenn man genau liest, gibt es kleinere, nicht ganz unbedeutende Veränderungen:

Mitten ins Herz des saarländischen Bergbaus – Ministerpräsident Franz offenbart beim Besuch des Erlebnisbergwerks Velsen seine ganz eigene Sichtweise auf den saarländischen Bergbau.

»In Velsen konnte ich hautnah erleben, wie gut es ist, dass die Zeit, in der Menschen ›einfahren‹ mussten und sich ihre Gesundheit ruinierten, während sie in einem Stollen für einen Hungerlohn arbeiteten, endlich vorbei ist. Wir sind

in der Moderne angekommen und an diesem traurigen Ort erkennen und erfahren Jung und Alt, unter welchen bedauernswerten Bedingungen man früher unter Tage arbeiten musste. Hier zeigt sich, wo ganze Generationen von Saarländer ihr Dasein fristeten. Das Zeitalter der Ausbeutung ist beendet. Darauf dürfen und müssen wir stolz sein. Das Erlebnisbergwerk ist ein besonders anschauliches touristisches Angebot, um die Epoche des Bergbaus an der Saar in warnender Erinnerung zu behalten. Velsen ist wie ein erhobener Zeigefinger, eine Mahnung an die Menschlichkeit.«

Christoph stößt ein ungläubiges Lachen aus. Das soll wohl ein Witz sein!

»Finden Sie das lustig?«, empört sich der Referent des Ministerpräsidenten. »Vielleicht fand man solche Späße auf Ihrer früheren Arbeitsstelle komisch, aber bei uns geht es um Politik. Um Meinungen und Glaubwürdigkeit. Was denken Sie, was in ein paar Minuten los sein wird? Diese Veröffentlichung ist wie ein Schlag ins Gesicht für die Ehrenamtlichen, die uns gerade eben freundlich empfangen haben.«

»Es tut mir leid. Aber so habe ich das nicht gepostet.« Christophs Stimme klingt gepresst. Ihm ist bewusst, dass seine Antwort Blumenthal nicht überzeugen wird. Er war schließlich derjenige, der die Beiträge vor ein paar Minuten eingestellt hat – wie das passieren konnte, ist ihm unerklärlich. Er hat alles gründlich gelesen und mehrfach kontrolliert.

»Da muss jemand anderes die Finger im Spiel haben«, behauptet Christoph. »Vielleicht wurde das Portal gehackt. Ich wäre doch nie im Leben so verrückt, Derartiges zu schreiben.«

»Wie verrückt Sie sind oder nicht, kann ich nicht beurteilen. Es ist mir auch egal – ich möchte, dass dieser Post umgehend von den Seiten verschwindet. Löschen Sie das! Sofort!«

»Ja, mache ich. Versprochen. Allerdings habe ich mein Laptop im Transporter gelassen und …«

»Das ist nicht Ihr Ernst, oder? Sagten Sie nicht, Sie seien ein Profi und …« Herr Blumenthal stockt. Er muss sich anscheinend zwingen, Ruhe zu bewahren. Etwas weniger aufgebracht, aber noch immer mit scharfer Stimme spricht er weiter: »So was, wie das hier, das hatten wir in all den Jahren nicht ein einziges Mal. Mit dem Hildebrandt gab es nie Probleme.«

»Ich werde alles in Ordnung bringen, versprochen.«

»Daran ist wohl gar nicht mehr zu denken. Nächstes Jahr ist Wahlkampf und Sie hauen einen solchen Mist heraus. Das ist doch gefundenes Fressen für die anderen Parteien.« Herr Blumenthal taxiert das Gesicht des neuen IT-Leiters und fügt schließlich hinzu: »Das Einzige, was Sie noch tun können, ist, den Schaden zu begrenzen.«

Christoph nickt stumm. Was soll er auch zu seiner Verteidigung sagen? Kaum ist Blumenthal in Richtung Lok verschwunden, durchsucht er die einzelnen Kanäle. Tatsächlich, der Text und die veränderten Fotodateien sind überall zusehen, und von seinem Privathandy aus hat er keinen Zugang zu den Portalen. Eine gute Stunde braucht der Zug für die Fahrt von Losheim nach Wahlen und zurück. Gerade treffen sie an ihrem Ziel, der Dellborner Mühle, ein, das heißt, sie sind frühestens in einer halben Stunde wieder in Losheim, wo sein Notebook steht. Eins ist sicher: Bis dahin haben sich die Nachrichten wie im Flug im ganzen Netz verbreitet, da liegt Blumenthal richtig. Demnach hat Christoph nur eine Wahl: Rainer Hildebrandt.

»Hildebrandt«, meldet sich der Kollege im Saarbrücker Büro.

»Ja, hallo, hier ist Stutz. Christoph Stutz.«

Der Mann am anderen Ende sagt keinen Ton. Es knirscht ein wenig und klingt, als würde der Arbeitskollege sein Mittagessen zu sich nehmen.

»Sie wissen schon, Ihr neuer Kollege.«

»Chef!«, korrigiert Rainer Hildebrandt scharfzüngig.

»Ja, von mir aus, auch das. Wir haben ein Problem. Können Sie sich vielleicht bei Facebook, Instagram und Twitter einloggen und jeweils die letzte Veröffentlichung löschen?«

»Natürlich. Aber das kann dauern, ich mach momentan Mittag. Und wie heißt es doch immer so schön: In der Ruhe liegt die Kraft.«

»Diesmal sicher nicht! Es wäre wirklich wichtig, dass es nicht allzu lange dauert«, bettelt Christoph verzweifelt. »Sogar enorm wichtig.«

»In Ordnung«, erwidert Hildebrandt zäh, und bevor Christoph noch etwas sagen kann, hat er auch schon aufgelegt.

»Herr Hildebrandt …? Na super«, brummt Christoph. Ernüchtert schaut er aus dem Fenster. Von idyllischem Ausflug kann keine Rede mehr sein. Er sitzt für den Rest der Fahrt auf glühenden Kohlen. Als Katharina zurückkehrt und er herüberrutscht, um ihr Platz zu machen, geht sie, ohne ein Wort zu sagen, an ihm vorbei zu den beiden Kameramännern zwei Sitzreihen hinter ihm.

»Käthe, es tut mir leid«, sagt er zu ihr umgewandt. Doch die junge Frau tut so, als hätte sie ihn nicht gehört.

Also bleibt Christoph mit seiner Ratlosigkeit allein. Immer wieder aktualisiert er auf seinem Handy den Post auf den verschiedenen Kanälen, aber bisher scheint Hildebrandt keine einzige Veröffentlichung gelöscht zu haben. Er wird immer nervöser, insbesondere seit Blumenthal ein weiteres Mal zu ihm gekommen ist und nach dem Stand der Dinge gefragt hat. Mehr als ein Schulterzucken konnte er dem Referenten nicht bieten.

Endlich laufen sie am Bahnhof Losheim ein. Beim Aussteigen versucht es Christoph erneut mit einer Entschuldigung bei Käthe. »Tut mir leid, Katharina, ich weiß nicht, wie …«, fängt er an.

Sie lässt ihn nicht ausreden. »Du bekommst gleich den zweiten Teil, und wag es nie wieder, meinen Namen für so einen Bockmist zu missbrauchen! Dann kannst du mich erleben!«

Diesmal sitzt Christoph allein in der letzten Reihe des Vans. Alle anderen behandeln ihn wie Luft – als sei er nicht existent. Wenn er ehrlich ist, kann er ihnen das nicht verübeln. Im Zug hat er sich den Text zum Erlebnisbergwerk Velsen nochmals durchgelesen – unglaublich, was damit möglicherweise angerichtet wurde.

Hildebrandt hat bisher lediglich den Facebook-Eintrag gelöscht, stellt Christoph jetzt, da er selbst wieder an seinem Laptop sitzt, zerknirscht fest. Alles andere ist weiterhin zu sehen und wurde schon mehrfach geteilt.

»Verdammter Mist!« Er löscht die Posts, doch es ist unübersehbar zu spät. Überall im Netz witzelt man bereits über den Ministerpräsidenten, »den Mahner an die Menschlichkeit«. Auf den Seiten einer Oppositionspartei behauptet man sogar, jetzt würde Franz endlich sein wahres Gesicht zeigen.

Niedergeschlagen sagt sich Christoph, dass hier jemand mit enorm großer krimineller Energie am Werk gewesen sein muss. Das war garantiert keiner, der wahllos Accounts knackt. Dafür sind die Sicherheitsvorkehrungen der Staatskanzlei viel zu komplex. Alles spricht für eine gezielte Cyberattacke. Irgendwer will den Ruf des Ministerpräsidenten schädigen, und das macht dieser Jemand auf Christophs Kosten, denn er als Neuling hat, was solcherlei Fehler angeht, keinerlei Kredit.

Gerade trifft die zweite Zusammenfassung von Katharina ein. Ohne Hallo, ohne Erklärung, nur ein einziger Satz erwartet ihn, beendet mit drei Ausrufezeichen:

»Wenn du irgendetwas verändern solltest, ist das eine Kriegserklärung!!!«, hat sie dazugeschrieben.

Christoph atmet tief ein. Diesmal achtet er auf jedes Wort und liest mehrmals Korrektur. Es ist alles perfekt, sagt er sich zu guter Letzt. Gern hätte er jemanden gebeten, sich sicherheitshalber den Post anzusehen. Aber die ganze Mannschaft meidet ihn, seinen Blicken weicht man aus, und eine Abfuhr wie die eben von Käthe möchte er sich nicht erneut einhandeln.

Diesmal wird alles gutgehen, spricht sich Christoph selbst Mut zu. Er hat jede denkbare Sicherheitslücke kontrolliert und die Zugangspasswörter geändert. Die Veröffentlichung ist gefahrlos. Ein letztes Mal wandert sein Blick über die Zeilen, die Käthe auch diesmal tadellos formuliert hat:

Wenn das Feuer lodert und der Druck im Kessel steigt, fühlt sich der Eisenbahnromantiker Franz wie ein kleiner Junge.

»Das könnte ich ab heute jeden Tag haben«, sagt Ministerpräsident Franz, als er mit dem Lokführer des Museums-Eisenbahn-Clubs im Führerhaus steht und sich die treue Lok mit viel Zischen und lautem Rattern langsam in Bewegung setzt. »Pure Nostalgie«, sagt Franz überzeugt. »Kein Wunder, dass Losheim zu unseren attraktivsten Anlaufpunkten

für Saarland-Touristen gehört. Ein großes Lob an die Eisenbahnfreunde aus Losheim, die die einzigartigen Dampf- und Dieselloks, diese Schmuckstücke aus alten Zeiten, restauriert und mit viel Eifer erhalten haben. Die wunderbare Strecke von Losheim nach Wahlen, das sind die schönsten 15 Kilometer, die ich seit Langem gefahren bin. Besten Dank an den Museums-Eisenbahn-Club Losheim am See!«

Perfekt, urteilt Christoph. Sein Finger liegt schon ausgestreckt über dem Touchpad seines Laptops. Ein einziger Klick, dann ist der Post eingestellt. Das ist seine Chance, sich zu rehabilitieren.

Er drückt auf die Taste und wiederholt den Vorgang auf den anderen sozialen Medien. Sein Puls schlägt aufgeregt, das nimmt er deutlich wahr. Er hat riesige Angst davor, zu prüfen, ob alles gut gegangen ist. Stattdessen sieht er sich um. Vor ihm sitzen die Kollegen, einige haben ihre Smartphones in den Händen. Allerlei Töne erklingen. Das bedeutet, die Posts sind in dieser Sekunde für jeden Internetnutzer sichtbar.

Hoffentlich, hoffentlich ist diesmal alles glattgegangen, das ist der einzige Gedanke, der Christoph durch den Kopf geht. Es beruhigt ihn, dass von keiner Ecke ein Aufstöhnen zu hören ist. Exakt das Gegenteil ist der Fall, es bleibt totenstill. Ob das ein gutes Zeichen ist, kann er nur schwer einschätzen.

In dem Augenblick, als er selbst nachschauen will, dreht sich Käthe um. »Geht doch!«, sagt sie. »Vielleicht solltest du einfach nicht mehr versuchen, witzig zu sein, dann könnten wir in 100 Jahren eventuell Freunde werden.«

Christoph Stutz überlegt, ob er etwas entgegnen soll. Es ist ihm bewusst, dass jeder Erklärungsversuch für die anderen wie eine faule Ausrede klingen muss. Sogar die Tatsache, dass jetzt nach dem ganzen Ärger alles tipptopp ist, macht ihn nur noch verdächtiger.

Also spart er sich eine Antwort und nickt nur. Immerhin scheint der Spuk ein Ende zu haben. Mit einem Aufatmen blickt er aus dem Fenster.

In diesem Moment erreichen sie den Merziger Kammerforst. Die Tour führt sie zum Wolfspark Werner Freund. Die letzte Station für diesen Tag, der weit mehr an Aufregung für Christoph bereithält, als er sonst für gewöhnlich in einem ganzen Jahr erlebt.

Alles läuft wie auch schon zuvor ab. Am Parkplatz angekommen, steigen die Kollegen aus dem Minivan, ebenso Ministerpräsident Franz, der von Neuem mit seinem dunklen Wagen vorfährt. Die Mitarbeiter des Wolfsparks, der Merziger Bürgermeister und andere politische Vertreter sowie eine Reihe von Zaungästen erwarten Franz bereits und begrüßen ihn herzlich.

Christoph hält sich im Hintergrund. Es muss wohl eine ganze Weile her sein, dass er das letzte Mal hier gewesen ist, stellt er bei der Führung durch den Park fest. Womöglich Anfang der 90er, jedenfalls hat sich seit seinem letzten Besuch in der Anlage einiges verändert.

»Unsere Wolfsrudel leben auf insgesamt acht Hektar Fläche. Dort drüben sehen sie die europäischen Grauwölfe aus Litauen. Aber wir haben auch Rudel von weißen Polarwölfen, mongolischen Wölfen sowie kanadischen Timberwölfen«, erklärt die Führerin. Dass Werner Freund, der den Park ins Leben gerufen hat, vor einigen Jahren verstorben ist, hat Christoph in der Zeitung gelesen. Wie es aussieht, führen nun andere die Arbeit mit den Wölfen und die Erforschung ihres Verhaltens in seinem Sinne fort.

»Das Besondere in unserem Park ist das enge Zusammenleben mit den Wölfen. Unser Ziel ist es unter anderem zu zeigen, dass Wölfe keine Bestien sind«, betont die Frau, während ihr Kollege im Gehege genau dies unter Beweis stellt und auf Tuchfühlung mit den Tieren geht. Erneut ist das Team aus Kameramännern, der Fotografin und Käthe nah am Geschehen. Katharina weicht Christophs Blicken weiterhin aus und die anderen behandeln ihn ebenfalls wie Luft. Eine unangenehme Situation. Aus diesem Grund kann Chrissie es kaum erwarten, dass diese letzte Station des Tages bald hinter ihnen liegen wird.

Gegen Ende des Rundgangs finden sich alle noch einmal am Gehege der weißen Polarwölfe ein, wo die Mitarbeiter des Parks den Ministerpräsidenten nah an die Tiere führen. Wieder werden eine Menge Fotos geschossen, insbesondere in dem Augenblick, in dem Franz ein Stück weiße Wolfswolle als Geschenk erhält und sich die Jüngsten unter den Zuschauern um den Ministerpräsidenten scharen. Das wird wohl eines der Motive sein, die er später einstellen darf, schätzt Christoph.

Zum Abschied stimmt die Führerin ein befremdlich wirkendes Jaulen an, das in einem beeindruckenden Heulkonzert der verschiedenen Rudel endet. Ein bisschen nach Heulen ist Christoph auch zumute, denn gleich steht der Bericht von der letzten Etappe an und die Angst, dass etwas schieflaufen könne, lässt sich nur schwer verdrängen.

»Fast Feierabend«, freut sich Leonie, als sie in den Minivan einsteigen. An Christoph gewandt sagt sie: »Die Bilder kommen gleich.«

Die Kollegen zeigen sich ihm gegenüber immer noch reserviert, aber der Ärger hat sich ein wenig gelegt. Das kann Christoph, der in der letzten Reihe an seinem Laptop arbeitet, deutlich spüren.

Die anderen um ihn herum dösen vor sich hin oder spielen mit ihren Smartphones. Die Fotos sind bombig, denkt Christoph, als er sich die zugesandten Fotodateien ansieht. Sonnenschein, ein gut gelaunter Ministerpräsident, eindrucksvolle Tiere und vergnügte Kinder – perfekte Motive. Soeben trifft der Textbeitrag von Käthe ein. Christoph öffnet die Datei:

Der mit dem Wolf heult – Ministerpräsident Franz ist Isegrim auf der Spur.

»Was für ein Erlebnis!«, stellt Ministerpräsident Franz nach der fesselnden Führung im Merziger Wolfspark fest. »Hier wird ein Erbe weitergeführt, ganz im Sinne des Verhaltensforschers Werner Freund, auf das Merzig, aber auch das Saarland stolz sein darf. Ein ruhiger, beschaulicher Ort ohne bunte Lichter oder Interaktives zur Unterhaltung, und trotzdem – oder gerade deswegen – ist der Besuch dort ein Event. Es gibt schlicht und einfach Natur pur zum Miterleben und Staunen. Danke für dieses Abenteuer!«

Das liest sich ausgezeichnet. Insbesondere in Kombination mit den gelungenen Aufnahmen. Wie gehabt stellt Christoph die einzelnen Elemente zum Beitrag zusammen. Wieder kontrolliert er die Richtigkeit der Angaben und abermals postet er den Artikel auf den verschiedenen Kanälen. Diesmal ist er nicht mehr ganz so nervös wie beim zweiten Mal. Mittlerweile zieht er es sogar in Betracht, dass er im ersten Posting – wie genau, kann er sich selbst nicht erklären – irgendeinen Fehler gemacht hat. Aber dank der zahlreichen Kontrollen und den neuen Passwörtern ist alles doppelt und dreifach abgesichert.

Der letzte Beitrag für diesen Tag geht über den Äther.

Christoph kontrolliert den Facebook-Eintrag mit seinem eigenen Handy – prima, urteilt er und klappt den Laptop zu.

Nachdem das erledigt ist, schreibt er eine WhatsApp an Anne-Marie: »Ein ereignisreicher Tag. Später mehr. Freu mich, dich gleich zu sehen :).«

Es ist fast fünf, als sie alle in Saarbrücken an der Staatskanzlei eintreffen.

Christoph macht sich zielstrebig in Richtung Büro auf, denn wie es aussieht, hat niemand große Lust, mit ihm zu reden. Noch bevor er die Tür seines neuen Büros öffnen kann, hört er seinen Namen.

»Herr Stutz, Sekunde bitte.« Es ist Herr Blumenthal.

Mist, stellt Christoph in Gedanken fest, jetzt gibt es kurz vor Schluss noch mal Ärger. Er dreht sich um. »Ja?«, fragt er zögerlich.

»Nun, wegen eben …« Der Referent tritt auf ihn zu. Er sieht müde aus, stellt Christoph fest, als er dessen Gesicht mustert. »Also, der Artikel eben, das brauche ich Ihnen sicher nicht zu sagen, der war ziemlich daneben.«

Christoph setzt an, etwas zu antworten, doch Blumenthal ist schneller: »Aber es war Ihr erster Tag und ich würde vorschlagen, wir verbuchen das unter: vergeben und vergessen. Und morgen fangen wir ganz von vorne an. Einverstanden?«

Christoph denkt kurz nach, ob es sich lohnt, einen erneuten Versuch zur Rechtfertigung zu starten. Doch er hat keine wirkliche Erklärung dafür, wie der verrückte Post zustande gekommen ist. Mag sein, dass ihm ein Fehler beim Einstellen unterlaufen ist, aber dabei wäre trotzdem nicht dieser seltsame Beitrag herausgekommen. Eine Cyberattacke wäre eine mögliche Erklärung. Doch davon wollte bisher niemand etwas hören – für jeden scheint klar zu sein, dass es die Schuld des Neuen sein muss.

Da anzunehmen ist, dass das Problem nach dem Ändern der Passwörter ohnehin gelöst sein dürfte, erwidert Christoph einfach nur: »Einverstanden. Danke!«

»Übrigens … auch wenn das ein Text war, den wir so nie wieder lesen möchten, gab es tatsächlich eine Reihe von Likes. Unglaublich! Einige äußerten, es sei erfrischend, dass sich der Ministerpräsident so beeindruckend sarkastisch zeige. ›Ein bisschen Humor steht Politikern mal ganz gut‹, schrieb jemand in den Kommentaren. Der Schaden hält sich demnach in Grenzen. Offenbar hat man das als Scherz aufgefasst.«

Der Hauch eines Lächelns huscht über Herrn Blumenthals Gesicht. Doch unübersehbar erinnert er sich sofort wieder an sein eigentliches Ansinnen – und das ist garantiert nicht, den Neuling für den Patzer zu loben. »Aber das wird trotzdem nicht zur Gewohnheit«, fügt er hinzu.

»Mit Sicherheit nicht!«

»Bis morgen, dann. Einen schönen Feierabend.«

»Den wünsche ich Ihnen auch, Herr Blumenthal. Und vielen Dank!«

Erleichtert öffnet Christoph die Bürotür. Eigentlich hat er damit gerechnet, dass Hildebrandt bereits auf dem Heimweg sei. Der sitzt jedoch unverändert an seinem Platz und wirkt ausgesprochen vertieft in seine Arbeit. Seine Nase klebt fast am Bildschirm.

»Hallo, noch keinen Feierabend?«

Der Kollege gibt keine Antwort.

»Übrigens müssten wir uns wegen der Passwörter für die sozialen Kanäle abstimmen. Ich habe alle geändert. Wie es aussieht, hat jemand versucht, in unser Netz einzudringen. Beziehungsweise derjenige hat es kurzweilig geschafft.«

Hildebrandt zieht verständnislos die Schultern hoch. »Ich hab nix gemerkt. Ist auch eher unwahrscheinlich. Bislang gab es hier keinen einzigen Cyberangriff.« Er stößt ein ungläubiges Lachen aus. »Und mal unter uns gesagt: Das ist die saarländische Staatskanzlei und nicht die US-Wahl.«

»Trotzdem.« Christoph ist viel zu müde, um einen weiteren Erklärungsversuch zu starten. »Ich schicke Ihnen noch die neuen Passwörter verschlüsselt zu, damit sie auf dem neusten Stand sind, und mach danach für heute Feierabend.«

»So früh schon? Am ersten Tag?«, gibt sich Hildebrandt überrascht. »Aber geht mich nichts an. Sie sind der Chef!«

Christoph runzelt die Stirn. Die ständigen Sticheleien des Kollegen gehen ihm langsam, aber sicher auf die Nerven. »Können Sie sich bitte die Bemerkungen zum Thema Chef mal sparen?«, fährt er Hildebrandt für seine Verhältnisse sehr ungehalten an.

Das jedenfalls ist Christophs letzte Handlung an diesem Tag als Staatsangestellter. Wieder staut es sich auf der Heimfahrt, und so trifft er erst gegen Viertel vor sieben in Tholey bei Anne-Marie ein, die zu allem Elend wegen der späten Uhrzeit beleidigt ist und ihm eine Szene macht.

»Aber hübsche Kolleginnen sind keine dabei?«, fragt sie später spitz, als sie versöhnt gemeinsam auf der Couch liegen.

»Ganz und gar nicht«, lügt er, da er weiß, wie eifersüchtig seine Freundin ist, und auf eine weitere Konfrontation an diesem Tag möchte er gerne verzichten. »Selbst wenn, mit mir redet dort sowieso niemand mehr.«

»Ach was, bis morgen ist die Sache vergessen.«

Mag sein, dass sich Anne-Maries Prophezeiung bewahrheitet hätte, wäre es dem Cyberkriminellen über Nacht nicht gelungen, noch einmal in die internen Netzwerke einzudringen. Als Christoph am Morgen mit dem Smartphone in der Hand seinen ersten Kaffee genießt, stößt er ein ungläubiges, aber ziemlich bitteres Lachen aus. »Ne, oder?«

Er hat gerade die Seite des Ministeriums bei Instagram aufgerufen. 450 Kommentare zum Bericht über die nostalgische Losheimer Eisenbahn. Das kommt ihm seltsam vor. Warum bei einem doch recht alltäglichen Post eine solch große Beteiligung herrscht, kann er sich wenige Augenblicke später, nachdem er sich den Inhalt des Beitrags durchgelesen hat, leicht erklären. Der Cyberattentäter hat wieder zugeschlagen.

»Verdammt!«

Anne-Marie schaut von ihrer Zeitung auf. »Ärger?«, fragt sie.

»Kann man wohl sagen …«

Bevor seine Freundin etwas entgegnen kann, leuchtet eine neue E-Mail in Christophs Postfach auf. »Blumenthal, oh Mann!«

Mit einem extrem unguten Gefühl öffnet er die Nachricht:

Sondersitzung um 8 Uhr. Im Büro von Herrn Franz (seien Sie pünktlich).

Mehr hat ihm der Referent nicht geschrieben. Kein »Guten Morgen« und keine Abschiedsfloskel.

»Ich habe das Gefühl, heute könnte ich sehr früh zu Hause sein.« Frustriert reicht er das Smartphone mit der Nachricht an seine Freundin. »So ein Mist!«

»Ach, warte doch mal ab«, entgegnet Anne-Marie und richtet ihren Blick auf das Display. »Oha«, murmelt sie schon nach den ersten Sätzen.

Wenn der Wahlkampfdruck im Kessel steigt, flüchtet sich der Eisenbahnromantiker Franz in die Provinz.

»Das könnte ich ab heute jeden Tag haben«, sagt Ministerpräsident Franz, als er mit dem Lokführer im Führerhaus steht. »Pure Nostalgie statt halbherzige politische Arbeit fern von den Menschen. Das waren die schönsten Stunden seit Langem. Alles ist besser, als in der Staatskanzlei ein von jeglicher Realität befreites Dasein zu fristen und mit dem widerspenstigen Koalitionspartner um jede noch so unwichtige Entscheidung zu ringen.«

»Ui.« Etwas Klügeres fällt sogar Anne-Marie nicht ein.

»Ich muss los«, kündigt Christoph an. Selbst optimistisch betrachtet steckt er knöcheltief im allergrößten Schlamassel. Der erste veränderte Post war schon tief unter der Gürtellinie, beim Neuen allerdings hat sich der Cyberattentäter selbst übertroffen. »Die werden mich in der Luft zerreißen.«

Anderthalb Stunden später geht der neue, womöglich schon bald nicht mehr in diesen Räumen tätige IT-Leiter an der Fensterfront der Staatskanzlei entlang. Heute kennt er den Weg. Im Büro des Ministerpräsidenten warten bereits alle auf ihn. Keiner spricht ein Wort. Jeder schaut in seine Unterlagen oder auf sein Smartphone und macht eine ernste Miene.

Christoph weiß, was ihm blüht, und er möchte das Unvermeidliche so schnell wie möglich hinter sich bringen: Gleich wird ihn der Ministerpräsident höchstpersönlich auseinandernehmen, und das kann er ihm noch nicht einmal verübeln. Die Situation ist für die anderen eindeutig, keiner wird an seiner Schuld zweifeln.

Blumenthal räuspert sich. Er ergreift das Wort. »Nun, warum wir alle zusammengekommen sind, wissen Sie ja, Herr Stutz. Heute Nacht wurde ein weiterer Post verändert. Wieso Sie sich nicht an meine Anweisungen gehalten haben, ist mir unerklärlich.« Er kneift die Augen zusammen und fährt fort: »Den Aufruhr, der seit der Veröffentlichung herrscht, haben Sie zu verantworten. Leider …«

Spätestens beim Wort »leider« ist Christoph klar, dass seine Entlassung beschlossene Sache ist. Ein letztes Mal versucht er es mit Gegenwehr. »Das habe ich nicht geschrieben. Das muss ein Cyberangriff auf die Staatskanzlei sein. Jemand möchte mir das in die Schuhe schieben. Warum auch immer!«

Herr Blumenthal seufzt leise. Die Anwesenden werfen sich vielsagende Blicke zu.

»Das ist sehr unwahrscheinlich. Die Sicherheitsvorkehrungen sind erst vor kurzer Zeit verschärft worden. Herr Stutz, Sie lassen uns keine andere Wahl, als Sie …« Herr Blumenthal bringt den Satz nicht zu Ende.

Ein Lacher unterbricht ihn. Alle Köpfe wenden sich zum Ministerpräsidenten Franz.

»Tut mir leid, Philipp. Ich wollte dich nicht unterbrechen. Da ist etwas Neues auf unserer Seite. Zum Wolfspark. Vor einer Minute eingestellt.«

Alle nehmen ihre Smartphones zur Hand. Erst ist es totenstill, doch dann fangen auch andere an zu schmunzeln.

»Das ist ehrlich gesagt auf eine bestimmte Weise schon amüsant. Wie es aussieht, sind auch andere dieser Meinung, so viel Resonanz haben wir sonst selten«, bemerkt Frau Eiselmann, die Chefin der Staatskanzlei. »Der Inhalt ist ziemlich frech und politisch zugegeben nicht astrein, aber …« Sie blickt vorsichtig in die Runde. »… es scheint den Leuten zu gefallen. Da gibt es endlich mal richtige Diskussionen.«

Blumenthal sieht Christoph skeptisch an. »Das gerade jetzt können Sie doch eigentlich fast gar nicht gewesen sein?«

Christoph schüttelt den Kopf. Er hat allerdings in dieser Sekunde eine Vermutung, wer am Werk sein könnte. Es gibt genau genommen nur eine logische Erklärung. Wenn die internen Netzwerke sicher sind, sagt sich Christoph, dann gibt es aller Wahrscheinlichkeit nach gar keinen Cyberattentäter. Der Saboteur, der es möglicherweise gar nicht auf den Ruf des Ministerpräsidenten, sondern auf ihn persönlich abgesehen hat, sitzt höchstwahrscheinlich nicht weit von ihnen entfernt und trinkt in dieser Sekunde eine Tasse schwarzen Bohnenkaffee auf seinen Sieg.

Christoph behält seinen Verdacht vorerst für sich. Hildebrandt wünscht ihm womöglich alles Schlechte dieser Welt, trotzdem kann Christoph ihn nicht ans Messer liefern. In gewisser Weise hat er sogar Verständnis für seine Lage. Lange Zeit ist er gut genug für den Job gewesen, hat sich in neue Bereiche wie die sozialen Medien eingearbeitet, und nach 20 Jahren treuer Arbeit setzt man ihm den Neuen als Chef vor die Nase.

»Ich werde noch einmal alle potenziellen Sicherheitslücken überprüfen«, verspricht Christoph. »Es tut mir sehr leid. Und ich versichere Ihnen, es wird keinen Beitrag in dieser Art mehr geben.«

Franz, der Ministerpräsident, und die anderen in der Runde stimmen zu.

»Obwohl ich das fast ein wenig schade fände. Die Beiträge sind erfrischend anders und zweifellos unterhaltsam«, gibt Frau Eiselmann zu bedenken. »Eventuell sollte man das, in entschärfter Form, für die Zukunft ins Auge fassen. Ein bisschen frecher steht uns vielleicht ganz gut. Wäre das nicht was für Ihren Newsroom?«

Franz stimmt ihr zu. »Stimmt schon. Wenn die Tonart Menschen dazu bringt, sich für Politik zu interessieren und stark zu machen, sollten wir das nutzen. Aber wie gesagt: in einer abgeschwächten Form.«

»Okay«, entgegnet Christoph, der sein Glück noch gar nicht fassen kann. »Ich werde das mit meinem Kollegen Hildebrandt besprechen. »Ich könnte mir vorstellen, für so etwas ist er genau der richtige Mann.«

Damit ist Christoph entlassen. Auf dem Weg zurück in sein Büro stellt er mit Erstaunen fest, dass er, entgegen aller Erwartungen, weiterhin im Staatsdienst tätig ist.

»Herr Hildebrandt, ich glaube, ich weiß, wer die Posts veröffentlicht hat«, fällt Christoph, als er kurze Zeit später in das neue Büro tritt, mit der Tür ins Haus.

Hildebrandt schluckt und sagt keinen Ton.

Ein bisschen lässt ihn Christoph schmoren, bis er schließlich bemerkt: »Doch das ist nun unwichtig. Ich glaube, die ganze Angelegenheit hat sich soeben geklärt. Zukünftig wird es keine Posts in der Art mehr geben.« Nach diesem Satz sieht Christoph Hildebrandt prüfend an. »Sie verstehen bestimmt, wie ich das meine?«

Der Kollege grummelt ein schwer hörbares: »Ja, schon.«

»Das wird natürlich ein Nachspiel haben.«

Nun werden Hildebrandts Augen groß. Die Erkenntnis, dass er aufgeflogen ist, jagt ihm unübersehbar Angst ein. »Ganz ehrlich, das war nicht so gemeint.« Seine Stimme klingt eingeschüchtert. »Ich hab Familie, wissen Sie. Und die Älteste studiert seit letzten Sommer. Ich hätte den Job wirklich gut gebrauchen können. Insbesondere die Höherstufung. Es war nicht fair, dass Sie den Job bekommen haben und mich gar keiner in Betracht gezogen hat. Ich weiß ja auch, dass ich kein IT-Profi bin. Aber am Anfang hat es halt gereicht.«

»Könnten Sie mir vielleicht kurz mal zuhören, denn …?«, weiter kommt Christoph nicht.

Der ältere Kollege wirkt beschämt und hat einiges auf dem Herzen: »Sie haben alles Recht der Welt, eine Stinkwut auf mich zu haben. Etwas Derartiges habe ich vorher noch nie gemacht. So bin ich normalerweise nicht. Sie haben sich den Chefposten sicher verdient, daran zweifle ich nicht. Aber …«

Diesmal lässt Christoph den Kollegen nicht ausreden. »Wissen Sie, was mich wirklich extrem stört?«

Hildebrandt schüttelt den Kopf. Er macht einen niedergeschlagenen Eindruck.

»Ich finde es völlig unangebracht, dass Sie mich ›Chef‹ nennen. Wir sind doch genau genommen ein Team.«

»Kann schon sein.«

»Was das angeht, hätte ich gleich eine Bitte an Sie. Ich bräuchte jemanden, der gleichsam treffend wie unterhaltsam formulieren kann, und da dachte ich mir: Dafür sind genau Sie der richtige Mann.«

»Wie meinen Sie das?« Der Kollege wirkt verunsichert.

»Vielleicht könnten Sie«, beginnt Christoph, »natürlich nur, wenn Sie möchten, vielleicht könnten Sie die Projektleitung für den Newsroom der Staatskanzlei übernehmen. Diskussionsforen, Chatfunktionen und Ähnliches. Sie moderieren den Saar-Room und halten das Ganze am Laufen. Dann allerdings müssten Sie mich zu den Sitzungen beim Ministerpräsidenten begleiten.«

»Wenn Sie das möchten, könnte ich mir das schon vorstellen.« Hildebrandt zögert, bevor er hinzufügt: »Ich bräuchte aber ein wenig Hilfe, was die technischen Dinge angeht. Da bin ich nicht auf dem neusten Stand.«

»Kein Problem, wir sind schließlich ein Team.«

Hildebrandt nickt betreten. »Danke«, sagt er.

Allem Anschein nach ist die Situation für ihn äußerst unangenehm. Er kramt auf seinem Schreibtisch herum und macht Anstalten, die Arbeit wieder aufzunehmen.

Aber Christoph hat noch etwas auf dem Herzen. »Übrigens hätte ich eine allgemeine Frage an Sie.«

»Ja?«, erwidert Hildebrandt und sieht aus, als erwarte er ein ganz dickes Ende.

»Trinkt man bei Ihnen nicht so etwas wie ein Einstandsbier?«

»Ähm, normalerweise eher nicht.«

Hildebrandt wendet sich wieder seiner Arbeit zu. Es dauert ein wenig, bis er hinzufügt: »Andererseits, warum sollten wir nicht mal etwas Neues versuchen?«

MISTER SURPRISE
KILL THE DYNAMITLADY

»Ein Notfall!«, stammelt Stefan, nachdem er sein Handy in der Dunkelheit vom Nachttisch genommen und die vor wenigen Sekunden eingetroffene Nachricht gelesen hat.

»Och ne, und das um halb drei nachts?« Conny gräbt ihren Kopf unter der Decke hervor.

»Am besten, du kommst mit!« Stefan streift sich bereits die Socken, die neben dem Bett liegen, über seine Füße. »Der Rucksack steht drüben in der Waschküche. Da liegt alles für so einen Fall parat.«

Auch wenn Conny kaum die Augen aufhalten kann, quält sie sich aus dem Bett und zieht sich ebenfalls an. Dass Stefan Arzt ist und solche Einsatzbereitschaft für seine meist vierbeinigen Patienten zeigt, beeindruckt sie. »Wo müssen wir denn hin?«

»Zur Siersburg. Beeil dich! Nicht, dass die anderen schneller sind!«

Conny versteht nicht so recht. Warum werden gleich mehrere Tierärzte zu einem Notfall gerufen? Man sollte um diese Uhrzeit heilfroh sein, einen einzigen Arzt für einen Hausbesuch zu bekommen.

»Bin fast fertig«, verspricht sie. Die Vorstellung, ihre neue Männerbekanntschaft bei einem Einsatz, in dem es vielleicht um Leben oder Tod geht, erleben zu dürfen, gefällt ihr. Das ist wie Fernsehen oder Kino und der Hauptdarsteller ist ihr Doktor Stefan Kreideweiß – falls sie nach diesem Abend ein Paar sind. Die Frage haben sie in den letzten Stunden nicht abschließend geklärt.

»Hast du keine anderen Schuhe dabei?«, fragt Stefan Conny an der Haustür, als sie sich die extra für das gestrige Date erworbenen High-Heel-Stiefel überstreift. »Mit den Dingern brichst du dir alle Knochen.«

»Nö.« Conny zuckt mit den Schultern. Damit, dass sie mehr als ein paar Meter gehen müsse, hat sie bei der Zusammenstellung ihrer Garderobe für das Abendessen nicht gerechnet. Zumal sie sich bis vor einigen Stunden nicht einmal sicher war, ob sie die Nacht zu Hause oder in dem schicken Apartment des Doktors verbringen würde. Gestern Abend jedenfalls waren die Stiefel genau das Richtige.

Stefan geht ein weiteres Mal in die Waschküche und kommt mit einem Paar gelben Gummistiefeln zurück. »Dann schlüpf schnell in die.«

»Im Ernst?« Conny blickt an sich herab. Sie trägt aus Mangel an Alternativen einen kurzen schwarzen Rock und eine weiße Bluse.

»Ja, im Ernst! Und am besten ziehst du die gleich auch noch an.« Der Arzt wirft Conny eine Outdoorjacke zu, die ihr gut zwei Nummern zu groß ist und nicht nur ein bisschen nach Pferd riecht. Als sie sich im Spiegel betrachtet, legt sie die Stirn in Falten.

»Ach, komm – du schaust super aus. Außerdem ist es stockdunkel«, versichert Stefan und reißt ungeduldig die Tür zum Treppenhaus auf. »Los jetzt, sonst jagen mir die anderen die Tour ab.«

Conny versteht kein Wort. Wahrscheinlich geht es um eine kalbende Kuh, überlegt sie im Auto. Oder einen angefahrenen Hund, dem Stefan in wenigen Minuten bei einer Not-OP vor Ort das Leben retten muss. Bei der Eile und der Geschwindigkeit, die der junge Arzt auf der Autobahn vorlegt, könnte es sogar eine ganze Schafherde sein, die ihrer Rettung entgegenbangt, überlegt Conny ein paar Minuten später. Sie sucht mit der rechten Hand an der Decke nach dem Haltegriff des Wagens. Stefan drückt trotz Höllentempo nervös auf seinem Smartphone herum.

»Geht's vielleicht ein bisschen …?« Conny bringt den Satz nicht zu Ende, denn Stefan wirft ihr einen vorwurfsvollen Blick zu. »Nicht so wichtig«, wiegelt sie kleinlaut ab. »Ich wollte mich nicht einmischen.«

»Ich glaub's nicht. Die anderen sind schon da«, stöhnt Stefan, nachdem er die neuen Nachrichten auf seinem Smartphone gecheckt hat. »Verdammt!«

Er drückt das Gaspedal durch.

Alles ist gut, redet sich Conny ein und atmet tief durch, während sie sich mit beiden Händen festkrallt. Es wird ihnen nichts passieren! Heute Nacht ist auf der Autobahn weit und breit niemand unterwegs und ihr Begleiter ist hundertpro – oder zumindest ziemlich sicher, denn so lange kennt sie ihn nun auch wieder nicht – ein guter Autofahrer.

»Weißt du, wie man ein Garmin bedient?«, richtet sich Stefan an Conny.

»Garmin? Glaub nicht.« Die junge Frau ist sich nicht sicher. Um die Frage beantworten zu können, müsste sie erst einmal wissen, wer oder was dieser »Garmin« überhaupt ist. Womöglich ein medizinisches Instrument, schätzt sie.

Stefan konzentriert sich weiter auf die Vorgänge auf seinem Handy. »Schöner Mist, und der Chrissie ist wie so oft in der letzten Zeit nicht zu erreichen. Seinen Hund hätten wir gut gebrauchen können, jetzt im Dunkeln.«

»Was für ein Notfall ist das eigentlich?« Allmählich will Conny doch genauer wissen, warum sie mitten in der Nacht wie die Verrückten über die Autobahn fegen, als gäbe es kein Morgen. Gerade steuert Stefan am Autobahndreieck Saarlouis in Richtung Dillingen und nimmt dabei die Abfahrt derart scharf, dass die Reifen quietschen. Conny stößt einen Schrei aus.

»The Dynamitlady steht dort«, erklärt Stefan unbekümmert. »Viel mehr weiß ich auch nicht.«

»Ist das ein teures Rennpferd?«, spekuliert Conny. Sie legt die Stirn in Falten.

»Glaube ich nicht. Das kann im Prinzip alles sein.«

Durch die Antwort ist Conny nicht viel schlauer geworden.

Nachdem sie an der Autobahnabfahrt Rehlingen abgefahren sind, halten sie sich in Richtung Burgruine. Die Burg Siersberg thront in orangenem Licht hoch oben in der Ferne.

»Sind gleich da«, kündigt Stefan an und behält das Autobahntempo auf der Landstraße bei. »Wir parken am besten am Sportplatz. Da startet die Wegstrecke.«

Wegstrecke? Conny ist immer gespannter darauf, zu sehen, um welche Art von Notfall es sich handelt.

»Ach Mist, da vorne stehen schon die Wagen der Frodoleins und von Team Trinchen – na super! Die Sache ist damit eigentlich schon gelaufen«, motzt Stefan los, als sie oberhalb des Siersburger Sportplatzes einparken. »Mit dem Schnauzer, den die immer bei sich haben, ist alles weit leichter zu lösen.«

Er stellt seinen Wagen auf dem Schotterparkplatz ab und springt bereits aus dem Auto, als Conny noch dabei ist, den Sicherheitsgurt zu lösen.

»Beeil dich!«, fordert er.

Sie gibt sich alle Mühe. Doch mit den viel zu großen Gummistiefeln in Kombination mit dem engen Rock, der immer wieder hochrutscht, während ihre Hände in den deutlich zu langen Ärmeln der Jacke verschwinden, ist Beeilen gar nicht so einfach. Als sie ausgestiegen ist, stellt sie sich neben Stefan und schaut neugierig auf dessen Smartphone.

»Startpunkt: Sportplatz Siersburg.« Der Doktor weist mit dem Finger auf die Stelle. »In direkter Nähe müsste der erste Hinweis sein. Höchstens 150 Meter entfernt, würde ich schätzen. Wenn überhaupt.«

»Hinweis? Wer hat dir den denn geschickt?« Conny ist überrascht. Hier am Parkplatz ist weit und breit niemand. Abgesehen von einem alten Kombi sowie einem weißen Fiat mit einer Menge Aufklebern. Was soll die Aktion?

»Momentchen!« Stefan schiebt den Text auf seinem Display nach unten. »Mister Surprise heißt er oder vielleicht auch sie. Kenne ich nicht! Ist keiner von meinem Kumpels.«

»Wie – Kumpels? Ich dachte, das ist ein Notfall.«

»Notfall? Wer hat das denn gesagt?« Stefan stößt ein ungläubiges Lachen aus und wendet sich wieder dem Display des Handys zu. »Obwohl, genau genommen ist es das tatsächlich irgendwie. Jetzt, da die anderen schon auf der Strecke sind und einen Riesenvorsprung haben«, murmelt er abwesend und schnallt sich seinen dunklen Rucksack auf den Rücken. Aus dem Seitenfach des Kofferraums holt er eine große Taschenlampe.

»Kannst du mich bitte mal darüber aufklären, was wir hier machen, mitten in der Nacht auf irgendeinem Parkplatz?«

»Äh, einen Geocache suchen natürlich.« Stefan wirkt verwundert. »Hatte ich das nicht erwähnt?«

»Nö, hattest du nicht!« Connys Tonfall ändert sich von einer Sekunde auf die nächste. »Sag mir bitte nicht: Wir springen um 3 Uhr nachts aus dem Bett, um nach irgendeinem Geocache zu suchen?«

»So würde ich das jetzt nicht sagen. Irgendein Cache ist es nicht. Das ist ein Multi und den Angaben zufolge ist er ziemlich gut gema…«

»Wie verrückt ist das denn? Ein blöder Geocache! Kann man damit nicht bis zum nächsten Tag warten?« Connys Stimme wird noch heller. Stefan kümmert das wenig, er fixiert den Text auf seinem Handy.

»Den hättest du auch irgendwann nach der Arbeit suchen können!«

»Klar. Prinzipiell hätte ich das auch morgen angehen können oder nächste Woche.« Stefan zeigt sich von Connys genervtem Unterton völlig unberührt. »Aber das kann doch jeder. Erster zu sein, das ist eine ganz andere Hausnummer. Außerdem ist es ein Night-Cache. Das geht sowieso nur nachts.«

Die junge Frau in Rock, gelben Gummistiefeln und übergroßer Outdoorjacke verdreht die Augen. »Jetzt mal ernsthaft – in dem Aufzug soll ich durch die Wildnis stapfen, um irgendeinen Schatz zu suchen, der nüchtern betrachtet nur aus einer alten Plastikdose mit einer durchnässten Liste besteht, in die man seinen Namen einträgt? Wie irre ist das denn?« Conny schüttelt aufgebracht den Kopf. »Mir reicht's. Ich besorg mir ein Taxi.« Sie greift nach ihrer Handtasche auf dem Beifahrersitz. Stefan kann gern wie ein Irrer im Dunkeln durch den Wald preschen, sie jedoch würde sich nach Hause begeben und einen Schlussstrich unter diese Episode ziehen. Bis vor ein paar Stunden schien ihr der junge Tierarzt noch der Hauptgewinn zu sein. Aber so eine bescheuerte Verabredung – und was das angeht, hat Conny Erfahrung vorzuweisen – hatte sie noch nie.

»Ach, komm schon«, versucht Stefan einzulenken, nachdem sogar er bemerkt hat, dass das harmonische Miteinander zwischen ihnen in den letzten Minuten deutlich eingebüßt hat. »Rätsel lösen, Schätze finden, ein bisschen Nervenkitzel. Das macht riesigen Spaß. Bitte, lass dich überzeugen.«

»Spaß? Das glaub ich kaum. In den Büschen sind überall Zecken und womöglich schrecken wir noch Wildschweine auf oder Schlimmeres.«

»Na und? Du hast einen Arzt bei dir.« Stefan grinst breit.

»Einen Tierarzt! Und wie ich gerade feststellen muss einen ziemlich übergeschnappten«, kontert sie, und es fällt ihr schwer, dabei ernst zu bleiben.

»Der Übergeschnappte verspricht dir ein echtes Abenteuer.« Stefan gibt nicht auf und schaut sie mit übertrieben heruntergezogenen Mundwinkeln an. »Connylein, gib dir einen Ruck, ich bin dein Indiana Jones.«

Conny muss abermals auflachen, schüttelt aber weiterhin, wenn auch mittlerweile eher halbherzig, den Kopf.

»Kommen Sie mit mir, wenn Sie leben wollen!« Als Stefan das sagt, strafft er demonstrativ die Schultern und schaut seine Begleitung herausfordernd an.

Conny bleibt hart. »Schlechter Versuch. Terminator habe ich nie gemocht und sorry, ein Schwarzenegger bist du nun wirklich nicht.«

»Dann eben: Mein Baby gehört zu mir. Ist das klar?« Diesmal versucht es Stefan mit schmachtend dunkler Stimme und klimpert dazu albern mit den Augen.

»Okay, okay. Mit Dirty Dancing hast du mich tatsächlich«, kichert Conny und bekommt sich kaum mehr ein, als sich Stefan theatralisch hinkniet und ihr die Hand hinhält. »Ich tanze immer den letzten Tanz der Saison.«

»Hör sofort auf. Ich komm ja mit«, sagt sie glucksend und schließlich ernster: »Wir versuchen es. Aber wenn ich keine Lust mehr habe, dann …«

»Ja, schon klar. Dann brechen wir ab, versprochen!« Stefan wendet sich wieder seinem Smartphone zu. »Aber jetzt müssen wir los. Sonst lohnt sich der Aufwand nicht mehr. Wie ich Team Trinchen kenne, haben sie inzwischen die ersten Rätsel geknackt. Gott sei Dank besteht so ein Multi aus mehreren Stationen, bis man zum Abschlussversteck kommt – da haben wir noch eine winzige Chance, Erste zu werden.«

*

»Kannst du mir das bitte noch mal vorlesen?«, fragt Conny kurze Zeit später. Nachdem sie die Straße vom Parkplatz aus überquert haben, geradeaus auf den Weg zur Burg zu, dauert es nicht lange, bis Stefan das erste Katzenauge am Wegrand ausmacht und mit dem Finger darauf weist. Die Reflektoren an den Straßenschildern, Bäumen und sogar Zaunpfosten wären Conny vermutlich nie im Leben aufgefallen, wie den meisten anderen nicht eingeweihten Menschen – die, das hat Stefan ihr erklärt, von Geocachern Muggels genannt werden. Nach und nach allerdings wird sie das Prinzip verstehen, sagt sich Stefan. Allzu viel Unterstützung von Conny braucht er trotzdem nicht zu erwarten. Seine neue Bekanntschaft ist süß, jedoch nicht unbedingt eine Schnelldenkerin, das ist ihm bewusst. Ein bisschen Naivität fand er bei Frauen immer schon anziehend.

»Komisch, ich sehe gar nichts mehr«, sagt sie, als der Weg an Koppeln vorbei in ein bewaldetes Stück führt. Ergebnislos hält sie nach Hinweisen Ausschau.

»Das Ticken, das Ticken – dort kann man gut picken!«, liest Stefan den Hinweistext von Neuem vor. »Was soll denn im Wald ticken? Ticken kann doch fast nur etwas Elektrisches.« Er leuchtet den Boden ab. »Schau, da!« Im Lichtkegel ist eine Stelle auszumachen, an der die Pflanzen auffällig zertrampelt sind. »Das ist ein frischer Highway, eindeutig.«

»Highway?«

»Ja, so nennt man das unter Geocachern«, erwidert Stefan und folgt der Spur, die zu einer Gruppe von Bäumen, vier bis fünf Meter abseits des Weges, führt. »Hier könnte es tatsächlich sein«, folgert er mit einem Blick auf sein Handy. »Passt perfekt zu den Koordinaten. Bleibt nur die Frage, was es mit dem Picken und Ticken auf sich hat.«

»Picken, vielleicht sind Vögel gemeint«, denkt Conny laut. »Leuchte mal da in die Höhe!«

Stefan macht halbherzig, was ihm aufgetragen wird. »Sei mir nicht böse Conny, aber du bist ein blutiger Anfänger. Ich will nicht wie ein Besserwisser klingen, doch mit über 5.000 gefundenen Caches habe ich eine Menge Erfahrung vorzuweisen. Da entwickelt man zwangsläufig so was wie Spürsinn. Und der sagt mir, das Rätsel ist vermutlich weitaus komplizierter, als du denkst …«

»Stopp, ein Stück zurück«, unterbricht sie Stefan.

»Da war nichts!« Dass er genervt ist, ist nicht zu überhören. »Conny, während die anderen wahrscheinlich schon kurz vor dem Abschluss stehen, leuchte ich mit dir den ganzen Wald aus.«

»Da. Das Vogelhaus!« Sie weist mit dem Finger hoch zu einem Baum.

Stefan sieht es nun auch. Der Nistkasten hängt drei, vier Meter über der Erde an einer Eiche.

»Und wie kommen wir da jetzt hinauf?« Conny blickt ihn fragend an.

»Ich glaube, das hat nichts mit dem Cache zu tun.« Stefan strahlt mit der Taschenlampe langsam den Stamm hinunter. Er verzieht den Mund. »Obwohl … da sind ein paar Spuren«, gibt er zu.

»Na siehste, da kann man also hoch.«

»Ja, grundsätzlich ist es natürlich nicht unmöglich …« Er zögert. »Wenn ich ehrlich bin, ist alles, was Höhe betrifft, nicht mein Spezialgebiet.«

»Aha! Du hast Höhenangst«, folgert Conny keck und schmunzelt. »Du bist mir ein Abenteurer.«

»Respekt ist vielleicht das passendere Wort. Da ist Chrissie im Fall der Fälle der absolute Profi. Normalerweise assistiere ich von unten und halte derweil mit Blümchen die Stellung.«

»Aha, der Assistent von unten.« Um Connys Mund zuckt es. »Nun, wie auch immer, das ist die einzige Spur. Picken – das passt hundertprozentig, oder etwa nicht?«

Bevor Stefan etwas erwidern kann, hat sie ihm schon die Taschenlampe aus der Hand genommen. Conny hat Feuer gefangen, das ist unübersehbar. Querfeldein, über Brennnessel und Brombeersträucher, geht sie auf den besagten Baum zu. »Psst, bleib mal stehen«, murmelt sie, als Stefan Anstalten macht, ihr zu folgen. »Hörst du das?« Ihr Finger weist in die Höhe.

»Ich bin mir nicht sicher«, entgegnet Stefan.

Conny jedoch schon: »Da ist ein winzig zartes, gleichmäßiges Ticken. Das kann nur von dort oben kommen. Wir müssen hinauf!«

Stefan steht mittlerweile neben Conny unter dem Baum und blickt skeptisch in die Höhe. »Ne! Müssen wir nicht!«

»Du willst vor so einem schlichten Bäumchen kapitulieren?« Conny klingt enttäuscht.

»Na ja, was heißt da kapitulieren? Manchmal ist es besser, vernünftig zu sein.«

»Ist doch völlig absurd, jetzt klein beizugeben.«

»Ich würde das eher vernünftig nennen.«

»Dann klettere ich eben selbst hoch.«

»Du? Mit den Stiefeln? Das ist nicht nur abenteuerlich …« Er leuchtet auf ihre blendend gelben Schuhe, »das ist glatter Selbstmord.«

»Na gut, dann ziehe ich die Gummistiefel eben aus und probiere es barfuß. Wenn ich falle, fängst du mich halt auf.«

»Super Idee! Auch wenn du ein Fliegengewicht bist, Conny, lass es bitte bleiben!«

»Ach was. Du hast mir ein Abenteuer versprochen.«

»Ja. Das war anscheinend ein riesengroßer Fehler.« Stefan ist es ernst. Was Conny da vorhat, ist lebensgefährlich. »Hör zu, wenn wir, also Chrissi und ich, so einen Baum besteigen, haben wir immer professionelle Kletterausrüstung im Gepäck.«

»Früher hatten wir auch keine Ausrüstung und sind auf Bäume gestiegen.«

»Früher dachten wir auch, Asbest sei eine tolle Sache. Oder Röntgen könnte man mal zum Spaß machen. Das ist doch kein Argument, da könnte man genauso gut …«

»Willst du jetzt der Erste sein oder nicht?«

Stefan verstummt.

»Sei kein Feigling. Ich bin vorsichtig, unbedingt, das verspreche ich dir. Und außerdem: Ist schon fast süß, dass du dir solche Sorgen machst.«

Stefan seufzt. Wie es aussieht, lässt Conny sich nicht von der Idee abbringen. »Also gut«, sagt er schließlich.

»Na dann«, ermuntert sich Conny selbst und legt ihre Arme um den Stamm, während sie den linken Fuß aufsetzt. »Ist schon ein bisschen her, dass ich das letzte Mal auf einen Baum gestiegen bin.«

Dafür stellt sich die junge Frau in dem schwarzen engen Rock, die mit einigen Autschs und Ausrufen wie »Verdammter Mist, das war mein Fingernagel« den Stamm emporhangelt, überraschend geschickt an.

»Ich bin direkt unter dir«, ruft Stefan immer wieder nach oben und richtet das Licht so aus, dass Conny möglichst viel von dem Geäst um sich erkennen kann. Etwa zwei Meter hat sie bereits erklommen und das Vogelhaus ist nicht mehr allzu weit von ihr entfernt.

Immer wieder sucht Conny von Neuem mit ihren Händen ein Stück weiter oberhalb nach Halt. Bisher konnte sie Unebenheiten in der Rinde und verholzte Triebe nutzen, doch gegenwärtig sieht es schlecht aus. Der dicke Ast über ihr ist zu weit entfernt.

»Wenn es nicht geht, dann komm einfach wieder runter.« Stefan ist unwohl bei der Sache, und je länger Conny dort oben ratlos in der Höhe ausharrt, desto ausgeprägter wird dieses Gefühl.

»Ne, aufgeben ist nicht.« Sie tastet nach einer muldenförmigen Einbuchtung im Stamm, die einen knappen halben Meter entfernt von ihr ist. »Da ist wieder was zum Festhalten. Es geht schon.«

»Das sieht nicht sehr vertrauenserweckend aus. Was, wenn das abbricht?«

»Ach! Jetzt kurz vor dem Ziel patzen – wie irre ist das denn?«, entgegnet die junge Frau und hangelt sich weiter, während Stefan die Aufregung kaum mehr ertragen kann. Chrissie hat er schon oft beim Klettern zugesehen, allerdings mit weniger Besorgnis. Schließlich war da immer eine komplette Ausrüstung mit Sicherheitsleine im Spiel. Von Conny sieht er derzeit nur die langen schlanken Beine und die nackten Füße, die auf beängstigend kleinen Vorsprüngen Halt suchen.

»Alter Schwede«, sagt Stefan leise zu sich selbst.

Tatsächlich geht Connys Plan auf, fürs Erste. Gar nicht mal so ungeschickt steigt sie höher, verlagert das Gewicht und tastet nach einer weiteren zuverlässigen Stelle am Stamm. »Ich bin ganz in der Nähe« informiert sie Stefan. »Vielleicht noch ein halber Meter.«

»Sehr gut.«

»Leuchte bitte mal auf das Vogelhaus dort.« Sie weist mit dem Finger zu einem kleinen Kasten und Stefan richtet den Lichtstrahl aus. Von unten ist es schwer, überhaupt etwas zu erkennen.

»Jawohl, ich hatte recht. Da steckt ein Zettel im Einflugloch. Kann das was bedeuten?«

»Definitiv! Das wird der nächste Hinweis sein. Kommst du dran? Sei aber bitte vorsichtig, ich kann dir gar nicht zuschauen.«

»Gleich hab ich dich«, raunt Conny in der Höhe. Sie streckt sich und versucht, mit den Fingern das eingerollte Papierchen zu greifen.

Stefan beißt sich auf die Lippen. Das wird nie und nimmer gut gehen, denkt er.

Doch es kommt anders.

»Hab ihn!« Connys Stimme überschlägt sich fast. »Der Hammer! Du hattest recht, das fühlt sich an, als wäre ich Indiana Jones und all die Typen von Ghostbusters zugleich.

»Conny«, versucht Stefan, sie in ihrem Überschwang zu bremsen. »Ich glaube, die hatten einen Stuntman für solche Szenen.«

»Ach was«, zeigt sie sich unbekümmert.

»Kannst du den Zettel vielleicht abfotografieren?«

»Grundsätzlich schon, wenn ich ein Handy dabeihätte.«

»Ne, oder?«, erwidert er. Neben seinen Füßen liegt ein Bündel mit Kleidungsstücken, die Conny abgelegt hat. Sie trägt nur den schwarzen Rock und eine helle Bluse – klar, da ist nirgendwo Platz für ein Smartphone.

»Und was jetzt?«, fragt sie ratlos nach unten.

»Merke dir die Angaben. Mitnehmen geht nicht. Die nächsten wollen schließlich auch noch etwas finden.«

Conny betrachtet das Papierstück. »Mit Zahlen habe ich es ehrlich gesagt nicht so.«

Das wundert Stefan nicht. »Versuche es trotzdem.«

»Das sind viel zu viele – und ab und an ist ein Buchstabe dazwischen. Keine Ahnung, was das zu bedeuten hat. Wie soll ich mir das merken?«

Stefan wird hellhörig. »Was für Buchstaben denn?«

»N und da ist auch ein …«

»Ein E?«

»Ja, woher weißt du das?«

»Conny, du bist klasse. Riesig.« Stefans Augen strahlen. Die erste Aufgabe ist gelöst. »Das sind einfach nur Längen- und Breitengrad und somit unsere neuen Koordinaten. Diktierst du mir die bitte mal? Und schau dir dabei den Zettel genau an, da steht bestimmt noch irgendetwas anderes drauf.«

Während ihm Conny die Zahlen durchgibt, haftet Stefans Blick auf dem Smartphone. Das Ausrichten der Taschenlampe vergisst er dabei völlig.

Auch als sie ihm zuruft: »Da steht auf dem Kopf geschrieben: ›An die Sprossen‹. Keine Ahnung, was damit gemeint ist. Ich stecke den Zettel zurück und komm dann runter«, reagiert er nicht. Gerade wartet er darauf, dass das Garmin ihm anhand der neuen Koordinaten den Standort der nächsten Aufgabe anzeigt. Selbst als er seinen Namen hört, mit erschrockenem Nachdruck in der Stimme, ist er viel zu abgelenkt, um zu verstehen, was über ihm passiert. Erst das Knacken der Äste und das Laub, das auf seinen Haaren landet, machen ihn in letzter Sekunde darauf aufmerksam, dass von oben vermutlich Größeres zu erwarten ist.

»Stefan!«, schallt es.

»Ja, was?«, fragt er und geht wie mechanisch einen Schritt zurück. Ein Zufall, der ihm womöglich das Leben rettet oder zumindest seiner Gesundheit überaus zuträglich ist, denn ansonsten wäre Conny wohl direkt auf ihm gelandet. So fällt sie in seine Arme. Dass das nicht ganz so romantisch ist, wie es sich anhört, kann man sich womöglich vorstellen, aber Stefan federt den Fall enorm ab und stürzt mit ihr gemeinsam zu Boden. Das Smartphone, ehemals in seinen Händen, wird dabei unglücklich gegen einen großen Stein geschleudert.

»Schöner Mist. Das kann man jetzt vergessen«, beurteilt Stefan die neue Situation und reibt sich gequält die Schultern. »Jetzt haben wir nur noch mein Garmin. Bis du die Geoaching-App und alles, was es sonst noch braucht, heruntergeladen hast, ist der neue Cache schon retro.«

Conny steht auf und richtet ihren Rock, der sich bis zu ihrer Brust umgeschlagen hat.

»Aber immerhin, ich weiß, wo es hingeht«, sagt Stefan und drückt auf dem Garmin herum. »Das sollte die Treppe kurz vor der Burg sein. Passt auch prima zum Hinweis ›An die Sprossen‹. Oder was meinst du?« Er schaut vom Display auf und blickt in Connys beleidigte Miene. »Du hast dir doch nichts getan, oder so?«, fragt Stefan.

»Glaub nicht«, erwidert sie und presst die Lippen aufeinander.

Sie schmollt, das merkt sogar er. »Wir können natürlich sofort heimfahren.«

Dieser Vorschlag ist Conny allerdings auch nicht recht. »Ich kraxel doch nicht den Baum hoch und breche mir fast alle Knochen und fahre dann heim!« Sie greift sich die gelben Stiefel. »Jetzt ziehen wir die Sache bis zum Ende durch.«

»Okay.« Stefan hält ihr seine Hand als Stütze hin, während sie den zweiten Schuh überstreift. »Ich würde fast darauf wetten, der erste Teil am Baum war der anstrengendste Part. Nach so was kann erfahrungsgemäß nicht mehr viel kommen.«

Mit dieser Voraussage trifft Stefan nicht ins Schwarze. Zwar müssen die beiden erst einmal keine Bäume hinaufsteigen, doch auch an Station zwei macht es ihnen Mister Surprise ebenfalls nicht leicht. Hier treffen sie zudem auf die anderen Teams, die ihren Zeitvorsprung mit Suchen aufgebraucht haben.

»Ach, Team Kreidebleich. Habe mich schon gefragt, wann ihr kommt. Ist Blümchen nicht dabei?«, empfängt sie Trine, die eigentlich Ann-Katrin heißt und tagsüber als Rechtsanwältin arbeitet. Ihr Sohn schaut nur kurz auf und sagt: »Hi.« Offensichtlich ist er nicht erfreut über die Ankunft der Konkurrenz.

Ein schwarzer Schnauzer kommt weit freundlicher gesinnt auf das Paar zu. »Na, Fussel? Heute nicht die richtige Spürnase?«, sagt Stefan und streichelt ihm über den Kopf. Dann wendet er sich noch mal Trine zu, die die Stufen der Treppe, die aus dicken Baumstämmen besteht, nach möglichen Hohlräumen ausleuchtet. »Ne, Chrissie ist wohl wieder verplant. Hat sich nicht gemeldet. Heute habe ich Conny dabei.«

Trine richtet kurz ihre Taschenlampe auf Stefans Begleitung. »Oh, bestens ausgerüstet«, sagt sie, als sie den Rock sieht. Sie selbst trägt Jogginganzug und eine alte Baseballkappe mit der Aufschrift »Rock am Ring 2007«. »Na, wie es aussieht ist die neue Freundin vom Chrissie ganz schön einnehmend«, redet sie weiter und widmet sich erneut den Stufen. »Die Frodoleins sind bereits durch und suchen am Absatz. Merkwürdiger Multi. Hast du schon mal etwas von diesem Mister Surprise gelesen?«

»Nö, nie!«, gibt Stefan zur Antwort.

»Komisch, oder?«

»Allemol«, sagt er und macht sich ebenfalls ans Werk, die Stufen mit der Taschenlampe anzustrahlen.

Conny steht daneben und weiß offenbar nicht recht, was sie machen soll. Fussel hat sich zu ihr gesellt und lässt sich ausgiebig den Hals kraulen.

»He, Kuscheltime ist später, wenn wir den Cache haben«, bemerkt Trine. »Los, such, Junge!«

Fussel bellt und schnuppert wie befohlen über den Boden. Nicht unbedingt enthusiastisch, wie Stefan findet. Wären Chrissie und Blümchen hier, das wäre ihre große Chance. Der Dobermanndame seines Freundes entgeht nie etwas.

»Was macht ihr eigentlich, wenn …?«, fragt Conny ein paar Minuten später und stockt.

»Ja?«, hakt Stefan nach, der gerade einen Busch am Rand der Treppe in Augenschein nimmt. Er wendet seinen Kopf zu ihr um.

»Na, was macht ihr, wenn ihr Mal müsst – während so

einer Geocaching-Tour?« Conny schaut ihn bittend an. Unverkennbar ist es dringend.

»Was macht man da wohl, Süße?«, mischt sich Trine mit höhnischem Klang in der Stimme ein. »Hier gibt es mehr als genug Freilufttoiletten. Aber mach dein Pipi bitte nicht auf den gesuchten Hinweis und hol dir keine Zecke.«

Stefans Begleitung antwortet nicht, sondern zieht ohne ein Wort los in die Dunkelheit. Trine und Conny, das sind zwei Frauentypen, die nicht unbedingt gut zusammenpassen, überlegt der Tierarzt, während er sich die Stufen hinaufarbeitet.

»Stef…«, ruft eine helle Stimme nach ihm. Er kann Conny nicht sehen. »Stefan, kannst du mal bitte kommen?«

»Ui, ein echter Profi, das habe ich direkt gesehen«, sagt Trine gehässig. »Die Kleine braucht sogar Hilfe beim Bächleinmachen. Geh ruhig, wenn wir dann den Cache gefunden haben, melden wir uns gerne bei dir.«

»Sehr witzig«, entgegnet Stefan und lässt Trine stehen.

»Was ist denn?«, fragt er, als er Conny etwa 50 Meter unterhalb der Treppe am Rand des alten Burgpfades ausmacht. Statt einer Antwort winkt sie ihn zu sich. Er tritt näher und sieht, dass sie ihren Zeigefinger auf den Mund gelegt hat.

»Sei leise«, flüstert Conny und weist auf den Fund. »Ich wollte mich gerade hinhocken und bin dabei mit dem Kopf gegen das da gestoßen.«

»Oha!«, wundert sich Stefan, als er sieht, worüber sie spricht. Mit Sprossen hat dieser Surprise etwas anderes als Treppenstufen gemeint. »Du bist genial, Conny«, sagt er und bereut im gleichen Moment, dies so laut gesagt zu haben. »Einfach genial«, bestätigt er ein zweites Mal, nur diesmal leiser.

Eine Strickleiter, wahrscheinlich aus dem Baumarkt und für Kinder gemacht, hängt von Laub verdeckt von einem der Bäume am Wegrand herab.

»Du oder ich?«, fragt Conny.

»Diesmal ich«, entscheidet Stefan. »Scheint nicht sehr hoch zu sein.« Er greift nach der Strickleiter und stellt seinen Fuß auf die unterste Sprosse. »Hoffentlich hält die mich aus!«

»Na klar. Das ist ein Geocache und kein Mordversuch.«

»Wer weiß, wer weiß«, sagt Stefan. »Leuchtest du mir bitte?« Die Strickleiter wankt hin und her, während er die Sprossen emporsteigt. »Kann nichts finden. Das Ding ist zu Ende und ich seh nichts Auffälliges. Ich dachte, da oben wäre vielleicht eine Dose oder so. Aber nichts!«

»Komisch«, entgegnet Conny, der es anscheinend ähnlich wie Stefan geht. Gerade sind sie so frohen Mutes gewesen, da sie die Ersten waren, und nun hängen sie ebenfalls fest.

»›An die Sprossen‹, stand doch auf dem Zettel. Unter Umständen geht es gar nicht darum, hochzusteigen und dann etwas zu finden«, überlegt Conny laut.

»Sondern?«

»Womöglich sind es die Sprossen selbst.«

»Hm, ich weiß nicht«, antwortet Stefan und schaut sich trotzdem das oberste Querholz näher an. »Obwohl, hier ist ein E.«

»Und bei mir hier unten ein W.«

»Du bist unglaublich, Conny.«

»W – A – C«, liest sie vor, während sie nach oben leuchtet. »Und ein H – Wache!«

»Wache?« Stefan verzieht den Mundwinkel. »Das ist wenig. Seltsam, keine Koordinaten oder so.«

»Vielleicht hat es was mit der Burg zu tun«, spekuliert Conny.

Er schüttelt den Kopf. »Ne. Menno ist das doof. Ich hab kein Handy mehr.«

»Ich schon.« Conny nimmt ihr Smartphone heraus und tippt die Begriffe »Wache« und »Siersburg« ein. »Oh je, die Treffer sind fast alle für die Rettungswache in Siersburg.«

»Ich glaube, das hilft uns nicht weiter.«

»Warte mal. Hier im Burgenarchiv steht was von Wachstuben. Geht man daran nicht vorbei, bevor man das Burgplateau erreicht?«

»Du meinst, wenn man durch das Eingangstor geht?«

»Ja, genau.«

»Da gibt es Türen, aber die sind abgesperrt. Normalerweise.« Stefan überlegt. Das ist die einzige Spur, und dass der Multi-Cache an der Burg selbst endet, ist seiner Erfahrung nach sehr wahrscheinlich. Sie müssen nur irgendwie ungesehen an den beiden Teams und Fussel vorbei. »Wir gehen querfeldein«, schlägt er vor. »Direkte Luftlinie. Das sind höchstens 250 Meter. Ein Katzensprung.«

Sie marschieren mitten durch dichtes Gestrüpp, ein paarmal verliert Conny einen ihrer Stiefel. Äste streifen ihnen durchs Gesicht und Brombeerhecken verfangen sich in ihrer Kleidung. Während seine Begleiterin darauf achtet, in dem schwierigen aufsteigenden Gelände nicht zu stolpern, behält Stefan sein GPS-Gerät im Auge.

»Geschafft, behauptet das Garmin«, sagt er, als sie oben an der Hauptwegstrecke aus dem Dickicht steigen. »War gar nicht mal so schwer.«

Conny zupft sich zahlreiche Kletten von ihrem Rock sowie aus ihren Haaren, während sie schnurstracks auf den Eingang zusteuert.

»Langsam, nicht dass uns die anderen sehen«, warnt Stefan und schleicht geduckt hinter ihr her. Gemurmel ist aus der Ferne zu hören und ab und an ein Hundebellen. De facto suchen die beiden Teams immer noch die Treppe ab. Stefan grinst. Wenn die wüssten, denkt er.

Conny ist schon an der ersten Tür und rüttelt an der rustikalen Klinke. »Mist, verschlossen!«

»Ich versuche es an der anderen«, bietet Stefan an. »Offen«, raunt er Sekunden später. Die schwere Tür ächzt, als er sie aufschiebt.

»Bisschen gruselig ist das allemal.« Conny schlüpft durch den Spalt. »Aber auch ziemlich spannend.«

Zugegebenermaßen ist Stefan ebenfalls mulmig, das behält er allerdings für sich. So einen Cache hat er bisher noch nie gesucht.

Der Raum ist stockdunkel.

»Das Licht funktioniert nicht«, stellt Stefan fest, nachdem er einen Schalter an der Wand ertastet und erfolglos betätigt hat.

»Leuchte mal da hinten in die Ecke«, raunt seine Begleitung.

Er hält die Taschenlampe in die angewiesene Richtung. Im Rucksack hat er noch eine Ersatztaschenlampe, diese nimmt er heraus und reicht sie Conny hinüber.

»Danke! Sind das da hinten Buchstaben?«, sagt sie und geht auf die gegenüberliegende Wand zu.

Und tatsächlich: Jemand hat mit roter Kreide einen Schriftzug angebracht.

»KILL THE DYNAMITLADY«,
steht dort in großen Lettern zu lesen.

Daneben pinnt ein Zettel.

»Conny, das ist alles sehr seltsam«, stellt Stefan fest. »Kein Owner eines Geocaches bricht ein. Da stimmt etwas nicht, es ist bestimmt besser, wir rufen die Polizei.«

»Ach, i wo, bestimmt hat das die Gemeinde angelegt.«

Vielleicht hat sie recht, denkt Stefan, als er auf dem Garmin in der Beschreibung zum Cache nach weiteren Hinweisen zum Ablauf sucht. »Der bombastische Abschluss«, kündigt dieser Mister Surprise für die letzte Station an.

Während Stefan überlegt, wie das alles zusammenpasst, greift sich Conny das Blatt. »Auf dem Zettel steht gar nichts«, wundert sie sich und dreht ihn in ihrer Hand.

»Moment!« Stefan versucht es mit der kleinen UV-Lampe, die er immer in der Seitentasche seines Rucksacks mitführt. »Die braucht es für Night-Caches«, erklärt er, und als er den Zettel damit beleuchtet, schimmert ein Schriftzug auf.

»Zünde die Lunte und erhalte die Kunde«, liest Stefan vor. »Jetzt auch noch ein schlechter Reim! Nun gut, irgendwo muss eine Zündschnur sein, wobei ich mir kaum vorstellen kann, dass wir tatsächlich etwas zünden müssen. Ist bestimmt ein Wortspiel.«

Stefan leuchtet in alle Ecken des Raumes. Als sie in ihrer unmittelbaren Nähe nichts finden, betreten sie die dahinterliegende Kammer.

»Oder vielleicht muss man sie doch anzünden«, sagt seine Begleitung, als sie die Zündschnur am Boden entdecken, die schlängelnd zu einem Holzverschlag führt.

»Das wird immer seltsamer«, murmelt Stefan, und gleichzeitig ruft Conny: »Ist ja der Wahnsinn. Hast du ein Feuerzeug dabei?«

»Höchstens Streichhölzer, Moment.« Er wühlt wieder in seinem Rucksack.

»Ich glaube, ich höre die anderen draußen«, sagt Conny und nimmt die Streichholzpackung entgegen. »Da war eine Stimme. Wir müssen uns sputen.«

»Ich hab nix gehört«, wendet Stefan ein.

Conny zündet eines der Streichhölzer an und geht in die Hocke. Das Hölzchen zischt auf und erlischt gleich wieder. »Mist.«

Jetzt vernimmt auch Stefan etwas. Keine Stimme, es ist ein Poltern. »Du hast recht, da treibt sich irgendwo jemand rum«, flüstert er. »Beeil dich!«

Gespannt schaut er dabei zu, wie Conny das zweite Streichholz nun weitaus behutsamer zündet. Diesmal führt sie die zuckende Flamme sehr langsam zu Boden. Kurz vor der Lunte kommt das Feuer ihren blau lackierten Fingernägeln bedrohlich nah. »Autsch.« Sie lässt das bis auf ein paar Millimeter verkohlte Hölzchen fallen. Stefan greift verzweifelt danach – zwecklos.

»Schöner Mist«, urteilt er. »Wie viele haben wir noch?«

»Ähm, genau betrachtet: exakt eins«, erwidert Conny und setzt ein säuerliches Lächeln auf.

Beide richten ihren Blick auf das Hölzchen im Streichholzkästchen. »Dann ist das jetzt unsere letzte Chance«, stellt Stefan mit einem Schulterzucken fest.

»Willst du vielleicht diesmal?«, möchte Conny wissen.

Es poltert immer noch, Trine, ihr Sohn und die Frodoleins scheinen schwer von Begriff zu sein, eigentlich hätten sie die offene Tür längst bemerken müssen. Aber umso besser, sagt sich Stefan. »Ne, du!«, fordert er, denn die Vorstellung, dass Conny die Sache verpatzt, findet er weitaus angenehmer, als wenn es ihn trifft.

Conny greift in das Schächtelchen, nimmt das Hölzchen heraus und kratzt mit der roten Spitze über die Reibefläche. Es funkt und flimmert und eine Flamme entzündet sich.

»Diesmal klappt es«, kündigt Conny an. Und sie behält recht: Die Lunte fängt Feuer. Feierlich schauen sie dabei zu, wie sich die Flamme dem Holzverschlag nähert.

»Hilfe«, ruft da jemand leise.

»Warst du das?«, will Stefan wissen.

Conny schüttelt den Kopf. »Verdammt, ich glaube, das kommt von direkt vor uns.«

Da hören sie es beide noch mal, es ist eine Frauenstimme, und irgendetwas poltert von der anderen Seite gegen den Verschlag.

»Wir müssen hier raus.« Stefan hatte schon die ganze Zeit so ein mieses Gefühl. Er packt Conny am Arm. »Sofort! Dynamit, das hätte man sich doch denken können, und wir Idioten zünden auch noch die Lunte.« Er zieht seine Begleitung hinter sich her. Wenn sie sich beeilen, schaffen sie es vielleicht noch rechtzeitig aus dem alten Gemäuer.

Conny jedoch denkt nicht ans Flüchten. »Da ist jemand drin«, schreit sie und reißt sich los. Ahnungslos, was sie nun tun soll, steht sie vier, fünf Meter vom Verschlag entfernt. Es sind höchstens noch 30 Zentimeter, ehe das Glimmen der Lunte durch ein Loch im Innern verschwinden wird.

Beherzt zieht Conny einen ihrer Gummistiefel von den Füßen. »Sich davonstehlen, das ist nicht meine Schuhnummer«, brüllt sie und donnert den Stiefel volle Power in Richtung Verschlag. Stefan kneift die Augen zusammen. Er ist Realist, und das heißt, er rechnet mit dem Schlimmsten. Weder hält er Conny für eine geübte Werferin noch glaubt er, dass selbst Dirk Nowitzki eine solch irre Aktion gelänge.

Doch manchmal hat selbst Wahnsinn System, muss er ein paar Sekunden später, als der Schuh überraschend gut auftrifft, eingestehen. Es zischt kurz beim Aufprall des Stiefels, ein paar Funken geben nicht gleich auf, aber dann erlischt die Lunte. Das Schicksal scheint eine Kehrtwende nehmen zu wollen. Stefan atmet auf und für einen Moment herrscht Stille.

»Es hat geklappt!« Conny beginnt als Erste zu sprechen. »Das hat wirklich funktioniert.« Sie scheint am meisten darüber verwundert, dass ihr Vorhaben aufgegangen ist. Noch bevor Stefan antworten kann, ist das Klopfen und leise Rufen wieder zu vernehmen. »Wir müssen sie rausholen, wer immer das ist.« Conny greift Stefan am Arm. »Komm. Hilf mir!«

Mit den Händen versuchen sie, die Bretter am Verschlag zu lösen.

»Sitzt bombenfest«, stellt er fest. »Wir brauchen etwas zum Heraushebeln.«

»Vielleicht im ersten Raum. Vorne in der Ecke hat Werkzeug gelegen.« Kurz darauf kommt Conny mit einem Schlosserhammer zurück. »Wäre das was?«

»Mal schauen.« Stefan nimmt ihr den Hammer aus den Händen und beginnt, die Bretterwand damit zu bearbeiten. Holz splittert. Nachdem sie ein Brett herausgelöst haben, wird es leichter und die Öffnung immer größer.

»Ach du grüne Neune«, raunt Stefan, als er erkennt, was sich hinter dem Verschlag verbirgt. »Ruf die Polizei an, Conny. Auf der Stelle! Und geh hier raus!«

*

»Mister Surprise, sagen Sie?« Wolfgang wiederholt die Antwort des Geocachers. Die junge Frau neben dem Herrn, der sich als Stefan Kreideweiß ausgewiesen hat, nickt.

»In dem Aufzug sind Sie wahrhaft durch den Wald, um einen Geocache zu suchen?«, fragt Toni, die ebenfalls gerade eingetroffen ist und mit Wolfgang die Befragung der Zeugen übernimmt. Die Frage konnte sie sich vermutlich nicht verkneifen.

Die Frau im kurzen Rock lächelt entschuldigend. »Ja, ist eine längere Geschichte«, gesteht sie.

»Und der Dame in dem Verschlag geht es gut?«, erkundigt sich Stefan Kreideweiß.

»Ja, dafür, dass Sie sie fast in die Luft gesprengt haben, macht sie einen recht guten Eindruck«, entgegnet Wolfgang trocken. »Ist Psychologin, die Dame.«

»Oh, gut«, gibt Kreideweiß zur Antwort. »Immerhin. Wie ist sie denn überhaupt dahin gekommen?«

»Sie hatte wohl Streit mit ihrem Freund und hat sich aus Frust mit einem Unbekannten aus irgendeinem Chat verabredet. Auf einem einsamen Rastplatz – wie dumm kann man sein? Der hat sie überwältigt und zu dem Verschlag gebracht. Das muss Stunden her sein.«

»He, Mann. Ich kann dir sagen, so was hatte ich noch nie«, mischt sich plötzlich jemand neben ihnen ins Gespräch ein. Es ist Chris, der Leiter der Spusi. »Das Dynamit, das um die Lady hing, hätte gereicht, um den halben Berg hochzujagen.«

»Was kann das nur für ein Irrer gewesen sein?«, fragt sich Wolfgang.

»Keine Ahnung. Aber es gibt anscheinend eine neue Nachricht von ihm. Schaut mal in die Kommentare zu dem Geocache.«

Wolfgang Forsberg und Toni blicken auf das von Chris hingehaltene Handy.

Surprise, surprise! That was the first adventure!
We will see us again.

»Was immer das bedeuten soll. Ich befürchte, das war nicht die letzte Überraschung von Mister Surprise«, kündigt Wolfgang mit düsterer Miene an.

11. NICHT GANZ SO HEILSAMES WASSER

»Herr Forsberg?«

»Ja, mein Gott. Was wollen Sie? Es ist 3 Uhr – mitten in der Nacht!«

»Das ist mir bewusst. Hier ist Kreideweiß, Stefan Kreideweiß. Wissen Sie noch, der Vorfall an der Siersburg? Sie haben mir Ihre Karte gegeben und gesagt, ich soll mich melden, falls wieder etwas …«

»… falls dieser Mister Surprise wieder etwas veröffentlicht«, vollendet Wolfgang den Satz. Er sitzt kerzengerade im Bett.

»Und das hat er. Vor ein paar Minuten. ›Nicht ganz so heilsames Wasser‹, heißt der Cache. Wie es aussieht, liegt er irgendwo zwischen Beckingen und Merzig versteckt. Direkt an der Landstraße. Ich kenne mich in der Gegend nicht gut aus. Der Hinweis zur ersten Aufgabe lautet: ›Nehmen Sie einen großen Schluck. Es ist gesund!‹ Ich weiß nicht, was das zu bedeuten hat. Da ist die Saar, aber das Wasser wird doch wohl kaum einer kosten wollen.«

Wolfgang springt aus dem Bett, greift sich die Jeans von gestern vom Stuhl und zieht sie an, während er das Smartphone zwischen Kopf und Schulter klemmt. »Verflucht, der Kerl meint die Bietzener Heilquelle. Ich muss die anderen alarmieren. Nicht dass irgendwer davon trinkt.«

*

Dass diese Sorge nicht unberechtigt ist, soll sich eine halbe Stunde später noch beweisen. Auch ich bleibe nicht von dieser nächtlichen Aktion verschont.

»Günther, du kommst mit!«, kommandiert Wolfgang und schnappt sich die Socken vom Boden.

Na vielen Dank, denke ich.

Noch ehe das Großangebot an saarländischer Polizei vorfährt, sind die ersten Gruppen von Geocachern an der Heilquelle eingetroffen und tatsächlich hat ein junger Kerl bereits von dem Wasser gekostet.

»Das ist doch Quellwasser zum Trinken. Heilwasser sogar, das füllen sich andere in Kanister ab und nehmen es mit nach Hause. Ich weiß gar nicht, was Sie von uns wollen«, schnauzt die Mutter des Jungen Wolfgangs Kollegin Toni an, die kurz vor uns angekommen ist und mit der Befragung der Zeugen begonnen hat.

»Mutti, vergiss nicht, dich als Erste ins Logbuch einzutragen«, ruft jemand aus dem Sanitätswagen herüber, mit einer Inbrunst, als gehe es dabei um Leben und Tod.

»Das kann deine Mutti vergessen, das Logbuch ist beschlagnahmt«, sagt Chris, mein Freund von der Spusi, und nimmt der Dame in Jogginghose und Baseballcap mit der Aufschrift »Wacken 2013«, den zusammengerollten Zettel aus der Hand. Das sorgt für einen Riesenaufruhr. Die Frau droht Chris sogar mit juristischen Folgen.

»Folgen könnte es geben, allerdings eher für Ihren Sohn. Wir vermuten, das Wasser ist vergiftet«, hält Wolfgang dagegen, und schlagartig wird die Frau zugänglicher.

Jetzt macht sie sich ernsthafte Sorgen um ihren Sohn. »Dass der Hund das Wasser verschmäht hat, hätte uns stutzig machen müssen. Normalerweise trinkt Fussel aus jeder Pfütze«, wirft sie sich selbst vor.

Mich wundert es kein bisschen, dass der Schnauzer weit klüger zu sein scheint als der Rest dieser eigenartigen Familie.

»Das kann auch am hohen Mineralgehalt der Quelle liegen«, beschwichtigt Toni. »Ihrem Sohn geht es gut. Keine Angst! Der Arzt hat ihm Aktivkohle verabreicht, und er kommt jetzt zur Beobachtung nach Saarlouis in die Klinik.«

»Ei, cool. Ich glaub's nicht«, sagt plötzlich jemand aus der Gruppe der Geocacher, der sich als Frodo vorgestellt hat. »Es gibt einen neuen Cache! Wie lange müssen wir hier noch bleiben? Wir können doch eh nichts berichten.«

»So lange, wie es eben dauert.« Wolfgang klingt genervt. »Steht da, wer den Cache eingestellt hat?« Anscheinend ahnt er etwas.

»Ui«, sagt dieser Frodo mit einem Mal deutlich weniger euphorisch. »Äh ja, er ist von ›Mister Surprise‹ und der Cache heißt ›Tic-Tac. Spannendes für Forsberg und Kuppertz‹.«

»Was? Kann ich das mal sehen?« Toni greift sich, ohne die Antwort abzuwarten, das Smartphone dieses Frodos und scrollt auf dem Bildschirm herunter. »Wolfgang, da steht, wenn wir nicht allein kommen, gibt es einen Toten. Wie es aussieht, hat er wieder jemanden in seiner Gewalt, und falls wir uns nicht an die Regeln halten und nicht schnell genug sind, hat diese Person nur noch zwei Stunden zu leben. ›Der Countdown läuft bereits‹, heißt es in der Beschreibung des Caches. Vielleicht ist das nur eine leere Drohung.«

»Vielleicht! Aber dieser Mister Surprise hat schon einmal jemanden entführt, und die Menge an Sprengstoff, die er dabei verwendet hat, spricht nicht dafür, dass er gerne spaßt. Wenn es um Mister Surprise geht, würde ich mit allem rechnen.«

Toni bejaht mit einem Nicken und ich bereue noch ein bisschen mehr, gerade nicht in meinem kuscheligen Körbchen zu liegen. Entführung, Sprengstoff, vergiftetes Wasser – das hört sich in meinen Hundeohren als viel zu gefährlich für einen kleinen arglosen Dackel an.

»Wir gehen allein!«, entscheidet Wolfgang und ich denke: Prima. Eine sehr, sehr gute Entscheidung. Er wendet sich zu dem Geocacher um. »Und Ihr Smartphone ist fürs Erste beschlagnahmt. Irgendwer muss mir erklären, wie das komische Geocaching funktioniert.«

»Kein Problem, das ist kinderleicht«, behauptet Frodo. Er zeigt Wolfgang und Toni die verschiedenen Funktionalitäten. »Hier unten findet man die Hinweise, falls es welche gibt, und da die Koordinaten. Schauen Sie: Wie es aussieht, ist der nächste Cache etwa 25 Kilometer von uns entfernt.«

Ich begebe mich vorsorglich an den Rand des Geschehens. Während Wolfgang und Toni sich auf dieses Wagnis einlassen, wird sich bestimmt mein alter Freund Chris um mich kümmern. Da muss sich Wolfgang keine Gedanken machen.

Aber es kommt anders.

»Ah, Günther, dich hätte ich fast vergessen. Du kommst natürlich mit«, verfügt der Herr Oberkommissar entgegen aller Hoffnung. »Dass Hunde verboten sind, steht nirgendwo, und vielleicht bist du uns nützlich.«

Na super. Und dann noch dieses Wort: *nützlich*! Ich bin doch kein Haushaltsgegenstand, denke ich. Was Bombendrohungen und Psychopathen angeht, bin ich für diese Woche mehr als gut versorgt gewesen und außerdem noch leicht traumatisiert seit der Aktion im Garten der Sinne und der Attacke auf mein Leben an der Halde. Hanne und Siggi haben mir einen »Erholungsurlaub« in Aussicht gestellt, und nach Entspannung und Ruhe klingt das alles nicht. Also nutze ich meine Abseitsposition, um mich zu verkrümeln. Nix wie weg, sage ich mir und sprinte los.

Doch keine Chance – Wolfgang ist schneller und wie immer gnadenlos. Er schnappt zu, und bevor ich auch nur »Wuff« sagen kann, sitze ich in seinem Auto und Toni lenkt den Wagen auf die B 51 in Richtung Beckingen. Es ist stockfinstere Nacht und ich bin hundemüde, aber das interessiert niemanden.

»Es geht nach Wadern. Um genau zu sein Dagstuhl. Keine Sorge, da kenne ich mich aus«, informiert uns Wolfgang.

Ganz ehrlich, dass er sich da auskennt, beruhigt mich nicht im Geringsten.

»Noch mal eine Burg«, stellt Toni fest, als wir das Schloss Dagstuhl passieren und ein paar hundert Meter weiter am Waldparkplatz den Wagen abstellen. Wir steigen aus. »Weißt du, wo wir hinmüssen?«

Wolfgang nimmt das beschlagnahmte Handy zur Hand. »Der Pfeil weist in Richtung Burg. Dieser Frodo hat von Hinweisen gesprochen. Das verstehe ich nicht so ganz.«

»Na, da steht doch etwas«, erwidert Toni und zeigt auf das Display. »Zu den Caches gibt es oft einen zusätzlichen Tipp. Drück mal das da unten in der Ecke.«

Wolfgang macht, was Toni ihm aufträgt. »Ah, da passiert was. ›Ein blaues Örtchen für das nächste Opfer‹. Blau? Komisch, im Wald findet man eher selten etwas Blaues.« Er legt die Stirn kraus. »Was immer dieser Mister Surprise damit meint, wir müssen vorsichtig sein. Es könnte eine Falle sein.«

Genau, da sind wir zwei ausnahmsweise einer Meinung. So wie ich das sehe, ist Mister Surprise ziemlich gerissen. Deshalb ist es klug, als Nachhut zu fungieren. Ich sichere das Feld von hinten und halte ausreichend Abstand zu den beiden anderen. Im Halbdunkeln, bewaffnet und immer am Wegesrand schleichend, nehmen sie den Weg zur Ruine der mittelalterlichen Höhenburg. Es geht über die erste Holzbrücke.

Vor uns liegt der Haupttrakt der Burgruine, auf den ersten Blick ist nichts Ungewöhnliches zu entdecken. Es ist verteufelt still. Toni geht geduckt über die zweite, wuchtige Brücke zur Hauptburg, während Wolfgang den äußeren Weg wählt. Ich entscheide mich, meinem Teilzeitherrchen zu folgen, das mir in dem schattigen Bereich, der weniger einsehbar ist, hilfsbedürftiger erscheint. Auf dem Hauptareal der Burg, im Schutz der Mauerreste eines ehemaligen Rundturms, treffen wir wieder mit Toni zusammen.

»Und?«, empfängt sie uns mit erhobener Waffe. Hochkonzentriert sucht sie mit ihren Augen das Areal um die alten Gemäuer ab.

»Nichts! Vor allen Dingen nichts Blaues. Warst du schon dahinten?« Er weist zum tiefer gelegenen Vorplatz der Burg. Hier sind offenbar tagsüber Arbeiten zugange. Teilweise wurde mit Flatterband abgesperrt.

Toni schüttelt den Kopf.

»Na dann«, sagt Wolfgang. »Gib mir Deckung!«

Ich folge ihm im Windschatten den steinernen Weg hinab und rede mir ein, dass ich so winzig bin, dass ich definitiv kein Ziel für einen Psychopathen sein dürfte. Die wollen Opfer in menschlicher Gestalt, davon bin ich überzeugt, weitestgehend.

»Das muss es sein«, unterbricht Wolfgang meine Überlegungen. Ich verstehe sofort, was er meint. Das Dixi-Klo am Rand des Vorplatzes, wahrscheinlich wurde es für die Arbeiter aufgestellt. Leuchtend blau steht es da trotz relativer Dunkelheit. Wolfgang winkt Toni zu uns, während wir im Schutz einer Ruinenmauer ausharren.

»Da haben wir unser blaues Stück. Und was jetzt?«, fragt er, als Toni neben uns auftaucht und in die Hocke geht.

»Vielleicht sollten wir doch Verstärkung rufen?«

»Ach was. Da stand: Nur wir, sonst gibt es Tote. Ich schaue mir das genauer an. Ihr bleibt hier!«

Wolfgang schleicht los, geduckt und mit gezogener Waffe. Ich höre Tonis schnellen Atem. Nur die Ruhe, denke ich, nur die Ruhe, das wird schon gut gehen.

Wolfgang erreicht die Toilettenkabine. Mit der Wand im Rücken schleicht er um den Toilettencontainer herum und hält nach Hinweisen Ausschau. Da es außerhalb offenbar nichts zu entdecken gibt, öffnet er mit der linken Hand ruckartig die Tür. Mit ausgerichteter Dienstpistole wagt er einen ersten Schritt hinein. In der Dunkelheit ist schwer auszumachen, was im Innenraum des Klos geschieht.

»Hier ist etwas, ein Zettel«, zischt Wolfgang zu uns herüber. »Ich komm nicht dran.«

»Pass bloß auf!«, ruft Toni noch.

Dann macht es »Klack« und die Tür ist zu. Wolfgang ist im Innern des Dixi-Klos verschwunden. Es ist wie in einem Film, in einem, der mir als Hund viel zu aufreibend wäre und bei dem ich dafür plädieren würde, den Sender zu wechseln. Doch nun stecke ich schon wieder mitten in einer solchen wahnsinnigen Geschichte. Was für eine Woche!

Bevor wir einen klaren Gedanken fassen können, leuchten wie aus dem Nichts über dem blauen Container Zahlen in roten Lettern auf. Wir zucken zusammen.

0-4-5-9

»Was ist das?«, fragt Toni. Offenbar hat sie noch nicht verstanden, was das zu bedeuten hat.

Ich weiß es sofort: Es ist ein Countdown. Auwei! Die Uhr zählt fünf Minuten lang abwärts, und ich will nicht wissen, was am Ende dieser Zeit geschieht. Das hat Mister Surprise nicht dumm eingefädelt. Er hat uns an diese einsame Stelle gelockt, nur uns drei, mit der Drohung, es gäbe einen Toten. Er hält sein Wort, denn der Dahingeschiedene könnte in wenigen Minuten Wolfgang sein, falls wir nicht rechtzeitig etwas unternehmen. So ist das immer, wenn ein Countdown mit im Spiel ist. Allerdings stellt sich die Frage: Was sollen wir tun?

Unvermittelt in meine Gedanken hinein vibriert das Smartphone in Tonis Dienstjacke. »Es gibt ein Update auf der Geocachingseite, schreibt Chris«, stellt sie mit Blick darauf fest. »Mister Surprise hat den Cache aktualisiert. Es gibt einen neuen Hinweis oder eher noch ein Rätsel, keine Ahnung.«

Zum Lesen lässt sich Toni erst einmal keine Zeit. Sie läuft kopflos zum Dixi-Klo, ohne auf ihre Deckung zu achten, und reißt an der Tür. Doch vergebens, mir ist schon klar, dass dieser Psycho an alles gedacht hat. Die Tür ist abgeriegelt. Unsere einzige Chance wird es sein, das von ihm gestellte Rätsel zu lösen.

Das scheint auch Toni allmählich zu verstehen. Der Timer rückt auf vier Minuten zu.

0-4-0-6

Uns bleibt nicht viel Zeit.

»Alles klar mit dir?«, erkundigt sich Toni an die Tür des Dixi-Klos gelehnt.

»Prinzipiell schon. Aber … in der Toilette hängt an jeder Ecke Dynamit. Am besten, ihr bringt euch in Sicherheit. Ruft die Kollegen dazu, das könnt ihr nicht allein regeln.«

Dies ist keine wirkliche Option für Toni und mich. Tonis Blick wandert in Richtung Uhr. Wie wenig Zeit uns bleibt, ist Wolfgang nicht klar. Bis das Sprengstoffkommando eintrifft, sind an dieser Stelle nur noch blaue Schnipsel zu finden.

Wir müssen handeln, da vertritt Toni, wie es aussieht, die gleiche Meinung. »Es gibt eine neue Nachricht«, informiert Toni Wolfgang.

»Und was steht drin?«

»Sekunde, ich schaue nach … Was ist das denn Verrücktes?«, zischt Toni los, als sie sich die Aufgabe ansieht. »Total irre!« Sie schüttelt den Kopf und liest laut vor.

»Es waren einmal drei Ritter in einem Schloss: Ritter Rohling vom roten Berg, Ritter Nikolaus von den grünen Wipfeln und Ritter Boemund von Blauland.

Einer von ihnen hatte das weiße Pferd des Königs gestohlen. Der König war zornig, der Dieb würde dafür bitter büßen müssen. Er ließ alle drei vor seinen Thron führen und fragte sie der Reihe nach, ob sie die Tat begangen hätten.

Ritter Rohling vom roten Berg wies sofort auf Ritter Nikolaus von den grünen Wipfeln: ›Er ist es gewesen, mein König.‹

Ritter Nikolaus von den grünen Wipfeln schüttelte erbost den Kopf. ›Aber nein‹, sagte er, ›ich würde niemals des Königs Pferd stehlen!‹

Der König sah zum letzten Ritter. ›Und ich war es schon gar nicht!‹, behauptete Ritter Boemund von Blauland.

Verwirrt wandte sich der König an seinen weisen Berater. ›Und woher weiß ich nun, wer der Dieb war?‹

›Nur ein Einziger von deinen Rittern hat die Wahrheit gesagt‹, entgegnete der weise Mann. ›Und damit wisst Ihr auch, wer es war.‹

Welcher Ritter hat das Pferd gestohlen?«

»Was soll das?«, fragt Wolfgang. Wir hören es im Innern poltern. Anscheinend versucht er, die Tür einzutreten. Erfolglos. »Ich verstehe das nicht. Was ist das für ein Rätsel?«

»Keine Ahnung, Wolfgang«, entgegnet Toni. »Aber wir werden das gemeinsam lösen«, redet sie weiter, ohne die Uhr aus dem Blick zu lassen. Wie wenig sie selbst daran glaubt, ist ihr anzusehen.

0-3-3-8

Wolfgang weiß nicht, wie sehr die Zeit drängt und in welch aussichtsloser Lage er sich in diesen Sekunden befindet.

»Lass uns in Ruhe nachdenken«, fährt Toni fort. »So schwer kann das nicht sein. Wenn Ritter Rohling vom roten Berg das Pferd gestohlen hat …« Die Kommissarin stockt kurz. »Dann haben die beiden anderen die Wahrheit gesagt – oder?«

»Ja, ich denke schon«, meldet sich Wolfgang aus dem Dixi-Klo.

0-3-2-4

Toni atmet geräuschvoll aus und fixiert den Text auf ihrem Handy. »Okay, also kann er es nicht gewesen sein.«

»Und der zweite, der grüne Ritter? Wenn er der Dieb war?«, überlegt Wolfgang laut weiter.

»In diesem Fall hätte der Erste die Wahrheit gesagt – ist das richtig …?«

Ja, das ist korrekt, denke ich mit. In dem Fall hätte auch Boemund die Wahrheit gesagt, das scheidet somit als Möglichkeit auch aus. Ist doch ganz einfach. Schneller, wir müssen schneller sein. In dem Tempo, in dem die beiden das Rätsel angehen, sind wir alle bald Geschnetzeltes. Und selbst wenn wir die Aufgabe knacken, was stellen wir mit der Lösung an, frage ich mich. Wir werden sie wohl kaum herausschreien müssen.

0-2-3-6

Ich sehe nicht blau, sondern schwarz für uns.

Während Wolfgang und Toni weiterrätseln, richte ich meine Nase in Richtung Erde. Falls da jemand vor Kurzem am Werk war, und davon gehe ich aus, kann ich das noch Stunden später riechen. Um die Toilette finden sich eine Menge Gerüche.

Ich schnüffle das Areal um den blauen Container ab, während die zwei Oberkommissare sich beraten. »Wenn der zweite das Pferd hat, hat auch der dritte nicht gelogen. Und damit sind es zwei, die die Wahrheit sagen, und das passt nicht. Nur einer spricht die Wahrheit, erklärte der weise Berater.«

»Könnte sein.« Wolfgang klingt nicht überzeugt. *Könnte* ist derzeit ganz schlecht, urteile ich.

Eine recht frische Spur lenkt mich um das Toilettenhäuschen herum. Ich dackle zur Rückwand der blauen Kabine, und als ich sehe, wohin die Fährte mich geführt hat, mache ich große Dackelaugen. Mann, dieser Mister Surprise ist unbestreitbar ein Psycho, aber ein wirklich talentierter, das muss ich neidlos anerkennen. Unten an der Rückwand, vermutlich mit direkter Verbindung zu dem Sprengstoff in Wolfgangs Klo, hängen drei Schalter in verschiedenen Farben. Dass sie rot, grün und blau sind, wundert mich kein bisschen.

Das ist die Chance, das Rätsel habe ich längst gelöst. Laut bellend sprinte ich zu Toni, die immer noch vor der Toilettentür ausharrt und sich mit Wolfgang berät. »Wenn es nicht dieser Nikolaus war, sondern der Boemund, würde das aufgehen?«

»Bin mir nicht ganz sicher, aber kann gut sein.«

Mensch, Leute, denke ich. Wir brauchen eine fundierte Antwort, die hätte ich schon längst parat. Ritter Nikolaus sagt die Wahrheit. Allerdings ist zum Abschluss der Aufgabe dringend menschliche Unterstützung an der Rückwand vonnöten. Das schaffe ich nicht allein. Ich kann so laut bellen, wie ich will, Toni bewegt sich nicht von der Stelle und schenkt mir keinerlei Beachtung.

»Ruhig, Günther. Ich muss mich konzentrieren. Also, Nikolaus ist es nicht … aber was war eben noch mit dem Rohling? Ich glaube, da habe ich was verdreht.«

Ein Blick auf die Uhr lässt mich erstarren – uns bleibt weniger als eine Minute.

0-0-5-6

Wir haben keine Zeit, irgendetwas zu überdenken. Jetzt ist Handeln gefragt. Ich bin mir sicher, es ist Ritter Nikolaus, der die Wahrheit sagt, aber welche Farbe hatte der Typ? Ich renne zurück zur Rückseite und stehe unentschlossen vor den Schaltern. »Jetzt kann uns niemand mehr retten – abgesehen von mir.« Drücke ich die richtige Taste, werden wir mit etwas Glück für heute Abend verschont bleiben. Ist es hingegen die falsche – oder schlimmer noch, wir lassen die Zeit verstreichen –, werden wir dafür mit unserem Leben bezahlen. Hundertpro! Nervös tripple ich von einem Fuß auf den anderen. Ich darf keinen Fehler machen.

Noch einmal gehe ich das Rätsel durch: Wenn Boemund aus dem Blauland der Dieb ist, hat er gelogen. Somit hat auch Rohling vom roten Berg nicht die Wahrheit gesagt, denn er hat Nikolaus beschuldigt. Wenn blau und rot wegfallen, bleibt nur noch grün.

Ich stelle meine Füße gegen die Rückseite des Dixi-Klos und starre auf den grünen Knopf. Ein Superrätsler war ich noch nie, ehrlich gesagt, aber was soll ich machen?

»Verdammt, verdammt, verdammt«, dringt Tonis Stimme aus Richtung Vorderseite in meine Ohren. Das heißt vermutlich, es sind nur noch wenige Sekunden.

0-0-1-9

Hau rein, spreche ich mir selbst Mut zu und drücke mit der Pfote den grünen Schalter. Mist, für kleine Hunde ist der anscheinend nicht gemacht. Nichts rührt sich. Uns können höchstens noch ein paar Augenblicke bleiben. Ich presse, so fest ich kann, und fange an zu wimmern, aber die Taste bewegt sich nicht. Es ist aus – für immer!

»Weg! Weg mit dir«, höre ich da plötzlich jemanden neben mir. Es ist Toni, endlich. Hoffentlich ist sie zum selben Ergebnis gekommen. Mit voller Wucht haut sie ihre Faust auf die blaue Taste. Oh ne, denke ich. Diesmal gibt der Schalter nach und lässt sich nach innen drücken – das Licht erlischt.

»Hoffentlich war das nicht falsch!«, flüstert Toni. »Es ist doch blau? Der König wollte wissen, wer das Pferd gestohlen hat.« Sie schaut mich fragend an, als könnte sie von einem Hund eine Antwort erwarten.

Nein, verdammt noch mal, denke ich. Das war so was von falsch. Ich ziehe schon mal die Ohren ein. Beide trauen wir uns kaum zu atmen. Selbst im Innern des Dixi-Klos ist es totenstill, als würde Wolfgang ahnen, dass es ernst geworden ist.

Es surrt.

Die Zündung, nehme ich an. Ich schließe meine Augen. Auf Wiedersehen, du elend ungerechte Welt.

Dann knackt es und ich höre eine Stimme. »Keine Ahnung, was ihr angestellt habt – aber es war gut«, sagt sie.

»Wolfgang!« Toni läuft nach vorne und fällt Wolfgang in die Arme.

Und ich denke nur: Ganz dumme Zeit für körperliche Nähe, denn etwas sagt mir, dass dieser Mister Surprise sich die Chance nicht hat nehmen lassen, bei unserem Fast-Untergang in der ersten Reihe zu sitzen. Die Gefahr ist noch nicht gebannt.

Ich schnüffle erneut los, und es dauert nicht lange, bis mir die bekannte Fährte, die ich schon im Umfeld des Dixi-Klos wahrgenommen habe, wieder in der Nase kitzelt. Mit uns stellt man so was nicht folgenlos an, finde ich und trabe los. Mein Näschen führe ich wie einen Metalldetektor nah über dem Boden. Zu Beginn bin ich noch etwas orientierungslos, dieser Surprise ist einige Male auf und ab marschiert, doch dann verläuft die Fährte schnurgerade in den Wald hinein. Es würde mich nicht wundern, wenn der Psycho am Waldrand mit Blick auf die Burg einen Beobachtungsposten bezogen hätte, zumal der Geruch immer intensiver wird. Gleich habe ich dich, du Irrer!

Tatsächlich, da vernehme ich etwas, ganz in der Nähe. Ein

Knacken, das jedoch von nahenden Polizeisirenen übertönt wird. Sie werden immer lauter. Kurz darauf höre ich Wagen stoppen und Türen knallen. Wie es scheint, ist es den Kollegen nach der langen Wartezeit doch zu heiß geworden. Vermutlich hat Chris die Sorge umgetrieben und er hat das Sonderkommando informiert. Umso besser, denke ich. Bis die hier eintreffen, habe ich die Sache vielleicht schon weitgehend selbst erledigt. An sich kein Problem, denn meine Nase ist noch weit präziser als meine Ohren. Ich erstarre, als mit einem Mal wie aus dem Nichts vor mir eine Gestalt in der Dunkelheit auftaucht, nur leicht beleuchtet durch das fahle Mondlicht, das durch das Laub in den Wald dringt. Der Schatten bewegt sich von mir weg. Dich kriege ich, entscheide ich und lege einen Zahn zu. Bald schon stellt sich heraus, dass der Psycho nicht nur ein kluger Kopf zu sein scheint, er ist auch äußerst sportlich. Vielleicht liegt es an dem Umstand, dass es mitten in der Nacht ist und es mir an Schlaf mangelt, oder aber an den vielen Strapazen der zurückliegenden Tage. Egal, was es ist, der Unbekannte vor mir gewinnt an Vorsprung. Mit den letzten Reserven bleibe ich an ihm dran und erkenne, dass er den Zugangsweg in Richtung Dagstuhl nimmt. Soeben verschwindet er hinter einer Kurve. Jetzt haben wir dich, Freundchen, freue ich mich. Du bist eingekesselt, Mister Surprise. Besser kann es nicht sein: Er läuft den nahenden Polizisten direkt in die Arme. Das ist genial: Wir kesseln ihn ein.

Ich höre leise Stimmen. Jeden Moment schnappt die Falle zu. Als ich auf die Kurve zurenne, die der Flüchtende eben genommen hat, bin ich mir sicher, gleich dessen Festnahme miterleben zu dürfen. Die Tragödie hat ein Ende und ich bin gespannt, wer dieser Psycho ist.

Ob ich ihn womöglich sogar kenne?

Und dann bremse ich mitten im Lauf.

Ein Trupp – hochbewaffnet, in dunkler Kleidung mit Helm, Schutzwesten und ausgerichteten Sturmgewehren – kommt auf mich zu. Mein Herz bleibt fast stehen, nicht allein vor Angst, auch wenn die vollautomatischen Gewehre, deren Läufe direkt in meine Richtung weisen, zweifelsfrei einschüchtern. Größer aber ist der Schock darüber, dass Mister Surprise nirgendwo zu sehen ist.

»Was macht denn der Köter hier?«, sagt einer der SEKler.

»Ich glaube, der gehört zu Forsberg«, erwidert eine andere aus der Truppe, die mir von der Aktion im Garten der Sinne bekannt vorkommt. Jemand tritt heran und nimmt mich hoch. Nicht gerade sanft. Ich wehre mich, knurre, belle, kratze. Das volle Programm. Ich weiß, wenn nicht bald etwas geschieht, ist Mister Surprise über alle Berge und die versammelte Mannschaft an Schnarchnasen hier schnappt maximal eine Rotte Wildschweine – wie kann man nur so begriffsstutzig sein!

Doch niemand will auf mich hören. Das Gegenteil ist der Fall. »Mann, halt der Töle endlich die Klappe zu, sonst vergesse ich mich!«, brüllt jemand von vorne. Die Stimme erkenne ich ebenfalls. Es ist dieser Dannhäuser, der Obermacker der SEK-Truppe, der mir den Zünder aus dem Mund entfernt hat. Die Mannschaft zieht hoch zur Burg, völlig sinnfrei, und ich habe jede Gegenwehr längst aufgegeben, als wir Wolfgang und Toni erreichen.

Das hat die selbstgefällige Supertruppe komplett vergurkt, fasse ich die Sachlage für mich selbst zusammen. Was für eine Schlappe! Die Chance hätten wir uns nicht entgehen lassen dürfen. Wären mir diese ausgemachten Anfänger nicht in die Quere gekommen, dann wäre der Psycho hundertpro längst festgenagelt.

Immerhin, Wolfgang und Toni sind in Sicherheit und freuen sich, als sie mich in den Fängen der näher rückenden Blindgänger-Truppe entdecken.

»Günther, Gott sei Dank«, sagt Toni und sogar Wolfgang ist die Erleichterung deutlich anzusehen.

»Was treibst du nur? Ich hab schon das Schlimmste befürchtet.« Er nimmt mich auf den Arm und tätschelt mir überschwänglich den Kopf. »Danke, dass ihr ihn gerettet habt«, spricht er an Dannhäuser gewandt weiter.

Gerettet! Ich hör wohl nicht richtig! Der planlose Terminatorverschnitt nimmt jedoch das Lob dankend entgegen. »Ist mein Job. Wäre nur schön, wenn uns der Fiffi zukünftig nicht mehr in die Quere kommen würde. Das grenzt ja fast schon an Behinderung der Polizeiarbeit.« Er lacht selbstgefällig und Wolfgang stimmt mit ein.

Mir ist nicht nach Lachen zumute. Wie kann man nur so dumm sein? Nur wegen diesem Dannhäuser ist der irre Attentäter jetzt vermutlich über alle Berge und eine Sache ist wohl klar: Dies war bombensicher nicht die letzte Begegnung mit diesem verfluchten Mister Surprise.

Des Rätsels Lösung

Der Berater erklärt, dass nur einer der Ritter die Wahrheit sagt.

Nun sind folgende Konstellationen denkbar:

Annahme 1:
Ritter Rohling vom roten Berg war der Pferdedieb.

Ritter Rohling	Ritter Nikolaus	Ritter Boemund
lügt	sagt die Wahrheit	sagt die Wahrheit

Annahme 2:
Ritter Nikolaus von den grünen Wipfeln war der Pferdedieb.

Ritter Rohling	Ritter Nikolaus	Ritter Boemund
sagt die Wahrheit	lügt	sagt die Wahrheit

Annahme 3:
Ritter Boemund von Blauland war der Pferdedieb.

Ritter Rohling	Ritter Nikolaus	Ritter Boemund
lügt	sagt die Wahrheit	lügt

Somit kann nur Ritter Boemund von Blauland der Pferdedieb sein, denn in allen anderen Varianten sagen zwei Personen die Wahrheit und nur einer lügt. Diesen Sachverhalt hat Günther richtig erkannt. Allerdings hat er nicht auf die Fragestellung geachtet, denn Mister Surprise wollte nicht wissen, wer die Wahrheit sagt, sondern wer der Pferdedieb war.

DER GROSSMUTTERTRICK

»Ich schaue schnell noch in den Briefkasten, Blümchen«, verkündet Anneliese Stutz der Rottweilerdame, als sie von ihrem Morgenspaziergang zurückkommen. Es beginnt zu tropfen. Seit dem Vorfall in Homburg hat sie keinen einzigen Schirm mehr angerührt. Lieber opfert sie ihre Wasserwelle, als noch einmal so etwas zu erleben. »Wieder nur eine Menge Werbung«, stellt sie fest und blättert den Packen bunter Prospekte durch.

Ein einziger Brief ist doch dabei. Ohne Absender. »Tagespost« steht dort. Und weit größer auf dem Kuvert:

Sie sind einer der Gewinner. Heute ist Ihr Glückstag – öffnen Sie sofort!

»Das gibt's doch nicht! Wir haben beim Kreuzworträtsel im Saarbrücker Morgenblatt gewonnen. Eine Woche Bodensee für zwei mit Halbpension und Freikarte für die Mainau. Da kommt der Chrissie mit.« Anneliese ist aufgeregt. Den Rest des Briefkasteninhalts steckt sie in die Blaue Tonne und kündigt Blümchen mit großen Augen an: »Den lesen wir oben, in aller Ruhe!«

In der Wohnung angekommen, zieht Anneliese zuerst die Straßenschuhe aus und die Pantoffeln an. »Die Zeit muss sein«, sagt sie zu Blümchen, die sich im Flur an ihr vorbeidrückt. Es dauert, bis Anneliese in ihrem alten Blümchensessel im Wohnzimmer sitzt und andächtig das weiße

Kuvert öffnet. Sie hat nie zuvor etwas gewonnen und will den besonderen Moment genießen.

»*Sehr geehrter Glückspilz*«, steht oben am Briefanfang.

Als sie weiterliest, wundert sich Anneliese, dass nirgendwo das Wort »Bodensee« fällt, genauso wenig wie »Mainau«. Bald aber versteht sie, dass sie sogar noch weit Erfreulicheres gewonnen hat – nämlich ein Luxusarrangement!

Leben wie Gott in Frankreich in Ihrer eigenen Heimat – heißt es in dem Schreiben. Gemeint ist eine Tagesfahrt nach Saarlouis. Für zwei Personen mit allem Drum und Dran im 5-Sterne-Luxusbus. Dazu gibt es eine ganze Reihe von Zusatzpreisen: Freigetränke und französisches Frühstück im Bus, mittags ein provenzalisches 5-Gänge-Menü mit Muscheln und Champagner, eine Stadtführung sowie eine Abendgala in einem Zelt mit einer Tombola für den guten Zweck und deutschlandweit bekannten Überraschungsstars. Das alles mit persönlicher Betreuung. *Ein unvergessliches Erlebnis mit französischem Flair – ganz alleine für Sie reserviert*, mit diesen Worten endet die Gewinnbenachrichtigung.

»Das muss ich direkt Chrissie sagen«, redet Anneliese vor sich hin. Sie öffnet den oberen Knopf ihrer Schürze, ihr ist bei dieser Nachricht heiß geworden. »Ist das aufregend, Blümchen. Seit Jahren mache ich schon Kreuzworträtsel und spiele Lotto – und jetzt das!«

Anneliese steht auf und nimmt das Telefon zur Hand. Gerade will sie wählen, da fällt ihr ein, dass Christoph heute seinen zweiten Arbeitstag in der Staatskanzlei hat. Eine neue Anstellung und dann noch in einer so wichtigen Position, da ist es vermutlich eher ungünstig, ihn zu stören, geht ihr durch den Kopf. Das würde bis zum Abend warten müssen.

Also setzt sich Anneliese zurück in ihren Sessel und studiert den Brief erneut. Dort stehen so viele Informationen, dass sie erst beim zweiten Lesen am Rand des Schreibens entdeckt, dass der Veranstalter zusätzliche Geschenke für sie reserviert hat.

»*Ein Elektro-Überraschungsgerät, ein Geschenkkorb mit 250 Gramm Butter, Schweizer Käse und einem Gutsherren-Schinken am Stück. Rentner erhalten zwei Präsentkörbe!*«, trägt Anneliese Blümchen laut vor. Beim Wort »Gutsherrenschinken« wird die Hundedame munter und bellt auf.

»Och ne, das ist übermorgen«, jammert Anneliese mit einem Mal los, als sie das Reisedatum bemerkt. »Und die Anmeldefrist läuft heute um 18 Uhr ab. Das ist aber knapp.«

Mit Chrissie braucht sie da nicht zu rechnen. Obwohl es Anneliese nicht für ausgeschlossen hält, dass der Ministerpräsident Franz bei einem solchen Gewinn eine Ausnahme machen und Christoph Sonderurlaub gewähren würde, entschließt sie sich, ihrem Sohn keine Umstände zu machen und ihre Freundin Ursel anzurufen. Sie wird Christoph eben später das elektrische Spitzengerät und den Schinken spendieren, damit der Junge nicht leer ausgeht.

»Du glaubst nicht, was ich gewonnen habe!«, verkündet Anneliese, als sie das erste Knacksen in der Leitung vernimmt.

»Bist du es, Lieschen?«, fragt ihre Freundin.

»Ich sage nur: *Luxusreise*. Ursel, du wirst es mir nicht glauben.«

»Was glaube ich nicht?«

»Ich hab gewonnen. Beim Saarbrücker Morgenblatt.«

»Was denn? Den Bodenseeurlaub mit Halbpension? Dafür hab ich extra eine Postkarte losgeschickt.«

»Nein, viel, viel besser. Eine Heimat-Luxusreise nach Saarlouis mit Geschenken und abends einer Galashow mit Weltstars. Champagner und teure Häppchen gibt es. Und wenn du mitkommst, bekommen wir doppelt so viele Geschenke.«

»Im Ernst? Das hast du alles gewonnen?«

»Ja, Hauptgewinn! Sag ich doch! Stell dir das mal vor.« Anneliese muss kichern. »Und du begleitest mich natürlich.«

»Im Ernst. Ich? Da pass ich doch gar nicht hin: Luxusreise und Champagner.«

»Na klar passen wir da hin – du und ich, wir zwei.«

»Und wann ist das?«

»Übermorgen. Ich ruf sofort an und sag zu. Nicht, dass da noch etwas dazwischenkommt.« Annelieses Hände zittern. Wie lange wartet sie schon darauf, etwas zu gewinnen? Dass sie mit einem Mal so viel Glück hat, kann sie gar nicht fassen.

Jetzt hat auch Ursel Feuer gefangen und ist ebenfalls nicht mehr zu bremsen: »Ja, ruf gleich an. Manchmal passieren ganz verrückte Sachen. Da gewinnt einer den Jackpot und findet den Schein nicht mehr.«

»Oje, wie furchtbar«, antwortet Anneliese. Nun ist sie noch nervöser.

Trotz aller Besorgnis kommt im Fall der beiden Seniorinnen nichts dazwischen. Anneliese wählt die angegebene Nummer auf dem Schreiben und ein Fräulein Niemeyer meldet sich.

»Wie wunderbar! Unsere Gewinnerin«, begrüßt sie Anneliese und nimmt gleich ihren Namen und ihre Anschrift und auch alle Angaben von ihrer Begleiterin entgegen. »Wie ich mich freue, dass gerade Sie persönlich mit dabei sind«, sagt sie daraufhin. »Verraten Sie es keinem. Aber ich werde persönlich dafür Sorge tragen, dass man ein paar Extra-Überraschungen für Sie bereitlegt. Schließlich sind Sie die absolute Hauptgewinnerin, das wollen wir nicht vergessen.«

Anneliese weiß gar nicht, was sie darauf antworten soll. Das alles überwältigt sie.

Obwohl Anneliese den ganzen Tag lang ausgesprochen aufgekratzt ist und an nichts anderes denken kann als an ihren Gewinn, verschweigt sie Chrissie beim abendlichen Telefongespräch die Ereignisse. Auf seine Frage: »Und bei dir, was Neues?«, antwortet Anneliese nur: »Alles wie immer.«

Es fällt ihr nicht leicht, dichtzuhalten, aber sie will, genau wie Ursel, ihre Familie später mit den Geschenken überraschen. In ein paar Tagen würde Chrissie das Elektrogerät und obendrein den Schinken, ach nein, am besten den ganzen zweiten Präsentkorb erhalten – auf das Gesicht ihres Sohnes ist sie schon jetzt gespannt.

Zwei Tage lang kommt Anneliese kein Sterbenswörtchen über den geplanten Ausflug über die Lippen und auch Ursel hält dicht. In der Nacht zum Mittwoch macht sie kaum ein Auge zu. Trotzdem ist Anneliese am Morgen überraschend munter. Um Viertel vor sieben wird sie der Bus höchstpersönlich in St. Nikolaus am Nikolausplatz abholen.

Vorher jedoch setzt sie Blümchen bei Inge ab. Mit verschlafenen Augen und im hellblauen Frottee-Morgenmantel nimmt die Nachbarin, wie zuvor abgesprochen, die Hundedame entgegen. »Schon wieder Landfrauenausflug, Lieschen? Aber diesmal ohne Verletzte bitte«, bemerkt Inge mit einem Augenzwinkern.

»Natürlich«, verspricht Anneliese. Sie hat ein bisschen geflunkert, was die Sache heute angeht. Die Wahrheit wird

Inge vermutlich später aus der Zeitung erfahren, denn dass einige Reporter vor Ort sein werden, hält sie für ausgemachte Sache. »Ich muss!«, drängt sie. Ihr bleiben nur noch zehn Minuten und ohne sie geht die Veranstaltung heute nicht über die Bühne. Da hat sie eine Verantwortung. Annelieses Wangen leuchten, was auch ein bisschen an dem Wangenrouge liegt, das sie am heutigen Tag nicht ganz so sparsam wie sonst verwendet hat.

»Auf so einer Abendgala mit Scheinwerfern fällt das Licht ganz anders«, hat ihr Ursel gestern Abend am Telefon erklärt. »Wenn man vorneweg nicht ein wenig Glanz und Farbe im Gesicht hat, sieht man nachher auf den Bildern und im Fernsehen aus wie auf seiner eigenen Beerdigung.« Und wer will das schon? Deshalb haben sie sich beide auf alle Eventualitäten vorbereitet.

Die Befürchtung, den Termin so früh am Morgen zu verpassen, hat anscheinend nicht nur Anneliese kaum schlafen lassen. Ursel ist es, wie es aussieht, kein bisschen besser gegangen, denn zum ersten Mal seit sehr langer Zeit steht sie pünktlich und sogar vor ihrer besten Freundin am ausgemachten Treffpunkt.

»Du bist rechtzeitig, wenn das mal kein gutes Omen ist«, befindet Anneliese, als sie völlig aus der Puste am Marktplatz ankommt. »Ich hab noch schnell zwei Stofftaschen eingesteckt, für die vielen Geschenke. Hoffentlich reicht das.«

»Ich hab auch welche dabei.«

»Na, dann kann ja nichts mehr schiefgehen«, erwidert Anneliese und hält Ausschau nach dem Bus. Sie ist derart aufgeregt, dass ihre Hände zittern. Schnell verbirgt sie diese in der Jackentasche. Ursel soll davon nichts mitbekommen. Vielleicht wäre es doch klüger gewesen, Chrissie Bescheid zu sagen. Schließlich weiß er nicht einmal, wo sie heute sein wird, falls er auf die Idee kommen sollte, sie anzurufen, überlegt sie, als der Omnibus mit einem Mal um die Ecke biegt.

Ein wenig in die Jahre gekommen sieht der Doppeldeckerbus schon aus, stellt Anneliese für sich fest. Ursel kräuselt ihre Lippen. Wahrscheinlich hat sie ähnliche Gedanken, doch keine der beiden Seniorinnen traut sich, sie laut auszusprechen. Es ist nicht auszuschließen, dass das der neuste Chic ist, so auf alt getrimmt, urteilt Anneliese für sich. Als kurz darauf Fräulein Niemeyer – in feinkariertem Kostüm, dezent geschminkt und mit Hochsteckfrisur – aussteigt, ist der Zustand des Busses ohnehin schnell vergessen. Sie ist in Begleitung eines Fotografen sowie eines vornehmen Herrn mit dunklem, welligem Haar und grauen Schläfen. Es hätte den edlen schwarzen Anzug, die Krawatte und das Einstecktuch gar nicht gebraucht, um zu erkennen, dass hier eine außergewöhnliche Persönlichkeit auf die beiden Frauen zutritt.

»Herr Doktor Sachse, darf ich Ihnen Frau Anneliese Stutz, unsere Hauptgewinnerin, und ihre liebe Begleitung Frau Ursel Zwetsch vorstellen?«, sagt Fräulein Niemeyer mit feierlicher Stimme.

»Ich bin hocherfreut. Fräulein Niemeyer hat schon so viel von Ihnen beiden erzählt.« Herr Doktor Sachse deutet einen Handkuss an, als er die Frauen begrüßt. Der Fotograf verewigt den besonderen Moment etliche Male. Bei dem Blitzlichtgewitter stellt Anneliese zufrieden in Gedanken fest, dass es clever gewesen ist, Ursels Rat zu befolgen. Sonst lässt sie sich ungern fotografieren, heute jedoch strahlt sie in die Kamera. Das erwartet man schließlich von einer Hauptgewinnerin.

»Wir haben Sie freilich als Erste abgeholt«, bemerkt Fräulein Niemeyer kurz darauf, als sie in den leeren Bus einsteigen.

»Hier ganz vorne haben wir die Plätze für besondere VIP-Gäste reserviert.« Herr Doktor Sachse, der Ursel mit seinen dunklen Locken ein wenig an Doktor Brinkmann aus der Schwarzwaldklinik erinnert, gesellt sich zu ihnen an den Vierersitz.

»Ich darf doch?«

Anneliese nickt höflich. »Es ist uns eine Freude«, ergänzt sie förmlich, denn sie glaubt, diesen Satz schon öfter im Fernsehen gehört zu haben. Normalerweise redet sie nicht so.

Ursel allerdings kann von ihren Alltagsgewohnheiten nicht lassen und beweist sich gleich als äußerst neugierig. »Und Sie sind auch vom Saarbrücker Morgenblatt?«, will sie wissen.

»Ähm. Nicht ganz. Ich bin als geschätzter Fachmann zur Veranstaltung bestellt worden«, gibt Herr Doktor Sachse vertrauensvoll zur Antwort und lächelt Fräulein Niemeyer bedeutungsvoll zu.

»Wenn die zwei mal nicht eine kleine Affäre haben, dann fresse ich einen Besen«, orakelt Ursel später, als weitere Gewinner dazusteigen und von dem netten Paar begrüßt werden.

»Ursel«, zischt Anneliese. »Rede doch nicht immer so ein Zeug. Das sind ganz feine Leute. Da muss man sich benehmen.«

Eine Zeit lang sitzen die beiden nach diesem durchaus verdienten Rüffel stumm nebeneinander. Ursel schmollt und Anneliese bereut, so streng gewesen zu sein. Aber nur ein wenig, denn Ursels Auftreten war zweifellos peinlich. Vom Frühstück im Bus rührt Anneliese kaum etwas an. Der französische Luxuskaffee schmeckt bitter und die Croissants sind trocken. Womöglich ist sie so feine Speisen schlichtweg nicht gewohnt, sagt sich Anneliese und zwingt sich, wenigstens ein paar Bissen zu essen. Aus purem Anstand und weil es unangenehm ist, wortlos neben ihrer pikierten Freundin zu sitzen.

Als kurze Zeit später Herr Doktor Sachse an ihrem VIP-Tisch vorbeikommt, um nach dem Rechten zu sehen, lassen sie sich von dem kleinen Unfrieden zwischen ihnen nichts anmerken. »Die Damen, alles zu Ihrer Zufriedenheit?«

»Wunderbar«, erwidert Anneliese und Ursel bestätigt diese Aussage mit einem Nicken. Anscheinend spricht sie jetzt wegen der winzigen Rüge gar nicht mehr, ärgert sich Anneliese und sagt sich, dass ihrer Begleitung ein bisschen Schweigen eigentlich nur guttun kann.

»Bezaubernd ist das, oder? Schönstes Wetter, und jetzt fahren wir gemeinsam über die alte Pont-écluse, direkt in die Stadt des Sonnenkönigs Ludwig.« Herr Doktor Sachse hebt vielsagend die Augenbrauen. »Mit Ihnen beiden kommt noch mehr Glanz in die schöne Festungsstadt.«

»Sie sind aber ein Charmeur«, bemerkt Ursel kichernd und bricht damit das selbstauferlegte Schweigegelübde. Anneliese hingegen schaut schüchtern auf ihr halbes Croissant. So viel Beachtung hat man ihr schon lange nicht mehr geschenkt, das macht sie verlegen.

»Übrigens, Frau Stutz«, redet der Doktor ernst weiter und legt dabei seine Hand auf die Schulter von Anneliese. »Kann es vielleicht sein, dass Sie Schmerzen in Ihrer Hüfte haben?«

»Ja, manchmal schon«, gesteht sie.

»Das sehe ich sofort.« Doktor Sachse schiebt die Brille ein Stück die Nase hinab und zieht mit der Hand eine imaginäre Linie in der Luft seitlich an Annelieses Rücken entlang. »Ohne Zweifel. Beckenschiefstand und ein leichtes Piriformis-Syndrom. Hat man Sie jemals operiert?«

Anneliese schüttelt den Kopf. »Aber es ist doch nichts Schlimmes?«, sorgt sie sich.

»Nein! Machen Sie sich keine Gedanken. Da sollte man zwar unbedingt zeitnah einschreiten, sonst können Sie sich in ein paar Jahren ein neues Hüftgelenk zulegen. Doch es gibt gute Mittel und Wege, dem entgegenzuwirken. Keine Angst, das schaue ich mir später gern noch mal an.«

»Danke schön!«, antwortet Anneliese lediglich. Ihre gute Stimmung ist dahin. Manchmal hat es natürlich schon gezwickt, wenn sie mit Blümchen spazieren gegangen ist, aber bisher hat sie sich immer gesagt, dass das in ihrem Alter normal sein dürfte.

Als Doktor Sachse mit einem höflichen Nicken weitergeht, legt Ursel ihre Hand auf die von Anneliese. »Schön, dass wir einen echten Arzt dabeihaben. Da brauchst du dir gar keine Sorgen zu machen.«

Stumm schauen sie aus dem Fenster. In diesem Augenblick fahren sie über die von Doktor Sachse erwähnte Schleusenbrücke direkt in Richtung Großer Markt, wo sie ihre Stadtführerin erwartet. Anneliese fragt sich, ob es in ihrem Gesundheitszustand angeraten ist, an der Besichtigung teilzunehmen, doch sie nimmt sich vor, sich durchzubeißen, so gut es geht. Letztlich ist sie eine der Hauptpersonen, und deswegen ist sie es Herrn Doktor Sachse und Fräulein Niemeyer, die sich derart rührend um sie gekümmert haben, einfach schuldig, dass sie durchhält.

Als Ursel und Anneliese aus dem Bus steigen, erklingt vom Rathausturm ein Glockenspiel.

»25 Bronzeglocken, das ist das Empfangskomitee für

unsere besonderen Gäste«, stellt Herr Sachse fest. »Haben wir das nicht gut für Sie eingerichtet?«

»Stimmt. Wenn das mal kein gutes Omen ist«, findet auch Ursel und bringt damit Anneliese zum Lächeln. Trotz der enormen Hüftprobleme lässt sie sich den Tag nicht verderben, entscheidet sie, und tatsächlich fällt es ihr weit leichter als erwartet, an der Stadtführung teilzunehmen. In Saarlouis ist sie zwar schon oft gewesen, doch so viel über die Geschichte der Stadt hat sie dabei noch nie erfahren. Die Dame im barocken Kleid, die sich der Gruppe als Bernadette de Saare, die Zofe des Sonnenkönigs, vorstellt, macht ihre Sache ausgezeichnet. Sie führt die Besucher in verwinkelte Gassen, in Hinterhöfe und auch an allerlei andere besondere Orte, die Ursel und Anneliese zwar an sich kennen, über deren Hintergrund und Bedeutung sie allerdings bisher keine Kenntnis hatten. Es ist spannend. Das Rathaus, die Kasematten, das Deutsche Tor, die Vauban-Insel und die Altstadt – über alles weiß die Zofe aufregende Geschichten zu erzählen.

»An diesem Ort fand man 1965 bei Abrissarbeiten zum Bau der heutigen neogotischen Kirche eine herzförmige Bleikapsel«, erklärt Bernadette de Saare, als sie in der Ludwigskirche vor einer Platte aus rotem Marmor mit der Inschrift *Ici repose le coeur du General Thomas de Choisy, premier Gouverneur de Sarrelouis 1679–1710* stehen. »Hinter dieser Platte verbirgt sich das Herz des ersten Saarlouiser Festungsgouverneurs Thomas de Choisy. Zum ersten Mal eingelassen wurde es 1710 an diesem Ort. Dazu muss man wissen, Choisy ist der eigentliche Erbauer der Stadt Saarlouis, die zwar von Vauban geplant wurde, aber die Bauausführung selbst hat weitgehend der spätere Regent Choisy übernommen. Er liebte die Garnisonsstadt und ebendeswegen war es sein ausdrücklicher Wunsch, dass sein Herz nach seinem Tod in der Pfarrkirche in der Nähe des Muttergottesaltars eingemauert wird.«

»Eine tolle Geschichte«, flüstert Ursel Anneliese zu, die gerade mit offenem Mund hoch zur Kirchendecke blickt.

Am Saarlouiser Marienbrunnen vor der Pfarrkirche ist die Führung schließlich zu Ende. »Der 1954 errichtete Brunnen ist der neuste von insgesamt fünf Brunnen auf dem Großen Markt. Die ›Place d'Armes‹ diente in französischer Zeit mit ihren enormen Ausmaßen von 100 mal 100 Metern als Exerzier- und Paradeplatz. An der Zentralität und Bedeutung für Saarlouis hat sich bis in unsere Gegenwart hinein nichts geändert: Fast alle wichtigen Ereignisse feiert man auch heute auf dem Großen Markt«, beendet Bernadette ihre Führung und macht einen geübten Knicks, während die Zuhörer applaudieren.

»Und bei Ihnen ist momentan alles in Ordnung?«, fragt eine Männerstimme hinter Anneliese.

Sie zuckt zusammen. »Ja, schon.« Allerdings jetzt, das muss Anneliese eingestehen, da Doktor Sachse das Thema anspricht, fühlt sie wieder ein deutliches Zwicken aus Richtung Hüfte. »Kann das in den Rücken ziehen?«

»Kann es, natürlich. Wenn das Gleichgewicht unseres Körpers ins Wanken gerät, hat das Auswirkungen auf alles.« Der Doktor hält inne und atmet bedeutungsschwer aus, bevor er mit ernster Miene fortfährt: »Das allerdings zeigt, dass es schlimmer ist, als ich vermutet habe. Wahrscheinlich fortgeschrittenes Stadium.«

»Oh je«, wispert Ursel und hakt den Arm der Freundin unter. »Da machen wir lieber langsam.«

»Oder Moment«, der Doktor wirkt in dieser Sekunde, in der er in der Jacketttasche nach etwas sucht und es offenbar auch findet, über sich selbst überrascht. »Vielleicht probieren wir das mal aus. Ich kann nichts versprechen. Aber einen Versuch ist es wert.« Aus seiner Tasche fingert er ein silbernes Armband. »Das ist eigentlich für jemand anderen gedacht. Aber als Ehrengast haben Sie natürlich Vorrang.«

Anneliese lächelt geschmeichelt.

»Den rechten Arm, bitte«, fordert Doktor Sachse sie auf, und als er ihr das Armband mit geschickter Hand anlegt, findet sogar Anneliese, dass er deutliche Ähnlichkeit mit dem Brinkmann aus der Schwarzwaldklinik hat.

»Das ist nun natürlich nicht exakt das zutreffende Radiästhesie-Schmuckstück für Sie. Das müsste hinsichtlich ihrer Aura ausgemessen und individuell gefertigt werden, um das Biofeld in Harmonie zu bringen. Da ist zweifellos einiges durcheinandergeraten. Aber für den ersten Moment reicht es aus. Sie müssten bald eine deutliche Gesundung feststellen. In einer halben Stunde fühlen Sie sich wieder wie 30 – optisch braucht es da wohl keine Veränderung.«

»Also, Herr Doktor Sachse!«, empört sich Anneliese. Sie spürt von der ersten Sekunde an eine deutliche Entspannung, muss sie zugeben.

»Könnte ich das vielleicht auch mal probieren?«, drängelt sich Ursel dazwischen, woraufhin ihr Anneliese den Ellenbogen in die Seite drückt. »Nicht gleich natürlich. Später vielleicht?«

»Aber natürlich.« Herr Sachse ist ein Gentleman, selbst über Ursels unmögliche Art sieht er hinweg, sagt sich Anneliese.

»Ich bin zwar keine Hauptgewinnerin, aber mit meinem Ischias habe ich schon seit Jahren zu tun.« Ursel schmeißt sich derart ungehemmt an Herrn Sachse heran, dass es peinlich ist. »Außerdem, wann hat man schon mal die Chance, von einem solch erstklassigen Doktor höchstpersönlich betreut zu werden?«

»Freilich«, erwidert Herr Doktor Sachse. Er verzieht keine Miene, obwohl er mindestens genauso genervt von Ursel sein muss wie Anneliese. Ganz und gar ein Profi und Gentleman bleibt er freundlich: »Ich bin für das Wohlbefinden all unserer Gäste verantwortlich. Es wäre mir eine große Freude.«

Anneliese bedauert immer mehr, Ursel mitgenommen zu haben. Kaum zu glauben, wie sie sich aufspielt. Erbost macht sie sich von Ursels Arm frei – dank des Armbands ist ihr Zustand völlig unbedenklich und so braucht sie keine Hilfe mehr. Schon gar nicht von dieser Verräterin.

»Wir sammeln uns wieder am Bus. Mittagessenszeit, ihr Lieben«, verkündet Fräulein Niemeyer, die bereits in Richtung Alte Post geht, wo sich früher die Kommandantur befunden hat.

»Wo fahren wir jetzt hin?«, erkundigt sich Ursel.

Anneliese schweigt und tut so, als habe sie die Frage nicht gehört. Viel weiß sie sowieso nicht. Nur, dass die Mittagsveranstaltung in einem Zelt stattfinden soll. Aber egal welcher Ort es ist, er ist viel zu erlesen für eine Freundin, die keine Gelegenheit auslässt, sich in den Mittelpunkt zu drängen, da ist sich Anneliese sicher.

Im Bus sitzen die beiden Damen zwar, um den Schein zu wahren, nebeneinander, Anneliese jedoch richtet ihren Blick stur aus dem Fenster. Ursel soll ruhig merken, dass sie stinksauer auf sie ist.

Der Bus steuert hinaus aus der Stadt. Gerade fahren sie am Saaraltarm und dem angrenzenden Stadtpark vorbei, wo man in den letzten Jahren eine Vielzahl von alten Festungsmauern freigelegt hat. Weiter geht es zum Kaiser-Friedrich-

Ring, am Arbeitsamt entlang in Richtung Lisdorf. Dort, nachdem sie die Hauptstraße verlassen und nach links in einen Feldweg abgebogen sind, sieht man in der Ferne auf einer Wiese ein weißes Zelt und mehrere weiße Transporter.

»Die Lisdorfer Auen«, verkündet Doktor Sachse derart bedeutungsvoll, dass es auch das Schloss von Versailles hätte sein können. »Unsere Residenz für den heutigen Nachmittag.«

Die Gruppe steigt aus, wieder werden unzählige Fotos gemacht. Im Zelt stehen lange Tischreihen für die Gäste bereit. Alles in Weiß gehalten. Schlicht, aber elegant, urteilt Anneliese. Der hintere Teil ist abgetrennt, am anderen Ende ist eine Bühne aufgebaut.

»Oh, gibt es bald schon das Programm«, sagt Ursel, die vermutlich vergessen hat, dass die Freundin nicht mehr mit ihr spricht. Die rümpft die Nase, setzt sich auf einen der freien Plätze und dreht ihren Kopf demonstrativ zur anderen Seite. Kaum hat Ursel sich hingehockt, taucht auch schon Herr Sachse auf der Bühne auf. Fräulein Niemeyer hat sich neben ihn gesellt. »Meine Damen und Herren, gleich wird serviert. Lassen Sie sich aufs Beste verwöhnen.«

Als wäre das ihr Stichwort, treten junge Kellner in weißem Hemd und mit schwarzer Fliege herbei und servieren den ersten Gang.

»Potages aux carottes«, kündigt der Doktor von der Bühne aus an. Wenn er Französisch spricht, ist seine Stimme noch klangvoller, findet Anneliese.

»Was meint er?«, versucht es Ursel erneut.

Anneliese schweigt. Auch weil sie über ebenso wenige Französischkenntnisse verfügt wie ihre Freundin.

»Für dich heißt es wahrscheinlich: Karottensuppe«, verkündet sie scharfzüngig in dem Augenblick, in dem der

Teller vor ihr steht. »Nach französischer Art«, ergänzt sie schnell noch und schiebt die Papierserviette auf ihrem Schoß zurecht. Soll sich Ursel ruhig mal ein bisschen ungebildet fühlen, das schadet nichts.

»Bon appétit«, wünscht der Doktor, der just in diesem Moment an ihrem Tisch vorbeischlendert.

»Schmeckt anders«, stellt Ursel fest, die anscheinend immer noch nicht gelernt hat, dass man in solch feiner Gesellschaft nicht alles ungefiltert ausspricht.

»Wenn man nichts Gutes gewöhnt ist«, bemerkt Anneliese spitz, als Herr Sachse außer Hörweite ist, und löffelt ihre Suppe brav bis zum letzten Rest aus. Dass die französische Küche ebenfalls nicht zu 100 Prozent ihr Fall ist, behält sie für sich. Sie weiß sich eben zu benehmen.

Herr Doktor Sachse ist derweil wieder auf die Bühne gestiegen. Zwei der Kellner haben ihm ein Rednerpult hingestellt. »Das Hors d'œuvre – der zweite Gang«, kündigt der Mediziner an.

Von Neuem marschiert der Trupp Ober ein. Manche tragen Tabletts mit wuchtigen Weingläsern herbei. Alle nur etwa zu einem Viertel gefüllt.

»Spärlich«, mäkelt der Mann neben Ursel, als er das Glas ansetzt, und Anneliese sagt sich in Gedanken, dass es nur wenige Menschen mit einem Hauch von Kultur gibt. Sie isst zwar eher selten außer Haus, doch sie kennt die kulinarischen Regeln: Je kleiner die Portionen, desto exklusiver das Essen.

Dass die gerade servierten Lachs-Canapés auf Orangenbutter eine besondere Delikatesse sind, beweist demnach ihre Größe. Der Geschmack jedoch ist zweifellos originell, findet Anneliese nach dem ersten Kosten. Sogar Ursel nickt zufrieden.

»Meine verehrten Gäste, bevor es mit dem dritten Gang weitergeht, möchte ich Sie noch einmal aufs Herzlichste begrüßen und mich für den wunderbaren Morgen und die vielen reizenden Gespräche bedanken.« Über Lautsprecher wirkt die dunkle Stimme des Arztes noch beeindruckender. »Eine Gruppe solch einmaliger Persönlichkeiten haben wir nie zuvor begrüßen dürfen. Ich kann es nicht anders ausdrücken: Welch Glanz in unserer Hütte!«

Darauf folgt begeisterter Applaus. Insbesondere die Damenwelt klatscht ausgiebig.

Der Doktor nickt gerührt den Menschen im Publikum zu. »Ich danke Ihnen. Wegen dieses besonderen Umstands und auch weil einige unserer Ehrengäste heute mit der Bitte um Hilfe an mich herangetreten sind, haben Fräulein Niemeyer und ich uns entschlossen, das Programm an Ihre persönlichen Bedürfnisse anzupassen. Ich denke, das ist im Sinne aller.«

Anneliese sieht allerorts zustimmendes Nicken. Wenn der Herr Doktor und seine Assistentin das für richtig halten, überlegt sie, dann ist das sicher die beste Entscheidung.

»Die zwei sind der Wahnsinn, oder?«, flüstert Ursel ihr ins Ohr.

Mittlerweile, seit dem zweiten Gang, hat Anneliese ihren Ärger abgelegt – zum Schmollen ist dieser Tag viel zu schön, hat sie entschieden. Und außerdem: Mit wem sollte sie sich sonst über den schlecht gelaunten, ständig meckernden Ehemann neben ihnen unterhalten. »Schau mal, der Erich neben uns ist kurz vorm Explodieren«, gibt sie leise zurück.

Und damit liegt sie richtig. »Das ist doch alles ein einziger Witz«, faucht der Ehemann in diesem Moment empört los. »Elfriede, wir gehen!« Er macht Anstalten, aufzustehen.

»Erich, du bleibst sitzen!« Seiner Ehefrau ist der Auftritt augenscheinlich äußerst peinlich. Sie zeigt mit finsterem Gesichtsausdruck auf die frei gewordene Sitzfläche.

Anneliese und Ursel wissen gar nicht, wo sie hinschauen sollen: Lieber zum netten Doktor Sachse auf der Bühne oder weiter zum streitenden Ehepaar. Beides ist hochinteressant.

»Besser als jeder Krimi«, flüstert Ursel Anneliese ins Ohr und hält sich die Hand vor den Mund, um nicht zu kichern. Nachdem der Ehemann von Elfriede zur Räson gebracht ist, können sich die zwei Seniorinnen völlig auf Doktor Sachse konzentrieren.

»Von vielerlei Seiten wünschte man sich heute Morgen eine fachkundige Gesundheitsberatung. Das ist in diesem Rahmen zwar nicht mein direkter Auftrag …« Der Doktor macht einen Moment lang ein verzagtes Gesicht. »Aber nun gut, wenn es Ihnen allen derart wichtig ist, dann werden wir, Fräulein Niemeyer und ich, improvisieren.« Er faltet die Finger vor seiner Brust zu einem Dreieck und überlegt. »Vielleicht ist jemand von unseren Gästen bereit, sich für eine Gratis-Vermessung des Bio-Strahlungsfeldes zur Verfügung zu stellen?« Doktor Sachse schaut fragend in die Runde und fügt leiser hinzu: »Normalerweise belaufen sich die Kosten dafür auf mehrere hundert Euro. Doch heute würden wir das unentgeltlich durchführen.«

Beim Wort »unentgeltlich« schießen zahlreiche Hände in die Höhe. Auch Ursel meldet sich, und Anneliese überlegt, ob sie das Schmollen zu frühzeitig beendet hat.

Doch der Doktor ruft ohnehin eine andere Teilnehmerin auf. Die ältere Dame mit dem roten Faltenrock war Anneliese zuvor gar nicht aufgefallen. Mit krummem Rücken und kleinen Schritten geht sie in Richtung Bühne. Fräulein Niemeyer greift ihr fürsorglich unter die Arme, als sie mühevoll die drei Holzstufen hinaufsteigt.

»Frau Kirchner, einen Applaus bitte für unsere Freiwillige«, fordert Herr Doktor Sachse mit einer großen Prise Herzlichkeit. Mit einem behutsamen Händeschütteln begrüßt er die ältere Dame und bittet sie, auf einem von einem Kellner flink herbeigetragenen Stuhl Platz zu nehmen. »Es ist sicher besser, wenn Sie in Ihrem Zustand nicht allzu lange stehen.«

Frau Kirchner bejaht dankbar. Vorsichtig setzt sie sich.

»Hier fehlt es wirklich niemandem an etwas«, bemerkt Ursel, die sich schon die ganze Zeit vor Aufregung am Unterarm kratzt.

»Wenn ich Sie bitten dürfte, während der Analyse Gespräche möglichst zu unterlassen.« Doktor Sachse zieht sein Jackett aus, ebenso seine Brille und gibt beides Fräulein Niemeyer. Die Ärmel seines weißen Hemdes krempelt er sorgsam hoch – hochkonzentriert und mit ernsthafter Miene.

Mit nach vorne ausgestreckten Handflächen stellt sich Herr Sachse hinter Frau Kirchner. Unruhige Spannung liegt in der Luft.

Doktor Sachse beginnt im Kopfbereich.

»Ihr Scheitelchakra – keine Angst, Frau Kirchner. Ich werde Sie nicht unmittelbar berühren.«

Mit stetem Abstand fährt er wie in Zeitlupe die Konturen der Seniorin nach. Immer wieder. Dann, von einer Sekunde auf die andere, zittern seine Hände.

»Hier, hier ist es!«, raunt er. Anneliese schluckt. Dass sie so etwas einmal live miterleben darf, hätte sie nicht erwartet. »Ich kann es spüren. Den Widerstand in Ihrem Energiefluss.«

Die Augen von Frau Kirchner weiten sich. »Ich hatte einen schweren Unfall und später hat man festgestellt …«

»Sie brauchen nichts zu sagen. Ich kann alles sehen«, fällt der Doktor der Dame ins Wort.

Es dauert, bis er nach der Unterbrechung den unmittelbaren Kontakt zu Frau Kirchner aufs Neue hergestellt hat. »Ich spüre Ihre Aura. Rein, aber angefüllt mit Störungen von außen.« Seine Stimme klingt, als spreche er durch einen dicken Vorhang – gedämpft und fern.

Um den Mund von Frau Kirchner zuckt es. Dennoch befolgt sie die Regeln, sie sagt kein Wort.

»Fräulein Niemeyer. Meine Tasche bitte.«

Die Assistentin macht, was ihr aufgetragen wird, und trägt einen schwarzen Koffer herbei. Sie drückt gegen die beiden goldfarbenen Kofferschlösser, die mit einem schallenden »Knock« aufspringen. Noch bevor sie den Deckel aufklappt, dreht sie das schwarze Stück zum Publikum hin. Alle können, als sich der Koffer langsam öffnet, das in königsblauem Samt ausgelegte Innenleben des Behältnisses erkennen. Allerlei silberne Scheiben in verschiedensten Größen befinden sich in den unterschiedlichen Einlassungen.

»Ihr Body-Scan-Impulskoffer ist bereit«, sagt Fräulein Niemeyer und stellt sich bescheiden ein paar Schritte hinter Herrn Sachse, der mit seiner Arbeit fortfährt.

Im Publikum verfolgt man das Geschehen gebannt, fast scheint es, der Doktor sei in eine Art Trance gefallen. Weitaus schneller als vorhin und mit lang ausgestreckten Armen wirbelt er um Frau Kirchners lädierten Körper. Manchmal unterbricht er die schwingenden Bewegungen und zuckt, was die Vermutung nahelegt, dass er gegenwärtig an besonders komplizierten Stellen der Aura arbeitet.

»Die Zehn«, fordert er.

Er und Fräulein Niemeyer sind, das ist überdeutlich, ein eingespieltes Team. Eine phänomenale Verbindung, mutmaßt Anneliese, denn die Assistentin versteht den Arzt blind. Sie nimmt, ohne auch nur einen Moment zu zögern, eine der Scheiben aus dem Koffer und reicht sie Doktor Sachse. Er wiederum fasst mit der rechten Hand danach, während er mit der linken fortwährend den Körper der Probandin umfährt, die mittlerweile die Augen geschlossen hat. Wie es aussieht, darf er keinesfalls die Verbindung verlieren. Erneut stoppt er.

»Die Fünf.«

»Wahnsinn!« Ursel kann kaum mehr still sitzen. »Ob er noch jemanden an die Reihe nimmt?«

Der Doktor platziert die erste silberne Platte behutsam auf dem Kopf von Frau Kirchner. »Halten Sie das«, fordert er sie auf und legt ihr die zweite Scheibe in die Hand, schließt ihre Finger darum und schiebt die Faust in Richtung Herzregion. »Dort, genau hier gehört sie hin.«

Die Dame auf dem Stuhl presst die Hand mit der Platte vor ihre Brust und sitzt wie erstarrt, während sich der Spezialist noch einmal mit schwingenden Armen um sie herumbewegt. Fast wie ein Irrwisch sieht er dabei aus. Dann hält er inne, hebt beide Hände zum Himmel, führt die Handflächen über seinem Kopf zusammen und senkt sie schließlich andächtig auf Brusthöhe. Fräulein Niemeyer und sogar einige der Gäste tun es ihm gleich. Sie falten die Hände vor ihrer Brust und verneigen sich ehrfürchtig.

Die Atmosphäre bleibt angespannt. Niemand traut sich zu sprechen. Erst als Doktor Sachse die Silberscheiben wie in einer Zeremonie nacheinander an sich nimmt und im Koffer ablegt, kommen Leben und Bewegung ins Publikum.

»Nun, Frau Kirchner«, sagt der Doktor feierlich. Es hat den Anschein, als sei er wieder ganz der Alte. »Würden Sie uns bitte allen den Gefallen tun, aufzustehen?«

Kaum ist der Satz ausgesprochen, erhebt sich die Seniorin und jedermann kann es sehen: Aus der gebeugt gehenden, kränklich wirkenden Frau ist eine flotte, gar nicht mal unattraktive Dame geworden, wie Anneliese mit ein klein wenig Neid feststellt.

»Ist sie gewachsen?« Ursel ist ganz aus dem Häuschen.

Erst ist das Klatschen verhalten, dann jedoch folgt ein wahrer Sturm an Beifallsbekundung. Der Einzige, der sich weigert, Begeisterung zu zeigen, ist Erich, ihr Sitznachbar. Dafür bekommt er von Elfriede, die sich in die Standing Ovations einreiht, ein beleidigtes »Miesepeter« zu hören. Anneliese und Ursel nicken ihr zu: Recht hat sie!

Alle sind gespannt, wie es weitergeht. Der Doktor lockert nach dieser kräftezehrenden Demonstration seine Krawatte. Mit den Händen bittet er um ein wenig Ruhe und der Applaus verklingt. »Ich danke Ihnen. Diese Zustimmung zu meinem Wirken, das bedeutet mir sehr, sehr viel.«

Anneliese befürchtet, er könne jede Sekunde vor Rührung weinen, doch sie hört an seiner Stimme, dass es ihm gelingt, die Fassung wiederzugewinnen. »Deshalb würde ich Ihnen gerne etwas mit Tragweite vorstellen. Eine Sache, die ich Ihnen, einzig mit Blick auf Ihr Wohlbefinden, ans Herz legen möchte.«

In der gleichen Sekunde hebt sich die Zeltplane und einer der schicken Kellner bringt einen Koffer herbei.

Doktor Sachse nimmt das dunkle Behältnis entgegen. »Natürlich haben die wenigsten Menschen derartige Fähigkeiten, wie ich Sie Ihnen demonstriert habe. Aber das ist kein Grund zu verzagen. Ich stelle Ihnen nun einen von mir selbst entwickelten BES vor – einen Bio-Energie-Stimulanzer. Damit lässt sich auch ohne jegliche Fachkenntnis therapieren. Täglich 15 Minuten, und die meisten gesundheitlichen Probleme körperlicher, aber auch mentaler Art sind innerhalb weniger Wochen Vergangenheit.«

Er klappt den Koffer auf und hält den silbern glänzenden Inhalt für alle sichtbar in die Höhe. Das Gerät darin mutet wie ein Schallplattenspieler an. Nur auf den ersten Blick allerdings, denn statt einer Schallplatte befindet sich eine Silberscheibe in der Mitte, stellt Anneliese bei genauerem Hinsehen fest.

Alle schauen hochinteressiert, als der Fachmann auf der Bühne die genaue Wirkungsweise erläutert – alle außer Erich, der sich vermutlich aufgrund der vielen bitterbösen Blicke, die die anderen Gäste ihm zugeworfen haben, nun weitgehend bedeckt hält.

Frau Kirchner, die wieder im Publikum sitzt, traut sich das zu fragen, was vermutlich viele in dieser Sekunde denken. »Entschuldigung, aber kann ich mir so ein medizinisches Gerät überhaupt leisten?«, erkundigt sie sich.

Herr Sachse nickt und wirkt verzagt, als er weiterspricht. »Nun, der Punkt ist, dass mir alles Finanzielle äußerst unangenehm ist. Für mich bräuchte es auf dieser Welt überhaupt kein Geld.«

Die Anwesenden nicken zustimmend – dieser Mediziner ist einfach eine ganz andere Liga als der typische Hausarzt von nebenan.

»Einzig um die Forschung am Leben zu erhalten, muss ich leider einen gewissen Betrag dafür fordern …«

Nun reagiert Fräulein Niemeyer und übernimmt das Sprechen, da unverkennbar ist, dass das Thema dem Doktor zu sehr an die Substanz geht: »Normalerweise müssten wir für den BES-Koffer weit mehr als 2.500 Euro berechnen. Doch aufgrund dieser besonderen Zusammenkunft ...« Sie unterbricht sich und wirft Doktor Sachse einen Blick zu, der wohl so etwas wie eine Frage ist. Herr Sachse nickt ihr zu. »Nun, wir können Ihnen den Koffer plus einen Radiästhesie-Anhänger zur Chakrensteigerung für die Summe von 999 Euro anbieten – allerdings nur heute.«

»Schöner Mist«, sagt Anneliese, während um sie herum allerorts Arme in die Luft schießen. »Ich habe nur 50 Euro eingepackt. Das konnte ich doch nicht wissen.«

Ursel zählt gerade die Scheine in ihrem Portemonnaie ab. »Vielleicht können wir zusammenlegen.«

Fräulein Niemeyer fährt auf der Bühne fort: »Übrigens, gerade fragt mich jemand, ob man den BES zu zweit nutzen kann. Bedauerlicherweise geht das nicht. Das Gerät pendelt sich individuell auf Ihre Persönlichkeit ein.«

»Schöner Mist«, stammelt Ursel enttäuscht. »Meine Bankkarte habe ich nicht dabei.«

Plötzlich werden die Zeltplanen von außen komplett hochgeklappt. Reihenweise tragen die Kellner schwarze Koffer auf die Bühne und was nun folgt, ist bitter: Tatenlos müssen Anneliese und Ursel dabei zusehen, wie ein Koffer nach dem anderen den Besitzer wechselt und Herr Sachse die individuellen Anpassungen vornimmt, die sie zwei ebenfalls mehr als gut gebrauchen könnten. Sogar als nach dem dritten und vierten Gang Geräte zur heimischen Wasserenergetisierung angeboten werden, gehen die Damen leer aus. Hinter Erich hingegen, der jeden Widerstand aufgegeben hat, liegen mehrere Stapel Errungenschaften. Ein Anblick, der für Anneliese und Ursel schwer zu ertragen ist.

»Crème au Chocolat – zum Abschluss, meine werten Gäste«, kündigt der Doktor an, nachdem sich fast alle an den Sonderangeboten bereichert haben.

»Die Damen sehen aber nicht zufrieden aus«, stellt Herr Sachse fest, als er während des letzten Gangs gut gelaunt an ihrem Tisch vorbeispaziert. »Gerade Sie beide. Das gefällt mir überhaupt nicht. Womit kann ich Sie glücklich machen?«

Anneliese ist die Situation peinlich. Sie sitzt hier als Ehrengast zwischen den anderen mit völlig leeren Händen. Deshalb flüstert sie nach vorne gebeugt in das Ohr des Doktors: »Leider haben wir nicht damit gerechnet, dass es heute so viele Angebote gibt.«

»Oh.« Ihr Gegenüber versteht sofort. Emotional ist er den Menschen derart nah, es würde Anneliese nicht wundern, wenn er sogar Gedanken lesen könnte.

»Ach, Fräulein Stutz, Sie müssen sich keine Sorgen deswegen machen. Was halten Sie davon: Ich werde Sie in den kommenden Tagen höchstpersönlich besuchen?«

Anneliese ist sprachlos. Was für ein Angebot! Sie blickt zu Ursel, die mitgehört hat. Wenn Anneliese nicht sofort etwas erwidert, kommt ihre Freundin ihr schlimmstenfalls zuvor. »Falls das nicht zu viel Aufwand für Sie ist?«, sagt Anneliese deshalb.

»Jetzt machen Sie Witze. Könnte man für Sie etwa zu viel Aufwand betreiben?«, wendet der Doktor ein und sieht ihr tief in die Augen. »Ich freue mich auf den Termin.«

»Ich auch«, antwortet Anneliese. Ein anerkannter Mediziner, der höchstpersönlich vorbeikommt, um für ihr Wohlbefinden zu sorgen. Was könnte ihr Besseres passieren?

»Und Sie, Frau Zwetsch, falls Sie etwas brauchen sollten, kommen Sie doch einfach auch zu diesem Termin.«

Der letzte Satz von Herrn Sachse lässt Annelieses Lächeln gefrieren. »Schauen wir mal, Ursel ist ziemlich mit den Enkeln eingespannt«, wendet sie ungewohnt zackig ein, bevor ihre Freundin überhaupt Luft holen kann.

Die abendliche Galashow fällt an diesem Tag ins Wasser. Bedauerlicherweise. Aber die persönliche Beratung des Doktors benötigte derart viel Zeit, dass es nicht anders zu lösen ist. Fräulein Niemeyer teilt zudem mit, dass es hinsichtlich der Elektro-Überraschungsgeräte Lieferprobleme gäbe. Die Gäste werden sie deshalb erst in den nächsten Tagen erhalten. Die Produkte werde man höchstpersönlich abliefern.

»Das lassen wir uns nicht nehmen«, sagt Frau Niemeyer hierzu.

Einzig der Präsentkorb mit den Spezialitäten wird am Ende, bevor alle in den Bus steigen, ausgeteilt.

Wie gehabt, zeigt sich auch hier, dass Qualität und Masse nicht zusammenpassen. Nur Erich kann sich den Kommentar »Ist wohl doch eher ein Körbchen« nicht verkneifen.

Aber mittlerweile wissen alle Gäste, dass er ein Kulturbanause ist, sodass niemand der Bemerkung viel Aufmerksamkeit schenkt – außer selbstverständlich Elfriede, die ein weiteres Mal sein Schienbein bearbeitet.

*

Warum an einem stinknormalen Freitag derart Hektik herrscht, kann sich Blümchen nicht erklären. Seit dem frühen Morgen ist Anneliese auf den Beinen. Dabei hat sie bereits gestern die Wohnung »auf Vordermann gebracht«. Gardinen gewaschen, geputzt und abgestaubt und sogar die Bilder an der Wand geradegerückt.

Als am Abend zuvor endlich Ruhe einkehrte und sie den Donnerstagskrimi genießen wollten, fiel Anneliese plötzlich etwas ein. »Ups«, sagte sie. »Bei all der Arbeit habe ich glatt vergessen, Ursel Bescheid zu sagen. Na ja«, entschuldigte sie das Versäumnis vor sich selbst, »kann jedem mal passieren.« Daraufhin zuckte sie mit den Achseln und legte mit zufriedenem Gesichtsausdruck die Beine hoch. Keine Ahnung, was zwischen den beiden Freundinnen los ist, wunderte sich Blümchen: Die ganze Woche herrschte schon Funkstille, dabei ist Ursel normalerweise ein täglicher Gast bei ihnen.

Seit halb sechs jedenfalls ist an Schlafen nicht mehr zu denken gewesen. Und jetzt gerade schiebt Anneliese die selbstgehäkelten Tischdeckchen auf dem alten Eichensideboard noch einmal zurecht, und bei all der Hektik, die sie veranstaltet, vergisst sie fast den Morgenspaziergang mit Blümchen, der infolgedessen sehr kurz ausfällt. »Aber um halb zehn müssen wir wieder zu Hause sein«, bemerkt Anneliese immer wieder.

Wer immer dieser Sachse ist, von dem Frauchen immer wieder anfängt, Blümchen mag ihn nicht. Seitdem der Typ seinen Besuch angekündigt hat, ist nichts mehr, wie es war. Wenigstens ist es jetzt kurz vor zehn und die Sache wäre nach seinem Besuch hoffentlich gegessen, beruhigt sich Blümchen und sieht Anneliese dabei zu, wie sie erneut das Ensemble an Besteck, Tellern, Tassen, Kuchen und Gebäck kritisch betrachtet. Sie hat mehrere Sorten Kuchen vorbereitet und bisher ist für Blümchen noch nichts abgefallen. Sogar französischer Apfelkuchen mit Haselnusskern steht bereit – ein Rezept aus dem Saarbrücker Morgenblatt.

Punkt 10 läutet es an der Tür.

»Das muss er sein!« Anneliese legt schnell ihre Schürze ab.

Wie immer ist Blümchen beim Geräusch der Klingel außer sich.

»Pscht. Benimm dich. Das ist ein Arzt«, ermahnt Anneliese sie, was Blümchen kein bisschen besänftigt. Sie kratzt mit den Füßen an der Eingangstür.

»Fräulein Stutz«, sagt Herr Doktor Sachse erfreut. Sein Lächeln kühlt ab in dem Augenblick, in dem er die Dobermanndame erblickt. Blümchen hat keinesfalls vor, den Gast aus der Ferne zu begrüßen. Mit einer wilden Mischung aus Bellen und Knurren läuft sie einige Male um ihn herum und verschafft sich einen ersten Eindruck. Unsympathisch ist der Typ, wie Blümchen erwartet hat.

»Ach, Sie haben ein Hündchen, wie schön!«, sagt Doktor Sachse gequält.

»Blümchen, hierher!«, fordert Anneliese. »Kommen Sie doch herein. Keine Angst! Sie begrüßt Sie nur. Nicht wahr, Blümchen?«

Blümchen beantwortet die Frage mit einem erneuten Knurren. Irgendetwas stimmt nicht mit dem Kerl, das riecht sie sofort. Sie folgt diesem seltsamen Sachse direkt bei Fuß, während Anneliese vorangeht und ihn ins Esszimmer führt.

»Bitte sehr«, sagt Anneliese und weist auf einen Stuhl am Esstisch. »Hier ist bestimmt alles ein bisschen bescheidener, als sie es gewöhnt sind!«

»Ach, i wo, wo denken Sie hin, Fräulein Stutz, wunderschön haben Sie es. Und der Kuchenduft – das riecht ja herrlich!«

»Das ist doch alles nichts Besonderes«, wiegelt sie ab. »Ich nehme Ihnen noch den Mantel ab.«

Kurz verschwindet Anneliese zur Garderobe. Ein Moment, den Blümchen nutzt, um dem Eindringling zu signalisieren, dass er es nicht mit einer Anfängerin zu tun hat. Sie nimmt direkt neben Doktor Sachse Platz, zeigt ihm kurz ihre Zähne und tut völlig harmlos, als Frauchen wieder eintritt.

»Was darf ich Ihnen anbieten? Französischen Apfelkuchen?«

»Ja, Apfelkuchen wäre wunderbar. Nüsse darf ich nämlich nicht.«

Den letzten Satz überhört Anneliese in ihrer Aufregung, was vermutlich verzeihlich ist, wenn man einen so berühmten Arzt in den eigenen vier Wänden begrüßt, nimmt Blümchen an. Anneliese schiebt ein großes Stück vom Apfelkuchen auf den von Herrn Sachse hingehaltenen Teller.

»Bei Ihnen fühlt man sich sofort zu Hause«, fährt Sachse mit seiner Einschleimtour fort und es wirkt: Anneliese steht der Stolz ins Gesicht geschrieben. Mit einem aufgesetzten Lächeln steckt der Doktor seine Gabel in das Kuchenstück. »Sehr gut«, urteilt er sofort, dabei hat er noch gar nicht probiert. »Seien Sie mir bitte nicht böse, dass ich Sie gleich so persönliche Dinge frage, aber eine Sache beschäftigt mich seit Tagen …«

Anneliese schaut aufmerksam zum Doktor. Blümchen spitzt ebenfalls die Ohren: Was hat der Kerl vor, fragt sie sich.

»Sie sahen am Mittwoch so bekümmert aus. Das ging mir nicht aus dem Kopf. Geht es Ihnen heute wieder besser?«

»Ja, viel besser«, antwortet Anneliese sofort. Dass der Doktor sich ihretwegen sorgt, scheint ihr zu schmeicheln.

»Wunderbar. Bestimmt kann ich Ihnen heute auch etwas Gutes tun. Ihre Hüfte sollten wir auf jeden Fall im Auge behalten.«

»Ist es denn wirklich so schlimm?«

Der Doktor wiegt den Kopf hin und her »Na ja, ich würde mal sagen, auf die leichte Schulter sollten wir das nicht nehmen. Aber wenn wir schnell und vernünftig handeln, heilt es mit großer Sicherheit ohne langfristige Schäden aus.«

»Gott sei Dank.«

»Ein wenig Arbeit haben wir beide allerdings bis dahin natürlich schon. Sie müssen meine Ratschläge konsequent befolgen.« Nachdem Sachse dies verkündet hat, gönnt er sich einen Bissen vom Apfelkuchen.

Er sieht zufrieden aus. Viel zu zufrieden, sagt sich Blümchen, die den falschen 50er nicht aus den Augen lässt. Volle Verköstigung und eine zu allen Schandtaten bereite Kundin. Heute ist vermutlich ein Glückstag für ihn.

Anneliese ist und bleibt blauäugig. »Danke!«, säuselt sie mit tränengefüllten Augen.

Der Doktor räuspert sich. »Gut, dass ich ein paar der Gesundheitsgeräte, die wir dringend brauchen, zufällig im Auto habe.« Aus seiner schwarzen Ledertasche kramt er einen Stift und einen Katalog hervor. »Schauen wir uns einmal gemeinsam an, was wir als Grundstock brauchen.« Er hüstelt kurz in die Armbeuge. »Den BES möchten Sie auf jeden Fall – oder?«

»Bekomme ich den noch zum Aktionspreis?«, erkundigt sich Anneliese zögerlich.

Herr Doktor Sachse schmunzelt. »Natürlich, Fräulein Stutz! Sie glauben doch wohl nicht, dass ich mich an Ihnen bereichern will. Ich würde vorschlagen, Sie benutzen ihn in den ersten 14 Tagen mindestens dreimal täglich. Soll ich Ihnen das notieren?«

Anneliese bejaht und Sachse hustet noch einmal.

Blümchen kann das Ganze kaum mit ansehen. Am liebsten würde sie dem Sachse ins Bein beißen, aber Frauchen scheint so entzückt von dem Typen, das könnte für sie einschneidende Konsequenzen haben.

Der Doktor nimmt ein gesondertes Blatt, auf dem er allerlei vermerkt. »So, das ist das Fundament. Die Schuheinlagen haben Sie schon?«

»Nein!« Anneliese schüttelt den Kopf. »Sind die teuer?«

Klar haben die einen saftigen Preis, orakelt Blümchen, womit sie natürlich nicht die Meinung des Arztes vertritt.

»Teuer? Das ist so ein Begriff.« Herr Sachse lockert seine Krawatte, während er beflissen fortfährt: »Wissen Sie, man gibt so viel Geld unnötig aus, aber wenn es um die Gesundheit geht, ist man sparsam.«

»Das ist wahr«, stimmt Anneliese leise zu.

Blümchen ist stinksauer. Wie oft hat sie Frauchen zu Ursel schon sagen hören, dass das mit der Rente mehr als knapp ist. Die linke Doktor-Bazille scheint das allerdings wenig zu interessieren, er legt sogar noch nach.

»Um Ihr allgemeines Wohlbefinden zu steigern, würde ich Ihnen die Frischzellen-Dragees nach Professor Fahrenheit empfehlen. Damit bin ich meine ganzen Falten losgeworden.« Er dreht zur Demonstration seinen Kopf zur Seite und weist hinauf zur Stirn. »Schauen Sie! Innerhalb von knapp vier Wochen waren sie weg.«

Anneliese zeigt sich erstaunt und Herr Sachse nimmt sich ein zweites Stück Kuchen.

»Und wie teuer wäre das alles zusammen?«, erkundigt sich Anneliese.

Jetzt kommt der dicke Hund, folgert Blümchen und schaut zum Doktor, der es spannend macht. Während er kaut, rechnet er die einzelnen Posten auf dem vor ihm liegenden Schreiben zusammen. Als er fertig ist, streicht er alles wieder durch und notiert neue Zahlen, die er schließlich ein weiteres Mal mit seinem Stift unkenntlich macht.

»Wissen Sie was? Das Hin- und Herrechnen ist für mich das Schlimmste an meinem Beruf. Da fühle ich mich so …« Doktor Sachse reibt sich den Hinterkopf und sucht nach den richtigen Worten. »Wie ein Vertreter. Verstehen Sie?«

Anneliese nickt. »Dabei meinen Sie es doch nur gut.«

Er hustet wieder. So stark, dass sein Gesicht rot anläuft. Trotzdem spricht er mit heiserer Stimme weiter: »Damit wir das leidige Thema hinter uns bringen, Fräulein Stutz, mache ich Ihnen einen Pauschalpreis. Aber den behalten Sie bitte für sich, wenn ich den jedem anbieten würde, müsste ich irgendwann von Hartz 4 leben.«

»Ich verspreche Ihnen, das bleibt unter uns.«

»Also gut. Sagen wir …« Er macht eine Pause und atmet schwer aus. »1.500 Euro, alles andere wäre für mich der Ruin.«

1.500! Mir platzt fast der Kragen, als ich sehe, dass Anneliese im Kopf kurz durchrechnet. »Das ist aber sehr viel Rabatt.«

»Ja, keine Sorge. Das kriege ich schon hin«, bringt der Doktor zwischen einem Hustenanfall heraus.

»Oh, danke schön.« Anneliese wirkt erleichtert. Dabei macht der Typ sie gerade arm.

»Gern«, erwidert Herr Sachse vermeintlich großherzig. »Kann es sein, dass in dem Apfelkuchen Nüsse sind?«

»Ach so! Ja natürlich, Nusskern. Habe ich das vergessen zu sagen?«, antwortet Anneliese und hält sich erschrocken die Hand vor den Mund. »Vielleicht trinken Sie mal einen Schluck? Ich geh Ihnen ein Glas Wasser holen. Blümchen, du passt auf den Herrn Doktor auf!«

Nichts lieber als das, denkt Blümchen. Jetzt, da sie freie Bahn hat, braucht sie das aufgestaute Knurren nicht länger zu unterdrücken. Sie rückt Sachse gefährlich nah auf die Pelle. Ihre Köpfe berühren sich fast.

»Liebes Hundchen«, sagt der Doktor und zieht seinerseits den Kopf zurück, während er die beiden oberen Knöpfe seines Hemdes öffnet. Er kramt mit der Hand in seiner Tasche.

»Mist«, grummelt er. »Wo ist denn mein Notfallspray?« Auch Sakko und Anzughose tastet er ab. Offenkundig hat er es nicht dabei. In seiner Not greift er sich die Mineralwasserflasche vom Tisch. »Sie brauchen mir kein Wasser zu holen. Hier steht doch schon was«, keucht er in Richtung Küche.

Schwer zu sagen, ob es daran liegt, dass Anneliese schlecht hört oder an der Sprachqualität des Doktors, der den Dauerhusten nicht mehr unterdrückt bekommt – jedenfalls reagiert Anneliese nicht.

Kurzerhand dreht Sachse den Verschluss der Glasflasche auf und schüttet sich die Kaffeetasse randvoll. In einem Zug trinkt er sie leer. Sein Blick danach ist für Blümchen einer der schönsten Momente des Tages. Der Doktor wird knallrot und seine Augen riesengroß, während er sich an den Hals greift. »Was war denn das?«, japst er, als Anneliese mit einer Flasche Mineralwasser und Gläsern zurückkehrt. Da ihm das Sprechen schwerzufallen scheint, deutet er nur mit dem Finger auf die Flasche auf dem Tisch.

»Ach, Sie sind aber einer«, sagt Anneliese und klingt dabei ein bisschen enttäuscht. »Sie haben sich den guten Tropfen schon allein gegönnt. Extra für diese Gelegenheit heute habe ich den Selbstgebrannten von meinem Mann aus dem Keller geholt.«

Sachse quält sich ein Lächeln ab.

»75 Prozent feinste Umdrehungen, mehr geht nicht. ›Das Zeug ist Gold wert‹, hat mein Hans immer gesagt.«

Prima, denkt Blümchen, dass wir das Wundermittelchen so lange aufgehoben haben. Jahrelang war Frauchen keine Gelegenheit gut genug, um es zu servieren, und jetzt, mit einem Schlag, hat die Flasche ihnen einen echten Dienst erwiesen.

Der Zustand des Mediziners verschlechtert sich sekündlich. »Wasser!«, fordert Herr Sachse atemlos. Er schwitzt gewaltig und sein Kopf hat die Farbe eines Goldfischs.

»Brauchen Sie einen Arzt?«

»Ich bin Arzt!«, zischt der Doktor. Er schaut sich hilflos um. »Ich lege mich mal kurz auf Ihre Couch. Bin gleich wieder obenauf.« Er richtet sich schwerfällig auf.

»Warten Sie einen Moment!«, bittet Anneliese. »Ich helfe Ihnen.«

Doch den erbetenen Augenblick lässt er ihr nicht. Völlig desorientiert stolpert er in Richtung Sofa. Seine Beine wackeln, als wären sie aus Gummi. »Nur ein paar Schritte«, spricht er sich selbst zu. »Dann kann ich mich hinlegen.«

Das Liegen gelingt ihm schneller als erwartet. Erst ist es seine schwarze Ledertasche, an deren Riemen er sich mit dem Fuß verhakt, und da ist plötzlich auch noch Blümchen, die ihm treu zur Seite stehen möchte und dabei verflucht unglücklich zwischen seine Beine gerät. Wenige Augenblicke später findet er sich auf dem alten Berber wieder. Bei der massiven gedrechselten Stehlampe mit dem ledernen Lampenschirm und den hellen Fransen spielt in direkter Folge der Zufall eine Rolle. Sie donnert unmittelbar auf seinen auf dem Teppich verharrenden Kopf und hinterlässt ein unerfreuliches Gesamtbild. So dürfte das vermutlich Anneliese beurteilen, Blümchen hingegen macht der Anblick äußerst zufrieden.

Auch wenn der genaue Ablauf später schwer zu rekonstruieren ist, das Ergebnis ist eindeutig: Herr Doktor Sachse wird in der nächsten Zeit nicht mehr diagnostizieren, therapieren und schon gar nicht praktizieren können. Auch das Gratis-Elektrogerät für Chrissie und die vielen anderen ausstehenden Geschenke wird Anneliese fürs Erste nicht erhalten. Genauso wenig wie die rabattierte Bestellung.

Sehr schade, denkt Blümchen. Doch Doktor Sachse muss zunächst einmal wieder zu Kräften kommen, und was das betrifft, stehen die Prognosen schlecht. Die Sanitäter, die nach Annelieses Anruf schnell vor Ort eintreffen, zeigen sich erstaunt, dass der von der Seniorin vorgestellte Mediziner selbst keiner Krankenkasse angehört. Ein Umstand, der sich für Anneliese jedoch im Nu erklären lässt: Bisher habe sich Herr Doktor Sachse vermutlich immer höchstpersönlich behandelt, klärt sie die Pfleger auf.

Mit dem Tag heute allerdings ändert sich das. »Langzeitschäden und Dauerpflegefall, wenn wir ihn überhaupt noch zusammengeflickt bekommen«, flüstert die Notärztin ihren Kollegen zu. Blümchen hört alles.

Der Kripobeamte, der fast zeitgleich eintrifft, stellt Anneliese allerlei Fragen zu Herrn Peter Sauerborn, was der richtige Name des Doktors sein soll. Der Transporter vor dem Wohnhaus ist nach Aussage des bärtigen Kommissars randvoll mit »Schindluder«.

»Dem Pärchen sind wir schon lange auf der Spur, aber jetzt haben wir endlich alles, was man für eine Festnahme braucht«, sagt Kommissar Forsberg. »Falls man ihn noch festnehmen kann«, schränkt er kurz danach ein.

Anneliese ist wie vor den Kopf gestoßen. Sie setzt sich erst einmal in den Sessel, während der Wunderdoktor auf der Trage abtransportiert wird. »Wie schnell man doch ins Visier der Polizei geraten kann, wenn man es gut mit den Menschen meint«, wundert sie sich.

Kommissar Forsberg bläst die Backen auf. »Aufgrund des Datenschutzes dürfte ich Ihnen das eigentlich nicht verraten, aber Frau Stutz, damit Sie mir glauben, dass Sie gerade noch mit einem blauen Auge davongekommen sind, zeige ich Ihnen das. Ausnahmsweise …« Forsberg hält Anneliese den Pass hin.

»Peter Sauerborn«, liest sie vor. »Vielleicht hat er ja geheiratet und einen neuen Namen.«

»Und wo versteckt sich der Doktortitel im Personalausweis?« Forsberg zieht vielsagend die Augenbrauen in die Höhe und kramt ein Blatt aus seinen mitgeführten Unterlagen über den Lädierten hervor. »Was die medizinische Karriere Ihres Herrn Sachse angeht, zeigt sein Lebenslauf deutliche Lücken. Dahingegen hat der Quacksalber eine Ausbildung als Elektriker vorzuweisen ebenso wie diverse Gefängnisaufenthalte wegen Kleinvergehen. Eine Zeit lang hat er Staubsauger an der Haustür vertrieben.«

Letzten Endes überzeugt Anneliese erst ein Lieferschein aus dem Transporter, in dem sich 50 angebliche Bio-Energie-Stimulanzer mit der Aufschrift »Made in China« befinden.

»Das sind schlichte Schallplattenspieler mit einer verzinkten Stahlscheibe. Spezialanfertigung für 39 Euro das Stück. Sehen Sie, hier steht es!«, klärt Forsberg sie auf.

Anneliese ist erschüttert, weit mehr aber scheint ihr die Sache peinlich zu sein. »Wie konnte ich nur so dumm sein und auf all das hereinfallen?«

»Sie sind nicht die Erste, der das passiert, und wie gesagt, Sie haben noch einmal richtig Glück gehabt!«, entgegnet der Kommissar und tätschelt Blümchen den Kopf. »Sie wäre bestimmt ein prima Hund für die Polizeistaffel«, bemerkt er ganz am Ende. Blümchen begleitet den netten Mann mit dem guten Urteilsvermögen bis zur Tür. Ein völlig anderer Typ als dieser Sachse, sagt sie sich.

Vom Gefühl, Glück gehabt zu haben, scheint Anneliese nicht erfüllt zu sein. Den restlichen Tag über wirkt sie betrübt, und als Chrissie am Abend anruft, erwähnt sie die Geschichte mit keinem einzigen Wort. Warum auch, denn von den vielen Preisen, die sie mit Chrissie teilen wollte, ist nichts geblieben.

*

»Ich schau schnell noch in den Briefkasten, Blümchen«, verkündet Anneliese, als sie vom Morgenspaziergang zurückkehren. Heute, eine Woche nach den Ereignissen mit dem falschen Doktor, geht es ihr endlich ein wenig besser.

»Bloß Reklame«, stellt sie fest, als sie den bunten Reigen an Papier aus dem Briefkasten fischt.

Ein weißer Brief versteckt sich allerdings doch unter all der Werbung. Absender ist die Saarbrücker Morgenpost.

»Nicht schon wieder!«, murmelt Anneliese und öffnet das Kuvert.

Heute ist Ihr Glückstag!
Sie sind der Gewinner von einer Woche Bodensee für zwei mit Halbpension und Freikarte für die Mainau.

Diesmal scheinen diese Betrüger die ganze Show noch besser vorbereitet zu haben. Im Kuvert liegt ein Buchungsbescheid für ein Hotel auf der Insel Reichenau, und sogar zwei Freitickets für die Bahn haben die Gangster dazugelegt. Täuschend echt sieht das alles aus.

Wütend zerknüllt Anneliese das Schreiben und steckt es zusammen mit der Reklame in die Blaue Tonne. »Das gibt's doch nicht! Da versuchen die es gleich noch mal. Für wie dumm halten die mich eigentlich?«

Als ein paar Tage später das Telefon klingelt und sich eine Dame als »Marlene Schnabel von der Saarbrücker Morgenpost« vorstellt, weiß Anneliese sofort Bescheid.

»Herzlichen Glückwunsch, Frau Stutz. Es freut mich …«, weiter kommt diese Frau Schnabel nicht.

»Mit mir garantiert nicht mehr!«, schreit Anneliese in den Hörer, und noch bevor die Betrügerin das Wort »Bodensee« überhaupt in den Mund nehmen kann, hat sie aufgelegt.

ICH HÄTTE DA MAL EINE FRAGE

Nur noch einen einzigen Tag, Günther, sage ich mir. Das werde ich wohl durchhalten, und wenn man die Sache vernünftig betrachtet, kann der Wahrscheinlichkeit nach eigentlich keine weitere Überraschung mehr folgen – zumindest keine, die mich groß aus der Bahn werfen könnte.

Bombendrohungen, brenzlige Situationen, die ohne mein besonnenes Handeln zweifellos ins Auge gegangen wären, und jetzt zu guter Letzt ein eingeschränkter Zugang zu den Genüssen des Lebens – das ist ein dicker Hund. Nicht zu vergessen meine beiden überpedantischen Aufpasser, die sich strikt an die Vorgaben dieses unfähigen Doktor Kreideweiß halten.

Ich kann es kaum erwarten, Hanne und Siggi wiederzusehen, auch wenn ich zugegebenermaßen stocksauer auf die zwei bin. Während sie eine ganze Woche lang ihre Saarradtour genossen haben und einzig nur Spaß und Freizeit hatten, bin ich hier in meinem groß angekündigten »Ferienquartier« durch die Hölle gegangen.

*

Menno, wo ist es bloß, frage ich mich und durchwühle zum zweiten Mal meinen Koffer, während mir Hanne aus dem Badezimmer zuruft: »Bin fertig!«

»Ich auch«, behaupte ich, dabei habe ich keine Ahnung, wo das Kästchen ist.

Bis ins kleinste Detail habe ich den Tag heute vorbereitet und jetzt das. Ich taste meine Hosentaschen ab. Nichts! Vielleicht in der Radjacke von gestern, überlege ich. Ebenfalls nichts! Am Kleiderschrank hängt mein schwarzes Sakko – die letzte Option. Ich greife in die beiden Außentaschen oder versuche es zumindest. Sie sind zugenäht. Dann bleibt bloß noch die Brusttasche. Ich schiebe meine Finger an dem beigen Einstecktuch vorbei und atme erleichtert auf.

»Ich komme, Hanne«, sage ich gelöster. Da ist er! Ich stecke das kleine Kästchen in die Hosentasche und ziehe mir das Sakko über. Als ich aus dem Schlafzimmer trete, sieht Hanne überrascht aus.

»Oh«, sagt sie.

»Was heißt ›Oh‹?«, frage ich verunsichert. »Nicht gut?« Ich drehe mich halb im Kreis und beschaue mich im Spiegel. »Sieht seltsam aus, nicht wahr?«

»Ja, stimmt irgendwie! Ich habe dich noch nie in etwas anderem als Hoodie oder Nerdshirt gesehen.« Hanne sagt immer frei heraus, was sie denkt. Das schätze ich normalerweise sehr an ihr. Nur heute, da ich sowieso schon reichlich nervös bin, wäre ich ihr für ein bisschen Flunkern dankbar gewesen.

Aber so ist Hanne eben nicht. »Du siehst wie ein Fremder aus«, ergänzt sie ihren letzten Satz.

Unrecht hat sie nicht. Ich fühle mich wirklich, als ob ich eine Rolle spielen würde. Und das nicht einmal besonders gut. Dabei soll es doch ein rundum gelungener Tag werden. Es liegt keinesfalls an Hanne – sie ist perfekt.

Obwohl ich keine weitere Kritik gebrauchen kann, fährt sie fort: »Das ist ganz und gar nicht der Siggi, den ich kenne. Kannst du mir mal sagen, wo du den Aufzug eine Woche lang versteckt hast?«

Ich zucke mit den Schultern. »Tja, ich bin eben auf alles vorbereitet.«

Das ist nicht einmal gelogen, denn den Anzug habe ich vor Wochen gekauft und für den Anlass im Hotel hinterlegt. Doch das verrate ich Hanne garantiert nicht. Damals habe ich den Ablauf des heutigen Abends auf das Genaueste mit Herrn Apel, dem Direktor des Hotels, abgesprochen. »Das wird perfekt, Herr Brokatt. Ich verspreche Ihnen: Das wird der schönste Tag in Ihrem Leben, zumindest vorerst!«

»Du siehst mehr als gut vorbereitet aus«, redet Hanne weiter. »Aber ich, na ja …« Dabei schaut sie kritisch an sich herab. Sie trägt eine karierte Bundfaltenhose und eine einfache weiße Kurzarmbluse mit Stehkragen. »Für dieses noble Hotel doch extrem underdressed – oder?«

»Ach was, du siehst super aus«, entgegne ich und wenigstens bei dem Satz klinge ich überzeugt. Dass ich Hanne kennengelernt habe, unter gar nicht mal so einfachen Umständen, ist einer der größten Glücksfälle meines Lebens. Und das, obwohl ich zugegeben bis vor Kurzem kaum Glückssträhnen aufweisen konnte. Alles hat sich verändert, seit ich sie kenne.

»Sechs Tage Jugendherberge und jetzt so ein Fünf-Sterne-Schlösschen. Für Überraschungen bist du gut, Siggi«, fängt Hanne erneut an nachzubohren. Dass sie etwas ahnt, ist unüberhörbar. Die Fragerei ging schon los, als wir die Classic-Suite im Schloss Berg in Perl-Nennig am Mittag bezogen haben, und seitdem habe ich es mit allen denkbaren Ausflüchten versucht – aber Hanne ist beharrlich. »Du hast hoffentlich nicht im Lotto gewonnen?«

»Nö«, sage ich und lache demonstrativ laut auf, was zugegeben ein bisschen gekünstelt klingt. »Was bist du so misstrauisch? Ich dachte einzig und allein, wir könnten uns mal etwas Besonderes gönnen.«

Hanne zieht den Mund spitz nach vorne. Sie glaubt mir nicht, das sieht man sofort. Ich komme mir fast vor wie bei einer polizeilichen Vernehmung. Hanne ist noch schlimmer als der Mann ihrer Freundin Gabriele, der als Oberkommissar bei der Kripo arbeitet.

»Manchmal muss man eben unvernünftig sein«, füge ich in einem erneuten Versuch, schlagfertig zu sein, hinzu.

»Siggi! Du und unvernünftig?«

Auch diese Erklärung will sie mir nicht abnehmen, und plötzlich wird das Verhör unangenehm konkret: »Du wirst mir ja wohl keinen Heiratsantrag machen wollen?« Sie schmunzelt, als hätte sie einen guten Witz gemacht. Dabei hält sie mich fest im Blick, als versuche sie, meine Gedanken zu lesen.

Ich gebe mir alle Mühe, mir nichts anmerken zu lassen. Doch ich bin ein miserabler Schauspieler. Erschrocken ziehe ich die Augenbrauen in die Höhe und schüttle entgeistert den Kopf. »Wie kommst du denn darauf?« Das glaubt sie mir nie, denke ich in dem Moment.

Doch völlig unverhofft habe ich Glück.

»Ist schon klar«, entgegnet Hanne und zuckt mit den Achseln. »Ich hab dich schon verstanden. So unvernünftig, das zu tun, bist du nun auch wieder nicht.«

Damit hat die Fragerei ein Ende, fürs Erste. Unser Tisch ist für 19 Uhr reserviert, wir müssen uns beeilen.

»Im Hotel gibt's gleich mehrere Restaurants. Wie heißt denn unseres?«, will Hanne wissen, als wir an der Hotellobby vorbeigehen.

»Bacchus«, antworte ich. Ich kenne den Weg bereits. Herr Apel hat mich damals durch die Räumlichkeiten geführt, aber ich gebe mich ahnungslos.

»Wow. Ziemlich exklusiv!«, stellt Hanne fest, nachdem

uns der Ober an unseren Tisch geleitet hat. »Das ist tatsächlich der schönste Platz im ganzen Restaurant, und schau mal die Blumen.« Sie weist auf das üppige Bouquet aus roten Rosen in der Tischmitte. »Normalerweise bin ich ja eher nicht so verkitscht, aber es ist schon irgendwie romantisch hier«, sagt sie freiweg heraus und lässt ihren Blick durch den Raum wandern.

»Schön!«, bestätige ich und reibe meine schwitzenden Hände unter dem Tisch über die dicke weiße Stoffserviette. Tatsächlich habe ich mir den Abend genau so vorgestellt und alles läuft eigentlich nach Plan, trotzdem fühle ich mich wie im falschen Film.

»Bist du müde?«, erkundigt sich Hanne, der anscheinend nicht verborgen bleibt, dass ich auf irgendeine Weise anders bin.

»Ja, ein bisschen.« Das ist glatt gelogen. Von Müdigkeit kann keine Rede sein, mein Puls erreicht in diesen Sekunden neue Dimensionen, zumindest spüre ich ihn deutlich. Und das wird alles so schnell kein Ende haben, denn der Hauptakt ist laut Planung erst nach dem Dessert vorgesehen.

Hanne und ich sitzen uns wortlos gegenüber. Ich habe keine Ahnung, was ich sagen soll, ich bin viel zu nervös.

»Muss das sein?«, nörgelt ein Mädchen am Nebentisch. Es ist vielleicht 12 oder 13 und steckt in einem verspielten weißen Spitzenkleid, das so gar nicht zu seiner schlecht gelaunten Miene passt. »Ich mag keine Trüffel.«

»Mensch, Greta! Andere würden sich freuen, wenn sie sich so etwas leisten könnten, und du lässt den halbvollen Teller zurückgehen«, zischt die Frau, die anscheinend die Mutter des Mädchens ist. »Du bist einfach undankbar«, legt sie nach.

Hanne zieht ungnädig die Augenbrauen hoch. Sie hört wohl auch mit.

»Also wirklich. Du weißt nicht, wie gut du es hast«, pflichtet der Mann im Anzug, der mit am Tisch sitzt, der Frau laut bei. Er schüttelt abschätzig den Kopf und das Mädchen schaut betreten auf seinen Teller.

Bei uns herrscht nun gleichfalls Schweigen.

»Magst du eigentlich Kinder?«, unterbricht Hanne die Stille nach einer Weile.

»Kinder schon. Aber viele Erwachsene nicht«, gebe ich zur Antwort. Nicht gerade leise. Mir ist bewusst, dass man am Nebentisch jedes Wort mithören kann. Wenn ich eins nicht ausstehen kann, dann, wenn man so mit Kindern umgeht.

Hanne nickt, sie weiß genau, wovon ich spreche.

»Ah, es geht los! Der erste Gang«, sage ich, als ich den Ober auf uns zukommen sehe. Er wirft mir ein komplizenhaftes Lächeln zu.

»Die Vorspeise«, kündigt er an und stellt die zwei Teller vor uns ab. »Cremiger Burrata aus Apulien mit Blutorangenscheiben, Beeren und einem Hauch Waldhonig. Abgestimmt mit Basilikumkresse und Lavendel. Ich wünsche buon appetito.«

»Vielen Dank«, erwidert Hanne und besieht sich den Frischkäse auf dem riesenhaft wirkenden Teller, um den die Blutorangenscheiben kreisförmig drapiert sind. Lavendelblüten zieren den Rand. »Das ist ja ein Kunstwerk. Kann man das mit gutem Gewissen essen?«, albert Hanne.

Ich nicke nur. Im Moment bin ich zu gestresst, um auf ihren Scherz einzugehen. Keine Ahnung, schimpfe ich mich in Gedanken, was mich geritten hat, diesen Abend zu planen. Es fühlt sich nicht richtig, irgendwie nicht passend an. Zunehmend beschleicht mich das Gefühl, einen großen Fehler zu machen, und das liegt keinesfalls an Hanne. Sie ist wunderbar, denke ich, als ich sie mit dem Besteck auf dem Teller hantieren sehe. Sie grinst mir kess zu und führt die erste Gabel zu ihrem Mund. Nein, mit Hanne hat es nichts zu tun!

»Siggi, alles in Ordnung mit dir?«, erkundigt sie sich. »Du hast ja gar nicht probiert.«

»Alles super!«, flunkere ich und taste meine Hosentasche ab. Er ist da. Das Zimmer sowie das Restaurant sind eine Wucht und Hanne ist bei mir, rufe ich mir ins Gedächtnis. Vielleicht bin ich einfach nur verdammt nervös. Ich trinke einen weiteren Schluck vom Wein, den der Ober uns empfohlen hat. Danach nehme ich das Besteck zur Hand und schenke Hanne ein Lächeln. Alles wird gut!

»Spaghetti alle vongole«, kündigt eine recht wortlose Viertelstunde später der Ober an. »Venusmuscheln in einem Sud aus Weißburgunder aus Rías Baixas, direkt von der Atlantikküste in Galicien.«

»Könnten wir dazu noch Wein haben?«, erkundige ich mich.

»Sehr gerne«, erwidert der Kellner. »Vielleicht einen Grauburgunder Spätlese trocken, direkt hier aus der Nähe vom Weingut Petgen?«

»Mir recht«, antworte ich.

Nach und nach fühle ich mich entspannter. Den formellen Anzug, die feinen Leute um uns herum und selbst den bevorstehenden Höhepunkt empfinde ich nicht mehr als so bedrohlich.

»Ähm, ich mische mich ja nicht gerne ein, Siggi, aber meinst du nicht, das ist ein bisschen viel Wein?« Hanne selbst trinkt keinen Alkohol. Vor ihr steht ein Glas mit

Wasser, wohingegen ich bereits einige Weinsorten gekostet habe.

»Na, das ist ein besonderer Abend, da kann man sich doch mal etwas gönnen. Oder meinst du nicht?«

Hanne antwortet nicht. Ihre zusammengekniffenen Lippen jedoch sind wie ein stiller Vorwurf und ich weiß natürlich, sie hat recht. Ich vertrage nicht viel und das Reden fällt mir bereits schwer, was mich nicht davon abhält, zunehmend gesprächiger zu werden. »Du bist doch glücklich?«, frage ich Hanne frei heraus.

»Schon«, sagt sie und runzelt die Stirn. »Was ist denn das jetzt für eine komische Frage?«

»Einfach nur so«, nuschle ich und genehmige mir noch einen Schluck Wein. »Hat mich halt interessiert.«

»Aha«, entgegnet Hanne und widmet sich den Herzmuscheln.

»Und du magst mich, ein bisschen?«

»Klar, sonst würde ich doch nicht meine Zeit mit dir verbringen.« Sie schüttelt verständnislos den Kopf, während sie versucht, mit der Gabel das Fleisch aus einer der Muschelschalen zu lösen. »Gar nicht so einfach«, stellt sie fest.

»Ach was«, sage ich und tue es ihr gleich – allerdings noch weit weniger erfolgreich. Die Herzmuschel springt vom Teller, ich greife mit der freien Hand hinterher und stoße dabei das Weinglas um, das sich daraufhin über den Tisch und meine Hose ergießt.

»Verdammt, was für ein Mist«, schimpfe ich los und wische mit der Serviette über mein durchnässtes Hosenbein.

»Immerhin war es kein Rotwein«, sagt Hanne und stellt das Weinglas hin. Sofort verkneift sie sich das Lachen, als sie meinen angesäuerten Gesichtsausdruck sieht. »Komm schon, das macht doch nichts, wir sind im Urlaub«, fügt sie kleinlaut hinzu.

Nicht so wirklich, denke ich. Meine perfekte Planung jedenfalls ist dahin. Der Tisch ist mit Tomatensoße bekleckert, und ich rieche wie ein Weinfass, was nicht einzig und allein an meiner vollgesogenen Hose liegt.

»Die Hauptspeise: Tournedos Rossini. Rinderfilet mit frischer Entenleber, schwarzem Trüffel, Balsamico-Schalotten und Kartoffelwürfeln«, kündigt der in diesem Moment herangenahte Ober an und stutzt, als er die durchnässte Tischdecke und die Flecken sieht. »Das bringen wir gleich in Ordnung«, bietet er uns an und wirft mir einen fragenden Blick zu.

»Nein, nein. Jetzt ist das ganz schlecht«, sage ich schnell, und er scheint zu verstehen. Der Kellner geht ohne ein weiteres Wort zum nächsten Tisch.

Gleich soll der Pianospieler mit dem Sänger erscheinen, wie vereinbart zum dritten Gang. Ein Komplettumbau des Tischs ist deshalb momentan ganz und gar nicht angeraten. Ich schaue zum Eingang.

Ein kleiner, rundlicher Mann tritt ein. Hinter ihm das genaue Gegenteil – ein hünenhafter, schlaksiger Typ.

Ah, die Musiker, denke ich im ersten Moment. Im zweiten allerdings frage ich mich, ob das die normale Berufsbekleidung sein kann. Beide Männer tragen komplett schwarz und ihre Gesichter sind vermummt. Auch wenn der Wein Wirkung zeigt, bin ich recht schnell davon überzeugt, dass diese Kerle uns kein Liebeslied vortragen möchten. Spätestens als sie die Pistolen zücken, bin ich mir zu 100 Prozent sicher.

»Duck dich«, zische ich Hanne zu.

Sie versteht nicht und blickt sich verwirrt um. »Ach du Mist«, stammelt sie, als sie erkennt, warum ich das gesagt habe.

»Bestimmt nichts Ernstes, das wird vielleicht nur eine Schauspieleinlage sein. Krimi Dinner oder so«, behaupte ich, woran ich einen Moment später selbst kein bisschen mehr glaube, denn gerade hat sich der größere der beiden Männer unseren Ober geschnappt und ihm den Arm um den Hals geschlungen. In den weit aufgerissenen Augen des Kellners steht Angst.

»Wenn ihr ruhig bleibt und mitspielt, passiert niemandem was«, kündigt der Winzling in Schwarz an und lässt dabei den Lauf seines Gewehrs einmal quer durch den Raum wandern. »Falls jemand nicht mitspielen will, kann er sich gerne mit unseren beiden Freunden hier anlegen.« Er hält seine Waffe demonstrativ in die Höhe.

Der Große nimmt einen Einkaufsbeutel aus den Taschen seines Kapuzenpullovers und hält ihn den Gästen auf den vorderen Plätzen entgegen. »Los, alles da rein, was Wert hat!«, befiehlt er, und die Angesprochenen beginnen, ihre Wertsachen abzulegen.

Ein Mann nimmt Scheine aus seinem Geldbeutel und hält sie dem Gangster hin.

»Ich sagte alles«, fordert dieser in gebrochenem Deutsch und richtet den Lauf seines Gewehrs auf den Gast.

»Schon gut«, stammelt der und schiebt das Portemonnaie behutsam über den Tisch. Danach hebt er beschwichtigend seine Hände in die Höhe. »Mehr haben wir nicht. Ganz ehrlich.«

Na großartig, geht mir dabei durch den Kopf. So was kann echt nur mir passieren!

*

Immerhin der Ausklang dieser seltsamen Woche ist entspannt, sage ich mir. Wir sitzen auf Gabrieles gemütlicher Couch vor dem Fernseher. Sie und ich haben uns durchgesetzt. Rosamunde-Pilcher-Abend im ZDF von 18 bis 23 Uhr. Besser könnte es gar nicht sein, gäbe es in unserer Runde nicht den Antiromantiker Wolfgang, dem es an jeglicher Gefühlstiefe mangelt.

»Das ist doch schon wieder so was von unrealistisch«, funkt er dazwischen und stört die bezaubernde Geschichte, die sich vor unseren Augen abspielt.

»Pscht«, fordert Gabriele, ohne den Blick vom Bildschirm zu lösen. Ich habe mich direkt neben ihr postiert. Mit Kuscheldecke und Kissen.

»Aber warum sollte sie diesen Victor denn zurücknehmen wollen? Nachdem er sich eine gute Stunde lang nicht entscheiden konnte und zuerst die reiche Gutsbesitzerin mit den Rennpferden heiraten wollte? Sogar der Frau im Blumenladen hat das Milchgesicht mit den Pausbäckchen hübsche Augen gemacht. Außerdem hat der nie im Leben ein Weingut in der Provence, so sieht kein Weinbauer aus. Hast du die Finger gesehen?«

»Wolfgang!« Es klingt warnend. Gabriele wird nur selten wütend, aber mit seiner penetranten Fragerei wird er sie gleich so weit bringen, überlege ich und kuschele mich vorsorglich etwas tiefer in die weiche Decke.

Dass das kein Krimi, sondern ein reines Liebesabenteuer ist, scheint Wolfgang nicht verstehen zu wollen.

»Die Erlösung«, nennt er zehn Minuten später das Klingeln seines Smartphones, das auf dem Wohnzimmertisch liegt. Der Name »Antonia Kuppertz« leuchtet auf dem Display auf.

»Toni, nichts, was du mir erzählen kannst, wird schlimmer sein als das, was ich gerade erlebe«, albert er herum. Kurz danach verdüstert sich sein Gesicht. »Und du bist dir ganz sicher, dass es Schloss Berg ist? Das Hotel in Perl-Nennig?« Er senkt den Kopf und schaut Richtung Boden, während Toni ihm antwortet. »Das darf doch nicht wahr sein, dort ist Siggi mit Hanne, genau heute. Toni, ich bin sofort da.«

»Ich muss los«, verkündet Wolfgang, nachdem er aufgelegt hat, und fügt dann hinzu: »Und Günther kommt mit.«

»Günther? Warum kann er nicht hierbleiben? Doktor Kreideweiß meinte doch …« Gabriele bringt den Satz nicht zu Ende.

»Weil es um Hanne und Siggi geht. Es gibt einen bewaffneten Überfall in einem Restaurant von Schloss Berg.«

»Warum sind die beiden dort? Sie sind doch auf einer Radtour? Das verstehe ich nicht.«

»Sie *waren* auf einer Radtour. Heute Abend allerdings macht Siggi Hanne einen Heiratsantrag – oder auch nicht. Denn in dieser Sekunde sind zwei bewaffnete Spinner dabei, die Hotelgäste um ihr Erspartes zu erleichtern – und ich kann nur hoffen, dazu gehören nicht Hanne und Siggi.«

»Ne, oder?« Gabriele stockt. Der Schreck steht ihr ins Gesicht geschrieben. »Pass bloß auf Hanne auf, sie kann selbst in den ungünstigsten Momenten nicht ihren Mund halten.«

*

Nun ist die Reihe an der Familie am Nebentisch. Die Kleine hat ihre Uhr abgestreift, die Mutter wirkt nicht so kooperativ. »Das ist ein Erbstück«, sagt sie theatralisch zu dem Langen in Schwarz und tastet mit der Hand nach der Perlenkette an ihrem Hals.

»Jetzt erb ich der«, entgegnet dieser kaltschnäuzig.

»Sie. Richtig heißt das …« Die Frau unterbricht sich, als die wütend blitzenden Augen hinter der Maske des Gangsters ihr bewusst machen, dass gerade nicht der beste Augenblick für grammatikalische Korrekturen ist.

»Und das ist Hermes«, verkündet das Mädchen neben ihr, als sie ihre goldene Uhr abgibt. »War verdammt teuer. Aus Paris.«

»Sie haben eine guterzogene Tochter«, stellt der zweite Kriminelle fest, der nun dazutritt. »Hat sowieso nicht zu dir gepasst, würde ich sagen.«

So verschwinden sowohl die Uhr als auch kurz darauf die Perlenkette in dem Jutebeutel.

»Jetzt seid ihr zwei Hübschen dran.« Der Kleine tritt an unseren Platz. »Alles parat?«

»Äh, ja«, sage ich. Auf dem Tisch liegt mein recht ausgedientes Portemonnaie bereit. »Schmuck haben wir keinen. Zumindest keinen, der etwas wert wäre« ergänze ich, als der Gangster den Kopf schieflegt und sich den Inhalt des Geldbeutels besieht.

»So wenig Kohle und dann mit feinem Anzug in dieser noblen Hütte speisen. Das passt nicht zusammen«, sagt er.

Der Lange kommt dazu und zählt die Scheine in meiner Geldbörse nach. »210 Euro, mickerig. Versteckt er bestimmt was.«

Mir wird mulmig. Trotzdem, den Ring für Hanne bekommen die nicht. »Tut mir leid, das ist alles«, bleibe ich bei meiner Version.

»Okay. Du kannst beten, dass wir nichts finden. Ich wäre ja nicht so, aber mein Freund hier legt sehr viel Wert auf Ehrlichkeit.« Der Kleine klingt, als wäre es ihm durchaus recht, mich beim Lügen zu ertappen. Ich versuche seinem durchdringenden Blick auszuweichen.

»Auf er stehen!«, fordert der Lange.

Zögerlich tue ich, was von mir verlangt wird. Der Hüne macht sich ans Werk und tastet mich von oben bis unten ab. Oder genauer gesagt eigentlich nur bis Hüfthöhe.

»Ah da!«, verkündet er gut gelaunt, als er das rechteckige Kästchen erspürt. »Da is er was.« Er fasst mit seiner mit einem schwarzen Handschuh bekleideten Hand in meine Hosentasche.

»Keine Angst, Junge, das ist kein Annäherungsversuch«, witzelt der Kleine schmierig, als ich zusammenzucke. »Er will nicht an deine Kronjuwelen.«

»Ne. Das reicht mich völlig!« Sein Kumpel dreht das blaue Samtkästchen vor seinen Augen.

Mist, denke ich. Oder eher noch doppelt Mist. Jetzt ist Hannes Ring futsch und die Typen werden mich auseinandernehmen.

»Edel, edel«, erkennt der fiese Kleine und liest die Aufschrift vor. »Tiffany. Noch was Fettes für unsere hübsche Spendensammlung. Unser Glückstag, würde ich sagen.«

»Schaue er mal.« Der andere klappt den Deckel auf und pfeift durch die Zähne.

»Ei, ei, ei, sag ich doch, ist alles vom Feinsten. Junge, Junge. Ist das Silber?«, will der Kurze wissen.

Als ich keine Antwort gebe, packt mich sein Kumpel am Sakkokragen. »Ob der Silber ist?«

»Platin«, reagiere ich eingeschüchtert. Mir ist schwindelig. »Platin, mit neun Diamanten im Brillantschliff«, füge ich hinzu, in der Hoffnung, dass der Kerl dann von mir ablässt.

»Aha, ich verstehe.« Der Kleine lacht amüsiert. »Erstklassiges Timing ist das! Wenn mich nicht alles täuscht, wollte unsere Schlafmütze hier der hübschen Lady gerade einen Antrag machen.«

»Im Ernst?«, mischt sich Hanne ein und springt auf.

Der Hüne richtet seine Waffe auf sie, und so sitzt sie mindestens genauso schnell wieder auf ihrem roten Samtstuhl, wie sie gerade aufgestanden ist. »Alles okay«, wiegelt sie ab und hebt beschwichtigend die Hände.

»Da muss sich die Kleine wohl sogar bei uns bedanken.« Der fiese Zwerg lacht und der andere stimmt mit ein, was den Kleinen dazu antreibt, weitere Witze über mich zu reißen. »Oder vielleicht tun wir auch ihm einen Gefallen. Bei dem blassen Waschlappen hätte die Braut sowieso nie im Leben Ja gesagt – da ist wohl beiden geholfen.« Diese Aussage beschließen sie einmal mehr mit gehässigem Gelächter.

Danach erinnern sie sich anscheinend allmählich wieder an ihr Ansinnen hier. Der Kleine klappt den Deckel des blauen Kästchens zu. »Vielen Dank, sagt die Bank.«

Auch wenn der Gedanke, dass die schmierigen Typen den Ring einkassieren, den ich für Hanne ausgesucht habe und der gut drei Monatslöhne verschlungen hat, kaum zu ertragen ist, bleibe ich ruhig. Diese Verrückten sind bewaffnet und damit besteht null Chance, etwas gegen sie auszurichten.

Doch Hanne überrascht mich immer wieder. »Der Ring gehört mir!«

»Was hat die Maus gesagt?« Der Winzling, der anscheinend in der Truppe das Sagen hat, bekommt sich vor Lachen kaum ein. Dann wird er plötzlich ernst und baut sich – so gut es seine Größe zulässt – vor Hanne auf. »Lady, mir sagt niemand, was ich zu tun und zu lassen habe.«

»Mir auch nicht«, zischt Hanne zurück und tritt dem Typ mit ihren spitzen, hochhakigen Schuhen gegen das Schienbein. Als er sich zusammenkrümmt, greift sie nach der kristallenen Vase mit dem Rosenbouquet, die sie eben noch so bewundert hat. Ohne Skrupel schlägt sie diese dem überraschten Gangster über den Kopf.

Der ist bis auf Weiteres ausgeknockt, doch das hilft uns nicht wirklich, denn der Lange richtet die Waffe auf Hanne und geht einige Schritte zurück. »Der Frechheit wirst du bereuen, du Misterstück!«

Ich überlege, was ich tun kann. Hanne steht völlig ungeschützt da. Der Riese, der nach dem Ausschalten seines Kumpels eine Stinkwut hat, befindet sich gute drei, vier Meter von mir entfernt mit geladener Waffe in der Hand. Er braucht nur abzudrücken – ich schaffe es nie im Leben rechtzeitig, den Irren aufzuhalten. Jetzt kann uns nur noch ein Wunder helfen!

*

Im Außenbereich der Hotelanlage wurde bereits Stellung bezogen. Das SEK trifft ebenfalls ein, und auch bei der Polizei, die derzeit die Schaulustigen aus dem nahen Umfeld vertreibt, gibt es ein bekanntes Gesicht.

»Fiedler, Sie schon wieder!«, sagt Wolfgang zu einem der Beamten, als wir die Absperrung erreichen. »Wissen Sie vielleicht, wo meine Kollegin Antonia …?« Der Kommissar braucht gar nicht auszureden.

»Da vorne müssen Sie die Treppe hinunter. Dort kommen Sie direkt zur Außenterrasse des Restaurants.« Der Polizist weist in die Richtung.

»Danke!«, sagt Wolfgang, und wir beeilen uns. Wer weiß, was dort drinnen vorgeht.

Oben am Treppenabsatz haben wir freien Blick auf die Einsatzkräfte, die sich am Rand der Terrasse hinter einer Hecke verschanzen. Toni ist auch zu sehen.

»Ui«, urteilt Wolfgang knapp, als wir die Menge an Beamten ausmachen. Falls dies ein Maß für die Gefährlichkeit des Einsatzes sein sollte, bin ich kein bisschen beruhigt.

Wir gehen vorsichtig die Stufen hinab. Das Restaurant ist hell erleuchtet, von draußen kann man jeden Schritt im Innern genau mitverfolgen. Einzig der Ton fehlt.

Und so kann ich alles beobachten: Den Moment, in dem sich die Gangster dem Tisch von Hanne und Siggi nähern. Auch wie der Große an Siggi herumfingert und dann die darauf folgende Diskussion.

Es ist kaum auszuhalten, dies aus der Ferne mitzuverfolgen und nichts unternehmen zu können. Hoffentlich mischt sich Hanne nicht wieder ein, flehe ich in Gedanken. Auch wenn ihr ausgeprägter Gerechtigkeitssinn löblich ist, in mancher Situation ist es vernünftig, mal einfach nur den Mund zu halten.

Doch wie ich leider erkennen muss, siegt die Vernunft an diesem Abend nicht. Mir bleibt fast mein armes Dackelherz stehen, als es zu einem Gerangel kommt und ich mit einem Mal sehe, dass einer der Gangster direkt auf Hanne zielt – auf meine Hanne.

Ach du Schande! Diesmal schaffe ich es nicht, rechtzeitig zur Stelle zu sein. Unmöglich! Ich muss hilflos dabei zuschauen, wie dieser Kerl sie vor unserer aller Augen abknallt.

Und dann fällt der Schuss. Furchtbar laut und beängstigend.

Ich sehe sie schon herabsinken. In einer Blutlache liegen und das Letzte, in das sie blicken möchte, sind sicher meine treuen Dackelaugen.

Doch sie bleibt kerzengerade stehen. Stattdessen sinkt der riesige Typ in Schwarz zusammen, und da erst bemerke ich, dass Wolfgang seine Waffe in der Hand hat. Der Geruch von Schwefel liegt in der Luft und lässt mich unweigerlich an Silvester denken. Wolfgang war es, der geschossen hat und dabei genau ins Schwarze traf – aus dieser Distanz ein Wahnsinnsschuss und ein echtes Wunder.

Ich sprinte los. Ich muss hinein zu den beiden, ich muss wissen, ob es Hanne und Siggi gutgeht.

Und tatsächlich, als ich in das Restaurant stürme, an den erstaunten Wachposten vorbei, stehen die beiden da. Völlig perplex und hilflos.

Noch in der gleichen Sekunde, in der mich Hanne registriert, schimmert es in ihren Augen. »Günther«, sagt sie und beugt sich zu mir herab. Ihr laufen die Tränen die Wange hinab. »Unser Günther ist da. Das ist doch nicht zu glauben.«

*

Es dauert gute drei Stunden, bis wir endlich unsere edle Classic-Suite beziehen können. In der Hütte könnte ich auch Dauergast werden, sage ich mir, als wir eintreten.

Auf Hannes Frage, ob es denn möglich sei, einen Gasthund ausnahmsweise ohne Voranmeldung mit aufs Zimmer zu nehmen, wegen der besonderen Umstände und da es sich um einen sehr kleinen und unglaublich guterzogenen Dackel handle, hat der Direktor sofort mit einem »Ja« geantwortet und angemerkt, dass in ihrem Hotel Vierbeiner immer gerne gesehen seien.

»Außerdem, nach der Freude über den vereitelten Überfall in unserem Haus, dürften Sie beide heute sogar einen Dinosaurier zum Übernachten einladen«, scherzte Herr Apel und ließ alles herrschaftlich für mich herrichten. Das

Mindeste, wie ich finde. Das Aroma, das aus dem Napf mit den Extraleckereien für vierbeinige Gäste aufsteigt, zieht mich schon beim ersten Schritt über die Schwelle magisch an.

Siggi, der mir eben noch leicht angetrunken vorkam, scheint langsam nüchtern zu werden, was seinem Allgemeinbefinden wenig zuträglich ist.

»Sorry, Hanne, ich muss gleich ins Bett. Bei mir dreht sich alles«, entschuldigt er sich.

Ich nehme auf dem eleganten Hundekörbchen Platz, das genau genommen ein Miniatursofa aus Samt im Barockstil ist.

»Schauen wir mal, ob es morgen für dich Helden Lyoner zum Frühstück gibt«, säuselt Hanne und streicht mir zärtlich über den Kopf, bevor sie sich ebenfalls zum Schlafen legt.

Von Siggi hört man keinen Ton.

»Sag mal«, beginnt Hanne, als es schon dunkel im Zimmer ist.

»Was denn?«

»Nun, ich wollte nur mal fragen, ob du mir wirklich einen Antrag machen wolltest?«

»Hm.«

»Was heißt ›Hm‹ denn genau?« Wenn Hanne etwas wissen möchte, gibt sie selten ohne Antwort auf, das müsste Siggi doch mittlerweile klar sein, sage ich mir und hebe den Kopf an. Ich bin eigentlich hundemüde, aber das Gespräch ist hochinteressant.

»Das heißt Ja. *Ja*, ich wollte dir einen Antrag machen. Ich weiß, das war total verrückt und ist schließlich auch extrem in die Hose gegangen. Keine Ahnung, was mich geritten hat. Du hast ja schon öfter gesagt, dass du nicht viel vom Heiraten hältst.«

»Hm«, erwidert nun Hanne.

»Ich versprech dir, es wird keine Wiederholung geben. Der ganze Quatsch, der teure Ring und das Tamtam, das passt nicht zu uns.«

Nun schweigt Hanne. Schöner Mist, denke ich mir. Bei Rosamunde läuft das viel harmonischer ab. Wenn Siggi überhaupt jemanden heiraten darf, dann allerhöchstens Hanne, denn die Frau ist spitze. Aber der Junge stellt sich nicht sehr geschickt an, und wie es scheint, ist Hanne, was solche Dinge betrifft, ebenso wenig ein Naturtalent.

So ist es eine Zeit lang einfach nur dunkel und geräuschlos, und fast habe ich die Hoffnung aufgegeben, da höre ich ein helles »Ja.«

Ich hebe meinen Kopf und spitze die Ohren: Sie hat Ja gesagt. Mensch, Siggi, hast du das gehört? Bald sind wir drei hochoffiziell ein Paar – oder wie man das auch immer nennen will.

Aber es bleibt still.

Ich lausche in die Dunkelheit hinein und vernehme erst ein gleichmäßiges Atmen und kurz darauf ein unverkennbar lauter werdendes Schnarchen. Es ist nicht zu fassen: Der Junge verpennt in dieser Sekunde seine eigene Verlobung.

Ein paar Augenblicke später hört man ein energisches Rascheln. Hanne hat vermutlich gerade beleidigt die Decke über den Kopf gezogen, und das kann ihr niemand verübeln.

Na super, stelle ich fest und lege betrübt meine Schnauze auf den weichen Kissen ab. Wer in der nächsten Zeit wieder die ganze leidige Angelegenheit richten darf, kann man sich vermutlich denken.

– E N D E –

DANK

Ein großes Dankeschön an die »nimmermüden« Testleser Adelheid, Natalie, Bettina und Marc.

Danke auch an die beratenden Unterstützer (in der Reihenfolge der Geschichten und mit Rücksichtnahme auf meine Vergesslichkeit ohne Anspruch auf Vollständigkeit):

Ann-Kathrin Göritz für den fernschriftlichen »Blick« in den Europäischen Kulturpark Bliesbruck-Reinheim, da mir ein Virus die Arbeit diesmal schwergemacht hat – aber wem nicht?

Zoodirektor Dr. Richard Francke, der mir zu fast allen Tieren einen Namen lieferte – die Taufe der Rüsselspringer steht noch aus.

Familie Bach, der es gelingt, Rebellen und Imperiale in einer Familie harmonisch zu vereinen. Benjamin Kiehn, der Mann hinter der FaRK, sowie Imperial Order Saar, der Star-Wars-Cosplay-Gemeinschaft, die das Leben im Saarland noch ein bisschen bunter und galaktischer macht.

Andreas Schäfer, Torsten Lehmler und Martin, der Trailinschbeggdor, die drei Rad- und Trailprofis, die mich nach eifriger Suche zu guter Letzt auf die Halde Viktoria geführt haben.

Georg Demme, der an meiner Stelle die Sommerrodelbahn erkundete, und Jörg Feis, der die »mörderische Schreibarbeit« auf der Rodelbahn aufgrund all der Sicherheitsvorkehrungen am Freizeitzentrum Peterberg nicht leicht machte.

Marija Herceg und Anna Klapetek von der Stiftung Saarländischer Kulturbesitz, die mir Einblick in das eigentlich unüberwindbare Sicherheitssystem der Modernen Galerie erlaubten und mir – da keine Vor-Ort-Recherche möglich war – einen Fotobeweis dafür lieferten, dass auch nach allen Baumaßnahmen im Museum ausreichend Parkett für einen (natürlich rein literarischen) Todesfall vorhanden ist.

Patrick Waldraff, der ehemals persönliche Referent von Herrn Franz, sorry, Hans.

Günther Leistenschneider vom Museums-Eisenbahn-Club Losheim am See, der mir direkt aus seinem Modelleisenbahn-Hobbykeller vom Eisenbahnmuseum berichtete.

Volker Etgen vom Erlebnisbergwerk Velsen, von dem ich erfuhr, dass das Erlebnisbergwerk Velsen nicht nur ein Erlebnis, sondern auch ein beliebter »Tatort« ist, sowohl im Film- wie auch im Buchformat.

Beatrice Schmitt, die mir zeigte, dass nicht alle Wege – aber doch ziemlich viele – zur Burg Dagstuhl führen.

Christine Jüngling, Alisa Fuchs und Andreas Apel von Victor's Residenz-Hotels, die mir selbst in den schwierigen Corona-Tagen bei allen Fragen zum Hotel Schloss Berg beratend zur Seite standen.

Mein netter und blitzschneller Ansprechpartner von der Pressestelle des Landespolizeipräsidiums Saarbrücken (inkognito).

Meine Tochter Mae, die das Unmögliche wagte und mir einen Plan zeichnete, der alle Handelnden aus den Geschichten und ihr Verhältnis zueinander wiedergibt. Was für ein Wahnsinn, dachte ich daraufhin. Wer hat sich denn nur so was ausgedacht?

Alle Bücher von Marion Demme-Zech:

Hauptkommissar Wolfgang Forsberg ermittelt:
1. Fall: Letzter Ausstieg Saar
ISBN 978-3-8392-2728-2

2. Fall: Mörderisches aus dem Saarland
ISBN 978-3-8392-2845-6

3. Fall: Saarbotage
ISBN 978-3-8392-0097-1

Peter Siedenburg und Greta Schönherr ermitteln:
Ahrtrüffel
ISBN 978-3-8392-2561-5